I0646933

Z

55303

LETTRES INÉDITES

DE

MIRABEAU.

Je déclare que je poursuivrai devant les tribunaux, conformément aux lois, tout contrefacteur, distributeur ou débitant d'éditions contrefaites. Deux exemplaires de cet Ouvrage ont été déposés à la Bibliothéque impériale. Paris, le 23 avril 1806.

Vitry

LETTRES INÉDITES

DE MIRABEAU.

MÉMOIRES

ET EXTRAITS DE MÉMOIRES,

ÉCRITS EN 1781, 1782 et 1783,

Dans le cours de ses procès de Pontarlier (en réhabilitation), et de Provence (en séparation) avec sa femme :

LE TOUT FAISANT SUITE AUX LETTRES ÉCRITES DU DONJON DE VINCENNES,

Depuis 1777 jusqu'à 1780 inclusivement;

PUBLIÉ PAR J.-F. VITRY,

Ancien employé au Ministère des Relations extérieures.

« Si ce n'est pas là de l'éloquence inconnue à nos siècles
» esclaves, je ne sais ce que c'est que ce don du ciel si
» séduisant et si rare.».

(*Lettre de Mirabeau à l'Éditeur, du 12 mai 1782.*)

DE L'IMPRIMERIE DE FAIN ET COMPAGNIE.

A PARIS,

Chez LENORMANT, libraire, rue des Prêtres-Saint-Germain-l'Auxerrois, vis-à-vis l'Église.

1806.

AVERTISSEMENT.

J'OFFRE au public le complément de tout ce que l'on a pu connoître jusqu'à ce jour des productions de Mirabeau.

Ce n'en sera peut-être pas la partie la moins intéressante, puisque je ne fais que suivre, sous sa dictée, l'une des plus mémorables époques de sa vie, en même temps qu'elle en fut la plus orageuse.

Je tire de la poussière des greffes, j'arrache aux chambres syndicales, à des arrêts parlementaires, aux ordres ministériels, plusieurs morceaux d'éloquence dignes de la plus belle antiquité. Là, Mirabeau, toujours le même, reparoîtra ce qu'il fut à l'assemblée constituante, quand il y vint étonner l'Europe de son génie.

Oui, tel qu'on a pu l'y voir aux plus brillans de ses jours, tel on le retrouvera dans la partie de ses magnifiques plaidoiries que je restitue; dans ses discussions aussi lumineuses que profondes, aussi serrées que précises; dans cette imperturbable logique, ce courage inflexible, indomptable, cette raison vaste et saine qui jamais ne se ralentissent.

Cette collection peut être regardée comme une suite très - immédiate, je dirois presque nécessaire, des Lettres sorties du donjon de Vincennes en 1777, 78, 79 et 80, dont il a paru neuf à dix éditions, depuis 1792 (*).

Ce que j'ai cru devoir extraire des sept volumes de Mémoires et Observations (**),

(*) Voyez toutefois (pages 20 et suivantes de cette collection) à la note de l'éditeur, son opinion relative à P. MANUEL, CITOYEN FRANÇOIS, et à l'abus infernal qu'a fait ce Citoyen, des détails dont la nature même indiquoit l'inviolable destination.

(**) Ces sept volumes contiennent plus de douze cents pages d'impression, et peut-être en suis-je encore aujourd'hui l'unique possesseur ; tant on sut mettre dans le temps de soins et d'activité pour leur entière disparition. Mirabeau, qui depuis 1783 ne les avoit pas lui-même à sa disposition, me les avoit fait passer sous différens contre-seings, au fur et à mesure qu'ils sortoient de la presse. J'étois convenu de les lui remettre, quelques jours avant sa mort, parce qu'il avoit, me dit-il, l'intention d'en faire disparoître les détails de jurisprudence qui ne pouvoient intéresser que les gens de loi,

que Mirabeau fit paroître avec une incroyable rapidité dans le cours de l'instruction des procès qu'il eut à soutenir
après une détention de quarante - deux
mois, doit servir, avec les lettres inédites
que je livre au public, à remplir le période historique du temps qui s'est écoulé
entre l'époque de sa sortie du donjon, et
la fin de l'année 1784.

---

pour les refondre dans la collection générale de ses œuvres,
qu'il projetoit de retoucher et de faire imprimer ensuite sous
ses yeux et à sa campagne, après la session de l'assemblée
constituante. Cette collection eût été sans doute fort précieuse; car, indépendamment de quarante-cinq à cinquante
volumes imprimés, qui existoient dans le temps, cet homme
infatigable avoit encore en porte-feuilles une très-grande
quantité de matériaux, dont la partie la plus intéressante
(la partie politique) a été brûlée par le dépositaire en 1793;
et il le fallut bien!..... Je ne saurois dire ce que contient
l'autre partie; mais je connois, et je n'indiquerai, ni ne dé-
signerai même pas le lieu du dépôt. Tel qui aura passé
peut-être cinquante fois devant les caisses qui doivent le renfermer, ne se sera probablement pas douté de ce qu'elles
contenoient. Le dépositaire et quelques autres personnes
peuvent seules m'entendre; ce qui n'empêcheroit pas qu'on
ne fît un triage de papiers, parmi lesquels on en trouveroit probablement dont la connoissance pourroit bien n'être
pas indifférente au public.

Tout ce qui le concerne, depuis cette dernière époque jusqu'à sa mort, est nécessairement connu.

J'ai dû diriger ce léger travail de manière à ne point détourner l'attention du lecteur, et à lier, autant que possible, les citations aux événemens; et ma route toute tracée, je l'indique, les mémoires précités à la main.

DIVISION DU PLAN.

1.° Le premier des Mémoires de Mirabeau, écrit des prisons de Pontarlier; je le livre intact, parce que, outre le piquant et la brièveté, il donne aussi le journal le plus exact et le plus détaillé de ce qui aura précédé sa détention, et sa fuite avec madame de Monnier en Hollande.

2.° Les morceaux les plus saillans tirés du second de ces Mémoires.

3.° Toute la véhémente diatribe dirigée contre le substitut du procureur du roi, que de vrais connoisseurs appelèrent, à son apparition, la *Philippique du comte de Mirabeau*. Mirabeau lui-même tenoit

à cet élan de son génie. « Si ce n'est pas
» là, disoit-il, de l'éloquence inconnue à
» nos siècles barbares, je ne sais ce que
» c'est que ce don du ciel si séduisant et
» si rare (*) ».

4.° Sa Correspondance, après sa sortie
de Pontarlier, et à l'époque de son retour
en Provence, avec le marquis de Marignane, son beau-père, et la dame de Mirabeau.

5.° Sa Plaidoirie à l'audience du siége,
à Aix, nécessitée, comme on le verra, par
la nature même de la correspondance (**).

J'ai cru devoir laisser subsister aussi dans

(*) Liv.ᵉ Lettre du recueil, pag. 200.

(**) Voici le compte rendu de cette plaidoirie par Mirabeau, dans son Mémoire au grand conseil :

« Je plaidai moi-même, j'oubliai mes droits ; je n'em-
» ployai que les supplications ; je traçai le portrait le plus
» honorable et le plus touchant de madame de Mirabeau ;
» je lui demandai le retour de sa tendresse au nom du fils
» que nous avions perdu, et que je regardois comme notre
» commun médiateur : je fis verser des larmes. On dit alors,
» on dit encore long-temps après cette audience, que, *Si
» madame de Mirabeau eût entendu son époux, elle au-
» roit volé dans ses bras* ; tant l'effet du plaidoyer fut uni-
» versel, et ma modération accueillie et pénétrante ».

leur intégrité ces deux articles; et tout me persuade qu'en les parcourant, en les méditant même, on ne saura lesquels admirer le plus, des vrais modèles d'éloquence et de modération qu'ils présentent, ou de la saine logique et de la pénétration d'esprit qu'ils renferment.

6.° Plusieurs fragmens remarquables, tirés des second, troisième et quatrième volumes d'Observations, à la suite de la Plaidoirie.

7.° Enfin, quelques autres morceaux de son Mémoire au grand conseil, tous aussi fort remarquables, et duquel j'extrais entr'autres l'opinion qu'il manifestoit, en 1784, sur l'Indissolubilité du mariage, et la distinction essentielle à établir entre le divorce et les séparations.

Ces derniers morceaux sont précédés d'une Conversation du garde des sceaux avec Mirabeau, relative à la suppression de ce mémoire, ordonnée par le magistrat; conversation long-temps célèbre, et qui restera comme un monument curieux de la fermeté courageuse avec laquelle il savoit repousser les hauteurs et les vexations de l'autorité ministérielle d'alors.

Et pour donner au tout l'intérêt dont j'ai cru l'ensemble susceptible, j'ai eu soin de faire coïncider, autant que je l'ai pu, la distribution des articles précédemment annoncés, et la date des lettres correspondantes.

Encore un mot :

Peut-être le lecteur auroit-il désiré moins d'abandon et plus de soin dans ces lettres de l'amitié à l'amitié. Cette heureuse négligence n'a-t-elle donc pas son attrait, son prix et son charme? Sans doute elles eussent pu être mieux soignées; mais par cela même qu'elles l'auroient mieux été, vaudroient-elles ce qu'elles valent?

Toutes ne sont-elles pas pleines de traits caractéristiques ?

Méconnoîtra-t-on le cachet ?

Je n'ai laissé des lacunes entre plusieurs d'entre elles, comme il sera facile de l'apercevoir d'après quelques textes, que parce qu'il me falloit être conséquent au but que je m'étois sévèrement prescrit, de

détacher entièrement de la chose principale ce qui pouvoit y être étranger.

C'est par une suite de ce même principe, que j'ai fait disparoître encore des
lettres même que je livre à l'impression,
une infinité de détails également inutiles.

LETTRES INÉDITES

DE MIRABEAU.

LETTRE PREMIÈRE.

Au Bignon, par Égreville, 23 juin 1781.

ME voici arrivé et casé, mon cher ami, dans un séjour très-agréable et très-champêtre : mais où plusieurs de mes amis me manquent ; et je vous mets au premier rang de ceux dont l'absence me pèse et me donne du mal-être. Je vous ai écrit de Fontainebleau pour quelques instructions personnelles à moi. L'ami qui doit travailler pour vous et me parler de vous n'arrive que lundi ; au reste je serai très-circonspect sur ces sortes de comptes rendus. Tout en l'étant, vous, autant que la poste et la prudence l'exigent, ne pourriez-vous pas me mander quelques nouvelles ? On est bien aise, dans un désert, de tenir par quelque chose au reste du monde, et les

connoissances importantes se livrent peu. Parlez-moi donc de

Cette guerre intestine,
Qui tient-la dernière ruine
Pendante sur le front de ces tyrans des eaux.....

Dussiez-vous avoir pour cela l'ennui de lire
les papiers publics, ou d'aller observer l'arbre
de Cracovie. Quelques anecdotes gaies sur les
spectacles, etc., etc., ne vous échapperont pas
non plus, s'il vous en parvient.

J'attends avec impatience l'adresse de votre
contre-seing, 1.° pour ne point vous être à char-
ge; 2.° pour vous envoyer le recueil manuscrit
des poésies de la comtesse (*). Je ne vous re-
commande pas *Tibulle;* je sais combien vous
êtes actif pour tout ce que vous avez promis et
ce qui peut obliger vos amis. Dispensez-vous de
faire mettre dans la nouvelle copie la petite épî-
tre dédicatoire. J'espère que vous m'enverrez
incessamment les feuilles volantes qui contiennent les pièces détachées de la belle des belles.
Ne me faites pas languir, je vous en prie, après
les arrangemens pris par Boucher.

Adieu, mon très-cher ami. Je n'ai pas connu
un homme plus honnête, plus loyal et plus sensible que vous; c'est, en vérité, dire que je n'en

---

(*) La comtesse de B..... (*Note de l'éditeur.*)

ai pas connu un que j'aimasse davantage et pour qui je fusse plus pénétré d'estime et de l'envie de l'obliger.

LETTRE II.

Au Bignon, 24 juin 1781.

H<small>ATEZ</small> votre contre-seing, mon cher ami, ou je vous ruine. Voici un paquet pressé de réponses pour affaires urgentes qui m'arrive pour la comtesse; je m'empresse de vous le faire passer; car vous devez sentir combien, dans le moment de l'appel de son procès, les adresses directes lui sont peu convenables.

Ma santé n'est pas bonne, à beaucoup près : ce temps orageux m'abîme de maux de tête, et mon estomac est toujours dérangé; mais l'exercice et les lettres de mes amis me guériront. Vous savez que Malouin qui étoit un médecin bien médecin, après avoir ordonné beaucoup de remèdes à un homme de lettres célèbre qui les prit exactement et ne laissa pas de guérir, lui dit, en l'embrassant : *Vous êtes digne d'être malade; pour moi, je n'en serai jamais digne.*

Votre lettre à mon père est bien, et je l'ai remise.

Boucher joue au fin avec vous. Il est bon et honnête homme ; mais sa place l'a accoutumé à finasser : vous, par caractère et par bon esprit, vous suivez la ligne droite. C'est en affaires, comme en géométrie, la plus courte, et vous en dérouteriez bien d'autres.

Vous avez répondu à merveille dans le voisinage d'Isabeau ; j'y avois écrit même avant votre lettre. Avec toute la vivacité nécessaire pour être actif et serviable à un point inexprimable, vous êtes très-prudent et très-circonspect. Mais aussi ce n'est pas pour rien que je vous aime de tout mon cœur.

Voici la suite de ce que je vous ai envoyé, et qui n'étoit qu'une facétie pour amener la description de la petite fête plus que champêtre que l'on a donnée au retour de mon père. Cette fête divisée en six journées n'a assurément de prix que pour les spectateurs, et il n'y avoit pas même, comme vous le croyez bien, la possibilité de faire un bon couplet, à propos de rien et avec les acteurs dont on pouvoit disposer. Mais enfin, cela amuse à la campagne, et les plaisirs de nos amis ne sont pas sans intérêt pour nous. Au reste les autres journées sont plus piquantes que celle-ci, parce qu'on y a moins dépendu des paysans.

J'attends impatiemment de vos nouvelles, et

je suis obligé par l'arrangement des courriers d'écrire ceci avant que d'en avoir. Les nôtres sont courtes, comme vous pensez bien. A cela près, l'eau va toujours, les moulins tournent, l'herbe verdoie, et l'on n'entend point parler du pays où la plaine poudroie, et sur lequel Lucifer, planant au-dessus de notre globe pour le parsemer de fripons, ouvrit trop la main, d'où il advint qu'ils y sont en touffes. Les bonnes gens ici voient doubler leurs impositions; ils paient comme ils peuvent; ils espèrent toujours que l'Océan, à force d'avaler, en aura tant qu'il faudra bien qu'il régorge : ils meurent dans cette espérance; la récolte est bonne et tout marche comme il peut. Adieu, mon ami si cher; ayez dans mon éternel et inviolable attachement la confiance que j'ai dans votre honnêteté et votre loyauté.

LETTRE III.

Au Bignon, 28 juin 1781.

LA lettre de votre ami que je vous renvoie, mon cher ami, n'est point mal raisonnée ; mais il accorde infiniment trop, en accordant qu'il peut mourir un inoculé sur mille. Il ne peut pas mourir d'inoculés, quand le choix du sujet sera bon et que les précautions seront suffisantes. Je n'entrerai dans aucun détail, le mémoire que je vous envoie contient tout; et je vous le dis avec confiance, parce que dans le fait il n'est que le précis de tout ce qui a été écrit de plus concluant et de plus sage sur cette importante matière; et qu'ainsi je ne suis que rédacteur; je crois que cet écrit ne vous laissera aucun doute. Si par hasard on vouloit vous en inspirer, en vous citant des exemples d'inoculations funestes, telles que celle de madame Thélusson en dernier lieu, je vous prie, outre l'éternelle attention qu'il faut faire sur les circonstances, telles que le choix du sujet, etc., etc., (or c'est malgré lui que Tronchin a inoculé madame Thélusson, et cela est impardonnable); je vous prie, dis-je, de vous demander à vous-même si de toucher avec une plume sur l'épaule, ou d'y marquer quelqu'un avec de la craie est une opération bien dangereuse. Eh bien! faites cette opération sur plusieurs milliers de personnes, et pariez toute votre fortune que dans la semaine il en mourra quelqu'une.

Adieu, mon ami. Oui, aimez-moi comme je vous aime, et que notre devise soit : *A la vie et à la mort.* Soyez sûr qu'il y aura impossibilité morale toutes les fois que je ne remplirai pas vos désirs et vos vœux.

LETTRE IV.

Au Bignon, 3o juin 1781.

JE ne vous écrirai qu'un mot aujourd'hui, mon
ami ; car je suis écrasé par un courrier immense ;
mais je vous dois trop de remercîmens, et surtout je sens trop d'amitié pour vous, pour perdre une occasion de vous en assurer.

Mon ami, je crois difficilement à des vaisseaux
désemparés, quand on n'en prend aucun ; et
puis cela ne produit rien. Il y a long-temps que
nous battons comme cela l'amiral Arbuthnot,
lequel, en attendant, fait ce qu'il veut, et nous
empêche de faire ce que nous voulons : c'est pourtant là le vrai succès à la guerre..... Je vous remercie bien fort de vos nouvelles ; vous auriez
pu ajouter que l'empereur est arrivé à Paris, le
25 au soir ; qu'il a dîné le 26 à la Muette avec le
roi et la reine .... Vous auriez eu à me dire
encore que le prince de Montbarrey a gagné au
conseil son procès contre MM. de Marsan ; mais
que ceci ne vous dégoûte pas ; mes correspondans de *tracasseries* ne me parlent guère de
nouvelles politiques.

On me presse tellement pour *Tibulle* que je
vous prie de considérer si les cahiers que je vous

ai laissés pour la comtesse, ne pourroient pas être prêts bientôt, en rétablissant les lacunes. Je le ferois remettre par main tierce à Boucher, qui me demande à le montrer pour conclure un marché général qu'on lui propose pour mes trois principaux ouvrages.

Observez bien que ce que vous trouverez écrit de la main de M. de La Chabeaussière, l'est sous ma dictée (*).

Ils ont fait précisément là bas ce que je soupçonnois. Il faut, mon ami, nous tenir en repos à cet égard; laisser mentir, intriguer, clabauder, et nous consoler de ce que les sots sont des sots, et les inconséquens des inconséquens, comme nous pardonnons aux rivières de couler.

Il me seroit bien agréable que vous puissiez m'envoyer sur-le-champ par le contre-seing de la Tagnerette, l'*Abrégé de l'Astronomie* de M. de Lalande. Le fameux père Boscowich est ici : je compte retourner à Paris avec lui; mais avant je voudrois mettre à profit son séjour au Bignon, où je fais construire un observatoire

---

(*) Ce qui précède, et quelques détails que l'on trouvera dans la suite de cette correspondance, pourront mettre le public à même d'apprécier les prétentions qu'osa élever, il y a quelques années, à propos de la traduction de *Tibulle*, un écrivain qui ne craignit pas de s'attribuer cet ouvrage.

(*Note de l'éd.*)

pour lequel j'ai besoin des dimensions énoncées dans l'ouvrage que je vous demande.

Adieu, mon ami, qui tous les jours vous conduisez mieux, qui tous les jours m'êtes plus précieux et plus cher, et que j'embrasse de toute mon âme.

LETTRE V.

Au Bignon, 31 juin 1781.

CETTE fois encore je ne vous écris qu'un mot, mon cher Vitry, pour que vous ne soyez pas inquiet de moi. Ma pauvre nièce est aux portes du tombeau (*). Une fièvre maligne l'a réduite en cinq jours à cette extrémité. Je ne comprends pas où une jeune personne, qui, par une si belle carnation, annonce un sang si pur, qui est douce, tempérante, et ne connoît aucune passion, a pu prendre le germe d'une si terrible maladie. A ce compte, nous autres prodigueurs de vie, nous devrions mourir tous les huit jours. La pauvre mère, qui est grosse, est navrée de douleur; nous aimons tous cette enfant qui est charmante; jugez de notre désola-

(*) M.elle Du Saillant, aujourd'hui M.me D'Aragon. (*Not. de l'édit.*)

tion. Je ne me couche plus, et ma santé auroit besoin de calme, que ce triste événement ne promet guère.

Imaginez, si nous la perdons, ce que c'est que d'être à la campagne, en tête à tête de sa douleur, isolés de toute distraction ! Enfin, telle est notre destinée. J'ai souvent pensé que la mort étoit la plus belle invention de la nature; mais c'est quand elle frappe nous, et non pas les nôtres. Adieu, mon ami; aimez-moi comme je vous aime, et conservez précieusement votre enfant.

LETTRE VI.

Au Bignon, 4 juillet 1781.

Puisque vous avez été content, mon cher Vitry, de mon *Traité sur l'Inoculation*, et surtout puisqu'il importe de vous décider, vous et votre sensible moitié, à cette opération salutaire, je joins ici, sans crainte de grossir le paquet, deux demi-feuilles sur l'inoculation que je trouve dans mes portefeuilles immenses, où je jette des notes détachées sur tous les sujets : ces notes sont autant de pierres d'attente. Je joins aussi la quatrième Journée, puisque vous avez la bonté de vous occuper de ce passe-temps. Griffonner autant, c'est assez vous dire que ma nièce est mieux ; elle n'est pas hors de danger pourtant : on ne l'est jamais dans ces sortes de maladies qui attaquent toutes les sources de la vie, qu'après un long période de crises et de souffrances ; mais nous en espérons beaucoup, et nous n'en espérions plus. Renvoyez-moi mes feuilles relatives à l'inoculation.

Je ne me donne plus la peine de numéroter mes lettres, parce que cela devient assez inutile, dès que nous nous écrivons tous les courriers.

J'ai fait nommer Poisson, père de La Chabeaussière, directeur de l'hôpital de Bayeux. Zénéide n'y a pas nui. Vous ne sauriez croire quel plaisir j'ai eu à réparer ainsi les coups du sort envers un très-galant homme, qui m'a élevé et qui n'a pas toujours été traité par les miens comme il le méritoit.... Faites-moi passer *Parapilla* pour quelques jours. Adieu, mon trèscher ami ; je vous embrasse et vous aime de toute mon âme.

LETTRE VII.

Au Bignon, 8 juillet 1781.

JE vous obéis à la lettre, mon ami, parce que de si loin il est impossible que je calcule les circonstances comme vous; mais je ne conçois rien au parti que vous prenez relativement à ce billet, que seulement en cet instant je m'aperçois n'être point daté. Si c'est là la difficulté, si quelqu'un est assez osé pour vous en faire, j'en joins un autre ici qui répare mon erreur.

J'ai écrit à S*** ; je lui ai écrit avec honnêteté et amitié; il n'a pas daigné me répondre : je ne le croyois ni commère, ni les aimant. A sa commodité ! Dites-lui, s'il vous plaît, que M. R*** est chargé de lui remettre quinze louis sur lesquels il m'a demandé deux fois des explications que j'ai élaguées; dites-lui que je voudrois savoir s'il est payé, et que, quels que soient son intercadence, ses caprices, ses lubies, il faut compter sur moi; qu'au reste, je méprise les propos et ceux qui les tiennent, et que j'ai grande pitié de ceux qui les écoutent. Mille remercîmens, mon bon ami : c'est le continuel refrain de mes lettres. *Parapilla* et *Buffon*

(c'est comme qui diroit le moineau et l'élé-
phant) me parviendront; car rien de ce dont
vous vous mêlez ne me manque.

Ma santé n'est pas mauvaise : je ne dors pas,
et je travaille trop; mais, à cela près, l'abstinen-
ce forcée des plaisirs pour lesquels mon physique paroît destiné, me refait l'estomac et la
poitrine. Il ne faudroit pourtant pas que cela
durât trop long-temps; car j'ai déjà des étouffe-
mens et des saignemens de nez......Le flambeau
de Prométhée a rudement secoué de flammêches
sur ma tête.

On a dû donner mardi les *Maris Corrigés :*
pourriez-vous me dire quel succès ils ont eu?

LETTRE VIII.

Au Bignon, 18 juillet 1781.

IL est certain, mon ami, que vous joignez à
beaucoup de sagacité ce sentiment du bon et de
l'honnête, qui fait que notre instinct se trompe
rarement : je reçois la lettre de S***, et j'y réponds avec amitié. Je ne puis pas entrer dans un
détail complet, parce que j'ai, comme vous le
savez, d'importantes raisons de ménager le masque jusqu'à mon retour. Mais, grâce à votre

commentaire, je lui en dis assez pour lui faire tout entendre.

J'ai reçu *Parapilla*. Grand merci de la description que vous me promettez. Je vous enverrai en revanche un petit intermède fait pour mon père.

La proposition de Traversier qui m'a toujours démontré beaucoup d'honnêteté, est charmante; mais qu'il me donne donc une adresse franche pour lui : vous devriez arranger cela ensemble.

Je joins ici, mon ami, trois additions pour *Tibulle;* et je m'en rapporte à vous, soit pour les insérer à leur place et avec les liaisons nécessaires, soit pour effacer ce qui pourroit former répétition. Si, par hasard, vous alliez imaginer, par modestie, que cela impliquât trop de difficultés, vous m'enverriez copie de tout le passage. Mais je ne peux pas croire que vous en ayez besoin. Quand vous aurez bien arrangé ces additions sur votre manuscrit, vous en ferez un relevé exact, dont vous indiquerez la place par numéros de notes et d'élégies; et aussi par alinéa, parce que les passages ne se rapportent pas, et vous enverrez cette note à M. Boucher, ou à moi qui la lui ferai passer. Vous voyez comme j'use de vous! A la bonne heure, pourvu que je ne vous use pas : mais votre activité et votre âme de feu vous soutiennent. C'est là, mon ami, le plus grand des moyens et la plus immanquable des ressources. Il n'y a point de général habile qui, avec les combinaisons les plus sages, n'ait fait quelquefois de faux mouvemens. Frédéric en a vingt sur le corps ; notre César huit ou dix, dont il avoue quatre ; Turenne deux. Quand on a fait de ces fautes, il n'y a que l'extrême activité de tête et de corps qui les puisse réparer ou couvrir : du moins elle ne nous manque pas ; elle a été donnée aux hommes pour suppléer à leurs sottises ; mais tous ne l'ont pas. La plupart ne sont que des quarts d'eunuques ; il y en a qui le sont à moitié ; d'autres aux trois quarts ; d'autres tout à fait ; un très-petit nombre ne le sont pas du tout, ni au moral ni au physique. Ce sont ceux-là qui ont pour devise sacrée : l'amitié, l'amour et la gloire ; pour alliés tous ceux de leurs pairs qui ne sont pas leurs ennemis personnels, et le reste du monde pour sujets. Bon soir, mon ami ; aimez-moi. Mon respect très-tendre à la bonne Julie.

LETTRE IX.

Au Bignon, 28 juillet 1781.

J'AI trouvé, mon cher ami, dans la terre de mon père, au milieu d'une vaste plaine, une fondrière recouverte de mousse par vétusté, qui a toutes les dimensions d'un magnifique cirque. J'ai résolu d'en faire un beau monument champêtre, et d'y planter une sorte de portique en arbres qui joueront un ordre d'architecture, avec d'autant plus de vraisemblance que j'aurai soin qu'ils imitent le fût d'une colonne. Je voudrois qu'en courant les quais, vous me cherchassiez dans les estampes qu'on y étale, un ordre d'architecture convenable à ce dessein, ou que, comme si vous aviez cette commission de quelqu'autre de vos amis, vous demandassiez une sorte de plan relatif à mon objet, à cet architecte auquel vous m'aviez adressé. Si l'on vous demande les dimensions précises de l'emplacement, je vous les enverrai; mais il est bon que l'on sache que c'est en verdure que ce lieu doit être orné. Si l'idée que je vous donne rit à l'artiste, vous entendez bien que plus on me donnera de détails, et plus on m'obligera.

Je vous dirai, mon cher ami, à vous tout
seul, qu'il est très-possible que je parte tout à
l'heure pour la Provence, pour finir la grande et
importante affaire (*) que j'ai menée très à bien,
et qui enfin me réinvestira de soixante mille livres de rentes. On a fait un grand pas, et les
femmes ne reculent point, ou ne reculent qu'a-
vec les sots. Ces charmantes et timides créatu-
res n'avancent pas toujours autant qu'elles le
voudroient ; mais jamais elles ne font un pas en
arrière, lorsqu'elles ne soupçonnent point qu'on
soit ingrat du premier. Quand elles nous en
voient, au contraire, d'une reconnoissance excessive, elles sont si touchées de notre pouvoir
sur elles, si émues de l'émotion qu'elles nous
donnent, qu'il n'est plus en leur puissance de
faire autre chose que d'ajouter bienfaits sur
bienfaits.

Adieu, mon ami ; car on diroit que c'est à
une jolie femme que j'écris : encore manquerois-
je à mes principes en dissertant lorsqu'il y a
mieux à faire. L'homme n'est pas né pour causer avant d'être devenu vieux et impuissant.
Nestor, à la bonne heure, quand il n'y a plus
moyen d'être Achille (vingt ans), Diomède
(trente), Ulysse (quarante) ; il n'en reste que

(*) Sa réunion avec M.me de Mirabeau. (*Note de l'éd.*)

trop pour le roi de Pylos. Adieu, encore une fois, mon cher et bon ami : j'embrasse les Julie. S'il ne faut pas une réponse subite à ce que vous m'écrirez demain, grâce à ceci, je passerai un courrier.

LETTRE X.

Au Bignon, 24 août 1781.

JE connois trop votre excellent cœur, mon très-cher ami, pour n'être pas fort sensible à la perte que vous venez de faire, et qui, n'eût-elle pas pour objet une partie aussi intime de votre famille, vous affecteroit comme une calamité peu ordinaire à cet âge : car c'est bien le moins de pouvoir compter sur les frêles plantes que l'on appelle hommes, et que l'on a tant de peine à élever, lorsqu'elles sont une fois venues. D'ailleurs il me semble que chaque plaie de cette espèce est d'autant plus saignante, que nous avons plus d'objets d'affection, dont tout accident nous rappelle la condition mortelle. Recevez mon compliment, mon bon ami, et croyez que ce qui vous touche me touchera toujours.

Mon ami, j'oublie fort aisément les torts; mon cœur est toujours le même, tendre, fier et

indépendant; et je crois devoir accoutumer ma
force à commander à moi. S*** est un homme
léger; j'en ai la preuve; vous en saurez davantage; mais je m'en console. Ma sensibilité me
fait aimer à plaire; on ne plaît qu'à ceux à qui
l'on ressemble : ainsi je me console de ne pas
plaire à tous. Je tâche de n'avoir que des amis
estimables, et je trouve assez doux de leur ressembler dans toutes ces minuties qui ne tiennent
ni aux grands devoirs, ni aux grands plans. Cela
a fait beaucoup médire de ma facilité; elle n'est
pas telle qu'on croit; mais, le fût-elle, cette qualité n'est pas inutile ; Voltaire a dit :

> Qui n'a pas l'esprit de son âge,
> De son âge a tous les malheurs.

Il en faut dire autant de l'esprit de sa position:
qui ne peut le prendre souffrira et rompra partout, et ne réussira à rien. Mais pourquoi se
sentiroit-on un homme, si ce n'étoit pour réussir à tout et partout, depuis le peuple jusqu'aux
rois, depuis les frivolités jusqu'aux hautes sciences, depuis le plus petit intérieur domestique
jusqu'au commandement des armées et au gouvernement des empires? Il ne faut dire de rien :
Cela est au-dessous de moi, ni sentir *rien qui
soit au-dessus*. Rien d'impossible enfin à l'homme qui peut et sait vouloir avec suite et cons-

tance : *Cela convient-il? Cela sera.* Voilà la seule loi (*).

Cet alinéa répond à toute votre lettre ; j'ai eu de l'humeur contre S***, et je n'en ai plus,

---

(*) Lecteurs, qui n'avez pas manqué de remarquer à la huitième lettre, avec un plaisir mêlé d'étonnement, ce que Mirabeau pensoit et disoit de l'activité *de corps et de tête,* si vous eussiez cru pouvoir, il y a vingt-cinq ans, rejeter l'opinion qu'il émettoit alors sur les hommes qui *peuvent et savent* vouloir avec suite et constance, vous seriez nécessairement revenus à son avis.

Peut-être demandera-t-on, à la lecture des extraits livrés au public, comment ces deux fragmens se trouvent littéralement reproduits dans les *Défenses de Mirabeau ?* Nous prévenons d'abord que les lettres étoient de six à sept mois antérieures aux Mémoires, et nous répondrons ensuite :

« Peu d'hommes ont aussi rapidement et autant écrit que
» ce prodigieux mortel ; chez lui toutes les idées se pres-
» soient en foule ; la plume à peine les suivoit : mais rien
» de lui n'étoit à perdre, et il le sentoit. Lors donc que
» quelques-unes de ces idées lui paroissoient utiles, neuves
» ou fortes, il les transcrivoit sur-le-champ, et les classoit
» dans ses portefeuilles *immenses,* par ordre de matières.
» Ces notes détachées sur tous les sujets devenoient, com-
» me il le dit lui-même, lettre VI, autant de pierres d'at-
» tente ».

C'est ainsi qu'entre autres exemples, on pourroit assurer que les plus vigoureux morceaux des *Lettres de Cachet* et de ses *Plaidoieries,* sont précisément ceux qu'il avoit puisés dans les *Lettres écrites du donjon de Vincennes,* qu'il n'eut

parce que je n'en veux plus avoir. Mon père
souffre beaucoup, et les circonstances me contrarient infiniment ; mais tout s'aplanira, parce
que je veux que tout s'aplanisse : et vous, mon

---

jamais, que je sache, le projet de livrer à l'impression,
sans en retrancher du moins la partie de détails, qu'il regardoit comme ensevelis dans le sein de l'amitié, de l'a-
mour et de la bienfaisance, et dont assurément il ne se seroit point alors imaginé que la plus vile des cupidités et
l'effronterie la plus insigne osassent se permettre le criminel
abus qu'elles en ont fait.

Non, jamais Mirabeau n'a dit, et il n'auroit pas dit de
ces lettres : « *Ne les publiez qu'après ma mort* (1) ». Et
pour réponse à cette infernale calomnie, je cite, en connoissance de cause, ce que, sous la date du 10 septembre 1780, il écrivoit du donjon de Vincennes à M.me Du
Saillant : « . . . .
» . . . . Je suis menacé de da-
» vantage encore : *des monstres qui infestent le pavé de*
» *Paris, tandis que tant d'honnêtes gens gémissent à*
» *Bicêtre et aux galères, se vantent hautement qu'ils*
» *font imprimer ma correspondance et celle de la mal-*
» *heureuse victime de mon amour. Ce coup est affreux,*
» *et si j'y survivois, ce seroit* POUR LA VENGER, DUSSÉ-
» JE Y PÉRIR. . . . . (2) »

Il avoit aussi trop de logique dans l'esprit et d'élévation

(1) Post-scriptum du Discours préliminaire des *Lettres de Mira-*
beau, édit. *in*-8.° de 1792, page 43.

(2) Madame Du Saillant que je respecte autant que je l'honore,
de qui je n'ai reçu que des marques d'estime et de bienveillance,

ami, votre sort sera uni au mien, parce que la sainte amitié le veut ainsi.

Boucher me mande dans une lettre remplie de lamentations sur sa santé et sa tristesse :

---

dans l'âme pour ajouter à M. Manuel : « Je suis bien sûr » que ma famille donneroit beaucoup d'argent pour qu'el- » les ne parussent jamais (les lettres), et qu'elle N'OSERA » PAS vous en offrir (3) ».

Il ne paroît pas même vraisemblable que ces lettres qui, comme l'établit d'un bout à l'autre la correspondance imprimée sous la *direction Manuel*, et telle que nous la tenons de lui, passoient toutes à la police pour y être examinées, avant d'être remises à leur destination, et de là revenir au dépôt du secrétariat, en aient par suite été disséminées de telle sorte que MONSIEUR LE VAINQUEUR DE LA BAS-TILLE *en ait trouvé plusieurs dans les décombres de cette forteresse ; que beaucoup d'autres lui aient été* PRÊTÉES, *ou* VENDUES, *ou* DONNÉES; QUE TOUTES ELLES AÏENT ÉTÉ ABANDONNÉES PAR MIRABEAU LUI-MÊME (4).

Aussi ne pensons-nous pas que L'HEUREUX VAIN-

et qui mieux que personne a connu mon tendre attachement pour son frère, et le retour dont il m'en payoit d'une manière si caressante ; madame Du Saillant, qu'avec tant de raison ce frère chérissoit à l'égal de lui-même, me pardonnera sans doute la citation que j'ai cru pouvoir me permettre, et qu'elle-même m'eût offerte, si la connoissance de mon projet lui fût parvenue par toute autre voie que celle de l'impression.

(3) Voir *ibid*, pages 43 et 44.

(4) Voir *ibid*, page 43.

« Personne ne m'a encore remis votre *Tibulle*,
» ni l'*Errotika-Biblion;* si j'avois eu ces ouvrages,
» je me serois occupé, dans mes momens de
» calme, à finir avec le libraire ». Il me semble

QUEUR DE LA BASTILLE, à qui ses exploits héroïques
avoient valu le titre et les fonctions d'administrateur de la
police (5), ait fait aucune de toutes ces magnifiques dépenses d'esprit, de peines, de soins et d'argent, dont il se
targue avec emphase; et, quelle que soit la modestie qu'il
met à le dire, nous penserons moins encore qu'il ait SENTI
COMME MIRABEAU, ni qu'il lui ait été donné de parvenir
à DEVINER de Mirabeau ce qu'il N'EN VOYOIT PAS (6).

Nous croirions avec plus de fondement, que ses fonctions
administratives lui ayant laissé le loisir de fureter à la police dans les cartons du secrétariat, où il aura trouvé la
correspondance, de la direction et conservation de laquelle
M. Lenoir avoit spécialement chargé M. Boucher, l'un des
plus exacts et des plus estimables hommes connus, P. Manuel se sera dit d'abord, à l'apparition d'une récolte si
douce à faire : A TELLES FINS QUE DE RAISON; *prenons
ceci, puisque Dieu nous l'envoie :* et qu'ensuite, *de* PAR
SON DROIT à la liberté sainte que *les frères et amis,* ses
semblables, trouvoient si commode, il aura fait usage de
la prestesse requise en cas pareil.

Et qui sait si, tandis qu'il se saisissoit du carton, il n'aura pas été saisi lui-même de la profondeur de cette idée de
Mirabeau qu'il nous transmet? « Je suis si peu sûr de vivre
» le mois d'après celui où j'ai conçu une bonne idée, que je

(5) Voir pag. 5, du Discours préliminaire.
(6) Voir *ibid*, page 5.

que vous m'aviez mandé que la copie de *Tibulle* destinée à Zénéïde avoit été remise à Boucher : je vous prie de la lui expédier.

Adieu, mon bon ami ; conservez précieusement vos Julie, et aimez-moi comme je vous aime.

~~~~~~

LETTRE XI.

Au Bignon, 23 août 1781.

JE vois, mon cher ami, que vous avez reçu ensemble deux lettres qui devoient vous arriver par deux courriers séparés. Cette inexactitude est pourtant remarquable et sujette à inconvéniens.

J'entends bien que vous n'avez pu refuser à la belle Zénéïde ses poésies fugitives : je vous fe-

---

» brûle de la voir réaliser, de peur qu'elle ne périsse avec » moi, et que le destin me moissonne avant de l'avoir lé- » guée aux hommes : *car il ne faut pas plus mourir* INU- » TILE *que* VIVRE SANS GLOIRE (7) » !

Et, en effet, n'est-ce pas bien ici le cas de terminer cette note déjà si longue, en appliquant à P. Manuel ce qu'a dit Mirabeau d'un homme connu de toute la France, et qui n'auroit été fait pour rivaliser en aucun sens avec l'éditeur des *Lettres écrites du donjon de Vincennes :* IL A FAIT TOUT POUR L'HONNEUR, ET RIEN POUR LE PROFIT?

(7) Voir *ibid.*, page 42. (*Note de l'édit.*)

rai passer ses deux jolies pièces à Mignonne (*).
Voici une épitaphe qui a été faite pour cette

(*) Il ne reste à la disposition de l'éditeur que celle des
deux pièces qu'il croit devoir joindre à l'épitaphe. Cette
pièce avoit été précédemment imprimée; mais on y avoit fait
depuis quelques changemens, et elle reparut en 1782, dans
l'état où on la donne ici.

ÉLÉGIE SUR LA MORT DE MIGNONNE, PETITE CHIENNE DE LA COMTESSE DE......

Que sous vos doigts le luth gémisse !
Muses, que l'écho de ce bord
Des chants lugubres de la mort,
Dans la profonde nuit, longuement retentisse !

J'aimois Mignonne, et Mignonne n'est plus.
Je l'aime encore : au dieu des rives sombres
J'adresse des vœux superflus ;
Mes tristes vœux ne sont point entendus.
Elle habite à jamais le domaine des ombres.
Je le sais trop ; mes pleurs ne l'affranchiront pas
De cette loi prescrite à tout ce qui respire.
Lorsque naguère, en mon joyeux délire,
Je célébrois Mignonne et ses appas,
Qui m'auroit dit que bientôt sur ma lyre,
Je lamenterois son trépas ?

Que sous vos doigts le luth gémisse !
Muses, que l'écho de ce bord
Des chants lugubres de la mort,
Dans la profonde nuit, longuement retentisse !

Mais, que dis-je ? Non, non : de vos airs douloureux,
Muses ! je ne veux plus l'hommage :
L'espoir, ami des malheureux,

charmante chienne, et que vous ne connoissez pas, à ce que je crois.

> Avec Myrthé ne pleurez plus mon sort;
> Songez plutôt à me porter envie ;
> C'est dans ses bras que j'ai perdu la vie :
> Qui ne voudroit expirer de ma mort?

J'ai fait bien des choses ici; je ne puis vous envoyer les plus importantes par la poste. Par exemple, il paroîtra très-incessamment un ou-

---

> Présente à ma tristesse une riante image ;
> Je vois errer Mignonne en ce charmant bocage ,
> Où la douce clarté d'un jour pâle et douteux ,
>   Luit sur les morts qui firent des heureux.
> Mignonne adoucissoit les chagrins de ma vie:
> Compagne trop aimable , et consolante amie,
>   Elle savoit les endormir ;
> Ses soins touchans et vrais dans mon âme attendrie
> Ramenoient quelquefois l'aurore du plaisir,
>   Et mon bonheur n'irritoit pas l'envie :
>   Pour la payer des biens qu'elle m'a faits,
>   Sans doute , ô fille de Cérès !
> Sur vos genoux vous caressez Mignonne ;
> Mignone entre vos bras mollement s'abandonne
>   Aux doux loisirs d'une éternelle paix.
> Je la vois..... mais, hélas ! illusion funeste !
> Mignone , des douceurs dont tu m'as fait jouir
>   Le seul plaisir maintenant qui me reste,
> C'est d'en pleurer encor le triste souvenir.
>
>   Que sous vos doigts le luth gémisse !
>   Muses , que l'écho de ce bord
>   Des chants lugubres de la mort,
> Dans la profonde nuit , longuement retentisse !

vrage fort intéressant sur un ancien ministre ;
vous l'aurez de première main, et le lirez avec
plaisir ; vous aurez aussi, de la Suisse, toutes mes
rapsodies.

La R..... s'est plaint hautement que je ré-
pandois que je l'avois eue. Cela me rappelle
l'histoire de miladi Montaigu. Le célèbre Pope
avoit prodigieusement à se plaindre d'elle. Miladi Montaigu récriminoit et prétendoit que le
poëte avoit osé dire qu'elle étoit entrée au sé-
rail, et qu'elle avoit acheté cette grâce inusitée
par sa complaisance envers le grand seigneur.
En vérité, répondit Pope, *miladi a bien de la
vanité ! Je ne soupçonnerois pas, en cent mille
ans, le grand seigneur d'un goût si bizarre.* Il
est vrai que ce grand seigneur-là n'avoit pas été
trois ans et demi au donjon de Vincennes ; mais
il est vrai aussi que ces choses-là ne se disent
point quand elles sont, à plus forte raison quand
elles ne sont pas, et que je n'ai jamais été capable d'un tel propos : S..... est fort lâche de
me l'avoir prêté.

Adieu, mon très-bon ami. Vous méritez si
peu d'avoir des chagrins, que je voudrois vous
savoir tiré d'inquiétude et de peine ; mais cela est
difficile au courant. Mon opinion sur ce monde est qu'on y paie les moindres biens et les
plus grands au-dessus de leur valeur ; et avec

cela, je mettrai ma vie à acquérir, autant que je
le pourrai, au physique et au moral, sachant
toujours bien que le jeu ne vaut pas la chandelle ; mais c'est que je suis tourmenté de ma
propre activité ; et quand la chandelle brûlée
par les deux bouts sera finie..... eh bien ! elle
s'éteindra ; mais elle aura donné, par la petitesse
de sa lanterne, une vive lumière. N'est pas phare
qui veut : il faut pour cela être placé sur une
tour : Dieu m'a fait naître dans une cave ; mais il
m'a donné de n'y être pas étouffé. *Vale et me
ama.*

LETTRE XII.

Au Bignon, 31 août 1781.

JE pense comme vous, mon ami, que l'on attaque nos lettres. Qu'y faire ? C'est une inquisition pire que le stylet de Naples et le lacet de
Constantinople.

Non-seulement l'ouvrage que je vous ai annoncé paroîtra très-incessamment, mais il fera
très-grand bruit ; et, si vous reconnoissez l'auteur, gardez-vous sur votre tête de le nommer ; cet ouvrage peut le mener haut, mais aussi
lui faire une foule d'ennemis.

Je vous enverrai, sous huitaine, un pamphlet sur la musique qui est la matière favorite du jour. C'est un morceau, que vous pouvez avoir vu dans mon recueil, arrangé et refait. Il n'est point du tout connu dans ce pays et n'est pas sans mérite.

Songez, quand vous avez un peu de temps, que vous n'êtes pas mon correspondant, mais mon ami, et que j'aime mieux vos lettres que vos billets.

Adieu, mon cher Pylade; non que vous n'ayez tout le feu d'Oreste, mais je veux vous rendre aussi sage qu'Achate. Toujours et tel que vous serez, vous ne sauriez m'être plus cher.

LETTRE XIII.

Au Bignon, 7 septembre 1781.

JE ne saurois vous dire, mon ami, combien je languissois après votre lettre. L'espace du courrier de samedi à celui de mercredi est si long que je me trouvois condamné à un double veuvage.

Vous m'auriez fait une peine très-vive, si je n'étois à peu près sûr que c'est le fond du calice que vous avalez, et que notre malaise tire à sa fin.

Patientez donc, mon cher et bien cher ami,

et surtout tenez-vous pour dit que quand je ne vole pas à votre secours, c'est que je suis garotté en tout sens. J'ai pensé vingt fois casser les vitres. Mais croyez-vous qu'il ne s'agisse que de baisser les pointes, de marcher à l'ennemi, de l'enfoncer ou de périr dans ses rangs? Il y a dans l'armée du roi quatre mille grenadiers imbécilles qui en sont aussi capables que vous et moi. C'est à lutter contre les difficultés de sa position et à tirer avantage du caractère et des manœuvres même de l'ennemi; c'est à ne point faire de fautes, et enfin à vaincre qu'est l'honneur et le mérite.

Créqui faisoit bravement écharper son armée à Consarbrick, et se sauvoit, lui cinquième, pour n'avoir pas pris patience. Turenne la prenoit six mois de suite devant Montécuculli, et la lui rendoit nécessaire. Croyez-vous que ce fussent des gens timides que ces drôles-là, et qu'ils n'eussent pas bien fait un coup de main comme d'autres? Mais ils n'étoient pas si sots. Ce n'étoit pas des civilités qu'ils se faisoient; ils n'avoient point de ménagemens l'un pour l'autre; ils en avoient pour eux-mêmes, pour la prudence, pour le succès, pour la gloire.

Somme tout, mon cher ami, je suis très-impatient d'être à Paris, et plus impatient encore d'être ailleurs; mais je ne veux ni donner prise, ni rien précipiter. Soyez sûr et bien sûr que je ne perds pas un instant ni vous ni mes affaires de vue, et fiez-vous en à mon honneur et à mon inviolable amitié.

Adieu, mon excellent ami ; j'aime, chéris et porte tous les vôtres dans mon cœur qui vous est tout dévoué.

LETTRE XIV.

Au Bignon, 15 septembre 1781.

VOUS ne me soupçonniez pas, mon cher ami, de craindre que nos projets de réunion ne fussent trop tôt réalisés. Hélas ! j'en ai grand'peur. L'infirmité de mon père a porté, comme je l'ai toujours pressenti, sur ses digestions; mais, au lieu de le relâcher, elle l'a resserré, et nous tremblons pour l'inflammation. Il suffit que sa vie me soit utile et chère pour qu'elle soit menacée : telle est mon étoile. Puisse sa guérison lever bientôt les inquiétudes qui me rongent !

En attendant, je m'occupe de lui, et il m'est doux d'en être occupé. Voici le plan sur lequel ma famille doit élever un monument pour cet homme qui aura toujours de grands droits à la célébrité, quoiqu'en puisse penser aujourd'hui le public qui le plus souvent aussi injuste dans son enthousiasme que dans ses critiques, en a fait son idole, et n'en a qu'un peu plus de plaisir à le fouler aux pieds.

Voici mon idée, que je ne vous donne qu'en masse, parce que j'en fournirois les détails les plus circonstanciés, que, si l'artiste n'a point d'imagination, il ne feroit encore que des platitudes; et que, s'il a du génie, mes détails ne pourroient que le gêner. Il ne s'agit à présent que de faire une idée de son ébauche et de la mienne : sur cette ébauche je ferai les observations que je croirai nécessaires, et alors on finira avec soin le dessin.

Le plan que vous voyez, est un pré à l'angloise qui se trouve dans un parc autour du château. Ce pré est aussi irrégulier que le plan ; mais cependant il paroît sur le terrain former une ellipse. Les dimensions sont exactes. Outre les deux allées que vous voyez qui le traversent, il y en a une tournante qui dessine le circuit du pré ; mais je veux que son véritable contour soit un beau portique de feuillage, soit en tilleuls, soit en maronniers, soit en peupliers d'Italie qui jouent assez bien la colonnade.

Dans ce pré, je veux aussi pratiquer un bosquet en lauriers qui soit l'enceinte du temple de la Vérité. L'idée du monument qui doit être une coupole à l'antique ouverte de tous côtés, est mon père léguant ses ouvrages au Temps et à la Vérité. Vous sentez quels détails heureux m'offre cette idée pour les bas-reliefs; là, Bacon, Galilée, Socrate, tous les grands hommes persécutés et méconnus par leur siècle, trouveront leur place; mais le groupe, objet du monument, c'est la statue de mon père dédiant ses livres à la déesse que le Temps dévoilera. La mère de mon père, qui avoit une figure vraiment céleste, sera la Vérité. Il faudra trouver un moyen de placer d'une manière flatteuse et distinguée mon oncle et le fameux Quesnay, qui a été le précurseur de mon père. Vous savez combien celui-ci a prôné l'agriculture et la liberté. Le soc, le chapeau d'affranchi couronneront le caducée, etc., et tous les attributs du même genre l'entoureront. Nous trouverons moyen de placer les médaillons des principaux membres de la famille (*). Voilà, si je ne me trompe, mon cher Vitry, un sujet capable d'échauffer l'imagination d'un ar-

---

(*) Cet hommage rendu par Mirabeau à son père, ne sauroit être suspect; car il est rendu devant un tiers fort désintéressé, et qui n'étoit dans la possibilité ni de le faire connoître, ni de le faire valoir : c'est sur un trait semblable qu'il faut juger Mirabeau, et non sur ce qu'il a pu écrire dans l'ivresse insensée des passions. S'il n'avoit ja-

tiste : quand il faudra l'aider dans les détails, il nous trouvera assez féconds. Remarquez cependant qu'il faut se borner aux facultés des particuliers; car, quoique mon oncle et mon beau-frère Du Saillant soient prêts à faire une dépense assez considérable, nous ne sommes ni des souverains, ni des fermiers-généraux.

Ruminez, mon cher, voyez si vous avez quelque connoissance (vous ne nommerez point les masques capable d'entreprendre ce dessin qui lui seroit bien payé, mais dont il faut que je voie auparavant l'ébauche.

Certainement Lucas exécutera ce monument; et mon projet est, aussitôt que l'idée en sera ébauchée, d'en arrêter le prix fait, afin que mon oncle et M. Du Saillant voient que Lucas, dont je leur garantirai le talent, ne les traitera pas plus chèrement qu'aucun autre. Je pense que cet ouvrage peut lui faire beaucoup de profit et d'honneur. Ses grands hommes seront très-beaux, et je les ferai valoir, ou je ne pourrai.

---

mais écrit, et si l'on n'avoit jamais publié que ce qu'il pensoit réellement, les personnes qui l'ont bien connu n'auroient pas à regretter que l'opinion publique ait été si souvent trompée sur le compte d'un homme qui, malgré les écarts où l'ont entraîné l'infortune et la fougue de l'âge, eut toujours autant de droiture et de sensibilité dans le cœur que de force et d'étendue dans l'esprit. (*Note de l'édit.*)

Conservez bien précieusement votre Julie, et donnez-moi des nouvelles fraîches de sa santé si délicate.... Mais il n'y a que les frêles santés qui vieillissent.... C'est une si précieuse chose et si rare qu'une bonne femme ! Et, croyez-m'en ; il en est bien peu, mon ami, qui ressemblent à la vôtre, et auxquelles on ne pût raisonnablement appliquer ce distique si connu que, pour la sûreté de vos yeux, je ne vous conseillerois pas de traduire à la première de ces dames qui vous en presseroit (*) :

Aspide quid pejus? tigris; quid tigride? dæmon;
Dæmone quid? mulier; quid muliere? nihil.

Vous avez toute raison, mon cher ami, que la sympathie et la reconnoissance (je parle de la mienne) m'unissent indissolublement, de ne pas

---

(*) J'ai eu le bonheur de ne rencontrer en ma vie qu'une seule de ces dames, aux instances de laquelle il m'ait paru convenable de céder, en lui traduisant, autant bien que possible, le sens littéral du distique; mes yeux sont sains et saufs ; et tout m'assure que la mémoire de la dame n'est point perdue. Que le surplus de son sexe me pardonne de n'avoir pas retranché du recueil cette saillie de gaîté de Mirabeau; laquelle, vu l'explication et l'à-propos, pourra bien n'être pas considérée par ceux des lecteurs qui m'entendront (et ils peuvent compter), comme hors-d'œuvre très-inutile et fort indifférent. (*Note de l'édit.*)

aspirer à un titre qui va devenir un furieux écueil. Vous n'avez pas d'idée des temps qui se préparent. Assurons-nous un port dans la tempête, et que votre boussole soit l'amitié : les vents et les courans peuvent la contrarier ; mais je vous réponds qu'elle ne vous égarera pas, et que vous arriverez.

LETTRE XV.

Au Bignon, 17 septembre 1781.

J'AI reçu avec un très-grand plaisir, mon cher ami, votre lettre du 15 ; et parce qu'elle est de vous, et parce qu'elle est plus longue qu'à votre ordinaire ; car, depuis du temps, vous vous êtes accoutumé à me sevrer, non pas de vos soins et de votre service, mais de votre joli langage.

M. le garde des sceaux retarde encore un tant soit peu mon voyage, parce qu'enfin il a fallu savoir à quoi s'en tenir sur l'affaire de Pontarlier, avant que de faire une démarche décisive en Provence ; mais, comme vous dites : *Je suis sûr d'arriver, tout marche, non sans ressorts et sans frottemens ;* mais tout marche, et je jouirai de plus d'un plaisir quand je vous daterai une lettre d'Aix. Alors, mon cher et très-cher ami, vous pourrez dire que vos affaires à vous aussi vont bien.

Dupont n'a garde assurément de vous voir en ce moment; car à peine arrivé à Paris, le ministre l'a fait partir pour une tournée.

Ne persiflez pas votre digne petite femme : elle est excellente à beaucoup d'égards; elle est aimable, elle est sûre, discrète, dévouée. Ces joyaux-là ne se trouvent pas dans toutes les maisons de Paris; mais vous en êtes digne; soyez long-temps heureux et mes amis.

LETTRE XVI.

Au Bignon, 22 septembre 1781.

JE vous envoie, mon très-cher ami, par M. Rivey, 1.º mon manuscrit sur les *Lettres de Cachet* que je confie à votre honneur, ne voulant point l'emporter avec moi, et que vous feriez copier, si vous rencontriez un homme de la discrétion et de l'intelligence duquel vous seriez aussi sûr que je le suis de vous-même. Ce M. Rivey est celui que le garde des sceaux a chargé de la grande affaire, laquelle va très-bien. 2.º Le commencement d'un autre manuscrit très-précieux à mon cœur, que je ne vous fais pas passer tout

entier, parce que je le touche sous les yeux mêmes de la personne qui l'a fait il y a long-
temps; quand je dis *sous les yeux*, c'est-à-dire
courrier par courrier. Je prendrai la même marche avec vous, et je vous enverrai successivement la suite, demi-feuille par demi-feuille. Vous
concevez sans doute que personne au monde ne
doit jeter les yeux sur ces mémoires, qui ont été
faits pour ma satisfaction particulière, et n'ont
de prix qu'une grande exactitude et beaucoup
d'ingénuité de style (*). Mais vous qui avez aimé, vous sentirez quelle impression doit me
laisser le souvenir de tant de sacrifices, de plaisirs et de peines mutuels.

Je n'ai que faire de vous dire qu'il faut me
conserver précieusement ce gribouillage origi-
nal.

Ci-jointe une addition pour *Tibulle*. Je voudrois savoir si vous êtes content de cet ouvrage,

---

(*) Mémoires demandés, en 1777, à Sophie (*Lettres
originales de Mirabeau, écrites du donjon de Vincennes,*
édit. *in*-8° de 1792, tome I, page 81) : « Ne néglige pas
» les Mémoires qui feront mes délices; écris-les avec dé-
» tail, tendresse et naïveté; fais, pour mon usage, une petite
» récapitulation des dates de nos amours (à la fois si heu-
» reuses et si infortunées), depuis que je te connois. Comme
» tu as tout marqué, cela te sera aisé ». (*Note de l'éd.*)

et si, en le dépeçant, vous ne pourriez pas m'en faire passer une partie.

Adieu, mon très-aimable ami. Songez que vous êtes autant en reste avec moi, du côté des lettres, que je le suis avec vous pour tous les autres services que votre infatigable amitié me prodigue.

LETTRE XVII.

Au Bignon, 30 septembre 1781.

Vous ferez bien, monsieur le paresseux, de vous convertir et de reprendre de l'exactitude. Vous m'avez sérieusement inquiété sur votre santé. J'ai eu en ma vie des coups d'étoile si marqués en infortune (comme aussi j'en ai eu quelques-uns qui m'ont tiré d'abîmes que l'on croyoit sans fonds), que je crains quelquefois de porter malheur à ceux à qui je m'intéresse vivement; et certes jamais en ma vie je n'ai éprouvé de sympathie plus marquée que celle qui m'unit à vous.

Je ne sais qui diable vous a fait de mauvais contes sur les résultats de ma *délicatesse;* mais je sais que pas bien loin de vous je pourrois citer des témoignages qui ne me déshonoreroient pas; et, foi d'honnête homme, j'étois fort occupé.

Je vous remercie de la lettre que vous me faites passer; j'ai été arrêté de ce côté par un imbroglio que je viens de découvrir. Toujours userai-je, mon cher ami, de votre complaisance et de votre exactitude pour le courrier prochain.

Mon ami, la réussite est très-simple, malgré les événemens et les contrariétés de tant de sortes, comme je vais vous le démontrer par l'exposition du fait. Il n'est plus question d'aller en Provence, soit à cause de l'infirmité de mon père, soit à cause des suggestions des prétendus amis, et surtout des collatéraux. Voici comment je me suis reviré : j'ai madame de Mirabeau pour moi, je le sais; mais elle a peu de caractère. Or son argument est simple et forcé : *Je ne suis pas en puissance de mari, car M. de Mir.....* *n'a pas d'existence civile;* je ne suis donc que sous la puissance de père, il me défend de rejoindre M. de Mir...... Oh bien ! j'appelle, la contumace tombe, et voilà mes droits civils recouvrés. Alors je dis à madame de Mirabeau : *Je reviens enfin contre l'accusation, si funeste et si horriblement inique, que l'on a intentée contre moi; la sentence est tombée, je vais me remettre; venez solliciter mes juges et suivre mon affaire.* Vous sentez qu'on ne se reme point; vous sentez qu'aussitôt l'appel formé, on négocie pour que la procédure ne se reprenne pas, etc., etc., etc. Madame de Mirabeau, ne fût-elle pas portée pour moi, que feroit-elle? Elle se refusera à la demande! Eh mais! je la lui ferai en justice.... Elle implorera l'autorité! Contre qui? contre un homme actuellement irréprochable, appuyé de son père, de sa famille, etc. Elle intentera une demande en séparation! Mais elle ne peut la motiver que sur le prétendu enlèvement; et peut-elle préjuger mon affaire? Il faut donc qu'elle vienne. Vous ne craignez pas qu'une fois revenue, elle ne soit bientôt tout à fait mienne.

Mon ami, si l'on s'embarrassoit de tous les ingrats qu'on a faits, on ne finiroit plus. Patience donc! Qui ne sait pas lutter contre le mauvais temps ne trouvera jamais le port.

L'*Éloge historique de M. Turgot* ne peut s'imprimer qu'en pays étranger; cela me retarde et me dépite. Là se trouve un *Compte rendu* qui fait un peu la nique aux postérieurs, en prouvant que l'on pouvoit sans nul effort ce dont on s'est tant vanté, après tant de ruineux efforts.

Soyez, mon ami, très-circonspect vis-à-vis de Zénéïde. Vous n'avez aucune idée de l'étendue et de la finesse d'esprit de cette femme-là.

Adieu, car on m'appelle. J'embrasse et chéris tendrement vous et les vôtres.

Je n'attends plus, moi, que le jour que m'indiquera M. le garde des sceaux pour aller me remettre; *motus* à tout le monde. Adieu, mon ami cher; aimez-moi comme le meilleur, le plus tendre et le plus sincère ami que vous aurez jamais.

LETTRE XVIII.

Au Bignon, 25 octobre 1781.

Oui, mon ami, je crois avoir fait un furieux chemin, et je vous jure qu'il m'a fallu plus d'art, d'esprit et de conduite en tout ceci, qu'il n'en faudroit pour la pacification universelle de l'Europe. Mais il s'agissoit de mon existence, de moi, de mes amis; je me suis donné de l'éperon dans les flancs à chaque mouvement de découragement, et me voilà au terme : car ce premier pas fait, tout le reste suit.

Je n'ai que le temps de vous remercier tendrement, mon ami, et de vous envoyer le second blanc-seing que vous me demandez.

Ce ne peut guère être que du 2 au 3 novembre que je serai à Paris. Vous êtes toujours le même : délicat, zélé, ami jusque dans la moëlle des os.... Nous voilà dans la crise ; mais elle ne peut qu'être favorable.

Ci-joint le plan divisé que j'ai pris la peine de faire moi-même : nos ânes d'arpenteurs n'entendant rien à l'explication, quoique très-claire de votre homme. Je l'ai fait de manière que l'on y reconnoîtra sur-le-champ le nombre des degrés de chaque angle..... Adieu, mon cher ami. Mille tendres complimens aux Julie que j'aime de toute mon âme, et pour elles et pour vous.... Prévenez H..... que l'on doit aller voir incessamment la procédure.

LETTRE XIX.

Au Bignon, 27 octobre 1781.

Voici votre lettre, mon ami, où se retrouvent toute votre loyauté, votre esprit et votre chaleur, laquelle est toujours prête à se réveiller jusqu'à l'excès dans une âme honnête, à la vue des lâchetés et des perfidies.

Il faut, mon ami, que vous me rendiez un service essentiel : après la parole formelle donnée à M. le duc de Nivernois, que communication de ma procédure seroit faite à M. Rivey, celui-ci s'est transporté chez le chef de la magistrature qui l'a reçu à merveille, et a fait donner ordre dans ses bureaux qu'à toute heure cette communication lui fût donnée.

Cette procédure s'est trouvée notée sur les registres; mais il a été impossible de la trouver. Vous voyez qu'il y a là, négligence ou friponnerie des sous-ordres.

Il s'agit, mon ami, d'écrire sur-le-champ à M. H..... et même de le voir, si cela est possible; de l'engager à tirer cela au clair, etc., etc. C'est une procédure prise au *bailliage de Pontarlier, à la requête de M. de Monnier, contre moi en 1776, et apportée à M. le garde des sceaux, en 1778.*

Que H..... nous dise franchement ce qui accroche (il peut être sûr et bien sûr que le secret lui sera gardé). Quelles démarches il faut faire !

Adieu, mon ami, je vous embrasse.

LETTRE XX.

Au Bignon, 12 novembre 1781.

LA réponse de H...... m'importe beaucoup, et d'autant plus, mon cher Vitry, que sur le simple relevé des charges, et après une étude ap-

profondie de l'ordonnance criminelle, nos avocats sont persuadés que, sans protection ni coup
d'autorité quelconque, mon affaire peut se ci-
viliser.

Ce qui arrête réellement mes affaires, c'est le
dessous de cartes de *cette procédure annoncée
et puis perdue*. Ma dernière lettre vous a instruit de tout cela, et je me fie à votre zèle pour
tirer au clair, le plutôt possible, ce qui pourra
se savoir à la chancellerie.

Nous avons ici un temps infernal qui m'a em-
pêché et m'empêchera, aussi long-temps qu'il
plaira à Dieu de le prolonger, de vous envoyer
du gibier; mais il ne m'empêche pas de songer
à vous, de soupirer après vous, et de plier tous
mes plans au désir qui est devenu un véritable
besoin de vous unir à moi. Adieu, mon très-
bon ami : je salue tendrement votre chère femme; je caresse votre fille; je vous aime de tout
mon cœur.   M. F.

LETTRE XXI.

Au Bignon, 20 novembre 1781.

J'AI reçu, mon cher ami, en même temps
que votre lettre, une relation de mon frère, qui
étoit acteur dans l'événement le plus décisif de
la guerre, et comme il est aide-major général
de sa division; il a été un des maîtres des céré-
monies, le jour où les troupes de Cornwalis ont
défilé. C'est un triste sort pour un aussi brave
homme que de se voir réduit, par la faute du
cabinet de Londres, à une telle humiliation! Il
a été pris, après onze jours de tranchée ouverte.
Ce siége nous a coûté quatre cents hommes, tant
tués que blessés. Les troupes du lord Cornwal-
lis sont très-belles; il y a un bataillon des gardes
angloises, le 23.me, le 33.me et le 80.me régimens, la légion britannique, les volontaires de
la reine, les montagnards écossois, l'infanterie
légère, deux régimens d'Anspach, un de Ba-
reith, un du prince héréditaire, un de Boss,
le tout hessois; et en sus des quatre mille huit
cents hommes, douze cents matelots armés pour
le service de l'artillerie. Je n'entends pas comment, après une aussi belle journée, on retour-

ne aux Isles-du-Vent, au lieu de marcher droit à Clinton. Au reste, il y a un bel accord dans les manœuvres françoises ; et voilà le premier événement de la guerre où nous ayions eu un plan..... Je vous remercie de votre très-énergique réponse au merveilleux questionneur. Pourroit-on savoir qui il est, et à quel propos cela venoit? Mais vraiment vous étiez en verve le 18, et votre lettre est charmante ! Adieu, mon cher ami ; je crois que le garde des sceaux est plus embarrassé que nous, et j'attends.

LETTRE XXII.

Au Bignon, 25 novembre 1781.

Vous conviendrez, mon ami, que si un garde des sceaux faisoit son devoir, il diroit à un commis qui ne trouveroit pas une procédure registrée à la chancellerie : *Elle se trouvera, ou vous serez pendu dans les vingt-quatre heures; on ne joue pas avec l'honneur et la vie des citoyens.* Quoi qu'il en soit, je vous remercie de tout mon cœur de tant et tant de peines que vous vous êtes données pour cette besogne. J'ai remué d'autres cordes, et il seroit bien malheureux qu'aucun de mes ressorts n'eût d'effet.

Il n'a dû vous manquer tout au plus qu'un courrier, à supposer, ce qui arrive quelquefois, que deux se soient accumulés. Certainement, mon ami, je n'ai pas de plus doux momens que ceux où je vous écris, et j'y trouverois plus de plaisir encore, si la circonspection à laquelle la poste me contraint, me permettoit de verser mon cœur dans le vôtre. Oui, certes, je m'ennuie à mourir; mais une des choses les plus essentielles de ce monde est de *savoir s'ennuyer*. Au reste, pour peu que vous y réfléchissiez, vous verrez que depuis six semaines, il s'est passé des événemens si singuliers, si imprévoyables, que les plans formés sur des données absolument disparues, ont dû être fort dérangés. Eh bien! mettez-vous dans la tête, mon ami, qu'il vous est impossible de deviner la moitié des obstacles inattendus qui ont croisé toutes mes opérations.

Voici, puisque vous avez encore *Tibulle*, une petite addition à placer dans la note sur les maisons de campagne des Romains où j'ai rapporté la description que Pline fait de sa maison de Laurente. « Un architecte moderne qui trouve » que cette maison annonce beaucoup d'apparence, une grande profusion, un luxe mal- » entendu, conjecture qu'elle avoit de face deux » cent quarante toises, c'est-à-dire vingt toises

» de plus que le château de Versailles dans tou-
» te son étendue sur le jardin. Remarquons qu'il
» en avoit plusieurs presque aussi vastes, et qu'il
» y avoit à Rome une infinité de particuliers
» plus riches que lui; cela pourra nous donner
» une idée du luxe des Romains. Au reste, s'ils
» semblent, ainsi que les Grecs, n'avoir été cu-
» rieux que des dehors, et s'être ménagé au-de-
» dans peu de commodités, on ne leur refusera
» pas (et l'on en peut juger par la lettre de Pline)
» d'avoir su profiter de la situation des lieux,
» des expositions les plus favorables à leur santé,
» et de cette volupté que les hommes sages é-
» prouvent, en jouissant d'un air pur et tempéré,
» suivant les différentes saisons, et malgré l'in-
» constance même du temps ».

Adieu, mon très-bon ami. Chaque courrier
vous apportera quelque chose; car chacun peut
m'apporter à moi d'importantes nouvelles.

LETTRE XXIII.

Au Bignon, 30 novembre 1781.

JE reçois, mon aimable, bon et digne ami,
votre lettre bien touchante d'amitié et où votre
impatience est peinte d'après nature. Conservez-
moi, mon cher Vitry, cet attachement tendre et

fervent qui est payé de toute l'affection du cœur le plus aimant, et qui ne sera pas toujours vainement servi par un esprit passablement actif, et qui ne cesse guère de rêver aux moyens d'obliger ce qu'il aime.

S*** est un sot d'avoir pu mettre un instant dans la balance moi, ma parole et les plats qui l'ont reviré; il est un sot de ne pas savoir que qui veut le succès du moment, renonce aux durables; il est un sot de n'avoir point vu que je ne pouvois point ne pas avoir mon tour, et que l'excuse des *on m'a dit*, etc., etc., etc.; *j'ai cru*, etc., etc., seroit fort mal reçue. Il est un sot, dis-je, par trente-six raisons; mais être un sot n'est pas un délit : je n'ai nulle rancune, et je vous réitère ma parole d'honneur de lui être utile autant de fois que je le pourrai. Ce que vous me mandez à ce sujet me touche jusqu'aux larmes : c'est une vengeance bien noble et bien digne de vous, et il n'y a qu'une âme excellente, telle que la vôtre, qui ait pu concilier aussi bien et du même fait, un sentiment tendre, tel que l'amitié, et un amer, tel que la vengeance.

Adieu, mon très-cher et bon ami, que j'aime chaque jour davantage.

LETTRE XXIV.

Au Bignon, 28 décembre 1781.

Votre lettre a levé un grand faix de dessus ma poitrine, mon très-cher ami. Je commençois à être sérieusement inquiet de votre santé. Soyez tranquille sur la mienne; elle est bonne, quoique bien fatiguée. Je vous félicite sur le rétablissement de celle du bon Maréchaux; vous en parlez avec tout l'attendrissement et la chaleur d'un cœur si aimant, que vous feriez ma conquête par une telle lettre, quand elle ne seroit pas faite depuis long-temps.

L'histoire de votre petite m'a touché aux larmes : cette pauvre chère enfant ! Je tâcherai qu'elle ne se repente point de l'amitié que m'auront vouée ses parens dans son enfance. L'année dont nous sortons a été bien stérile pour vous, mon ami. Je jure sur l'honneur et l'amitié qu'il n'en sera pas de même de celle où nous allons entrer, ou je périrai à la peine......
Mais qu'est-ce donc qui, à travers le mieux dont je vous parlois à l'instant, sembleroit vouloir tracasser encore ma santé ? Mon cher Vitry, l'amitié, la liberté, la santé : voilà les trois trésors

de l'homme; ménageons-les. Mais ce ne sont pas des têtes sulfureuses comme les nôtres, qui suivent régulièrement la politique de la santé. Aimons-nous du moins avec toute l'énergie que la nature a mise dans nos âmes : cela console de tout; et peut-être éprouverons-nous que cela mène à tout. Je baise la main de la bonne Julie.

LETTRE XXV.

Au Bignon, 3o décembre 1781.

Ma foi, mon cher ami, je suis rendu de fatigue, d'écritures et de sommeil; et si ce n'étoit pas après-demain le premier jour d'une année nouvelle, je ne vous écrirois pas ce soir. Mais comment ne pas vous dire que celle où je vous ai connu, est, par cela même, une des plus heureuses de ma vie, quelque enmêlée de contrariétés et d'angoisses qu'elle ait été; que la suivante ne m'ouvre un véritable espoir au bonheur, qu'en me donnant la perspective de vous être utile et de verser sur vous tous les soins de l'amitié; qu'enfin il ne m'est plus possible de me faire un bien-être indépendant du vôtre? Dites à votre Julie qu'assurément elle entre pour beaucoup dans mes vœux pour vous tous. Il y a long-temps que j'ai reconnu que l'extrême mobilité de votre imagination et la chaleur de votre âme ne vous faisoient que mieux savourer le mérite de votre excellente femme. Coulez ensemble de longs et et d'heureux jours; que la prospérité de votre charmante enfant les couronne, et aimez-moi tous comme je vous aime.

LETTRE XXVI.

Au Bignon, 9 janvier 1782.

JE me suis enfin procuré, mon ami, cette procédure que M. le garde des sceaux et consorts m'ont tant fait attendre. Elle m'est arrivée; et avant de la faire passer, il m'a fallu prendre des notes nombreuses qui m'ont absorbé jour et nuit, dans un moment où ma santé ne m'auroit demandé que du repos. Mais mon cœur, qui ne demande au contraire que du mouvement, n'en a pas moins tristement senti l'interruption de votre correspondance, qui est devenue pour moi une véritable jouissance.

Vous me coûteriez par trop de mauvaises nuits, si je n'étois pas sûr de vous rejoindre bientôt, et à peu près sûr aussi de voir changer votre destinée. Enfin, au milieu des courans et des vents contraires, je cingle au port, et je le vois. Oh! si vous saviez ce que j'ai eu à vaincre; que de perfidies d'un côté, que de foiblesses de l'autre, que d'événemens bizarres et contradictoires ont barré ma route; vous ne vous plaindriez pas qu'elle ait été si longue!

Vous avez raison de faire des vœux pour moi; car il ne m'arrivera jamais de bonheur que vous ne le partagiez.

LETTRE XXVII.

Au Bignon, 16 janvier 1782.

Voici donc de vos nouvelles, mon très-bon et très-cher ami! Oh! que je vous aime et vous sais gré de tant et tant de preuves d'attachement que vous me prodiguez avec des grâces presque aussi touchantes que vos procédés! J'ai oublié, comme un maître sot, de vous envoyer ce que je vous annonçois; le voici: faites-en l'usage que vous dictera votre ardente amitié; et puissiez-vous toujours conserver cette chaleur généreuse!

Des Birons ne m'a point parlé de la démarche

de l'abbesse chez Boucher. Expliquez-moi cela.

Oui, mon ami, mes espérances sont très-pro-
chaines et à peu près infaillibles : Des Birons a
fait de bien bonne besogne là bas. C'est un honn-
nête et habile homme qui m'est fort affectionné;
mais s'il est en affaires la doublure à mon ha-
bit, vous, vous n'êtes qu'une chair avec moi.
Faites ce que vous projetez pendant le dîner que
vous lui donnerez; qu'il appuie et que cela n'ait
pas l'air du concert, mais que ce soit énergique.
Vous avez des inventions charmantes!

Le pauvre S..... ne sait pas qui il accuse, et
j'espère tirer une noble vengeance de lui; car
assurément je lui ferai du bien. Les hommes ordinaires ne savent point compter avec le temps,
et voilà ce qui les sépare le plus essentiellement
des hommes de génie et à grand caractère.

Mille remercîmens de mes notes. Adieu, mon
cher et bon ami. Je caresse vos Julie, et je vous
aime de toutes les forces de mon âme.

LETTRE XXVIII.

Au Bignon, 22 janvier 1782.

Mais, mon ami, êtes-vous mort? Quoi! pas
un mot de vous, et voici le troisième courrier!
Ce maudit Des Birons n'arrive que vendredi

matin. Cela me retarde et m'inquiète; mais, au
nom de Dieu, parlez donc : qu'êtes-vous devenu? J'ai du noir dans l'âme. Il vient de se passer
un événement affreux à un village qui n'est éloigné d'ici que d'une lieue. Un habitant de ce
village était retenu au lit depuis plusieurs années
par une paralysie, que ces sortes de gens appellent *fraîcheur*. Il imagine que son voisin le maréchal pourroit lui avoir donné un sort; il com-
munique son rêve à ses enfans, et le rêve fatal
devient une réalité! On consulte le curé qui
croit la chose possible. Le père et les enfans se
déterminent; on allume un grand feu; le maréchal est invité à souper. A peine est-il entré
que la porte se ferme, qu'il est déshabillé et jeté
dans les flammes, où on le tient pour le forcer à
rompre le charme. Ses hurlemens donnent l'a-
larme; les voisins font venir le curé; on lui ouvre. Et vous croyez qu'il a honte de cette horreur? Non : cet imbécile, chargé par état d'en-
seigner le peuple, croyoit aussi aux sorciers; il
exhorte chrétiennement le maréchal à se reconnoître et à lever le sort. L'infortuné proteste en
vain de son innocence; le curé l'abandonne, se
retire, et, quelques minutes après, le malheureux
expire sur le fumier, où on le jette à demi-con-
sumé. On prend une procédure; mais ira-t-on
parer cette horrible catastrophe par une autre

catastrophe ? Mon Dieu, qu'on a quelquefois honte d'être homme !

J'allois oublier une chose capitale : si vous a-vez encore le temps de me faire passer, sous le contre-seing de la chancellerie, le dernier ou-vrage à tranches rouges (*), faites-le d'ici à sa-medi. J'ai une occasion toute prête pour la Suisse, où, à vue du manuscrit, on me comptera beaucoup d'argent..... Si vous n'avez pas ce temps, adressez-le, le plutôt possible, également sous contre-seing, à M. Michaud, procureur du roi, au bailliage de Pontarlier, en Franche-Comté. Ceci m'importe beaucoup, mon cher ami : vous vous doutez bien, quand je vous prie d'adresser à M. Michaud, qu'il ne seroit pas im-possible que j'allasse le rejoindre incessamment. Mais patience, et n'anticipons pas. Dans tous les cas, j'aurai soin de vous tenir au courant. Écrivez-moi donc, et aimez-moi toujours.

(*) *Les Lettres de Cachet.*

LETTRE XXIX.

Dijon, 6 février 1782.

NE vous donnois-je pas à entendre par ma
dernière lettre ma prochaine apparition à Pontarlier? Vous ne serez donc pas fort étonné,
mon cher Vitry, que je date de Dijon en cet
instant. Nous comptions y être le 4, à la chute
du jour, et nous n'y sommes arrivés que fort
avant dans la nuit du 5 au 6, par des temps effroyables; et certes, si nous croyions aux augu-
res, nous n'aurions pas continué notre route.
Nous avons successivement et dans la même
journée, cassé essieu, roue, soupente et portière. Voilà assez de quoi rompre dix cous, et
nous n'avons pas même eu la plus légère égrati-
gnure. L'essieu a rompu dans un moment où
nous allions à bride abattue, heureusement à
peu de distance de Vermanton; la roue a brisé
à la poste même, à Cussy-les-Forges; la soupente nous a laissés au beau milieu de la nuit
dans le grand chemin; et de cette fois la portière
a sauté. On ne feroit que rire de tout cela quand
on est arrivé, s'il n'en coûtoit pas beaucoup
d'argent; mais pénétrés, comme nous le sommes,

du désir et de la nécessité de faire un voyage économique, nous ne jetons pas, sans tristesse, un regard sur notre mémoire, et, sans embarras, les yeux sur notre bourse. Au reste, mon père verra bien, par le mémoire que Des Birons lui fait passer, que nous avons vécu comme des grimauds; mais il sait ce que sont les ouvriers quand on a indispensablement besoin d'eux en route. Toujours peut-on tenir pour démontré que c'est une bien mauvaise économie que de n'avoir pas une voiture sûre.

Madame de Ruffey a passablement reçu M. Des Birons, et le résultat a été que ne pouvant ni paroître avec nous, ni écrire un mot dans cette affaire qu'elle n'y vît du positif; ni sortir, sur de simples espérances, du système que lui prescrivent tous ses conseils jusqu'à la mort de M. de Monnier, elle nous promet seulement de ne pas nous barrer, et de signer ce qu'il faudra, si nous apportons la restitution de la dot, une légère pension, au cas de possibilité, et le désistement de la plainte de M. de Monnier, moyennant quittance des droits nuptiaux, et caution que madame de Monnier ne sortira pas du couvent, du vivant de son mari. Je crois, aussi bien que Des Birons, qu'il ne nous en faudra pas davantage, mais que nous serons obligés de repasser par Dijon.

Au reste, Des Birons m'a paru croire que mon

père penchoit à ce que nous nous retirassions, après notre appel, et mon premier interrogatoire qui feroit tomber la contumace, si madame de Ruffey ne vouloit pas concourir avec nous, ou que nous ne parvinssions pas à l'accord des parties civiles. J'ai prié M. Du Saillant de lui représenter que je ne puis ni ne dois quitter cette affaire qu'après la clôture absolue par accommodement, ou le jugement définitif. Outre qu'il ne me convient pas, et ne sauroit me convenir de laisser mon repos et mon existence, non-seulement à la merci du garde des sceaux ou du procureur général de Besançon, mais à celle du premier gratte-papier qui voudra me susciter une mauvaise affaire, madame de Mirabeau ou ses collatéraux diroient à bon droit que les motifs de séparation existent toujours entre nous, puisque par des formalités de procureur j'ai bien pu venir à bout de faire tomber ma contumace, mais non pas de me laver de l'imputation outrageante pour elle d'avoir déserté son lit, *pour enlever* une autre femme; que, si je disois à madame de Mirabeau; *Mais du moins vous ne pouvez pas préjuger mon affaire, attendez que je sois convaincu*, elle me répondroit : *Mais du moins, vous ne pouvez pas préjuger votre affaire; attendez que vous soyez lavé.*

J'espère, au surplus, que je raisonne ici sur

une supposition qui n'aura pas lieu ; mais il faut tout prévoir, parce que je ne veux pas sur toutes choses déplaire en rien à mon père, ni le contredire. Nous partons demain de grand matin pour Besançon, où nous coucherons pour voir M. Ordinaire, avocat des Valdahon ; et je crois pouvoir vous assurer, mon très-cher ami, que nous en viendrons à notre honneur. Ne m'écrivez plus que vous ne sachiez positivement où vos lettres me trouveroient. Adieu, mon ami, que j'embrasse plus affectueusement que jamais.

LETTRE XXX.

Salins, 9 février 1782.

Nous sommes, ainsi que je vous en avois prévenu le 6, mon cher ami, arrivés ce matin avec une diligence incroyable et au milieu des accidens que je ne saurois vous décrire, à Besançon où nous en avons été pour notre toilette. M. Ordinaire, avocat des Valdahon, étoit absent. Par un effort de courage et d'activité nous avons remis à la voile et entrepris de venir, sans nous arrêter, à Pontarlier. Nous sommes parvenus jusqu'à Salins ; mais il a tellement neigé à la montagne, qu'on nous a assuré, avec un assaisonnement d'aventures toutes tragiques, qu'il seroit infiniment téméraire et périlleux de tenter de la passer cette nuit. J'ai vu les deux figures de mes compagnons s'allonger, tandis que je riois, moi qui ne voyois à tout cela que le dégoût fort naturel des postillons de marcher la nuit par le temps qu'il fait, surtout quand ils sont sûrs que la victime ne peut leur échapper. J'ai consenti, non sans jurer entre mes dents, à rester la nuit à Salins, ce qui ne nous empêchera pas de partir demain à cinq heures du matin avec six chevaux pour franchir la montagne. Pauvre bourse! Pauvre corps! Pauvre temps! Pauvres gens!... Adieu, mon ami; je vous écrirai la prochaine fois de Pontarlier.

LETTRE XXXI.

Pontarlier, 11 février 1782.

JE vous écris très à la hâte, mon ami, la veille du jour où je me remets et vais boire le calice jusqu'à la lie. Je ne vous dirai pas tout ce que je voudrois, à cause des infidélités de la poste. Vous saurez pourtant, si cette lettre vous parvient, qu'on nous a envoyé, d'où vous vous douterez bien et avec toute l'emphase imaginable, une consultation de l'abbé Baudeau, qui ne

nous dit que ce que nous savons il y a long-temps,
comme le prouvera notre requête en élargissement provisionnel. On nous rappelle, à propos
de cette consultation sublime, tous les tours de
force de cet homme merveilleux, parmi lesquels
on compte des services rendus à mon beau-
frère dont je n'avois pas connoissance. Au reste,
nous avons été un peu étonnés que le résultat
de ce coup d'œil d'aigle, qui a vu tout à coup
le point décisif de l'affaire, soit d'attendre la
mort du mari qui se porte aussi bien que moi.
Ce n'est pas la peine de nous trouver un si grand
avantage pour nous en faire profiter si mal.

Il est vrai, mon ami, que notre affaire est infiniment sérieuse et délicate; mais il est tout aussi vrai que nous avons fait des découvertes uni-
ques et décisives, que l'on ne pouvoit faire qu'à
Pontarlier; que M. Michaud, procureur du roi,
qui est le meilleur et le premier des criminalistes, fait de mon affaire la sienne propre, et en
répond; que Des Birons et lui trouvent qu'il y a
trente fois de quoi gagner le procès, même pour
madame de Mon....; mais qu'il faut marcher avec
toute la circonspection imaginable. Jugez combien le phare Baudeau nous convient!

Voici le Mardi-Gras, mon ami; aimez-moi
toujours comme je vous aime, et je ne regrette-
rai pas d'entrer en prison pour finir mon carnaval.

LETTRE XXXII,

De la prison de Pontarlier, 12 février 1782.

JE reçois, mon très-cher ami, deux lettres, ou plutôt deux billets, de vous tout à la fois, mais à une telle distance de date l'un de l'autre que je m'y perds; et il faut tout l'intérêt et l'émotion qu'ils m'inspirent, pour que je vous écrive moi-même, dans la circonstance très-épineuse où je me trouve aujourd'hui. Ce sera pour la quatrième fois depuis mon voyage à Dijon. Récapitulez : de Dijon, le 6; de Salins, le 9; de Pontarlier, le 11; et aujourd'hui, 12, uniquement pour vous tranquilliser. Très-probablement la fusée sera bientôt démêlée ; mais, dans tous les cas, si je ne vous donne pas, je vous ferai donner une notice de tout ce que nous aurons fait; et, si vous avez à nous plaindre, vous n'aurez pas moins à nous admirer. Au reste, mon ami, nous sortons du mystique, et les prédictions un peu apocalyptiques que je vous ai faites seront réalisées pourtant. Mais je sais seul quels efforts il a fallu.

Choyez précieusement le petit paquet imprimé qui vous arrivera incessamment par voie sûre.

J'embrasse vos Julie, que j'aime autant que si elles étoient miennes. Surtout dites-moi vite que vous êtes tranquille, et que vous m'aimez toujours de même, *et ut amaris*.

1.ʳᵉ Adresse à M. Michaud, procureur du roi.
2.ᵉ Adresse pour M. le comte de M.

~~~~~~

LETTRE XXXIII.

Pontarlier, le 14 février 1782.

J'AI, mon bien bon ami, subi trois interrogatoires en deux jours. Leur intention étoit de m'en faire subir, et bien davantage et de bien plus longs; mais ils ont vu que chacune de mes réponses me donnoit plus d'avantages sur eux, et ils ont bien compris qu'il falloit me faire un pont d'or. En conséquence leur dernier interrogatoire a été très-foible; mais je l'ai rendu très-sérieux et très-vigoureux, et j'ose dire que mes conseils ont été étonnés de tout le terrain que j'avois gagné sur eux.

Enfin votre ami aura le doux plaisir, ou d'être complètement vengé, ou d'avoir réparé du premier effort, et à l'instant même où on lui aura permis d'agir, les malheurs d'une femme qu'il a eu celui de compromettre si essentiellement. Tandis qu'on nous vexe par des longueurs de toute espèce, on nous détache toute sorte de personnes, et les juges même, pour nous parler d'accommodement; nous répondons que nous ne pouvons plus en entendre parler qu'après l'élargissement provisoire; et le lieutenant criminel ayant commencé hier par me dire : *Monsieur le comte, il faut accommoder;* je lui répondis : *Monsieur, permettez-moi de vous observer que nous sommes ici pour interroger et répondre.*

Le samedi 16 ou le dimanche 17 au plus tard, j'espère, mon ami, vous annoncer mon élargissement provisoire. Portez-vous bien et aimez-moi toujours.

LETTRE XXXIV.

Pontarlier, 17 février 1782.

JE vous avois promis, jeudi dernier, de vous donner, mon ami, du 16 au 17, mon état de situation; le voici : Hier matin samedi, à onze heures, MM. du bailliage m'accordèrent, par sentence, mon élargissement provisoire; à cinq heures trois quarts du soir, le substitut du procureur du roi, entièrement vendu à M. de Valdahon, envoya confirmer mon écrou par un huissier, le faire renouveler et se rendre appelant de la sentence du bailliage. Neuf minutes auparavant, de Mesmay, procureur de M. de Monnier, qui étoit allé consulter à Besançon, et qu'on attendoit depuis trois jours avec une furieuse impatience, étoit arrivé. Je ne crois pas qu'il y ait jamais eu, en aucun lieu du monde, un pareil exemple d'une corruption universelle. Il n'est pas jusqu'au dernier huissier du siége qui ne soit vendu aux Valdahon. Nous venons d'avoir un exemple unique de cette ligue générale. J'ai fait demander un extrait en forme de la sentence qui a été rendue hier pour m'accorder mon élargissement : le greffier me l'a refusé. J'ai dicté sur-le-champ une requête au lieutenant criminel, pour qu'il eût à le lui enjoindre. Le lieutenant criminel a répondu par *un soit communiqué aux gens du roi.* Cela est incroyable assurément; mais cela n'en est pas moins vrai.

Michaud, qui ne parle jamais qu'il n'ait réfléchi une heure, dit hier, à la première nouvelle de la sentence : *Leur affaire est moins mauvaise, à raison de cette déférence.* Il étoit avec moi quand on me récroua; il laissa sortir l'huissier, et cela fut long : *Je ne voudrois pas,* dit-il, *pour mille louis avoir fait ce que vient*

de faire Sombarde ; il lui en cuira. Des Birons
vouloit le prendre à partie sur-le-champ; Michaud nous prouva qu'il falloit attendre, parce
que nous avions besoin de motifs de récusation
victorieux dans la confrontation.

Enfin, enfin, mon ami, la preuve que nos
adversaires sentent eux-mêmes que leur cause
est désespérée, c'est qu'ils n'ont pour tout système de défense que celui de tirer en longueur.
Il est comme sûr qu'ils tentent quelque chose
à Paris, à Versailles, ou auprès de mon père.
Je demande en grâce à ma famille de ne leur
montrer que calme et fermeté. Sans contredit,
nous avons fort mauvaise grâce à n'avoir ici aucun des miens. On y suppléera par quelque
lettre du chancelier. Beaumarchais dit *qu'il ne*
faut que du pain pour vivre, et des chevaux
pour courir; et il a raison, en affaires. J'aurai
le désavantage d'avoir été obligé de me défendre entre quatre murs, et de dicter tout jusqu'à
mes assignations; mais aussi j'aurai, à ce que
j'espère, l'avantage de m'être défendu plus no-
blement. Mes conseils ont été d'avis que je fisse
un mémoire préparatoire, pour montrer du
moins, par mes moyens avoués, que notre cause
étoit loin d'être désespérée. Le mémoire est
fait; il l'a été dans une matinée.

Je n'ai, mon ami, ni le temps de manger, ni

celui de dormir. Vous devez juger par tous les
détails que je vous donne, à quel point je suis
occupé. Je vous embrasse de tout mon cœur.
Mille tendresses à votre digne petite femme et à
votre charmante fille.

LETTRE XXXV.

Pontarlier, 21 février 1782.

VOILA tant de nuits de suite que je ne dors
pas, que je suis véritablement éreinté ; et, quoique j'aie pourtant encore plus de deux grandes
heures à griffonner, et qu'il soit onze heures
sonnées, je ne me coucherai pas, mon ami,
sans vous dire que j'ai subi avant-hier deux interrogatoires que je croyois devoir être les derniers, parce qu'en exposant enfin l'incompétence
des juges françois, soit en Suisse, soit en Hollande, moyen victorieux qu'ils ont eu l'imbécil-
lité de ne pas entrevoir, et qui abat les seules
dépositions redoutables, j'ai rendu inutile une
grande moitié des interrogats auxquels j'ai refusé de répondre. Ils n'en ont pas moins aujourd-
d'hui prononcé sentence pour ordonner la confrontation, y joint ordre d'*expertage* ; et de
plus ordre à moi de répondre sur les faits passés

en pays étranger, ce à quoi je ne serai point embarrassé de répliquer. Quant à l'*expertage*, nous les mettons à leur aise ; car je vais leur présenter requête tendant à les prier d'aller en avant, et à regarder la lettre comme avouée de moi, tant nous la croyons un moyen insuffisant. Sur le tout la sentence est telle que nous l'attendions et la voulions.

Vous pouvez penser par les longueurs de toute espèce que nous avons à essuyer, même avec un plan offensif, si nous aurions langui ici, pour peu que nous eussions temporisé. Voici le mot : on a douté d'abord que nous voulussions faire autre chose qu'un coup fourré ; et quand on a compris que nous avions véritablement, non-seulement un système de défense, mais même un d'attaque, on a tremblé que nous n'eussions madame de Mon.... en poche. Maintenant ils sont enferrés et ne savent comment échapper. Valdahon enfin nous a envoyé son avocat, qui a paru très-fâché que Mme de Valdahon n'ait pas voulu entendre à nos premières propositions, qui lui ont paru très-raisonnables ; il a voulu les renouer ; je lui ai déclaré net que le temps en étoit passé, et que j'avois maintenant quelques vacations un peu chères à payer. Il m'a pressé de permettre qu'il ménageât une entrevue entre Des Birons et Valdahon ; je lui ai dit qu'assurément je ne ver-

rois de ma vie Des Birons, s'il étoit capable
d'entendre à une proposition quelconque, moi
en prison, et que le sieur Sombarde étoit un
mauvais négociateur. La première entrevue s'est
passée ainsi. Il m'a demandé la permission de
me revoir; je lui ai dit que, comme il étoit fort
aimable, je le verrois toujours avec plaisir; mais
que je l'enverrois au diable s'il me parloit d'affaires; que des avocats de toute espèce m'en en-
nuyoient depuis quatorze mois, et que Des Birons entre autres, qui m'en parloit depuis le
matin jusqu'au soir, m'excédoit tellement que
j'en avois jusque par-dessus les oreilles, et que
je ne cherchois qu'à m'en distraire. Ce soir il est
revenu, sous le prétexte d'arranger une déposition de sa sœur, pour que je ne fusse pas forcé
de la compromettre à la confrontation; il m'a
trouvé de fort bon compte à cet égard; puis il
est revenu sur l'accommodement; enfin, comme
illuminé, je lui a dit: « Écoutez, monsieur; ce
» n'est pas pour mon plaisir que je perds du
» temps à Pontarlier et que je fais reparler de
» ma jeunesse. Que M. Sombarde me désé-
» croue; je commencerai, pour la forme, ma
» confrontation, et je veux bien donner ma pa-
» role à M. Valdahon d'aller avec lui à Besan-
» çon consulter quel traité nous pouvons faire;
» mais, je vous en avertis, je ne finirai que

» quand M. de M..... aura pris un expédient de
» condamnation ; je me dois cette vengeance
» pour l'indignité qu'on a eue de faire opposer
» les gens du roi à mon élargissement ». Il nous
a quittés, paroissant très-content de cette proposition, et nous assurant qu'il alloit mander
Valdahon à l'instant.

Voilà où nous en sommes, mon cher ami.
Tenez-vous pour certain que, processivement
parlant, notre cause est meilleure sur le fait d'a-
dultère que sur le fait de rapt de séduction ;
c'est-à-dire qu'elle est plus pleine et plus complète : car, pour ceci nous n'avons qu'un texte
de loi, tandis que nous avons pour l'autre sept
moyens péremptoires et victorieux. Or, dans le
mauvais et honteux état de notre jurisprudence
et la corruption de nos tribunaux, il vaut mieux
avoir pour soi la forme que le fond.

Adieu, mon ami, je vous quitte ; car je ne
suis pas au bout de mes écritures : mais, en vous
parlant de moi ce soir, je vous ai prouvé que je
m'occupois de la reconnoissance que je dois à
votre bien tendre amitié. Conservez-la moi : je
vous embrasse de tout mon cœur.

LETTRE XXXVI.

Pontarlier, 26 février 1782.

IL faudroit, mon ami, renoncer à tout ce qui peut offrir des difficultés, si l'on comptoit pour quelque chose en affaires la rigueur du moment, et si les dégoûts de détail pouvoient jamais arrêter. Je ne vois pas trop que ce soit la peine d'être homme, à moins que, comme je vous l'ai déjà dit, l'on ne se sente capable de mordre, au besoin, aux plus grandes comme aux plus petites choses, indépendamment de tous détails, de tout local et de toute amertume. Je me porte fort bien, à ma main gauche près qui est bien décidée goutteuse, mais qui, absolument impotente à la vérité, n'a plus qu'une douleur tolérable. Je supporte bien aussi les contrariétés du lieu, l'impossibilité de travailler à tête reposée mise à part; mais j'en suis quitte pour jurer un peu et suer beaucoup. Quant à la malpropreté et fétidité, je brûle du vinaigre sans cesse; et, encore une fois, je compte toutes ces babioles-là pour rien. Pour l'affaire, je vous répète qu'elle est sûre, absolument sûre; et qu'il n'y a pas le moindre danger, pas même le moindre doûte.

Je ne sais quel sort aura demain la nouvelle requête en élargissement provisoire que je présenterai; mais je vous assure qu'à ma main gauche près, je me battrois gaîment avec quatre-vingts autres, gaîment, dis-je, si le procès n'étoit pas si triste et la disperdition de temps, de talent et de forces pour un si déplorable sujet, plus triste encore.

Quand je dis que je ne sais pas quel sort aura ma nouvelle requête en élargissement provisoire, ce n'est pas qu'il soit impossible que le siége ne me l'accorde encore une fois, puisqu'il me l'a déjà accordé, et que je suis bien plus fort en droit que jamais; mais c'est que personne ne peut deviner ce que ce crâne de Sombarde fera. Ce Sombarde ne sent pas qu'on le met à la brèche, afin que ses témérités servent à Valdahon de ce qu'elles pourront; mais que celui-ci, qui ne donne pas une seule ligne, pas même d'assignation, le jour où il verra que Sombarde est attaqué de manière à ne pouvoir pas s'en tirer, le laissera dans la nasse, et lui dira : *Moi! je ne vous ai point prié;* de même qu'il me dira à moi : *Mais vous avez tort, monsieur, de demander de si grands dommages et intérêts! Les procédés dont vous vous plaignez ne sont pas de mon fait.*

Si le substitut m'écroue de nouveau, il paroît

que nous ne pourrons guère nous dispenser de
poursuivre à Besançon notre appel du tout, et
que le combat est à outrance. Tant pis pour
moi, sans doute, qui perdrai du temps, et ferai
un éclat que j'ai tant désiré d'éviter; mais tant
pis pour eux, qui en seront doublement les victimes. Si j'en viens là, je serai bien tenté, je l'a-
voue, de jeter le fourreau. Il est trop odieux à
des gens qui suivent ce procès, malgré l'intéressé,
et qui ont eu l'infamie de me flétrir et de m'effigier,
de ne pas vouloir accommoder aux conditions
les plus raisonnables, parce qu'ils croient voir
leur belle-mère dans tous les papillons qui frap-
pent leurs yeux; et d'aimer mieux risquer leur
existence sociale, que de renoncer à leur animosité.

Je suis écrasé d'ouvrage, et par conséquent
un peu échauffé; mais c'est un bien petit bobo
qui ne doit pas vous inquiéter. Adieu, mon
ami si cher; c'est toujours avec un nouveau regret que je vous quitte, et avec un nouveau plaisir que je vous embrasse.

LETTRE XXXVII.

Pontarlier, 12 mars 1782.

A VOTRE tour, mon ami, ne m'auriez-vous pas cru mort, depuis le 26 février que je ne vous ai écrit? Ces messieurs d'ici vous donne-roient la preuve du contraire, et vous certifie-roient que je ne me suis pas fort souvent endor-mi; mais ce n'est point à eux de vous le dire, et je m'empresse de vous tirer de peine. Tenez d'abord pour certain qu'en ce moment je me porte à merveille, et croyez ensuite que je n'ai pu disposer pour vous d'un seul instant depuis à peu près quinze jours.

Comme vous voudrez, mon cher ami; mais j'aurois grand besoin d'avoir aujourd'hui *les tranches rouges* (*). Mettez-les à la diligence. Vos réflexions sur le contre-seing, et même sur la poste, sont sages : mais, à propos de la poste, pourquoi diable ne me parlez-vous pas de la ré-ception de mon premier mémoire, parti, pour vous, dès le 24 février? Le second, qui vous par-viendra incessamment, achevera de vous mettre parfaitement au courant de mes affaires.

(*) Le manuscrit des *Lettres de Cachet*.

Puisque vous ne m'accusez pas la réception de ce premier mémoire, puisqu'aucun autre n'a reçu ce que j'en avois dispersé d'exemplaires parmi mes connoissances et mes amis, il faut qu'il soit arrivé quelque chose de bien étrange. Je vous en envoie soixante-six par la diligence. Votre premier soin, mon ami, sera d'en expédier un à mon père, un autre à Mme Du Saillant, *au Bignon;* un à Mme de Pailly, un à Mme de Rochefort; un à M. le duc de Nivernois, *à Paris.* Vous voudrez bien garder les autres jusqu'à nouvelle indication. Adieu, mon cher et bon ami. Je ne cesse point de vous porter dans mon cœur.

PREMIER Mémoire à consulter pour M. le comte DE MIRABEAU, contre M. le marquis DE MONNIER.

> ..... Si quà est quæ restat adhuc mortalibus usquàm
> Intemerata fides, oro, miserere laborum
> Tantorum; miserere animi non digna ferentis. (VIRG.)

« UNE affaire malheureuse, où les imprudences d'une jeunesse inconsidérée et fougueuse m'avoient sérieusement compromis, força mon père, en 1775, d'obtenir pour moi la sauve-

garde de l'autorité du roi ; on me conduisit dans
un fort, d'où je fus transféré au château de Joux,
au mois de mai de la même année.

» Cette expression *transféré* n'est pas exacte:
j'arrivai volontairement et sans escorte au château de Joux; on ne vouloit qu'adoucir ma situation , et j'avois parole de jouir de la liberté
de la ville de Pontarlier.

» Je voudrois bien pouvoir ne blesser personne; mais, malgré mon désir et mes efforts, cela
ne me sera pas toujours possible , et je ne puis,
sans trahir ma cause, taire ici que les procédés
de M. de Saint-Mauris, commandant de Joux et
de Pontarlier, me réduisirent à trouver intolérables des lieux où j'étois sous ses ordres. Après
avoir essayé vainement de le ramener à ce que
je croyois juste, humain et raisonnable, je résolus de m'affranchir d'une domination que je
trouvois tyrannique:je ne me montrai plus dans
Pontarlier; et m'y cachant, pour éviter des violences très-annoncées, et pour attendre l'effet
de l'intercession de mes amis auprès de mon
père, je me retirai dans les maisons de divers
particuliers, où l'animosité de M. de Saint-
Mauris sembloit me poursuivre toujours.

» Ces détails ne sont pas, comme on pourroit le
croire, étrangers à mon procès; l'époque de ma
disparition est celle où mes ennemis commen-

cent à impliquer madame de Monnier; ils
prétendent que cette sorte de retraite, qu'ils
appellent *évasion*, eut pour motif le désir de la
voir avec plus de liberté, et pour théâtre son
propre cabinet. Je devois donc à madame de
Monnier et à moi-même, de montrer, en énon-
çant mes véritables motifs, que je n'eus jamais
d'autres raisons de disparoître, et d'autres vues
en disparoissant, que le désir effréné de me
soustraire à M. de Saint-Mauris. Ce fait, de lui-
même assez public dans le pays où j'ai été jugé,
pourroit être appuyé de beaucoup de preuves,
et surtout d'une lettre qu'on a citée vaguement,
mais qu'on s'est bien gardé de rapporter. Je serois fâché qu'on m'y forçât, résolu comme je le
suis, de me renfermer dans la défense la plus
simple et la moins scandaleuse. Mais enfin, j'ai
une copie de cette lettre et de bien d'autres, et
j'en avertis les intéressés.

» C'étoit si sérieusement que j'y avois consigné
ma profession de foi, que j'en adressai sur-le-
champ des copies aux ministres, à mon père, et
à M. de Monnier, à cet homme qui ne m'avoit
encore comblé que de témoignages d'affection,
qui depuis m'a conduit à l'échafaud, et à l'insçu
duquel ont veut que je fusse caché alors dans un
cabinet qui touche à la chambre qu'il habitoit
toujours avec sa femme, soit dans le même lit,

soit dans un autre, si l'un des deux époux étoit incommodé.

» La vérité est, qu'au sortir d'un bal dont j'é-tois l'objet (car M. de Monnier avoit voulu que sa femme me le donnât à l'occasion de la royau-té de la féve), j'étois parti pour la Suisse ; qu'ap-prenant l'extrême sensation que faisoit cette démarche, craignant qu'on ne l'empoisonnât au-près du gouvernement, et sentant qu'il ne con-venoit pas à un homme de ma sorte de quitter si légèrement sa patrie, j'avois changé aussitôt de pensée, et m'étois ménagé un asile dans une maison de Pontarlier, dont je pouvois dis-poser.

» Sans doute, si j'eusse demandé alors une re-traite à M. de Monnier, il me l'auroit donnée avec joie ; mais sa maison étoit la dernière que j'aurois choisie, à raison de l'intimité de M. de Saint-Mauris, qui la parcouroit tous les jours avec la plus grande liberté.

» J'ai dit qu'il n'est point de marques de bien-veillance que je ne reçusse, à cette époque, de M. de Monnier, et j'en atteste la notoriété pu-blique et lui-même. Jamais les liaisons intimes qu'on m'a vues dans sa maison, et dont la ca-lomnie cherche à composer un tissu de crimes, n'ont eu d'autre source que cette affection de M. de Monnier, qui se plaisoit à m'entendre ra-

conter mes malheurs et jusqu'à mes fautes, qui
me prodiguoit les consolations et les conseils,
qui encourageoit son épouse à adoucir l'austérité
de M. de Saint-Mauris, par son intercession as-
saisonnée des grâces qui n'appartiennent qu'au
sexe sans lequel l'homme seroit pour l'homme
une bête féroce.

» J'étois pénétré des marques d'amitié et des
services que je recevois de cette maison. Cette
reconnoissance se partageoit entre madame et
M. de Monnier, que je regardois comme l'auteur
de ces généreux procédés. Il n'a pas tenu à moi
que cette reconnoissance ne fût un sentiment
éternel, et j'y ai tant de regrets que je ne me
console de me trouver la partie adverse de M. de
Monnier, qu'en attribuant les atrocités qui ont
succédé à tant de témoignages d'affection, à la
plus vile, la plus cupide et la plus lâche obsession.

» Cependant les passions ennemies, qui depuis
ont attiré sur ma tête tant de maux et d'orages,
fermentoient alors. Tous les ressorts de la calomnie, tous les poisons de la malignité la plus
virulente étoient employés pour verser dans
l'âme de M. de Monnier la méfiance et les
soupçons.

» Je continuois à vivre retiré chez mes amis.
Madame de Monnier ne se cachoit pas de m'y

voir : eh ! pourquoi s'en seroit-elle cachée ? Elle
ne faisoit rien que de l'aveu de son mari, qui
prenoit le plus vif intérêt à ma situation, qui
avoit essayé vainement de fléchir les ressentimens embràsés de M. de Saint-Mauris. Elle
étoit chargée, toujours à la prière de M. de
Monnier, de recevoir et de me faire passer les
lettres de mes correspondans. Quelque disper-
sés que soient des papiers qui ont été souvent
perdus, et plus souvent encore enlevés dans le
cours de ma vie orageuse, il m'est aisé de prouver ces faits par des lettres de mes parens et de
mes amis écrites alors, et qui ne me sont pas
même adressées. J'ai prié, dans mes interrogatoires, M. le commissaire d'interpeller M. de
Monnier de déclarer s'il n'a pas chargé lui-même sa femme de lettres pour moi. Ce fait hors
de doute prouve bien évidemment qu'elle cor-
respondoit avec moi de son consentement. De
quoi donc et pourquoi se seroit-elle cachée ?
L'innocence marche tête levée. Le seul juge, le
seul censeur légitime de la conduite de madame de Monnier approuvoit les soins qu'elle me
rendoit ; et ma situation, qui ne me montroit
que comme un prisonnier élargi, qu'on avoit
voulu resserrer, et qui se déroboit aux duretés
d'un commandant devenu son ennemi personnel, expliquoit très-naturellement, aux yeux du

public même, des attentions que dans d'autres circonstances on auroit pu croire inspirées par l'amour. Il ne s'agissoit ici que d'humanité.

» Mais qui pourroit défier les suggestions de l'envie ? On parvint à détacher M. de Monnier de son propre ouvrage : on inquiéta la conscience d'un homme très-timoré ; on blessa, par le récit controuvé des bruits publics, l'amour-propre d'un vieillard facile, tendre et peut-être amoureux. Cet homme timoré, ce vieillard facile et susceptible, c'étoit M. de Monnier ; il avoit les droits d'un mari, les désirs d'un amant, peut-être les tristes humiliations de la vieillesse ; il fut refroidi pour moi, inquiet pour sa femme, tourmenté et malheureux, et les méchans sourirent, et leur acharnement perfide redoubla.

» On conçoit quelle dut être ma tristesse ; on aliénoit mon consolateur, on tourmentoit mon amie..... j'ai presque dit ma bienfaitrice...... Hélas ! les malheureux savent seuls si les larmes de la pitié sont des bienfaits !..... Je ne balançai point ; je me résolus à fuir un pays où je causois tant de rumeurs ; je le quittai ; j'étois surveillé..... Un hasard bien triste fait que je suis arrêté dans la ville même où madame de Monnier étoit venue chercher, au sein de sa famille et d'une mère sage et tendre, des consolations et des conseils. Il n'en fallut pas davantage ; nous nous trouvions tous deux à Dijon ; notre voyage étoit donc concerté. En vain l'équité et le bon sens disoient-ils avec nous : *Mais la maison qu'habite une famille respectable n'est-elle pas l'asile de la vertu même ? Un père, une mère, une sœur, des frères, ne sont-ils pas des garans suffisans de nos conduites respectives, à supposer que nous ayons habité la même ville ?....* Et peut-on dire que nous l'habitions ? J'arrivai à cinq heures du matin à Dijon ; j'en devois partir le soir : à midi je fus arrêté.

» Cependant il suffisoit à madame de Monnier et à sa famille, toujours sévèrement exacte aux bienséances, qu'on eût murmuré, pour ne pas balancer à se mettre à l'abri du plus léger reproche mérité. Madame de Monnier part et retourne auprès de son mari. Celui-ci, rendu à la bonté naturelle de son cœur, l'accueille, semble lui redonner toute sa tendresse, toute sa confiance... O vous ! qui ne connoissez pas les intrigues des méchans, gardez-vous de croire qu'on laissera rentrer la paix et le bonheur domestique dans cette maison ! La cupidité veille ; l'envie, le bigotisme et la vengeance aiguisent leurs armes, et continuent de la servir : il ne sera pas permis à M. de Monnier de chérir et d'estimer sa femme.

» On n'exigera point que je rende compte ici

de toutes les machinations qui furent tramées
contr'elle ; procès-verbaux, placards, chansons,
lettres anonymes, subornations, délations, rien
ne fut épargné ; mais sa défense ne me regarde
qu'autant que l'on fait jaillir les calomnies dont
on la déchire, de ses liaisons avec moi. J'étois
alors détenu par ordre du roi au château de
Dijon ; on pouvoit empoisonner le passé ; on alloit jusqu'à prédire les plus absurdes et les plus
odieuses catastrophes. Il semble du moins qu'il
étoit impossible de nous accuser au présent ;
mais rien n'est impossible à ceux qui, n'ayant
que le courage des lâches, celui qui brave la
honte, sont indifférens sur les moyens, pourvu
qu'ils nuisent ; rien ne leur est impossible, dis-
je, excepté la vertu, la vérité, et la droiture
d'esprit et de cœur.

» J'ignore la plupart des événemens qui se
passèrent alors, de ceux-là même qu'on a voulu m'imputer depuis à crime. Trompé par les
illusions d'une imagination trop ardente, par les
suggestions de prétendus amis trop perfides, par
des avis trop vraisemblables et trop dénués de
vérité, je me persuadois alors que le plus généreux, le plus clément et le meilleur des pères
avoit juré ma perte ; que l'aimable épouse que le
ciel m'a donnée dans un temps où j'en étois peu
digne, sans doute pour m'encourager à réparer

les trop longues erreurs de ma jeunesse, en me
laissant toujours la perspective du bonheur, m'a-
bandonnoit; que ma patrie n'étoit plus pour moi
qu'un lieu d'exil et de proscription; je fuyois, et
je traînois après moi les inquiétudes, les soucis
et les repentirs vengeurs.

» C'est dans ce moment où, privé de toutes
ressources, où sous le poids d'un décret, poursuivi par les délégués de l'autorité du roi, comme réfractaire à ses ordres; par ma famille,
comme un infortuné agité de la fièvre chaude,
et qu'il faut garotter pour qu'il ne se précipite
pas; c'est dans ce dénuément universel, où mon
étoile, et peut-être les qualités d'un cœur naturellement bon et aimant me conservoient
quelques amis émus de pitié, mais où je n'avois
certainement pas de quoi payer des complices;
c'est dans ce moment qu'on m'accuse d'avoir
médité des enlèvemens, préparé, favorisé des
évasions; car heureusement le mensonge est rarement conséquent; et c'est tantôt une *évasion*
que j'ai favorisée, et tantôt un *enlèvement* que
j'ai commis.

» Hélas ! c'est moi-même que j'enlevois alors;
et mon rôle de proscrit, insupportable à mes
propres yeux, étoit sans doute peu séduisant
pour ceux d'un autre !

» Quoi qu'il en soit, privé depuis ce moment

de toute correspondance suivie avec la France,
j'ai ignoré le détail de tout ce qui s'y est passé;
et ce n'est que lorsqu'arrêté, à la réquisition du
roi de France, en Hollande, j'ai été conduit au
donjon de Vincennes, que j'ai appris qu'à l'extrémité du royaume, au milieu des neiges et des
ours du Mont-Jura, le glaive du bourreau venoit de frapper un tableau revêtu de mon nom,
en vertu d'une sentence qui me déclaroit atteint et convaincu du crime de rapt de séduction et de celui d'adultère.

» A ces terribles mots, qui m'apprennent que
j'ai perdu mon existence civile avec ma liberté,
je suis plongé dans cet antre redoutable, d'où
sont bannis les secours et les consolations des
vivans : là, toute liberté, tout moyen de se distraire et de se défendre, toute jouissance, tout
plaisir sont ravis: là, dans une solitude profonde
on souffre toutes les privations, toutes les inquiétudes; on est arraché à tout ce qu'on aime,
à tout ce dont on est aimé; on erre dans le
champ vague et sans bornes de la douleur, à la
lueur funèbre de l'incertitude... O! n'est-ce pas
plus, infiniment plus que mourir! La mort dé-
livre des regrets, des désirs, des peines; ici une
foule de maux assaille un infortuné, en lui ôtant
tout ce qui pourroit les adoucir; l'amitié, l'a-
mour, ces bienfaiteurs du monde, deviennent

ses bourreaux; plus son cœur est sensible, plus
ses sens ont d'énergie; plus son âme est élevée,
plus ses tourmens sont aigus et multipliés; mort
à toute joie, il ne vit plus que pour la douleur;
toute correspondance lui est ôtée; toute société
lui est interdite; une enceinte de dix pieds car-
rés est son univers. Quelle angoisse! quelle effroyable mutilation de l'existence, que cette situation, où il ne reste de la vie que le souffle et
ses amertumes!... O supplice incomparable à
tout autre!... Je l'ai subi quarante-trois mois!
Je l'avois mérité!... mais non pas pour les crimes dont je viens me laver aujourd'hui: jamais
mon père n'a mis en doute s'il me laisseroit réclamer l'appui des lois contre l'abus de leur sanction, pourvu qu'il me trouvât digne d'être rendu à la société; jamais il n'a mis en doute s'il
me vengeroit de la tache qu'on a voulu imprimer
à un nom que plus qu'un autre il a droit d'appeler respectable, puisque c'est de lui qu'il a
reçu son plus beau lustre, un nom que depuis
six siècles on n'a vu porté que par des gens
d'honneur; jamais il n'a pu vouloir ne pas demander raison à mes vils ennemis d'avoir flé-
tri le nom de ses pères; de l'avoir mis sous la
main du bourreau par une procédure controuvée, forcée, faussée, et inutile même à leur insatiable cupidité, comme ils l'auroient compris,

si la cupidité pouvoit être raisonnable et con-
séquente.

» Je revois enfin le soleil ; je revois des humains ; mes fers sont tombés ; le souverain, en
me rendant ma liberté, me donne une absolution de fait, et manifeste qu'il est convaincu
qu'elle ne peut m'être refusée par les voies de
droit. Je le sens, je le dis à tous les miens, à
tous mes protecteurs, à tous mes amis. J'aperçois, je l'avoue, sur leurs fronts la trace de l'inquiétude.... « La sentence de Pontarlier est af-
» freuse... la procédure, dit-on, est terrible...
» des présomptions ont reçu, par toutes sortes
» de manœuvres, la force de preuves... l'erreur
» ou la prévention des juges sont bien redou-
» tables... le délit dont vous êtes accusé, n'est
» pas infamant dans nos mœurs... recourez à la
» clémence du souverain, invoquez des lettres
» d'abolition.... » Moi ! que je m'avoue coupable, et fournisse ainsi des présomptions contre
l'infortunée à la perte de qui j'ai servi d'occasion
et de prétexte ! Non, certes, je ne commettrai
point une telle lâcheté. Mon cœur, ma conscience et ma mémoire me disent que je n'ai rien à
craindre ; j'irai trouver mes juges... et si je ne
trouvois que des assassins... eh bien ! il reste des
gens de mon nom, pour venger ma mémoire
sur mes calomniateurs et leurs satellites.

» Cependant on conçoit aisément quelles difficultés j'ai dû rencontrer dans ma famille, pour en recevoir l'aveu d'une telle démarche. Les émissaires de mes ennemis ne manquoient pas de parler, avec une compassion perfide, de **ma folle témérité**; la tendresse de mes amis leur grossissoit les objets : les uns ni les autres ne savoient pas combien les lâches sont imbéciles sur la brèche, et ne connoissoient pas toutes les ressources d'un honnête homme qui marche avec le sentiment de ses fautes réelles, et l'indignation des calomnies dont on a voulu le flétrir... Chère et tendre sœur! rassure-toi : rassurez-vous, ô mes amis! vous dont le cœur pantelant ébranloit mon cœur au moment où je partois pour me remettre aux mains de mes ennemis! ce n'est pas moi qui tremble, soyez-en sûrs ; ce n'est pas moi qui passe des nuits agitées dans des conciliabules infructueux et coupables : si votre image, et celle d'un père dont je vous ai résigné la vénérable vieillesse, que je ne pouvois quitter que pour aller m'efforcer de me rendre moins indigne de lui, ont interrompu quelquefois mon sommeil, je n'ai du moins eu que des rêves consolans et salutaires, et versé que de douces larmes.

» Quelque convaincu que soit mon père que j'ai été atrocement traité dans le procès qu'il s'agit aujourd'hui de revoir, il est trop noble,

trop sage et trop généreux, pour n'avoir pas
tenté d'abord d'éteindre des animosités scanda-
leuses et ruineuses, en ramenant mes parties à
des idées d'équité, de conciliation et de paix. J'ai
reçu, en le quittant, son ordre exprès de pro-
poser un accommodement avant de me remettre, et je lui ai donné ma parole d'honneur d'o-
béir. On va voir si j'ai été fidèle à mes engagemens, si je sais asservir mes justes ressentimens
aux procédés, dont je suis fait pour donner
l'exemple.

» Je traverse Pontarlier le vendredi 8 de février, et je vais, sans m'arrêter, coucher sur la
frontière; je laisse mon avocat à la ville, pour
prévenir madame de Valdahon de mes intentions, et demander, en quelque sorte, son aveu
pour passer à Pontarlier, dans ma chambre, le
temps qu'il falloit pour essayer de rapprocher
les esprits.

» M. Des Birons se présente à la porte de
M. de Monnier. Nous savions déjà que les portes
du Ténare ne sont pas plus sévèrement gardées;
nous savions que, joignant le ridicule et l'inep-
tie à l'affiche scandaleuse de son crédit éphémère
dans la banlieue, madame de Valdahon faisoit
garder la maison de son père par la maréchaussée, dont cette maison est devenue le corps-
de-garde ou la caserne; nous savions que le

malheureux vieillard, que malgré lui, malgré
l'indestructible penchant de son cœur, on a
couvert d'opprobre et souillé de cruautés, retenu, moins encore par ses infirmités que par
l'obsession de sa fille, dans un lit où il déplore
son esclavage, et s'efforce d'étouffer les soupirs
que lui arrache le souvenir de sa jeune épouse,
s'étoit vu privé de tous ses gens, environné
d'émissaires qui épioient ses mots, ses gestes,
ses moindres signes, et mettoient entre lui et
tout ce qui pouvoit lui rappeler ses involon-
taires injustices et leur triste victime, une barrière impénétrable. Nous savions tout cela; mais
nous ne savions pas qu'il étoit impossible de
parvenir même à madame de Valdahon. Un valet
au visage négatif garde la porte en dehors, cette
porte où l'on n'a pas même laissé de quoi heurter... *Qui étes-vous? d'où venez-vous? où allez-
vous? on n'entre pas ici; madame n'y est pas;
monsieur ne voit personne...* voilà les seuls mots
qu'on puisse arracher de la bouche du brusque
geôlier.

» M. Des Birons retourne sur ses pas; le procureur de M. de Monnier le suit, le joint, s'explique avec lui, et paroît tomber d'accord de ses
propositions. Il est convenu que je reviendrai le
lendemain samedi 9 de bon matin, et que M. Des
Birons aura, dans cette matinée, une conféren-

ce avec madame de Valdahon. J'arrive; M. Des
Birons se présente au rendez-vous, madame est
enrhumée; madame ne peut tenir sa parole.

» Cependant on intrigue; et le substitut du
procureur du roi, le sieur Sombarde, qu'assurément nous aurons occasion de rappeler plus
d'une fois, dit hautement qu'il va me faire arrêter. Nous n'étions pas venus de si loin, pour
être aisés à effrayer. Mon avocat va signifier au
sieur Sombarde, à tous mes juges, au commandant, les ordres du roi, qui, me mettant à ceux
de mon père, m'ont confié par suite à M. Des
Birons(*) chargé de la conduite de mes affaires,

(*) DE PAR LE ROI, il est ordonné au sieur comte de
Mirabeau, de se retirer dans les lieux que son père lui
fixera; sa majesté défendant audit sieur comte de Mirabeau
de s'en éloigner, pour quelque prétexte que ce soit, sous
peine de désobéissance, etc., jusqu'à nouvel ordre.

Fait à Versailles, ce 13 *décembre* 1780.

Signé, LOUIS; et plus bas, AMELOT.

JE soussigné reconnois que l'ordre du roi, dont copie est
ci-dessus, m'a été signifié en lieu de liberté, et je me sou-
mets d'y obéir avec respect, et à m'y conformer en tous
points, sous les peines y portées.

Fait à Vincennes, le 13 *décembre* 1780.

Signé, HONORÉ-GABRIEL DE RIQUETTI,

comte DE MIRABEAU, fils.

En vertu de l'ordre dont ci-dessus est la copie, et qui est

et leur déclare à tous que je ne suis à Pontarlier que pour purger ma contumace. Il écrit en même temps à madame de Valdahon, et je transcris ici cette lettre, pour montrer dans quel esprit et de quel ton décent et modéré toutes nos démarches ont été faites.

Lettre de M. Des Birons à madame de Valdahon.

Pontarlier, ce samedi 9 février 1782.

« MADAME,

» Je me suis présenté chez vous hier, vendre-
» di 8, pour avoir l'honneur de vous expliquer
» moi-même ma mission, mes désirs et mes
» vœux. On m'a refusé votre porte sous divers
» prétextes contradictoires, et avec une affecta-
» tion d'autant plus inutile, que c'est à vous, à
» vous seule que je désirois parler, et qu'au sur-
» plus vous avez certainement trop d'esprit et

---

demeuré dans mes mains, je permets à mon fils de suivre M. Des Birons partout où le besoin des affaires de mondit fils le conduira, et lui prescris de ne point s'en écarter, sous les peines portées dans ledit ordre.

Au Bignon, le 31 *janvier* 1782.

Signé, le marquis DE MIRABEAU.

» de sens, pour ne pas sentir qu'on parviendra,
» le jour où on le voudra sérieusement; qu'on
» parviendra, dis-je, et par les voies de droit et
» par celles d'autorité, jusqu'à la personne avec
» laquelle on a besoin de traiter, quelqu'obsé-
» dée qu'elle puisse être.

» Mais, madame, il n'est nullement question
» de cela entre nous; je suis l'avocat et le con-
» seil de M. le comte de Mirabeau, chargé spé-
» cialement, et par ordre du roi, de sa conduite
» dans les affaires qu'il peut avoir, soit ici, soit
» ailleurs. Je ne viens que dans des sentimens
» de conciliation. J'offre, à la vérité, la paix ou
» la guerre, et l'on peut choisir; mais c'est bien
» le moins qu'on choisisse, quand je ne m'an-
» nonce que comme voulant éviter à la société
» le renouvellement de tant de scandales odieux,
» à trois familles respectables les plus funestes
» hostilités, et donner à tous, et surtout à vous,
» madame, ce que vous pouvez légitimement
» obtenir et même désirer; quand enfin je ne
» propose de traiter que sous les yeux de vos
» conseils.

» Dans l'impossibilité de pénétrer chez vous,
» madame, je me suis ouvert à M. de Mesmay,
» que vous-même m'avez envoyé, et qui est
» spécialement chargé de la procuration de
» M. de Monnier, à qui seul, après tout, M. le

» comte de Mirabeau a affaire. M.. de Mesmay
» m'a donné de votre part un rendez-vous pour
» ce matin samedi 9, sur les onze heures. Ce
» rendez-vous a manqué sous de nouveaux pré-
» textes. M. de Mesmay m'avoit encore promis
» de me voir à l'issue du dîner, et je ne le vois
» point paroître.

» Permettez-moi de vous dire, madame, par
» la seule voie qui me soit ouverte jusqu'à vous,
» que M. le comte de Mirabeau a mis le com-
» ble aux procédés dont sa situation est suscep-
» tible, en prenant, par ma voix et celle de
» M. de Mesmay, votre aveu pour venir ici pas-
» ser le très-court délai qu'il accorde à mes pro-
» jets de conciliation. Il a trop de respect pour
» les lois et pour leurs organes, pour se mon-
» trer à Pontarlier; et j'ai engagé à cet égard sa
» parole d'honneur et la mienne. Mais vous
» sentez, madame, qu'il ne peut pas, au gré des
» plus frivoles prétextes, rester en chartre pri-
» vée, et s'exposer à faire dire, ensuite de je ne
» sais quelle perfidie, qu'il a été arrêté, et non
» pas qu'il vient de chez M. son père, où il est
» libre depuis plus de quatorze mois, pour se
» remettre volontairement; qu'enfin, si l'on ne
» daigne pas lui dire que les voies de concilia-
» tion ne peuvent finir un procès que nous pré-
» tendons n'en être pas un, tant M. le comte y

» a été follement chargé, il n'a pas un mo-
» ment à perdre pour recourir à celles de droit,
» qui sont au fond l'unique objet de son
» voyage.

» J'ai donc l'honneur de vous déclarer, ma-
» dame, que, si je n'ai pas celui de pénétrer au-
» jourd'hui jusqu'à vous, M. le comte de Mira-
» beau se remettra demain pour recommencer
» l'instruction de son procès. L'épée tirée, je
» crains bien, madame, qu'il ne jette le four-
» reau. C'est à vous, et à vos conseils, de peser
» dans leur sagesse si une telle affaire, où une
» maison considérable, appuyée de toutes sortes
» de protections, d'amis et d'alliances, se trou-
» ve si grièvement compromise, sera vidée au-
» jourd'hui qu'un homme de qualité, accusé
» d'un crime imaginaire, et qu'on a essayé de
» flétrir avec le plus visible et le plus aveugle
» acharnement, paroît à la face de ses juges et
» de la nation, porté par le bras paternel, com-
» me il l'a été lorsque sa trop fougueuse jeu-
» nesse le vouoit au rôle de vagabond et de
» proscrit, universellement abandonné. J'ai
» l'honneur, etc. ».

» Madame de Valdahon fit dire, par le com-
missionnaire qui lui avoit porté cette lettre, que
le sieur de Mesmay nous remettra sa réponse :
cette réponse ne nous est point encore parve-

7

nue aujourd'hui 16, que j'écris ce mémoire (*).

» Le lundi 11 février, M. Des Birons va concerter avec M. le lieutenant criminel l'heure à
laquelle je puis me remettre, et celle de mon
interrogatoire. M. le lieutenant criminel demande le reste de la journée pour se préparer.

» M. Des Birons trouve au greffe le sieur
Sombarde, qu'il informe de ma résolution de
me remettre le lendemain. Là, le sieur Sombarde tient les propos les plus indécens à M. Des
Birons, et s'efforce de le faire sortir des mesures de l'honnêteté. Il ne sait pas, ce sieur Sombarde, qu'une piqûre de mouche affecte plus un
homme de cœur que l'injure d'un insolent désarmé.

» Le lendemain mardi, 12 février, je me
rends aux prisons de Pontarlier; j'envoie chercher un huissier pour m'écrouer; il me refuse
d'écrire sur le registre de la géole que je me remets volontairement, et à quelle heure je me
remets : j'insiste; on m'assure qu'il n'y a nulle
différence entre se remettre volontairement, ou
se faire traîner de force dans les prisons. Je suis
obligé de recourir au lieutenant criminel, dont
je n'ai véritablement encore reçu que des hon-
nêtetés; et l'on m'accorde l'importante faveur

(*) Il n'en est parvenu depuis d'aucune espèce.

d'écrire que je suis entré volontairement, à sept heures un quart, dans les prisons.

» Je subis enfin mon interrogatoire, et là je commence à voir se débrouiller l'amas des nuées du poids duquel on s'est efforcé de m'écraser.

» Je craindrois, en vérité, de faire soupçonner au public ma bonne foi, si je répétois ici les interrogats frivoles dont j'ai été accueilli pendant trois séances différentes. Ce que j'en ai pu conclure, c'est que j'avois été accusé, par M. de Monnier, du crime de rapt de séduction, et qu'on jugeoit à propos d'en faire dériver celui d'adultère, sans qu'il soit énoncé le moins du monde dans la plainte de M. de Monnier.

» Ici le papier ne tombe-t-il pas des mains, je ne dis pas de tout homme de loi, je dis de tout homme de sens qui a quelqu'instruction et quelque candeur?

» Je me garderai bien d'indiquer des moyens qui pourroient dessiller les yeux de mes adversaires, éclairer l'esprit de vertige dont ils semblent frappés, et fournir une vaste carrière, soit à leurs intrigues, soit à l'industrie de leurs satellites ; c'est à la confrontation que le rayon vengeur les poursuivra dans leurs voies tortueuses, et les atteindra, fût-ce au centre de la terre. Je ne veux aujourd'hui que développer les observations dont tout homme de sens est frappé à la vue de ce procès, et énoncer ceux de mes moyens que toutes les friponneries du monde ne sauroient renverser.

» Quoi ! le comte de Mirabeau MARIÉ est déclaré atteint et convaincu de crime de rapt de séduction envers madame de Monnier MARIÉE !

» Cherchons la définition du crime de *rapt de séduction,* afin de nous entendre; car enfin il faut s'assurer qu'une chose existe ou peut exister, avant de raisonner ou d'agir en conséquence de cette chose.

» J'ouvre la déclaration de 1730, concernant le rapt de séduction ; loi universelle dans le royaume, et qui, dit-elle, a pour but de réformer une jurisprudence *que des suites funestes avoient rendue odieuse à ceux même qui la pratiquoient sur la foi de leurs pères.*

» Le préambule de cette déclaration trop récente pour être inconnue à des hommes dont l'état est de juger des hommes, et même à ceux qui croient qu'il est du devoir de tout citoyen de connoître les lois sous lesquelles il respire, ce préambule établit formellement les principes en matière de rapt de séduction.

» Il y est dit : « Que la sévérité des précé-
» dentes ordonnances a eu principalement en
» vue d'affermir l'autorité des pères et mères sur

» leurs enfans, d'assurer l'honneur *et la liberté*
» *des mariages*, et d'empêcher que des *alliances*
» indignes flétrissent l'honneur de plusieurs famil-
» les illustres, et ne devinssent souvent la cause de
» leur ruine ». Le souverain s'y plaint amèrement de l'usage introduit dans plusieurs pro-
vinces, *de confondre tout commerce criminel*
avec le rapt de séduction, et de ce que, par un
coupable excès de rigueur, *contraire au véri-*
table esprit des ordonnances, la preuve d'une
simple fréquentation étoit regardée comme suf-
fisante pour condamner l'accusé au dernier
supplice.

» Voilà sans doute le trait essentiel qui carac-
térise le rapt de séduction, bien exactement
dessiné ; voilà sans doute un imposant avis du
législateur pour servir de frein à tous juges dont
les vieux préjugés obscurcissoient l'entendement ou l'instruction.

» Mais gardez-vous de croire que ces principes
soient nouveaux ! Le premier article de la déclaration de 1730, confirme *les édits et déclara-*
tions qui concernent le rapt de séduction, notamment *l'article* XLII *de l'ordonnance de*
Blois, et la déclaration du 26 novembre 1639,
lesquelles sont pénétrées du même esprit. En
conséquence le législateur ordonne « que le
» procès sera fait et parfait à tous ceux ou celles

» qui seront accusés d'avoir séduit et suborné
» par artifices, intrigues, ou autres mauvaises
» voies, des fils ou filles, même des veuves,
» mineurs de vingt-cinq ans, pour PARVENIR A
» UN MARIAGE, à l'insçu ou sans le consente-
» ment des pères et mères, tuteurs ou cura-
» teurs et parens sous la puissance et autorité
» desquels ils sont ».

» Arrêtons-nous ici, et demandons à tout
homme impartial, s'il n'est pas plus clair que
le jour, que deux conditions sont nécessaires
pour qualifier le rapt de séduction : projet de
mariage, et minorité de fils, filles, ou veuves;
qu'il ne sauroit donc exister de rapt de séduction entre deux personnes qui ne peuvent point
s'épouser ; et qu'un homme marié ne peut avoir
été convaincu de rapt de séduction.

» Et ne croyez pas que je me sauve ici à l'aide de quelques réticences ou de quelques subtilités. L'article troisième de la déclaration
de 1730, le plus sévère de cette déclaration, é-
tablit la distinction entre le rapt de séduction et
la séduction simple, de manière qu'il est impossible, sans la plus profonde ignorance ou la
plus criminelle mauvaise foi, de les confondre
désormais.

» Les personnes majeures ou mineures, y est-
» il dit, qui, n'étant point dans les circonstances

» ci-dessus marquées, *se trouveront seulement* » *coupables d'un commerce illicite*, seront » condamnées à telles peines qu'il appartiendra, » selon l'exigence des cas, *sans néanmoins que* » *les juges puissent prononcer la peine de* » *mort* ».

» Existe-t-il une distinction plus précise, plus formelle? et conçoit-on qu'il soit sur la terre un homme sachant lire le françois, qui, à la vue de cette déclaration, hésite à prononcer que je ne puis être coupable du crime de rapt de séduction ?

» J'ai déjà sans doute fait un grand pas, en prouvant que je n'ai pu être légitimement accusé du rapt de séduction; car on m'apporteroit maintenant des milliers d'instructions et de dépositions aussi fortes qu'on auroit pu les composer sous la dictée de mes ennemis, je dirai toujours : « Épargnez-moi cette fastidieuse lecture ; » pourquoi vous évertuez-vous à chercher des » preuves d'un délit imaginaire ? Eh! messieurs, » ne renouvelons pas l'histoire de la dent d'or : » prouvez qu'elle existe, avant que de chercher » comment elle existe ».....

..... « Mais le rapt de séduction entraîne » nécessairement l'adultère; et s'il est vrai qu'on » ne puisse pas vous imputer le rapt de séduc- » tion, au moins l'instruction a-t-elle rassemblé

» assez de preuves pour vous convaincre du
» crime d'adultère ».

» Un moment, s'il vous plaît; car cette belle
phrase qui contient en précis toutes les défenses
que vous pouvez fournir, dans quelque nombre
de pages que vos procureurs la délaient, cette
phrase est un tissu d'absurdités et d'erreurs.

» D'abord, je nie que le rapt de séduction,
qui seul au reste pouvoit autoriser à prononcer
une peine capitale, entraîne nécessairement l'a-
dultère. Je ne suis pas homme de loi; mais,
comme je l'ai observé au commissaire qui m'a
interrogé, ce ne seroit pas la peine d'avoir des
lois, si elles n'existoient que pour contrarier le
bon sens et la raison des choses : or l'un et l'autre
me disent qu'une femme peut s'évader de la
maison de son mari, avoir eu des liaisons intimes,
et même s'être laissé séduire, sans cependant
commettre un adultère. Une fille peut aussi se laisser séduire ou enlever, sans cependant se pros-
tituer. Or, dans une affaire criminelle, où tout
est de rigueur, il suffit qu'une chose puisse, absolument parlant, exister sans l'autre, pour que
l'accusation de l'une ne soit pas l'accusation de
l'autre.

» Ensuite, si vous parvenez à prouver que le
crime d'adultère est inséparable de celui de rapt
de séduction, en sorte que celui-là est contenu

dans celui-ci, vous tombez dans un cercle vicieux, et je vous force irrésistiblement de convenir qu'en renversant le premier délit, je fais crouler l'autre avec lui. Si le rapt de séduction n'existe pas, et que vous vouliez en faire dériver l'adultère, vous prétendez faire naître quelque chose de rien... Et voyez comme vous vous réduisez vous-même à l'absurde !

» Mais ne subtilisons point, et marchons ouvertement selon les principes universellement reçus.

» Suivant nos lois, un mari seul peut rendre la plainte d'adultère, et en intenter l'accusation. Le ministère public et tout autre que l'époux sont inadmissibles. L'adultère doit donc avoir été énoncé par ce mot *adultère*; il doit l'avoir été par des faits précis dans une requête de plainte, et non par des faits vagues, qui, annonçant l'inquiétude du mari plutôt que le crime de la femme, l'exposeroient, s'il s'étoit trompé, à des dommages et intérêts excessifs. Le mari a dû désigner l'époque et le lieu du délit, puisqu'ils en font a substance, et que ce n'est peut-être qu'à l'aide d'une pareille désignation que les accusés pourroient démontrer leur innocence. Mais il ne l'a pas fait. M. le commissaire le sait bien, lui qui, malgré sa loyauté et son humanité, dont j'ai reconnu les traces à chaque pas, n'a pas voulu me communiquer cette requête, dont j'avois tant d'importantes raisons d'assurer l'immutabilité par toutes précautions physiques et morales ; car, je vous l'ai dit, je respecte beaucoup les personnes, mais je me méfie infiniment des hasards.

» Je vous ai donc prié de me faire lecture des requêtes de plainte ; sur votre refus, j'ai insisté avec supplications, vous représentant qu'on accordoit cette grâce à ceux qui déposoient, et que l'infortuné qui vient lui-même livrer son innocence, a autant de droit, surtout si le glaive du bourreau l'a déjà frappé, de savoir quel est le motif légalement avoué de tant de cruautés et de flétrissures, que le témoin souvent mercenaire, et toujours versatile, qui vient pour un vil lucre déposer contre son frère.

» Vous avez persisté dans vos refus, et je me suis renfermé à vous demander qu'il me fût permis, eu égard à la gravité des chefs d'accusation, de parapher moi-même chaque page des requêtes.

» Vous ne l'avez pas voulu ; je me suis soumis, et j'ai demandé du moins que vous voulussiez bien en prendre de nouveau lecture par vous-même, et faire attention que les requêtes de plainte ne contenoient point contre moi d'accusation pour fait d'adultère : cela même m'a été refusé.

» Sans doute, je pouvois, à mon tour, refuser

de répondre, et vous déclarer que toutes les
questions qui m'ont été faites dans les trois interrogatoires que j'ai subis, n'ayant pour objet que
des faits et dires supposés concernant les crimes
de rapt de séduction et d'adultère, l'un desquels
est imaginaire, et l'autre une fable controuvée,
puisqu'il n'existe point d'accusateur, personne
n'avoit d'action contre moi; et qu'ainsi il étoit
inutile de débattre des interrogats qui ne pouvoient que prolonger une instruction si triste et
nécessairement si funeste pour l'une des deux parties. Je pouvois davantage : je pouvois refuser de
répondre sur aucun des faits passés hors du royaume, les tribunaux françois n'ayant assurément aucun droit de prendre connoissance des crimes
commis en pays étranger...Je pouvois évidemment
me renfermer dans cette défense. Mes conseils
m'en pressoient... *Et moi aussi je le ferois, si j'é-
tois Parménion!* Je ne l'ai pas voulu, je ne le voudrai jamais, autant par respect pour moi-même,
qui ne veux devoir mon entière justification qu'à
la discussion la plus exacte de toutes les imputations calomnieuses dont on m'a chargé, que pour
acquérir tous les moyens possibles d'obtenir la
vengeance la plus solennelle et la plus complète
de l'outrage effroyable que j'ai reçu. Je me soumettrai à répondre à toutes les questions qu'on
pourra me faire.

» Mais ne croyez pas que cette résignation soit gratuite; ne croyez pas que je me soumette autrement que sous toutes protestations et réserves, tant contre la partie civile que contre tous autres.

» Eh ! dites-moi : pourquoi m'auriez-vous refusé une grâce si naturelle et si simple, vous qui m'avez montré toute la bienveillance qu'un juge intègre peut se permettre, si vous n'aviez pas senti que la sentence qui déclare l'adultère et prononce la peine de l'authentique, cette sentence que vous avez peut-être signée malgré vous-même, est absolument vicieuse et insoutenable?

» Hasarderez-vous, à la face de la nation, ce *remontré* que j'ai fait consigner dans le procès-verbal d'interrogatoire, à savoir : *que l'ordonnance ne prescrit pas la communication des requêtes de plainte à l'accusé, et que, ne le prescrivant pas, elle paroît le défendre ?* Non, vous ne le hasarderez pas; vous avez trop de respect pour vous-même, et vous savez bien que vous n'avez pu répliquer, quand je vous ai répondu que l'ordonnance criminelle, lorsqu'elle ne contient point une défense absolue, doit s'interpréter en faveur de l'accusé (*), surtout quand par sa re-

(*) L'auteur du *Traité concernant la manière de poursuivre les crimes dans les différens tribunaux du*

présentation volontaire il a toutes les présomptions de l'innocence.

» Avouez que la passion de mes ennemis les a
aveuglés ; que leurs importunités, leurs intrigues,
leurs manœuvres et leur haine ont semé autour
de mes juges la gêne ou l'effroi ; qu'on a trop
précipitamment suivi les impressions de ces avides délateurs, parce qu'il ne s'agissoit que de
frapper un homme absent, et que vous croyiez
ne jamais revoir.... Ah ! je le sais : ce n'est que,
retranché dans la tombe et gardé par la mort,
qu'on peut espérer la paix avec les méchans ; et
j'invoquai la mort même à ce prix, aux jours de
honte et de douleur où j'étois obligé de dévorer
en silence tant d'injures. Alors tout mon désir
étoit d'atteindre cet asile sûr où l'on brave la
persécution, où l'on dépouille la douleur, où la
superstition même perd ses craintes, où Dieu,
plus indulgent et plus juste que les hommes,
pardonne à nos foiblesses, où, plongés dans un
éternel sommeil, les malheureux cessent de se
plaindre, les méchans d'opprimer, les calomniateurs de vomir le mensonge et le venin.... Mais
je vis, et je suis libre ; je vis pour le jour de la

---

royaume, dit formellement : *Il suffit que la communication ne soit pas défendue par aucune ordonnance,
pour dire qu'elle est permise.*

justification et de la vengeance.... Je vis, je suis libre ; tout est donc réparé.

» Revenons. En vain on cherchera des tournures et des échappatoires ; en vain on temporisera ; en vain on dissimulera : on ne sauroit se soustraire à l'évidence ; on ne sauroit échapper à ma franchise, à mon activité, à mon innocence. La dissimulation ressemble à la prudence, comme la chauve-souris aux oiseaux : elle s'élève, ainsi qu'eux, dans les airs ; mais il n'y a pas même la moindre ressemblance entre leurs ailes. Nous suivons la ligne droite ; nous arriverons les premiers, n'en doutez pas.

» Quel est mon accusateur pour le fait d'adultère ? Ce n'est pas M. de Monnier. Sa plainte ne porte que l'imputation de rapt de séduction. Ce ne sauroit être la partie publique, puisque l'adultère est un délit privé, que le mari seul peut poursuivre. Et le procureur du roi subsidiaire (*) l'a bien senti, puisque dans sa requête tendante à une addition d'information, il n'est pas fait mention de ce nouveau délit. La connoisance de l'adultère, que personne, au défaut de M. de Monnier, n'avoit droit d'acquérir, puisqu'aucun magistrat ne doit chercher des crimes à un ci-

(*) Le sieur Sombarde, par l'abstention pour parenté de M. Michaud, procureur du roi.

toyen, ni déshonorer la femme d'un autre citoyen sans son aveu, ou plutôt malgré lui-même;
la connoissance du prétendu adultère n'est donc
fondée que sur le témoignage de personne qui,
si l'adultère eût existé, en deviendroient évidemment complices : ce qui force invinciblement à
rejeter leur déposition.

» Mais, fût-elle admise, dès que les témoins
ont parlé de ce nouveau crime, on devoit, aux
termes de l'ordonnance, si l'on prétendoit y donner suite, présenter une nouvelle requête de
plainte pour former l'accusation, entendre les
témoins dans une information et un cahier à
part, et lancer un nouveau décret, pour pouvoir
interroger l'accusé sur ce chef particulier. A défaut de ces formalités, je n'ai pu être déclaré
atteint et convaincu, pas même légitimement
accusé du crime d'adultère.

» Résumons :

» L'accusation de rapt de séduction ne peut
exister.

» L'adultère n'est pas prouvé, ne sauroit
l'être; et le fût-il, il n'y a ni accusation, ni accusateur.

» Que reste-t-il contre moi ?

» Rien.

» Eh bien, lecteur ! le voilà ce procès qui
depuis cinq ans porte la désolation dans deux
familles qui tremblent encore aujourd'hui de
ma témérité ! Le voilà ce procès qui m'a ôté,
cinq années entières, mon existence civile ! qui
m'a séparé d'une épouse indulgente et tendre
autant que chérie ! qui m'a privé des derniers
embrassemens de mon fils, dont je n'ai pas pressé les lèvres agonisantes, et qui peut-être respireroit encore, si je l'eusse gardé ! Le voilà ce procès qui fait consumer à une jeune infortunée,
connue par sa sensibilité, sa bienfaisance, et
toutes les qualités qui promettent des vertus, qui
lui fait consumer les plus beaux jours de sa jeunesse sous des grilles et des verroux ! Le voilà
ce procès qui a plongé le poignard dans le sein
de sa mère, de la plus tendre des mères, qui a
armé trois familles l'une contre l'autre, et rempli la société de haines et de scandales ! Le voilà
ce procès qui fut jugé en deux heures, tandis
qu'on délibère depuis deux jours pour savoir si
l'on m'accordera mon élargissement provisoire!...
Oui : il fut prononcé en deux heures par quatre
juges... les autres s'étoient abstenus !... que la
tête d'un homme de qualité devoit tomber aux
pieds du bourreau ; et qu'une jeune femme, si
intéressante, si douce, si chérie dans les lieux
où on la flétrissoit, que son sort auroit attendri

des tigres; que cette femme, qui appartenoit à une respectable famille décorée des hautes dignités de la magistrature, seroit authentiquée et retranchée du livre des vivans ! Tout cela fut prononcé en deux heures... et ils délibérèrent au-dessus de ma tête !

HONORÉ GABRIEL DE RIQUETTI,
Comte DE MIRABEAU, fils.

Dans les prisons de Pontarlier, 16 février 1782.
DES BIRONS, avocat.

» P. S. Ils ont délibéré, et mon élargissement provisoire est accordé, malgré les conclusions des gens du roi. Je rends grâces à l'équité de mes juges; mais combien de fois il faut que j'aie raison pour l'avoir une fois !

» 2ᵐᵉ P. S. Le sieur Sombarde vient de faire renouveler mon écrou, sous prétexte qu'il appelle d'une sentence prononcée sur une requête en élargissement, que M. de Monnier n'a pas contredite. Le sieur Sombarde a envoyé par un huissier les recommandations qu'un procureur du roi, qui a quelque respect pour les bienséances, vient faire lui-même pour le dernier des *quidam;* et mon écrou a été renouvelé neuf

8

heures après la sentence(*), et neuf minutes après
le retour du sieur de Mesmay envoyé à Besançon
par madame de Valdahon pour consulter.

» Je dois beaucoup de reconnoissance au sieur
Sombarde pour cette nouvelle impudence; car
je désirois vivement, pour l'exemple et le bien
public, d'amasser des armes contre lui. Mais le
jour fatal n'est point arrivé; et je supplie le lecteur
de permettre que je subisse une confrontation,
avant de m'expliquer davantage. Je promets de
développer alors des manœuvres qui donneront
matière à de sérieuses réflexions sur le terrible
pouvoir de juger, et principalement sur les formes reçues en matière criminelle. En attendant,
je resterai en prison et ne ferai point juger l'appel. Cette prison est affreuse; je suis entouré de
fiévreux, dans la mal-propreté la plus fétide,
et tellement resserré, qu'il m'est impossible
d'écrire une ligne à tête reposée, ou de conférer
un quart-d'heure avec mes conseils sans témoins.
N'importe; tous les lieux, tous les temps, tous les
tribunaux, tous les juges, tous les traitemens me
sont égaux; je ne relève que de mon innocence;
je ne conspirerai point avec mes ennemis pour

(*) Les juges sont sortis à onze heures du matin, et
c'est à cinq heures trois quarts qu'on a renouvelé mon
écrou.

perdre du temps ; c'est leur seule ressource et leur unique système de défense : ils espèrent me lasser ; mais ma conscience qui crie plus haut que la renommée , m'assure que je ne me lasserai pas.

HONORÉ GABRIEL DE RIQUETTI ,
Comte DE MIRABEAU , fils.

Dans les prisons de Pontarlier, 17 février 1782.

DES BIRONS , avocat.

LETTRE XXXVIII.

Pontarlier, 15 mars 1782.

VOUS pouvez être très-certain , mon ami , que les lettres ne sont point arrêtées à Pontarlier ; c'est à Paris , et cela est plus inquiétant : car cela décèle une protection sourde , mais puissante. Je dis que l'interception ne peut avoir lieu qu'à Paris , parce que le paquet de Pontarlier ne s'ouvre point à Besançon , et va droit, sans nulle cascade , à Paris. Ce qu'il y a de bizarre , c'est que les lettres de Paris me parviennent presque toujours exactement. Or , il paroît fort inconséquent , si l'on arrête mes lettres , de laisser passer celles qui m'en avertissent. Mais aussi faut-il remarquer qu'elles ne me sont pas directement adressées.

Je n'ai au reste que ce sujet d'inquiétude; car les affaires vont d'ailleurs aussi bien qu'elles peuvent aller, et il est impossible, malgré tous les incidens qu'ils cherchent à faire naître, que le jugement définitif tarde plus de dix ou quinze jours. Nous en attendons deux demain, dont l'un est bien important et décisif; c'est celui que le conseil d'état de Neufchâtel doit rendre enfin aujourd'hui, après trois sursis, sur l'incompétence des juges françois, en défendant à leurs sujets de paroître. Ils ont retrouvé une lettre de M. de Monnier, qui me donne absolument gain de cause.

Mon oncle a reçu les mémoires que je lui ai adressés, et en est fort content. Il trouve seulement que j'aurois dû ménager davantage M. de Saint-Mauris, faute de savoir que c'est lui qui a remis la lettre au procès, et qu'il a tout à l'heure eu l'infamie, en observant les plus beaux dehors avec moi, de fournir une lettre pour servir de pièce de comparaison. Madame de Mirabeau a paru touchée de ce mémoire, a beaucoup caressé mon oncle; et il a plus d'espoir qu'il n'en a jamais eu, dit-il, de mener tout à bien.

Je n'ai plus qu'un désir, et c'est celui de goûter enfin, au sein de ma famille, avec vous et les

vôtres, le plaisir d'une union que rien ne pourra jamais altérer. Le courrier prochain sera, je
crois, décisif, et j'espère que vous en serez content.

Adieu, mon plus cher, bon et digne ami.
Aimez-moi toujours, et comptez sur mon éternel attachement pour vous et tout ce qui vous
appartient.

LETTRE XXXIX.

Pontarlier, 20 mars 1782.

JE vous préviens, mon ami, qu'il vous arrive
une assez belle quantité des premiers mémoires
par une voiture publique, et que, par ce courrier même, je vous en adresse encore un sous le
pli de Gojard.

Corrigez, je vous prie, etc.

Je succombe de fatigue, et j'ai peur de mourir sur mes lauriers. Je sais qu'on ouvre mes lettres, et rien de ce que vous me dites, à cet
égard, ne m'étonne.

Vous ne sauriez imaginer avec quelle impatience j'attends les *tranches rouges*, que depuis
long-temps j'avois pris le parti de vous deman-

der par la diligence, puisque vous n'auriez pas
osé le faire autrement.

Quelque dérangement qu'il y ait dans notre
correspondance, il faudra bien qu'elle se réta-
blisse avec plus d'exactitude, et se ravoisine
(quoiqu'il me semble que vous ayez assez bien
été servi depuis quelques semaines); autrement,
je jurerai des grosses dents. Vous recevrez bientôt un petit paquet de livres de la Suisse, *per
vostra grandezza*. Vite donc les *tranches rouges*. Vous êtes content, sans doute, du jugement rendu par le conseil d'état de Neufchâtel,
dont je vous ai fait part le 17 (*), et je ne pense pas, d'après ce que je vous ai dit, qu'il vous
laisse rien à désirer, puisqu'il rend nul l'effet de

(*) Cette lettre a été supprimée, à raison des détails qui
n'avoient point trait à l'affaire ; et c'est ici le cas de relater
l'article relatif au jugement : « Le conseil d'état de Neuf-
» châtel a rendu un jugement qui *remplit* ENTIÈREMENT
» *nos vues*. Il a ordonné au sieur Bolle, lieutenant des
» Verrières, en cas de nouvelle inquisition du juge criminel
» de Pontarlier, d'accorder la permission de citer les té-
» moins qui lui seront indiqués par écrit, et portant ex-
» pressément la clause suivante : à savoir que c'est dans la
» ferme confiance *qu'ils ne seront interrogés sur aucun
» délit*, RIÈRE CETTE SOUVERAINETÉ ».

(*Note de l'édit.*)

la citation, et qu'il réduit le procès à rien, et que, de plus, il jette dans un furieux embarras ces **MM.** du bailliage, qui ne se sont encore fixés à aucun parti.... *Vale et me ama.*

~~~~~~

LETTRE XL.

Pontarlier, le 26 mars 1782.

JE reçois, mon ami, deux lettres de vous, l'une desquelles serviroit fort bien de supplément à l'*Almanach Royal*, et l'autre qui m'apprend le départ des *tranches rouges*, et la continuation de votre amitié. Aussi la mets-je avec confiance à de nouvelles épreuves. Au reçu de cette lettre, courez chez Zénéïde ; portez-lui un de mes mémoires ; annoncez-lui incessamment le second, et dites-lui que je réclame ses bons offices auprès du prince de Beaufremont, pour recommander mon affaire, qui va se porter par appel à Besançon, à tout ce qu'il connoît au parlement, où il faut qu'il soit bienvenu, puisqu'il y a gagné un grand procès contre le prince de Listenois, son frère ; dites-lui que je souhaiterois, en outre, qu'il écrivît à Courvoisier, son avocat à Besançon, qu'il désire qu'il soit mon conseil dans cette affaire. Ce Courvoisier a

du mérite et de la réputation, et M. de Monnier, qui est Franc-Comtois, épuise tout le barreau. Rendez-moi vite ce service, et mettez-y,
mon ami, toutes les coquetteries imaginables.

Mes mémoires ne pouvoient pas être le 22 à
Paris. J'espère que vous les avez à présent. Vous
recevrez, d'ici à huit jours, un nombreux paquet des seconds, qui vous feront plaisir, et
sont un ouvrage considérable, l'*Essai sur le
Despotisme*, et autre chose. *Vale et me ama.*

Il faudroit que le prince m'adressât les lettres
qu'il écrira.

Du marquis de Mirabeau, sous la date du 27 mars 1782.

« JE prie M. Vitry de vouloir bien remettre
» au porteur le ballot de mémoires qui lui ont
» été envoyés de Pontarlier. Supposé qu'il en
» désire, et qu'il n'en ait point, je lui en enver-
» rai, en le priant de ne le pas faire courir. Il
» obligera son très-humble serviteur ».

MIRABEAU, père.

LETTRE XLI.

Pontarlier, 28 mars 1782.

JE suis bien aise, mon cher ami, que mon premier mémoire vous ait fait plaisir. Ce n'est, je vous assure, que peloter, en attendant partie. Le second sera un tout autre ouvrage, et fera une toute autre sensation. Vous avez mal fait de ne pas attendre patiemment les indications que je vous annonçois par ma lettre du 12, et d'en demander, surtout à mon père, qui n'y saura rien de mieux que de s'assurer par vous des mémoires, afin de les soustraire, si cela n'est pas fait (*). Souvenez-vous, mon ami, qu'après M. de Monnier, il n'est personne qui craigne plus mes succès que la chère madame de Pailly; mais j'ai reçu de la nature un courage peu flexible : et bien m'en prend; car, dans un moment si critique, dans une situation si dure en tous sens, il est trop cruel aussi d'être mal-

_____

(*) Il avoit prévu le coup (voir le billet du marquis de Mirabeau, du 27). Viennent ensuite les suppressions par arrêt du parlement, et les confiscations de chambre syndicale. (*Note de l'éd.*)

traité à propos de bottes, et par un père sans
l'aveu duquel on n'a rien fait, et qui, bien loin
de m'aider dans cette affaire, me barre imper-
turbablement; tantôt par son inaction, tantôt
par ses duretés, et toujours par les ménagemens
très-souvent nuisibles, et plus encore impor-
tans, que nécessitent ses excessives préventions.

Adieu, mon bien bon ami; je ne suis point
libre; mais je le serai bientôt. Je me trouve
dans une situation fort épineuse; mais la victoire, qui est infaillible, nous consolera de tout.
Votre dernière lettre m'a ému, touché, conso-
lé, soutenu. Il est doux d'être aimé ainsi.

LETTRE XLII.

Pontarlier, 31 mars 1782.

MON ami, le second mémoire qui va partir
cette semaine, vous donnera tous les détails
imaginables. J'espère que votre esprit et votre
âme en seront contens.

Je fais campagne avec les données les plus
tristes et le terrain le plus désavantageux; mais
c'est moi qui la fais; et, quand on se résout de
mourir à la peine, de ne se rebuter par aucunes
difficultés, de les tourner toutes, et d'attaquer

les mêmes points, on les emporte, ou l'on meurt; mais nous ne mourrons pas; nous triompherons ensemble.

J'ai reçu les *tranches rouges :* envoyez-moi tout de suite, par la poste, l'*Errotika - Biblion.*

Adieu, mon ami; je vous aime par besoin et par instinct, comme je respire.

LETTRE XLIII

Pontarlier, 2 avril 1782.

A CHOSE faite, conseil pris, mon cher ami; ainsi je ne vous parlerai plus des mémoires remis à mon père. J'ai bien prévu, lorsque j'ai su que vous lui aviez écrit, que cela arriveroit ainsi, et, dès ce moment, je n'aurois pas voulu même l'empêcher. Mais, au nom de l'amitié, souvenez-vous une fois, et pour toutes, que vous n'avez à prendre de sûres indications que les miennes; et, comme il m'importe que rien ne puisse arrêter la publicité de mes mémoires, il faut que vous me donniez sur-le-champ une autre adresse que la vôtre, pour vous envoyer, par la diligence, un paquet des premiers mémoires auxquels les seconds seront joints. Vous sentez le pourquoi de cette précaution : *Mon père pour-roit, par voie d'autorité, se faire assurer du ballot allant à votre adresse.*

Mon frère est arrivé de Saint-Christophe, accompagné de MM. de Marigny et de Livarot, et chargé des dépêches des généraux de terre et de mer. Il est vrai qu'il a eu une action très-glorieuse, où, faisant les fonctions de major sous les ordres de M. le comte de Fléchin, il a repoussé, à la tête de trois cents grenadiers, quinze cents Anglois qui n'ont point mis les armes bas, mais qui, sous les ordres du général Précolst, ont été forcés de se rembarquer. Le roi l'a reçu très-favorablement, et a dit à M. de Ségur qu'il écouteroit avec plaisir ce qu'on lui proposeroit pour lui. Je crois que cet incident ne sera pas inutile, même à mon procès.

Soyez tranquille sur ce procès, mon ami; et laissez-les battre la campagne. Les tracasseries de Paris me fatiguent beaucoup plus que mes affaires; ils ne veulent pas entendre que ce qui leur paroît *audace et témérité,* à cent lieues loin, et dans l'ignorance où ils sont du local et des personnes, n'est que prudence et nécessité. Je ne puis pas perdre mon procès, à moins que l'on ne renverse toutes les lois et la jurisprudence criminelle du royaume; et, si l'on avoit résolu de les renverser, peu importeroient ma défense,

et l'opinion de mes amis, et la qualité du procès.
Je ne vous en donne point les détails, parce que
je ne pourrois le faire que bien imparfaitement
dans une lettre, et que le second mémoire vous
dira tout jour par jour à cet égard. *Vale et me
ama.*

LETTRE XLIV

Pontarlier, 4 avril 1782.

Vous êtes un charmant négociateur, mon
ami, et je vous fais tous mes remercîmens,
quoique vous soyez sûrement aussi content que
je le suis de vos succès. La lettre toute aimable
de M. de Beaufremont ne me laisse rien à désirer, et j'attends, pour l'en remercier, de savoir
quel parti prendra Courvoisier. Des Birons lui
porte demain la lettre du prince.

A merveilles ! vos recommandations et mesures prises avec ma sœur ! Je n'apprends tout cela qu'en même temps que le secret confié par
votre ami, dont vous savez bien que je ne suis
pas capable d'abuser. Grâces soient rendues à
vous et à lui. Cet incident est bien bizarre;
mais j'agis en conséquence, et je ferai face à tout.
Pourtant, mon ami, vous avouerai-je que ce

n'est plus que par un reste d'amour-propre, et aussi par le sentiment d'indignation que m'inspirent tant d'odieuses cabales, que je lutte et lutterai jusqu'au bout. Je veux montrer ce que, dans ce siècle d'inertie et d'esclavage, un homme de courage peut encore; je veux, la tête haute, et couvert du seul bouclier des lois, narguer, et mes ennemis, et mes juges corrompus, et ma famille versatile, vacillante; mon digne . oncle, ma sœur Du Saillant et son estimable et généreux époux seuls exceptés. Si je succombe, tout le monde criera A LA TÉMÉRITÉ, A LA FOLIE; tandis que ce sera uniquement de la main des miens, et grâces à leur lâche défection, que je tomberai poignardé. Si je réussis, on dira : QUELLE ÉTOILE A CE FOU-LA ! IL SE TIREROIT DE L'ENFER; et ne serai-je pas bien payé de toutes mes angoisses et de toutes mes peines ?

Il n'y a point de mal à la suppression des premiers mémoires par mon père, parce que cela lui donnera toute confiance pour les seconds, et qu'il ne prendra pas d'autres mesures pour les faire arrêter, ce dont il auroit été très-capable. Vous sentez que, quant à ceux-ci, je puis avoir plus d'une voie, et que j'aurai soin de vous faire passer une lettre ostensible qui n'annoncera que le nombre d'exemplaires que vous lui remettrez.

Mettez bien mes remercîmens aux pieds de la belle Zénéïde.

Adieu, mon bon ami, car je suis écrasé de ce courrier. Je vous aime et vous embrasse de tout mon cœur, vous et les vôtres.

LETTRE XLV

Pontarlier, 7 avril 1782.

Mon ami, je n'ai point de nouvelles de vous ce courrier, et cela m'inquiète. Tenez la main, je vous prie, à ce que la belle et bonne Zénéïde fasse écrire par le prince de Beaufremont à tous ses amis du parlement de Besançon. Rien ne me sera plus important. Il partira pour vous incessamment un paquet de choses curieuses en plus d'un genre, dont vous serez très-empressé. Je vous demande grâce pour ce bien court billet. Après-demain, mardi, j'écrirai plus en détail. Adieu, mon ami; je vous embrasse.

LETTRE XLVI

Pontarlier, 9 avril 1782.

JE ne doute pas, mon ami, que vous n'ayez fait mes très-tendres remercîmens à Zénéïde, dont la générosité et l'activité, sans me surprendre, m'ont véritablement bien touché. Réitérez-les-lui, mon cher Vitry, en la prévenant que j'écris, ce courrier, au prince de Beaufremont, pour lui exprimer ma reconnoissance, et lui apprendre que Courvoisier occupe dans mon affaire, et que je lui demande, en outre, des recommandations pour ses amis du parlement; car les intrigues, les machinations et les manœuvres de mes ennemis sont inconcevables. Dites donc à Zénéïde que je la supplie d'insister, et que si mon tendre et respectueux attachement pour elle a toujours été une jouissance délicieuse pour mon cœur, elle le devient beaucoup davantage aujourd'hui, que je lui dois et lui devrai beaucoup de reconnoissance.

Autre commission, mon ami, et que le bord ci-dessus, je veux dire Beaufremont, doit absolument ignorer; car, pour Zénéïde, au contraire, elle m'y serviroit, au lieu de m'y nuire : la princesse de Listenois a beaucoup d'amis au parlement de Besançon ; c'est la belle-sœur du prince de Beaufremont, et par conséquent aussi ma parente , mais son ennemie jurée. Pour réunir les partisans des deux côtés, je lui écris et lui demande aussi des recommandations ; je lui annonce de plus mon premier mémoire, que je vous envoie sous le pli de Gojard ; retirez-le sur-le-champ, et portez-le lui, ou l'envoyez par la petite poste.

Lorsque je vous ai dit que le jugement rendu par le conseil d'état de Neufchâtel, qui anéantissoit la citation, remplissoit entièrement nos vues, et réduisoit le procès à rien, je n'ai assurément pas entendu vous dire que les intrigues et les manœuvres de mes parties adverses, qui sont sans nombre et sans relâche, ne pussent beaucoup allonger, incidenter, compliquer ; mais je vous dis que le fond restera absolument dépourvu de preuves ; je vous dis que les bras sont tombés à nos trois avocats de Besançon, à la vue des confrontations ; je vous dis qu'ils trouvent que, jusqu'ici, nous nous défendons avec la plus éminente supériorité ; je vous dis qu'ils demandent où j'ai appris leur métier ; et de plus, qu'ils avouent n'être que des écoliers en cette matière, parce qu'elle ne se présente presque jamais, parce qu'elle est très-éparpillée dans nos lois,

parce qu'ils n'ont jamais eu occasion de l'approfondir ; de sorte qu'il faut leur indiquer tous
leurs moyens, tous les livres, toutes les autorités, et que nous ne les prenons exactement que
pour le crédit de la cause. Oh ! il y auroit, en
vérité, trop de servitude d'esprit à déférer à l'avis
de nos critiques, quand nous voyons qu'ils n'ont
pas la moindre lueur des matières que nous trai-
tons à fond.

Je reviens à Zénéïde : dites-lui, mon ami,
que je ne suis pas tellement occupé de mon procès, que je ne désirasse savoir où en est le sien.
Dites-lui encore qu'il me semble qu'elle pourroit employer, par B...., une médiation puissante auprès de madame de Listenois, et que,
dans ce cas, je lui demanderois le secret vis-à-
vis le prince de Beaufremont.

Adieu, mon cher et fidèle Acathe. Courage ;
vous voyez que tout va bien.

LETTRE XLVII.

Pontarlier, 14 avril 1782.

MON cher Vitry, je suis malade et bien souffrant ; j'ai la fièvre, et je ne puis écrire que le
très-essentiel : vainement avois-je caché mon

second mémoire avec le plus grand soin, pour
que l'avocat adverse ne connût pas mes moyens
à la plaidoierie fixée au samedi 20, et parce
qu'aussi je ne voulois pas qu'il parût avant la
consultation des avocats, qui n'arrivera que demain; l'infidélité de l'imprimeur en a présenté
un exemplaire à M. de Valdahon; lequel, à la
vue de ce mémoire, a couru chez le chevalier
de La Ferrière, le prier de venir me dire qu'il
consentoit à tout accommodement, pourvu que
madame de Monnier en fût exclue. J'ai refusé
net. On est revenu, et l'on m'a proposé une sentence du siége qui, me déchargeant du rapt de
séduction, me déclarât convaincu d'adultère,
bien entendu que j'appellerois de cette sentence, mais que l'appel ne se videroit qu'après la
mort de M. de Monnier, temps auquel je serois
renvoyé quitte et absous. J'ai répondu que ce
n'étoit pas après soixante-trois jours de prison,
où l'on étoit enfin tombé malade, que l'on ac-
ceptoit de pareilles propositions, et que j'em-
porterois mon absolution pure et simple, ou
mourrois à la peine.

Quoique mon père et quelques autres de ses
entours improuvent ma conduite, je puis vous
dire, à vous, mon ami, qui m'en croirez, qu'elle est admirée de tous les gens du métier d'un

côté, et de l'autre, de tous ceux qui aiment le courage.

Quelques personnes tremblent que ma défense publique ne fasse universellement dire : « Mais cet homme pouvoit gagner ce procès, il » y a quatre ans, comme aujourd'hui. Pourquoi » lui a-t-on fait perdre du temps? Mais ce pro- » cès est si absurde, que le moindre des efforts » que cet homme prodigue aujourd'hui, l'auroit » arrêté dans son origine, et auroit rendu im- » possible le fatal dénouement.... Ce n'est pas » ma faute, mon ami, si tout cela saute aux » yeux. Je ne puis pas, pour justifier madame » de P*** d'avoir perdu à plaisir ma maison, » laisser tomber ma tête de dessus mes épaules; » et, à la place de mon père, je n'hésiterois plus » à dire hautement que j'avoue mon fils, au lieu » de dire que je le désavoue. J'écrirois les let- » tres de simple créance qu'on lui demande, au » lieu de les refuser; j'encouragerois un mal- » heureux qui est dans une situation inconce- » vable, au lieu de l'accabler des duretés les » plus atroces; je ne trouverois pas qu'il y a con- » tradiction entre demander des recommanda- » tions, et dire que mon affaire est sûre; car je » me croirois payé pour savoir qu'on peut per- » dre son procès, en ayant raison; je ne cher-

» cherois pas à aliéner son oncle; en un mot, je
» ne ferois rien de ce qu'il fait, et je ferois tout
» ce qu'il ne fait pas ».

Adieu, mon très-cher ami, poussez à la roue
auprès de Zénéïde; et aimez-moi toujours comme je vous aime.

P. S. Je ne pourrai faire partir que vendredi
prochain le ballot de deux cents exemplaires du
second mémoire.

(Le second mémoire dont il est ici question a paru trop
long pour qu'on ait cru devoir en faire l'insertion entière;
on s'est borné à la transcription des morceaux qui ont paru
présenter le plus d'intérêt, soit sous le rapport de l'exposé
des faits, soit sous celui des défenses.)

FRAGMENS choisis du second Mé-moire.

» S'IL est quelque chose de plus triste que d'a-
voir de grands torts, c'est la nécessité qu'ils imposent, par les justes préventions qu'ils inspirent,
d'entrer en apologie sur ceux qu'on nous impute faussement : mais quand on sent jusqu'au
fond de l'âme ceux dont on est vraiment coupable, et le désir profond de les couvrir par une
vie désormais honorable; quand on peut se dire
qu'une extrême sensibilité, une loyauté inflexible

ont accompagné tous les écarts qu'on ne sauroit se dissimuler, on se console assez du moins pour ne pas perdre le courage, pour s'en faire un doux et patient : on se dit qu'il y en a plus peut-être à savoir avouer ses fautes, qu'à savoir n'en point faire : on témoigne son repentir et ses regrets avec une noble et juste franchise : on répare ses égaremens, autant, hélas ! qu'il est possible : on s'efforce de justifier l'indulgence de ses amis, d'en reconquérir ; de désarmer ses ennemis en applaudissant à leurs qualités, en pardonnant à leurs défauts : on tâche d'avoir de la raison, du sang-froid, de la conduite ; puis on ose lever la tête et se montrer à ses calomniateurs.

» J'ai commencé : j'ai soulevé, dans un premier mémoire, le coin du voile dont ceux qui ont voulu le triste procès qui nécessite cet écrit, voudroient s'envelopper ; j'ai usé de plus de ménagemens envers eux qu'envers moi-même, parce que, pour avoir justice, il faut commencer par se la faire. Avide d'éviter de nouveaux scandales et de voler à de moins douloureuses, si ce n'est à de plus importantes affaires ; forcé d'ailleurs à me renfermer dans des raisonnemens généraux, puisque je ne connoissois pas l'instruction, et surtout à céler des moyens que des manœuvres pouvoient me dérober ou du moins atténuer, je n'ai présenté au public qu'un précis destiné

à persuader que les grands mots (*) dont mes
ennemis ont cherché à couvrir le vide de leur
cause n'étoient pas si substantiels qu'ils tâchoient
de le répandre; et que j'étois bien loin d'être
convaincu des délits qu'on m'imputoit, comme
on est parvenu à le faire croire à toute la France.
Dans ce premier mémoire le public a pu juger
par les masses, et je n'ai dû m'exprimer que par
ces traits qui parlent plus à l'âme qu'à l'esprit
des lecteurs.

» Mais maintenant que tout espoir d'accommodement est perdu, que mes ennemis, persuadés qu'une de leurs victimes ne sauroit leur
échapper sans sauver l'autre, n'osent faire ni la
paix ni la guerre; maintenant que je connois par
la confrontation les charges dont on a voulu
m'écraser, et qu'il faut me résoudre à consumer
du temps et du papier dans la plus triste, mais la
plus indispensable défense, je vais l'entreprendre sérieusement, et donner à décider au public, à ce juge suprême de tous les juges, si
c'étoit par impuissance que je ménageois mes
adversaires.

(*) Ceux-ci, par exemple, tirés de la requête de M. de
Monnier, en appellation du 21 mars : « Jamais, depuis que
» le nom de rapt est connu, il n'y en eut de plus auda-
» cieux ni de plus infâme ».

» J'exposerai leurs vues, et dévoilerai leurs manœuvres, en traçant le tableau des procédés qui ont donné lieu au procès, et de ceux qui en ont signalé la première instruction.

» Ces préliminaires répandront un grand jour sur le compte rendu fidèle de ce qui s'est passé depuis que j'ai purgé ma contumace, et l'on poura juger à quelle extrémité sont réduits ceux qui, pour toute défense, emploient de coupables intrigues qui ne peuvent reculer quelques instans leur chute que pour la rendre plus profonde.

» Je présenterai ensuite mes moyens, soit de fond, soit de forme. J'établirai invinciblement la fin de non-recevoir, soit de l'accusation du rapt de séduction, soit de l'adultère qui n'a été l'objet d'aucune plainte. Je prouverai par des observations sur les faits acquis au procès, qu'alors même que la fin de non recevoir, fondée sur toutes les lois et l'invariable jurisprudence du royaume, n'existeroit pas, on n'a de preuves ni du rapt de séduction, ni de l'adultère, et qu'ainsi l'imputation, dans tous les cas, est absurde. J'établirai enfin par des observations sur la procédure, qu'indépendamment même de l'infraction au texte des lois, la sentence fut atroce, tant l'instruction étoit irrégulière et partiale.

» Après cette discussion, tout lecteur de bon-

ne foi pourra décider si je voulois autre chose,
en déclinant le combat, que m'abstenir d'attiser
des haines funestes, qu'éviter de faire parler encore d'une femme infortunée que son sexe et
sa douceur condamnoient à une heureuse obscurité.

» Dans la carrière fastidieuse que je vais par-
courir, j'examinerai successivement tous les faits,
et j'en développerai avec soin les causes et les
motifs. Je serai long peut-être, car j'entrerai
dans beaucoup de détails, puisque ce sont eux
qui caractérisent les faits et constituent la vérité.
D'ailleurs, je n'ai pas la force d'être précis. Mes
premières années, comme des ancêtres prodi-
gues, ont, en quelque sorte, déshérité les dernières, et dissipé une partie de mes forces ; les
situations violentes et contre nature, auxquelles j'ai été asservi, ont achevé de les miner. Les
souffrances de mon âme se sont étendues plus
d'une fois jusqu'à mon corps. Je suis depuis six
ans froissé par le malheur, dévoré d'inquiétudes, de chagrins et de repentirs, voué à mourir
de regret ou de fatigue : j'ai été enseveli près de
quatre années dans la solitude la plus austère.
La vigueur de l'esprit peut sans doute être alté-
rée par de telles épreuves ; et le lieu infect et
tumultueux où j'écris ne peut que diminuer encore la facilité qui m'échappe. N'importe ; ma

raison est dans mon cœur, qui mérite heureusement plus d'estime que ma tête. J'invoque donc
la patience et l'indulgence de mes juges et de mes
lecteurs. Hélas! je ne m'annonce pas plus que je ne
me crois irrépprochable. Que celui qui l'est, mais
que celui-là seul me lance les premiers coups.
Je me suis accusé sincèrement; je me défendrai
de même; je n'aurai ni mauvaise foi, ni fausse
modestie ; je ne diminuerai ni ne grossirai en
rien la vérité...

» Pesez, jugez, décidez si mon honneur fut
souillé par des bassesses; si mon cœur est une
sentine de corruption; si mes peines furent pro-
portionnées à mes fautes; si je méritai des sup-
plices et des flétrissures ; si j'ai droit de demander
justice et vengeance.

» Je l'ai déjà dit : c'est de l'époque de ma disparition de Pontarlier que datent tous les malheurs de madame de Monnier, et tous ceux des
miens qui ont étendu sur ma vie le crêpe de la
douleur; car il me restera toujours celle d'avoir
été l'objet et l'occasion des calomnies et des
persécutions dont une femme, à qui son infortune donne des droits sacrés sur mon dévouement et mon respect, est depuis si long-temps
la triste victime.

» Plus l'éclat qu'occasionna ma disparition a
prêté d'armes à mes ennemis, plus il m'étoit in-

dispensable d'en exposer les vrais motifs, et plus
on a mis d'art à les empoisonner.

» Aujourd'hui même que j'ai déclaré dans un
mémoire public, avec la plus grande simplicité et
des ménagemens peut-être excessifs, la véritable
cause, la cause connue qui me fit éluder les ordres
qui me retenoient au château de Joux, on répand,
avec une feinte et perfide douceur, que tout ce mémoire n'est qu'une fable adroitement tissue; mais
qu'il faut bien pardonner quelque chose à un
homme qui a une si mauvaise cause à défendre.

» Eh bien ! M. de Saint-Mauris, je ne vous
demande aucun PARDON, aucune indulgence
même : et je vais montrer, puisqu'il le faut, que
mon énoncé est bien rigoureusement exact; que
cette prétendue évasion, la seule chose prouvée
très-mal-à-propos et très-irrégulièrement au procès, puisqu'elle lui est absolument étrangère,
n'avoit trait qu'à vous; et pour commencer, ré-
sistez, si vous pouvez, au témoignage de la lettre que je vous écrivis alors, dont j'adressai copie à mon père, au ministre, à M. de Monnier
lui-même, lettre que vous avez citée en justice
comme un recueil D'INFAMIES *suffisant pour
me perdre,* mais que vous vous êtes bien gardé
de représenter (*).

_____

(*) Je ne l'aurois pas rappelée, si M. de Saint-Mauris ne

*COPIE de la lettre écrite à M. le comte de
SAINT-MAURIS par M. le comte de MI-
RABEAU, le lendemain de sa disparition de
Pontarlier, 16 janvier 1776.*

» JE me soustrais, Monsieur, à une autorité
qui, devenue tyrannique, m'a tendu de plus des
piéges que je n'eusse jamais craints d'un galant
homme. Peut-être quelques remords s'élève-
ront-ils dans votre cœur, en pensant que vous
avez fait tout ce qui étoit en vous pour perdre
un jeune homme d'espérance, et à qui vous ne
pouvez rien reprocher ; car enfin que vous im-
portoit une lettre de change, que je ne dois point
tant qu'elle n'est point à son échéance? Articu-
lez, si vous le pouvez, un autre sujet de mécontentement ; et, si vous ne le pouvez pas, convenez
que c'est une perfidie d'avoir irrité mon père
contre moi, jusqu'au point de me rendre auprès de lui toute réconciliation impraticable, d'a-
voir demandé ma translation, etc., toujours avec
l'air serein, en me serrant la main et en m'embrassant.

---

se montroit à découvert ma partie, et ne livroit pas tous
ceux de mes prétendus écrits que l'on croit pouvoir fournir
des armes contre moi.

» Je n'impute pas à vous seul tous vos torts ;
il en est qu'une odieuse mégère vous à suggérés.
Mais deviez-vous vous livrer à de tels motifs,
lorsqu'il étoit question de perdre ou de sauver
un gentilhomme, un homme, un infortuné ? Ah !
si mon séjour dans ce pays-ci déplaisoit à votre
vanité, si vous m'imputiez les dédains d'une
femme respectable que vous avez odieusement
déchirée, parce que vous n'avez pu la séduire,
vous aviez une manière honnête de vous défaire
de moi ; c'étoit de me réconcilier avec mon père ; et tel étoit votre devoir, puisque vous vous
étiez voué à jouer le rôle de mon pédant.

» Il vous est impossible, monsieur, de réparer le mal que vous m'avez fait ; mais vous pourriez ne pas l'aggraver, en n'écrivant pas des faussetés au ministre : faites ce que vous voudrez ;
au fond de votre conscience, vous êtes autant
confondu qu'irrité par ma franchise. Mais je paie
bien cher le pouvoir de vous écrire ainsi ; et ni
vous ni votre atroce instigatrice ne devez me l'en-
vier. Adieu. »

(Voici la lettre que le comte de Mirabeau écrivit à son père, en lui envoyant celle qui précède).

18 janvier 1776.

« MONSIEUR et très-cher père, la lettre dont vous m'avez honoré, en date du 10 janvier, vient de m'être renvoyée, et j'y vois, avec la plus vive douleur, que vous semblez avoir attaché à l'opinion d'un homme très-mésestimable, le sceau de votre réconciliation avec moi. J'ai l'honneur de vous adresser la lettre que je lui ai écrite en quittant les lieux de sa domination. J'ai lutté par ma patience contre le despotisme des ordres qui m'ont détenu dix-huit mois dans des prisons; mais comme la patience ne fait rien contre la perfidie, du moment où celle-ci m'a été dévoilée, je n'ai pas cru devoir l'affronter, et me laisser tranquillement remettre dans les fers. Je n'ai jamais eu d'obligations à M. de Saint-Mauris. Depuis huit mois, je n'ai pas mangé dix fois chez lui : ainsi je ne lui ai pas même celle de sa table, si c'est là ce que vous appelez une *obligation*. Personne ne me *repoussoit* (au contraire) quand j'ai eu le malheur de venir sous ses ordres; il n'a jamais eu ma parole; je l'ai, au contraire, très-formellement assuré vingt fois devant dix témoins, que je ne passerois pas l'hiver au château de Joux. Il a voulu m'y confiner, sous les plus légers pré-

textes; il a plus fait, il m'a perdu dans votre esprit, le tout parce que j'ai eu le malheur de
déplaire à une de ses anciennes maîtresses, dont
il protége l'infamie, et que j'ai été reçu avec
bonté dans une maison respectable, où il s'étoit
vainement efforcé de séduire une femme honnête qu'il a essayé de déshonorer par ses propos, ne le pouvant pas par ses actions. Il se plaignoit beaucoup, dans les commencemens que
j'étois ici, que je ne voyois que la mauvaise
compagnie, que je n'ai jamais vue assurément;
mais il est vrai que la seule maison qu'il me permettoit alors, n'avoit pas seize quartiers de noblesse. Quand j'ai eu la liberté de me répandre
davantage, il a trouvé très-mauvais que j'allasse
chez la seule personne de ma sorte qui étoit ici.
Tout cela ne seroit que bizarrerie, s'il n'y eût pas
joint une abominable fausseté; si, en s'efforçant
de me perdre, il ne m'avoit pas tendrement caressé : de sorte que, sans le plus singulier hasard, je n'aurois vu l'orage qu'en recevant le
coup de foudre. Il prétextera une lettre de change, que je ne dois pas, puisqu'elle n'est pas à son
échéance, que j'étois très-sûr de pouvoir payer.
Il savoit fort bien, quoiqu'il vous dît le contraire, que je ne pouvois pas vivre ici avec cent
francs par mois, voyageant, courant le pays,
pour des travaux que vous-même aviez deman-

dés, souvent obligé d'acheter des livres, toujours de payer des copistes. Il le savoit si bien,
qu'il m'avoit juré qu'il me feroit payer par vous
mes livres, mes copistes, et deux habits, parce
que je ne pouvois pas m'habiller sur douze cents
livres de pension, et que j'étois venu avec du
camelot, dans un pays où l'on gèle toujours sous
le drap. Il savoit que je m'étois servi du crédit
d'un homme à qui j'avois fait gagner quatre
cents louis, qui ne me presseroit point pour le
paiement, et que j'avois trouvé cela plus honnête que de vendre mes manuscrits. Il savoit
qu'en me laissant à Pontarlier, où je faisois du
bien et aucun mal, où je m'occupois très-utile-
ment pour moi et beaucoup de malheureux, où
tout le monde, excepté sa mégère et ses adhé-
rens, me recherchoit et me montroit de là bienveillance, je ne me lasserois point du triste état
où vos ordres me réduisoient; que j'attendois
en silence le retour de vos bontés paternelles....
Mais non : il a voulu redevenir un tyran, parce
qu'il est fou du désir d'exercer une autorité pour
laquelle il n'est pas fait; et, comme il a bien senti que j'échapperois à cette tyrannie, il a voulu
s'envelopper de la peau du renard, et me prendre dans ses piéges. J'ai cru pouvoir et devoir
m'y soustraire. Je gémis, en pensant que votre
premier mouvement va élever, entre mon père

et moi, de nouvelles barrières; mais je ne pouvois, ni ne devois, je le répète, tendre le cou
au glaive; et, si l'on veut absolument me perdre,
il faut bien que je veuille me sauver, etc ».

» Je m'abstiendrai de parler des raisons et de
scruter les sentimens qui avoient inspiré à M. de
Saint-Mauris le plus violent désir de m'éloigner
de Pontarlier ; il s'y obstina long-temps, malgré
la parole formelle que j'avois apportée à Joux,
de jouir de la liberté de la ville. Le séjour de ce
château ne seroit pas supportable, sans le voisinage de Pontarlier; c'est un véritable nid de
hiboux, égayé par quelques invalides. Cependant, aussi long-temps que M. de Saint-Mauris
me refusa de descendre à la ville, je m'en abs-
tins religieusement; et c'est un fait public que
mes connoissances faisoient la moitié du chemin de Pontarlier au château, et que je recevois le plus souvent mes visites dans la campagne.

» Cependant les fêtes du sacre arrivèrent. M. de
Saint-Mauris jouoit un grand rôle dans la banlieue; il me voulut pour témoin de sa gloire, et
je dus à sa vanité la permission de venir à Pontarlier. J'y fus accueilli avec bonté. Plus d'une
fois les officiers municipaux, en corps, m'hono-

rèrent de distinctions flatteuses (*) : on s'empressa de me montrer quelqu'intérêt ; et M. de
Monnier, surtout, me pria de regarder sa maison comme la mienne.

» A la vue des témoignages journaliers que je
recevois de l'affection de M. de Monnier et des
bontés de madame, M. de Saint-Mauris ressen-
tit un courroux extrême. Véritablement, il étoit
animé par une personne très-connue et très-
méprisée, pour laquelle il avoit autant de confiance que d'attachement, et dont j'avois en-
couru l'indignation en réprimant l'insolence
d'un de ses adorateurs. Cette créature s'étoit
d'ailleurs efforcée assez publiquement de m'associer à toute la ville dans l'honneur de ses bonnes grâces. Ma froideur, qui n'étoit pas du respect, l'irrita ; elle jura de me punir de mon ingratitude, et chercha long-temps, sans pouvoir y
réussir, tant la conduite de madame de Monnier
étoit irréprochable, à exciter contre nous les
rumeurs de la ville et le zèle des écrivains de
lettres anonymes.

(*) Deux fois entr'autres, ils m'ont honoré d'une visite de
corps, pour me remercier d'abord d'une bagatelle agréable
à leur ville, que M. de Saint-Mauris avoit rendue publique, ensuite d'un mémoire sur quelques affaires municipa-
les qu'on m'avoit prié de rédiger.

» Dans ces circonstances, une funeste méprise, ou la ridicule inquiétude d'un marchand de
Pontarlier fit tomber entre les mains de M. de
Saint-Mauris un billet à ordre souscrit de moi.
La modicité de la pension à laquelle des déran-
gemens pécuniaires, qu'une grande et fougueuse
jeunesse peut à peine excuser, m'avoient réduit,
rendoit assez simple cet engagement. M. de
Saint-Mauris devoit même le trouver d'autant
plus naturel, qu'il avoit promis d'obtenir, de la
bonté de mon père, un supplément à ma pension, nécessité par quelques circonstances loca-
les, et qu'à sa prière je travaillois à un ouvrage
sur les salines de Franche-Comté, lequel m'a-
voit obligé à quelques voyages, à des recherches et à des faux-frais : n'importe. Ce billet, et
quelques informations du gouvernement sur un
livre (*) qui m'étoit attribué, informations auxquelles M. de Saint-Mauris s'empressa de donner
de l'importance, lui fournirent le prétexte d'u-
ne persécution ardente. Cette méchanceté étoit
bien gratuite ; car d'un côté le gouvernement
n'avoit pas même laissé entrevoir mon nom, et
de l'autre il ne s'agissoit que de quinze cents livres ; on me les avoit offertes d'un manuscrit qui

_____

(*) L'*Essai sur le Despotisme.*

devoit, dans peu de mois, voir le jour, et M. de
Saint-Mauris ne l'ignoroit pas. Si je n'eusse point
eu d'autre ressource, je n'aurois assurément pas
rougi d'employer celle-là. Il n'est point de propriété plus légitime que celle de ses écrits, et il
vaut mieux gagner que devoir. A la vérité, mon
engagement avoit été contracté à Neufchâtel ;
mais c'étoit de l'aveu de M. de Saint-Mauris que
j'avois voyagé en Suisse. Toutes ces considérations ne l'arrêtèrent pas un instant. Il écrivit à
mon père, sans m'en dire un mot, et n'essaya
pas moins que de lui donner sur moi les plus
sérieuses inquiétudes. Je sus, par le dépositaire
de tous ses secrets, qu'il n'attendoit qu'une réponse pour me consigner au château (*). J'allai
droit à lui, non que j'espérasse le ramener ; mais
je comptois le mettre dans son tort, et le con-
traindre à écrire à mon père la vérité des détails.

(*) Il l'avoit déjà tenté sous divers prétextes, comme il me
seroit assurément facile de le prouver, par une de ses lettres
retrouvée à Pontarlier, dans une caisse de livres ; et ma réponse, dont la copie annexée à sa lettre confirme, avec
celle que je viens de transcrire, et la copie d'une de celles
que M. de Saint-Mauris écrivit alors à mon père, tous les
détails de mon récit qu'on ne pourra pas dire fait après
coup.

» M. de Saint-Mauris, surpris d'abord de voir
sa mine éventée, se remit bientôt, et feignit le
ressentiment le plus violent pour un procédé
inouï, disoit-il, qu'il assuroit le compromettre
essentiellement. Ce prétexte grossier n'avoit pas
la moindre vraisemblance; le billet n'étoit point
à son échéance, on ne refusoit pas de le payer;
le ministre n'avoit reçu aucune plainte; tous mes
voyages en Suisse avoient été autorisés; les sot-
tes exagérations de M. de Saint-Mauris ne m'en
imposoient point : je le réduisis facilement à
l'absurde; mais un homme, qui a l'autorité en
main, a raison quand il veut; il lui suffit de
s'obstiner dans son opinion.

» Au reste, M. de Saint-Mauris ne put se
contenir assez pour dissimuler le véritable sujet
de son animosité; et l'indécence de ses propos
rendit cette explication fort orageuse. M. de
Saint-Mauris répartit à des propos vifs avec emportement et brutalité : je sentis mon sang bouillonner. Mais M. de Saint-Mauris avoit l'autorité
du roi; il étoit plus que sexagénaire : je me retirai avec précipitation, consumé d'un ressentiment d'autant plus violent, que je l'avois mieux
contenu, et laissant M. de Saint-Mauris dans un
véritable accès de rage.

» Je frémissois de colère, en pensant aux injures qu'il m'avoit fallu supporter; je frémissois

d'inquiétude, en envisageant celles qu'il me faudroit dévorer encore. Je voyois d'un coup d'œil
les dangers que je courois sous les ordres d'un
homme intraitable et d'un chef irrité. Mon imagination s'alluma. Je pris un parti extrême ; j'en
aperçus les inconvéniens, et les vis inutilement ;
car le bon sens, l'esprit même que montre un
homme dans le raisonnement, est une très-
mauvaise caution de la sagesse de sa conduite :
l'entendement fait voir la chose ; mais la passion
dominante se joint à l'entendement pour faire
agir, et toujours a plus d'influence que son as-
sociée. Je suivis donc le mouvement d'humeur,
d'indignation et d'inquiétude, qui m'excitoit, et
je me dérobai au despotisme de M. de Saint-
Mauris, en gagnant d'abord la Suisse, d'où, réfléchissant sur l'irrégularité et l'indécence de
cette démarche, je vins me cacher à Pontarlier
même, dans l'espoir d'obtenir bientôt de mon
père, par l'intercession de mes amis, d'être tout
à fait affranchi de mes liens.

» Voilà la vérité ; voilà ce que les propres lettres de M. de Saint-Mauris, et une information
de faits justificatifs prouveront jusqu'à l'évidence, si la chose ne parle pas d'elle-même.... Eh
bien ! M. de Saint-Mauris, est-ce encore ici
une fable ingénieuse?

» Je ne pouvois pas donner le titre d'ami à

M. de Monnier; la distance des âges étoit trop grande. Mais il prenoit à moi l'intérêt d'un père; et non-seulement il approuvoit, mais il excitoit l'empressement que madame de Monnier montroit à avancer le dénouement de mes affaires. Bientôt on n'épargna rien pour faire suspecter à son mari la pureté de ce sentiment. J'ai tracé, dans mon premier mémoire, une esquisse légère des machinations qui furent employées contr'elle alors. Je ne me répéterai point ici; et quand je voudrois me jeter dans des détails qui n'appartiennent pas directement à ma cause, le plus grand nombre m'échapperoit, puisqu'ensuite de la retraite que je fis à Pontarlier, et qui ne dura que peu de semaines, j'ai mené loin de cette ville la vie la plus agitée et la plus errante.

» Arrêté d'abord, et détenu à Dijon, évadé de nouveau, et parcourant les pays étrangers pendant un espace de plus de quinze mois, jusqu'à celui de mai 1777, que, rendu par les états-généraux sur la réquisition du roi de France, j'ai été conduit au donjon de Vincennes, dans le temps même où l'on exécutoit par effigie l'atroce sentence que je suis venu anéantir par ma représentation volontaire; comment pourroit-on exiger de moi une narration fidèle et régulière de ce qui s'est passé à Pontarlier pendant ce long exil?

» Voici cependant le précis des faits que mes recherches m'ont appris.

» L'orage, ralenti un instant, se déchaîna avec plus de force contre madame de Monnier, bientôt après mon évasion du château de Dijon. Persécutée par une cabale que fomentoient des personnes trop connues qui ne pouvoient se relever que sur ses ruines, madame de Monnier, trop vive et trop sensible, eut la douleur de se voir à la fois accusée et soupçonnée.de tous les délits ; elle crut qu'il n'étoit plus pour elle ni espoir, ni refuge ; elle apprit, peut-être par une confidence perfide, qu'on sollicitoit la permission de la confiner au couvent ; et résolue de fuir un acte de despotisme qui indignoit son âme libre et fière, elle quitta, dans la nuit du 24 au 25 d'août 1776, la maison de son mari, devenue pour elle le théâtre de toutes les humiliations et de toutes les persécutions réunies.

» Personne ne voulut se persuader qu'une fuite d'un tel éclat n'eût pas été combinée de longue main et favorisée ; et comme on ne savoit pas précisément quel étoit le lieu de ma retraite, comme les calomnies semées avec un art infernal, avoient universellement répandu de ces bruits que la malignité humaine n'adopte que trop avidement, les méchans et leurs émissaires ne manquèrent pas de me compliquer dans cette fuite : examinons un peu les pièces qui me sont opposées.

» L'on va voir de quel aloi est l'érudition des conseils de M. de Monnier. C'est leur bel ouvrage; c'est la suite de la requête de plainte, que je vais transcrire, en demandant pardon au public de lui mettre sous les yeux un jargon si barbare, que je n'oserois pas lui présenter, si je n'étois point obligé de copier fidèlement.

» L'article XLII de l'ordonnance de Blois
» compte dans le crime de rapt ceux qui se sont
» rendus coupables par blandices, comme étant
» faits contre le gré du mari, du père, de la mère,
» des tuteurs et curateurs ; et cet article ne pro-
» nonce rien moins que la peine de mort sans
» espérance de rémission et de pardon La décla-
» ration de Louis XIII, du 26 novembre 1639, est
» confirmative de l'ordonnance de Blois ; elle en-
» joint aux procureurs généraux, ou à leurs substi-
» tuts, de faire toutes poursuites contre les ravis-
» seurs, quand même il n'y auroit plainte de partie
» civile; et elle ajoute que la peine ne peut être
» modérée. Enfin, la déclaration du 22 septem-
» bre 1730 confirme les ordonnances, édits et
» déclarations des rois ses prédécesseurs, no-
» tamment l'article XLII de l'ordonnance de
» Blois, et la déclaration du 16 novembre 1639,
» qui prononce la peine de mort contre ceux

» qui ont séduit des fils, *filles*, FEMMES ou veu-
» ves, et ONT, par leur séduction, procuré et fa-
» cilité leur évasion ».

ᴠ Voilà sans doute des autorités bien précises
et bien formelles; et, si elles sont citées fidèlement, il ne nous reste qu'à gémir de vivre sous
une législation si vague et si mal définie, qui sacrifie la chose au nom, qui sévit contre les effets
en pardonnant aux causes, qui ôte toute pro-
portion entre les peines et les délits, qui punit
des erreurs et des foiblesses comme des crimes,
des fautes comme des forfaits atroces, qui, rendant ainsi les hommes indifférens au crime et à
la vertu, détruit toute idée de justice et de devoir, pour y substituer celle du droit du plus
fort; droit également odieux à celui qui s'en
sert, à celui qui en souffre, et qui met la société
dans un état continuel de guerre. Sans doute,
une telle oppression, consacrée par le législateur, doit faire désirer à ceux qui ont dans l'âme
de la candeur, quelqu'énergie, l'horreur de la
violence, et l'amour de cette liberté sainte que
nous tenons tous de la bienfaisance du Dieu vivant; doit leur faire désirer, dis-je, et chercher
à tout prix remède aux maux, aux erreurs morales et politiques qui les oppriment; car qui
voudroit supporter les coups et les injures du
sort, les torts de l'oppresseur, les dédains de

l'orgueilleux, les outrages d'un ennemi, les délais et les dénis de justice, la cruauté, la partialité, l'absurdité de prétendues lois sans cesse en
opposition avec la raison et l'humanité, lorsqu'il
peut, en un moment, s'affranchir de tous ces
intolérables fardeaux ?

» Mais, s'il se trouvoit que l'odieux de ces
lois appartînt tout entier aux conseils infidèles,
téméraires et coupables qui les citent faussement, que leur seroit-il dû pour avoir mis l'avis
ridicule et cruel que leur dicte la haine, à la place
de la volonté du législateur, et donné l'instabili-
té perfide ou mercenaire de leurs opinions pour
la voix constante d'une loi auguste et invariable?... Je ne sais ce que de tels jurisconsultes mériteroient aux yeux des tribunaux judiciaires (*); mais je sais qu'ils seroient dé-

---

(*) Ceux qui exposent faux dans les requêtes qu'ils présentent áux juges, doivent être punis arbitrairement à l'arbitrage du juge, soit par amende, soit par dommages et
intérêts, suivant la nature des faits exposés. *Traité de la
Justice criminelle* de Jousse, partie IV, liv. 3, tit. 15,
page 363. Les avocats qui citent de fausses lois, et les procureurs qui, dans leurs écritures ou en plaidant, exposent
des faits faux et contraires à la vérité, commettent aussi
une espèce de faux, et doivent être punis arbitrairement.
*Leg. fin. d. ad leg. Cornel. de falsis, l. I, §. fals.
eod. de Just. cod. confirm. Farinacius*, q. 150, n.º 79.

clarés infâmes au tribunal des honnêtes gens.

» Eh bien ! avocat ou procureur qui avez dressé cette requête infidèle et calomnieuse, jugez-vous vous-même, et souvenez-vous que ce sont les autorités même que vous alléguez, que j'atteste uniquement.

» L'article XLII de l'ordonnance de Blois, que vous invoquez avec tant de confiance, porte :

« Et néanmoins voulons que ceux qui se trou-
» veront avoir suborné *fils ou fille mineurs*
» *de vingt-cinq ans, sous prétexte de mariage,*
» ou d'autre couleur, sans le gré, su, vouloir et
» consentement exprès des pères, mères et tu-
» teurs, soient punis de mort, sans espérance
» de grâce et de pardon, nonobstant tous con-
» sentemens que lesdits mineurs pourroient al-
» léguer par après avoir donnés audit rapt, lors
» d'icelui, ou auparavant. Et pareillement se-
» ront punis extraordinairement tous ceux qui au-
» ront participé au rapt, et qui y auroient prêté
» conseil et aide en aucune manière que ce
» soit ».

» Je demande au lecteur où se trouvent dans ce texte ces mots : CONTRE LE GRÉ DU MARI.

» La déclaration de Louis XIII, du 26 novembre 1639, qui, dans sa plus grande partie,

prescrit uniquement l'ordre qui doit être observé dans la célébration des mariages, enjoint en
effet aux procureurs généraux, et à leurs subs-
tituts, de poursuivre les ravisseurs; mais elle
n'a aucun rapport au rapt, si ce n'est à celui de
violence; et, dans toute cette ordonnance, il
n'est pas un seul mot qui étende, même indi-
rectement, le rapt de séduction aux femmes ma-
riées. Dans l'article dont se prévaut la requête
de plainte, le législateur, en déclarant ceux qui
auront assisté, donné conseil, ou favorisé les
mariages entre personnes ravies par subornation, incapables de leur succéder, n'énonce que
les veuves, fils ou filles mineurs: ce qui prouve
bien que l'ordonnance de 1639 a regardé le rapt
de séduction sous le même point de vue que
l'ordonnance de Blois, dont en effet elle rappelle les articles XLI, XLII, XLIII et XLIV, aussi bien que l'édit de 1556. Or, cet édit ne parle
que des mariages clandestins, et les articles
XLI, XLIII et XLIV de l'ordonnance de Blois
n'ont aucun trait au rapt de quelqu'espèce qu'il
soit.

» Voilà les premières observations que j'offre
à tout lecteur impartial; et j'ai droit de les croire frappantes, puisqu'elles ont déterminé le souverain, mes conseils et ma famille, à permettre
ma représentation volontaire. C'est avec ce petit

nombre d'armes que je me suis présenté dans
l'arène, nu, et abandonné à mes propres forces. Peut-être croira-t-on aisément qu'un homme de ma sorte, qui avoit découvert tant d'irrégularités dans un jugement si atrocement sévère, et qui avoit à combattre les ennemis les plus
acharnés, pouvoit employer plus d'un appui. Eh
bien! je n'en ai pas voulu d'autre que cette protection vénérable que la loi ordonne à ses organes impassibles. Je n'ai voulu opposer que mon
innocence et les droits que je partage avec le citoyen le plus obscur, à des ennemis qui, sur
leurs foyers, me forcent à comparoître devant
des tribunaux remplis, disent-ils, de leurs parens et de leurs amis. Et tandis qu'ils se consu-
ment en recherches, en efforts, en consultations, en intrigues, j'accepte tout, j'endure tout,
je dicte tout; je me suffis. On m'arrête, on me
chicane à tous les pas, on multiplie les dégoûts,
les délais, les longueurs. Qu'importe? Ne devois-je pas m'y attendre? Peut-on jamais forcer
la nature des choses, ni les faire aller plus vite
que leur cours? L'homme n'a point d'ailes; il
ne doit pas s'imaginer qu'avec de l'impatience
et de la volonté il pourra fendre les airs; il a
des jambes pour marcher, et il marche. Quand
il est blessé et boiteux, comme je le suis devenu,
il marche mal; mais, pourvu qu'il arrive, il est

encore trop heureux : se rouler par terre n'a-
vanceroit à rien.

» Eh ! qu'ont-ils gagné à tant de manœuvres,
d'affectations et de lenteurs ? De mettre en évidence leurs vues coupables, et combien leur
cause est désespérée. C'est ce que je vais montrer, en faisant le journal fidèle de ce qui s'est
passé depuis la révision du procès, en déployant
les nouvelles forces que j'ai puisées dans la connoissance de la procédure que m'a fournie la
confrontation.

» On le reconnoîtra bientôt mieux que je ne
pourrois le dire, dans la suite des développe-
mens que je vais donner. . . . .

. . . .

» Qu'on ne croie pas que les manœuvres se
sont bornées là ; voici encore un petit exemple
que je dois soumettre à l'équité de mes lecteurs.

» Lié de tout temps avec le procureur du roi
du bailliage de Pontarlier (M. Michaud), homme également estimé et digne de l'être, ma
première consolation, mon unique plaisir en
arrivant dans ce pays, où je venois remplir un
si triste devoir, a été d'embrasser cet ami que
mes malheurs et les désagrémens qu'ils lui ont
attirés, n'ont pas découragé un instant, et m'ont
rendu bien précieux, bien respectable et bien
cher. Cet homme, dont la sagesse et le sang-froid

auroient glacé sur mes lèvres la confidence de
mes folies de jeunesse, si je l'eusse commencée,
n'avoit opposé à mes ennemis acharnés à le
compromettre, que sa sagesse et sa prudence : on
redoutoit ses lumières et son intégrité, et, dès le
début de mon affaire, on avoit résolu de l'écarter à tout prix. L'acte de parenté qu'il fit déposer au greffe le jour même où la requête de
plainte fut présentée, devoit appaiser mes adversaires, puisqu'il remplissoit leurs vues; mais
ils prétendoient davantage ; ils vouloient me
faire assassiner des mains de mon ami, et retourner le poignard en l'enfonçant dans mon
cœur. M. Michaud fut assigné pour déposer ; et,
quand on vit qu'il ne donnoit aucune prise, on
chercha à diriger contre lui, contre sa famille,
les dépositions de tous ceux dont l'âme vindi-
cative ou vénale voulut servir la haine de mes
ennemis.

» Tous les efforts furent vains. M. Michaud
seul ne trahit pas la cause d'un infortuné qui
fuyoit sa patrie, et dont ceux même qui lui
étoient le plus redevables, avoient la foiblesse
de sacrifier les intérêts à des ennemis présens et
accrédités; il ne la trahit pas, et l'on fut cependant obligé de renoncer à troubler plus long-
temps le repos d'un homme intact et inébran-
lable.

» Quand on voit qu'il est impossible de l'impliquer, on poursuit mon jugement, je succombe; le calme renaît, leur vengeance paroît assouvie; des années s'écoulent; et les lâches imaginoient m'avoir terrassé, parce qu'ils m'avoient saisi par derrière et sans défense; mais je reparois, et la terreur s'empare d'eux. Ils rampent, ils se replient, ils osent former le dessein de gagner celui qu'ils n'ont pu effrayer... « Abandonnez cet homme pour qui vous avez » déjà été compromis... Que vous vaudra-t-il » jamais?... Vous êtes le parent de ses adver- » saires... Combien ils seront plus reconnois- » sans!... » O vous! qui, tantôt vendus, tantôt acheteurs, croyez qu'on commerce aussi de l'amitié! tâchez donc d'avoir un peu d'esprit, si vous n'ayez point d'âme; et sentez que ce ne sont pas des secours ou des protections, comme vous osez les nommer, que je suis venu chercher à Pontarlier, mais brève et impartiale justice : et certes je suis loin de l'y avoir trouvée; mais mon attente n'a point été trompée.

» Cependant, quand on voit que les suggestions et les intrigues sont inutiles, on alarme M. le procureur général sur l'influence que les liaisons de M. Michaud avec moi peuvent avoir dans mon affaire. Quelle influence? Le procureur du roi s'est abstenu d'entrer au greffe depuis

que je suis à Pontarlier! Il s'est abstenu de voir mes
juges, et ceux-là même qui sont ses amis particuliers! Il est venu me rendre visite? Eh bien!
il ne m'a presque accordé en cela que ce qu'il
ne refuse à aucun autre prisonnier; car cet homme sensible, qui pense que les prisons sont toujours trop horribles, et les malheureux détenus trop peu consolés, ne se regarde point comme un ministre impitoyable de la justice, et fait
pénétrer avec lui dans les cachots la compassion
et l'humanité !

» N'importe : deux lettres successives lui ont
été adressées (*); et, s'il n'eût éclairé la religion
surprise de son chef, il risquoit d'encourir la
punition, ou du moins, par un mandement hu-
miliant, la présomption d'avoir prévariqué....
Cher et digne ami ! nul mortel n'est complètement heureux : le bonheur n'est pas compatible
avec notre nature imparfaite; le Grand Être,
qui n'auroit pu nous rendre aussi parfaits que
lui sans nous faire ses égaux, n'a pu réserver
qu'à lui l'entière félicité qui est un attribut de
l'entière perfection. Mais, selon notre nature, il
nous a départi beaucoup de biens, tous ceux même
dont nous étions susceptibles; et il a tellement

(*) M. Parguès, lieutenant particulier du siége, et beau-
frère de M. Michaud, a été aussi l'objet d'une de ces lettres.

disposé ses lois, que les meilleurs lots, la plus grande paix de l'esprit, le plus grand contentement de l'âme, les sensations les plus douces et les plus célestes, si l'on peut parler ainsi, sont les plus dignes des plus véritablement hommes de bien et leur partage... Il n'est donc pas au pouvoir des méchans de vous rendre malheureux, et ma tendre reconnoissance peut quelque chose pour votre bonheur.

(Après la confrontation, viennent quelques détails sur la procédure qui l'a suivie.)

» LA Bruyere a dit : *Le comédien couché dans son carrosse jette de la boue au visage de Corneille qui est à pied....* Je réponds : Aimerois-tu mieux être le comédien que Corneille?.....Non.....Le lot de Corneille est donc le meilleur, et le carrosse n'y fait rien.

» Avec des données bien différentes, je me trouve dans une position du même genre. Mes amis me plaignent; ils sentent bien plus que moi-même l'indécence et la dureté de ma situation; ils s'inquiètent, ils se lamentent; et moi je ne suis agité que de leur inquiétude. Je préfère mille fois mon sort à celui des méchans qui s'acharnent à ma perte, qu'ils n'obtiendront pas : ils sont libres; ils sont riches; ils sont servis, prônés; ils éblouissent de l'éclat de leur prétendu

crédit la petite ville ou l'on m'abreuve d'humiliations, où l'on me fait coucher au milieu des
contrebandiers, des déserteurs et des voleurs,
dont les hurlemens chassent le sommeil de ma
paupière fatiguée... Eh bien ! ces pauvres riches
dévorés de soins et de soucis sont malheureux.
O vous ! qui me plaignez et les enviez, comme
vous nous jugez en aveugles ! L'existence de mes
ennemis est amère et cruelle : c'est le soulier de
Varron, bien fait au-dehors, mais qui blesse
souvent, et dont celui qui le porte sent seul le
défaut : ils voient mieux encore que le public à
quel point je puis les démasquer : ils aperçoivent
le bord du précipice sur lequel je les ai pous-
sés ; et, s'ils n'ont pas la sagesse de crier MERCI,
ils n'ont pas non plus la démence de mécon-
noître le danger.

» Ce n'est pas, au reste, qu'il soit comparable à
celui qu'ils m'ont fait courir, et cela seul m'auto-
riseroit à les poursuivre à outrance. Ils ne ris-
quent que de l'argent et de l'honneur... Ah!
croyez-moi, une de ces craintes au moins les
affecte.

» Pour moi, le scandale et la perte de temps
m'affligent sans doute ; mais ils l'ont voulu : la
conscience d'avoir moralement fait tout ce que
j'ai pu pour m'éviter ce malheur, et la certitude
du succès tempèrent l'amertume du chagrin de

leur avoir donné prise par ma folle jeunesse. Grâces au ciel! elle s'éloigne de moi; je suis loin de
la regretter; mais aussi je suis loin de croire
qu'elle donne à des calomniateurs le droit de
m'insulter, de m'ordonner la posture de suppliant: eux seuls ne l'ont pas ce droit. Ils parlent
de mon orgueil.... Pauvres gens! savez-vous
ce que c'est que l'orgueil? Croyez-vous que,
bouffis de vanité comme vous l'êtes, il vous soit
permis de le définir et de le juger?...

» La vanité est à l'orgueil ce que le clinquant
est à la dorure. L'un et l'autre sont fastueux; mais
le clinquant est d'un faste faux et petit; de même
la vanité est au-dessous de l'orgueil, comme une
foible contr'épreuve est au-dessous d'une bonne
estampe. Un dogue qui méprise les jappemens
d'un petit chien, et qui lève contre lui la jambe
de derrière, a de l'orgueil : un dindon qui fait la
roue a de la vanité. Un homme qui, dans les fers,
brave ses oppresseurs et leur dit les vérités les
plus dures sans ménagement, parce qu'il croit
ne relever que de son innocence, du souverain
et de la loi; cet homme a de l'orgueil peut-être;
mais celui qui persécute un pauvre ouvrier, l'in-
vective, ou le chasse, parce qu'il a travaillé de
son métier pour son adversaire (*) et trouvé que

(*) Madame de Valdahon a menacé la femme de son

son argent légitimement gagné valoit celui de
tout autre; celui-là, dis-je, est infecté d'une lâche et vile vanité.

» Quoi qu'il en soit, je ne passe point condamnation sur l'orgueil; car vous n'êtes pas faits
pour m'en inspirer; je vous l'ai dit (*) : je crois
jouer une partie d'échecs, et je suis trop sûr de
donner mat à des joueurs qui ne sont pas de
ma force pour n'être pas de sang-froid... Le lecteur jugera si j'ai trop présumé, en lisant la continuation de ce journal.

» On a vu que le jugement du 21 février avoit
ordonné la vérification par experts de la lettre
jointe au procès. Mes adversaires résolurent de
tenter ce nouveau moyen de m'embarrasser; mais
où trouver des pièces de comparaison authentiques? Je dis *authentiques;* car des lettres missives ou des écrits privés ne seroient pas rares, si
tout le monde étoit aussi complaisant que M. de
Saint-Mauris, qui, par une sommation concertée

---

boucher, nommé Francœur, de lui ôter sa pratique , parce
qu'il a prêté un cheval à mon avocat pour aller à Neufchâtel. M. de Valdahon a renvoyé son perruquier parce
qu'il est frère du mien.

(*) La phrase qui suit est extraite d'un billet ostensible,
où je donnois une explication que M. de Valdahon avoit
demandée.

entre lui et madame de Valdahon, a remis une lettre qu'il prétend avoir reçue de moi; mais ce n'est
pas assez que d'être perfide, il faut l'être en règle;
et ce n'est point à l'invitation des passions, c'est
à celle des lois qu'il faut répondre.

» Il falloit donc d'autres objets de comparaison, et il n'étoit point aisé d'en trouver. Les
agens de ma partie en désespéroient presque,
lorsque les neuvaines des Bernardines, ou plutôt
l'heureuse mémoire du greffier indiquèrent une
requête, où j'ai ajouté, dit-on, de ma main ces
mots : *Sous toutes protestations et réserves contre qui il appartiendra;* et une soumission insé-
rée dans le registre du greffe, le jour où l'on
m'accorda mon élargissement provisoire, portant ces mots aussi de ma main, à ce qu'on
assure : *Sous toutes protestations et réserves,
tant contre la partie civile que contre tous autres.* Aussitôt accourent mon ennemi et ses bra-
ves cohortes; on fouille le greffe; on compulse
les registres; on s'embrasse; on se félicite. La
découverte est réelle.... *Il est pris.... Nous le
tenons....* Et madame de Valdahon de courir au
saint couvent !.... « Ah ! mes sœurs, quelle grâ-
» ce le ciel nous accorde !... Il est perdu... Nous
» venons de trouver des pièces, des pièces....
» Ah ! quelles pièces ! Le procès est plus clair
» que le jour.... Priez, mes sœurs, priez; il ne

» s'en relèvera jamais (*) ». O madame de Valdahon ! ô mes saintes sœurs !

» Tant de fiel entre-t-il dans l'âme des dévots ?

» C'est le dimanche qu'on a fait cette découverte. Le lundi, 11 mars, de grand matin, mon avocat, qui n'en savoit pas un mot, est parti pour
Neufchâtel, où il alloit solliciter et presser la
décision du conseil d'état. Ce jour-là même on
s'assemble pour le procès-verbal de présentation
des pièces de comparaison. L'occurrence n'étoit-
elle pas bien choisie ?

» On ne m'avertit que peu de minutes avant la
séance, et je ne savois pas même ce dont il alloit être question ; mais, à la vérité, je m'en dou-
tois un peu. Je monte, et je trouve le célèbre et
non jamais assez loué sieur Sombarde ; l'illustre
sieur Maillard, qui, chancelant et bourgeonné
comme le vieux Silène, n'en a ni l'hilarité ni l'em-
bonpoint ; le greffier, qui ressemble beaucoup aux
lémures qu'un poëte placeroit aux pieds des juges
des enfers ; le sieur de Mesmay, son frère, dont la
figure insinuante et douce jusqu'au patelinage,
annonce l'âme d'un procureur, sous la physiono-

(*) Ce n'est point ici de l'enluminure. L'anecdote est
très-vraie ; c'est la chose, et non pas moi, qui la rend plai-
sante.

mic d'un parasite; M. le commissaire enfin,
dont la présence seule m'auroit rassuré contre
ce grouppe d'étourneaux.

» Je les aborde avec plus de gaîté et moins de
révérences qu'ils ne me reçoivent, et je dis :
« M. de Mesmay, je pourrois demander que
» vous ne restassiez point ici ; M. Maillard est le
» procureur spécial de M. de Monnier, pour la
» vérification de la lettre. L'ordonnance ne me
» permet pas d'avoir un conseil; quelque dure
» qu'elle soit à cet égard, je n'en murmure
» point; mais on doit s'abstenir du moins d'ag-
» graver ses dispositions ; elle ne permet pas deux
» conseils à la partie civile : j'ai donc droit de
» prétendre qu'elle n'est pas divisible, et d'exi-
» ger qu'elle ne soit représentée que par un
» conseil; mais vous protesteriez peut-être, et
» vous vous retireriez : car vous cherchez à tout
» prix des délais. D'ailleurs l'allure du sieur
» Maillard n'est pas impétueuse; nous serions
» long-temps ici : instrumentez donc, M. de
» Mesmay ».

» Le procès-verbal commence, et j'apprends
seulement alors quelles pièces de comparaison
on veut me présenter. C'étoient, outre celles
que je viens de décrire, les interrogatoires où
chaque page offre ma signature.

» O bon lecteur! vous qui, sans être Valdahon

ni Mirabeau, vous intéressez pour celui-ci, parce qu'il vous paroît plus gai que malin, plus malin que méchant, animal impatient, fougueux,
irascible, mais tendre, aimant, et au demeurant
très-bon homme, parce que d'ailleurs les bar-
reaux, les grilles et les verroux sont des préfaces
attendrissantes, ne frappez-vous pas du pied,
en pensant à l'étourderie que j'ai faite, à ce
qu'ils assurent, de griffonner ces maudites requêtes, ces actes de comparution, etc., etc.?
Mais, outre qu'ils font armes de tout, et qu'il
me falloit bien signer les interrogatoires, dites-
moi quel bon général, avec les combinaisons les
plus sages, n'a pas fait quelquefois de faux mouvemens. Frédéric en a vingt sur le corps; César,
huit ou dix, dont il avoue quatre; Turenne,
deux. Quand on a fait de ces fautes, il n'y a que
l'extrême activité de tête et de corps qui les
puisse réparer ou couvrir : du moins elle ne me
manque pas, elle a été donnée aux hommes pour
suppléer à leurs sottises; mais tous ne l'ont pas :
la plupart ne sont que des quarts d'eunuques; il
y en a qui le sont à moitié, d'autres aux trois
quarts, d'autres tout à fait : un très-petit nombre ne le sont point du tout; ce sont ceux-là
qui ont pour devise sacrée, l'amitié, l'amour et
la gloire; pour alliés tous ceux de leurs pairs qui
ne sont pas leurs ennemis personnels; et le reste

du monde pour sujets.... Rassurez-vous donc, bon lecteur ! et croyez que je m'en tirerai.

Détails de controverse.

. . . .

. . . .

» Eh bien! lecteur, ne vous l'avois-je pas dit, que je m'en tirerois? On ne fait pas plus ses circonstances que son visage ; il faut plaire avec celui-ci quand il est laid, et redresser les autres quand elles sont fâcheuses. J'y ferai le possible et l'impossible avec une grande activité : et j'y réussirai; car au fond j'ai raison , puisqu'assurément ils ont eu tort de vouloir me déshonorer et m'assassiner; et de plus j'ai l'esprit de ma position. Il n'est pas facile à prendre; mais il le faut pourtant, il le faut toujours, ou souffrir et rompre partout, et ne réussir à rien. Mais pourquoi se sentiroit-on un homme, si ce n'étoit pour réussir à tout et partout, depuis le peuple jusqu'aux rois, depuis les frivolités jusqu'aux hautes sciences, depuis le plus petit intérieur domestique jusqu'au commandement des armées et au gouvernement des empires? Il ne faut dire de rien : CELA EST AU-DESSOUS DE MOI, ni sentir RIEN QUI SOIT AU-DESSUS. Rien d'impossible, enfin, à l'homme qui peut et sait

vouloir avec suite et constance. CELA CONVIENT-
IL ? CELA SERA : voilà la seule loi ; et je ne suis
pas incapable de la suivre, parce que j'y mets
toute ma volonté : or l'homme est tout entier
dans sa volonté.

. . . .
. . . .

» Si le contraste des manœuvres de mes ennemis pour prolonger l'instruction, et de mes vains
efforts pour la hâter ; de leur activité pour intriguer, et de leur indolence quand il faut agir
légalement et judiciairement ; si le contraste des
avantages dont ils jouissent, et de mes angoisses ;
de leurs sollicitations sans nombre, de leurs
courses infatigables, et de l'état horrible de prisonnier auquel ils m'ont réduit ; si ce contraste
est odieux et cruel, le coup qui remettra la vérité
à la place de la calomnie, l'accusé à celle de l'accusateur, doit en être pour eux plus inévitable et
plus funeste. Ma patience leur est plus fatale que
ne seroit la violence la plus impétueuse. Laissez-
les s'agiter et se vanter, tandis qu'en secret ils se
désespèrent : les effervescences de la vanité ne
sont que fumée ; les explosions de la poudre à
canon détruisent tout : mais le courant d'une eau
douce et limpide donne la vie à tout ce qu'elle
approche ; et la tranquillité du cœur et de l'esprit fait, dans les positions les plus critiques, le

bonheur de celui qui en jouit. Tous les événemens sont bons ou mauvais : s'ils sont bons, il
faut s'en réjouir; s'ils sont mauvais, il n'y a que
les sots et les foibles qui perdent, à s'en affliger,
le temps ou les forces nécessaires pour les réparer ou les changer. Il faut bien que les hommes et les choses obéissent à l'homme qui avec
quelque esprit a du caractère, de la suite et de
l'opiniâtreté, et qui ne perd pas ses moyens en
vains éclats. Je fais campagne avec les données
les plus tristes et le terrain le plus désavantageux; mais c'est moi qui la fais; et quand on se
résout de mourir à la peine, de ne se rebuter
par aucune difficulté, de les tourner toutes, et
d'attaquer constamment les mêmes points, on
les emporte, ou l'on meurt.

Rapt de séduction.

« Nous reconnoissons deux sortes de séduc-
» tions : très-souvent on les confond, et il im-
» porte extrêmement de ne les confondre jamais.
» L'une est la séduction pure et simple; l'autre
» est le rapt de séduction. Celle-là n'est qu'un
» commerce illicite, où l'on ne se propose d'au-
» tre objet que de satisfaire sa passion. Qu'il ait
» lieu entre majeurs, que ce soit entre mineurs,
» ou même de majeur à mineur, ces circonstan-
» ces n'en changent pas la nature. Un majeur,

» eût-il engagé une mineure dans un commerce
» criminel, s'il n'a pas eu en vue de l'amener à
» contracter un mariage contre le gré de ses pa-
» rens, ce ne sera jamais qu'une séduction pure
» et simple. Au contraire, le rapt de séduction
» est une subornation de majeur à mineur, ayant
» pour objet et pour but de porter un mineur
» ou une mineure à contracter un mariage à l'in-
» sçu ou contre la volonté de ceux de qui ils dé-
» pendent. La première altère peu l'ordre civil ;
» et, à moins qu'elle ne soit accompagnée de
» circonstances bien graves et bien atroces, les
» lois humaines laissent à la justice divine le soin
» de la punir. La seconde attaque l'autorité des
» lois dans l'autorité des pères ; elle porte le
» trouble et la division dans les mariages : on
» ne sauroit la proscrire avec trop de sévérité.
» Nous l'appelons rapt, parce qu'elle ravit aux
» parens des enfans dont ils ont, en quelque fa-
» çon, le droit de disposer ; et les lois la punis-
» sent de la même manière que si elle étoit sui-
» vie d'enlèvement.

   » Tel est donc le caractère de cette seconde
» sorte de séduction, la seule contre laquelle
» on décerne des peines afflictives ; telle est sa
» nature et son essence, qu'elle exige nécessai-
» rement trois choses : la première, que la su-
» bornation soit prouvée ; la seconde, que la

» subornation soit de majeur à mineur ; la troi-
» sième, que la subornation ait eu pour fin de
» porter la mineure ou le mineur à contracter
» un mariage à l'insçu, contre le gré , ou sans le
» consentement de ses parens : et le concours de
» ces trois choses est d'une nécessité si indis-
» pensable, que, si vous en séparez seulement
» une, il n'y a plus qu'une séduction simple ,
» qu'un commerce illicite, que les ordonnances
» défendent de poursuivre criminellement.

» Tels sont les vrais principes , fondés sur
» toutes les lois, conformes à tous les édits, et
» surtout à une déclaration que donna S. M. en
» l'année 1730 ».

» Voilà ce que *les hommes éclairés* que con-
sulta M. de Valdahon dans le commencement de
son affaire, lui ont appris sur la distinction des
rapts. Pourquoi faut-il aujourd'hui rappeler
leurs leçons à sa femme ?

» On voit que *ces hommes éclairés* avoient
plus exactement consulté les ordonnances et
mieux saisi leur esprit, que l'auteur de la requête de plainte de M. de Monnier.

. . . .
. . . .
. . . .

» Au reste , je ne prétends certainement pas
soutenir que les criminalistes soient infaillibles,

et qu'ainsi il ne puisse s'en trouver qui aient compris les femmes, aussi bien que les filles, dans ce qu'ils ont dit du crime de rapt de séduction, quoique les plus récens et les plus estimés ne soient point tombés dans une erreur si grossière. Sans doute, il en est qui sont tombés dans cette erreur, puisque des tribunaux s'en sont rendus coupables, et que tel fut le principal motif de la déclaration de 1730, comme le législateur l'énonce dans son préambule ; mais cela même est une raison sans réplique pour que cette déclaration récente passe pour la loi unique du royaume en cette matière, pour qu'elle fixe invariablement la jurisprudence de tous les tribunaux et fasse rejeter tous les livres qui s'écarteroient de ses dispositions. « Quelqu'un qui en est bien péné- » tré, dit M. Fournel, dans le très-bon traité » qu'il a donné sur la séduction, ne peut sup- » porter sur cette matière la lecture de nos an- » ciens auteurs, où l'on voit toute espèce de » fréquentation charnelle confondue avec le rapt, » sans aucune considération de l'âge des parties, » de leurs qualités, ni de leur état ; mais où la » patience échappe, c'est de voir reparoître cette » méprise dans nos livres modernes, d'ailleurs » fort estimables ».

» En un mot, si les juges des crimes, par la raison même qu'ils ne sont pas législateurs, et

que le législateur ne pourroit, sans le plus grand
danger pour la liberté publique et particulière,
juger lui-même ; si les juges des crimes ne peuvent pas avoir droit d'interpréter les lois pénales,
comment pourroit-on le laisser, ce droit, à des
particuliers obscurs, qui du fond de leurs cabinets
poudreux, dicteroient leurs opinions contradictoires pour lois aux citoyens ? La volonté du législateur lui-même n'est digne de notre soumission et de nos respects, que comme l'expression
stable et invariable de la justice, consacrée par
la vénération unanime et l'adhésion expresse ou
tacite de toutes les volontés réunies. Mettez à la
place la manière de voir de chaque homme, ou
même celle d'un seul homme, mais en différens
temps, prévenu de différentes passions, excité
par des dispositions diverses ; vous substituez
l'arbitraire le plus anarchique au vœu et à l'intérêt général de la société ; la licence d'expliquer
et de raisonner, source intarissable de friponneries et d'injustices, à des lois fixes et littérales.
L'unique droit du magistrat est de décider quelle
action est contraire ou conforme à la loi écrite,
entendue à la lettre, et que le législateur seul
auroit le droit d'expliquer, si son texte étoit
équivoque.

» Mais dans mon procès il ne l'est point ; il est
plus clair que le jour, que, selon toutes les lois

du royaume, toutes les fois qu'on ne voit pas le mariage pour principe d'une séduction, IL N'Y A POINT DE RAPT DE SÉDUCTION, et qu'ainsi moi, qui suis marié, je n'ai pu être accusé de rapt de séduction envers madame de Monnier MARIÉE. Voyons si je l'ai été d'adultère, et si je puis être poursuivi pour ce crime.

Adultère.

» C'est une maxime incontestable que l'adultère est considéré en France comme un délit privé, dont la vengeance est exclusivement réservée au mari, censeur né des mœurs de sa femme, auxquelles il est le plus intéressé : *maritus solus genialis tori vindex*. Quand le mari ne se plaint pas de la conduite de sa femme, il n'est permis à personne de s'en plaindre : autrement on livreroit les familles à une inquisition d'autant plus terrible, que l'adultère est un délit plus fugitif, plus difficile à prouver, plus mystérieux, plus caché par le voile dont les lois même forcent de le couvrir. Délit qu'elles ont dû rendre d'autant plus difficile à constater, qu'elles l'ont puni avec plus de sévérité ; tandis que les législations incomplètes ou défectueuses, les gouvernemens oppresseurs ou corrompus en sont peut-être la source la plus abondante.

» Si l'on vouloit alléguer des autorités pour prouver que le mari seul a qualité pour former l'accusation d'adultère, il faudroit copier tous les auteurs et rapporter tous les arrêts sur cette matière.

» Sans entrer dans des détails inutiles et toujours scandaleux, quand il est question d'un sexe dont on ne sauroit trop peu parler, et d'un sujet trop piquant pour la malignité et la curiosité humaines, il est évident que, si M. de Monnier n'a pas porté plainte d'adultère, on n'a pu ni me poursuivre pour ce délit, ni bien moins encore m'en déclarer atteint et convaincu. On a vu les deux requêtes de plainte de M. de Monnier, les seules qu'il ait données au procès; on a vu si le mot d'*adultère* y étoit prononcé; il pensoit si peu à former cette accusation, que lorsqu'ensuite de l'information principale qui ne prouvoit rien, on lui proposa de tenter une information par addition, il écrivit au conseil d'état de Neufchâtel, pour demander que M. le châtelain du Val-de-Travers entendît devant lui les témoins de la principauté de Neufchâtel qu'on lui indiqueroit; il ne parla que du rapt de séduction.

» Voyez combien d'absurdités suppose cette prétendue conviction d'adultère, dépourvue d'accusateur et de preuves !.... O! comment la famille de M. de Monnier a-t-elle pu s'engager dans

ce labyrinthe ! comment n'a-t-elle pas craint
que madame de Monnier, irritée de tant de calomnies, aigrie par tant de malheurs, ne s'écriât
avec bien plus d'énergie et des détails qui les
couvriroient de honte : « Hélas ! il est trop vrai
» que M. de Monnier s'est marié une seconde
» fois pour ma perte, non par amour pour moi,
» mais par haine pour sa fille ; non pour jouir du
» bonheur qu'il donneroit à sa femme, mais
» pour accomplir le projet affreux de dépouiller
» son sang, et pour nourrir une vengeance qui
» étoit une espèce de parricide. Je suis entrée
» comme une victime dans le lit de M. de Mon-
» nier : la nature a trompé les projets et les
» vœux qu'il formoit contr'elle ; et moi j'ai tâ-
» ché constamment de réparer l'injure faite à la
» nature. J'ai pressé M. de Monnier de rappeler
» madame de Valdahon. Jamais je n'entrepris
» rien contr'elle : jamais je ne cessai de sollici-
» ter pour elle et ses enfans. Voyez comme j'en
» suis payée ! On m'accuse d'adultère, moi à qui
» tous les appuis de la vertu manquoient, moi que
» tout devoit abandonner sans ressource à la pre-
» mière passion qui s'élèveroit dans mon âme,
» et dont on n'a pourtant pu prouver qu'une fuite
» que des dégoûts et des humiliations sans nom-
» bre ont provoquée, sans pouvoir me corrom-
» pre. On m'a accusée, et j'ai été condamnée à

» toute la rigueur et à toute la honte des peines
» que la loi prononce contre la femme adultè-
» re..... Je vais vous dire ce qu'est la femme
» adultère : comparez ensuite son crime et la
» foiblesse que j'ai eue de fuir, et jugez si nous
» devons être punies de la même peine...... Une
» fille a obtenu de la tendresse de ses parens l'a-
» mant que son cœur a choisi ; elle a joui, dans
» les embrassemens de son époux, de la félicité
» d'un amour dont le ciel même approuvoit les
» transports ; ce bonheur a été la source d'un
» bonheur plus grand encore ; elle est devenue
» mère : eh bien ! tant de félicité ne peut lui
» faire respecter les devoirs qu'elle s'est impo-
» sés : inconstante et perfide, elle fait entrer un
» nouvel amant dans le lit de l'époux qu'elle a
» adoré ; elle n'a pas plus de respect pour ses
» enfans et leur père que pour elle-même ;
» l'exemple corrupteur de ses amours adultères
» est la première éducation qu'elle leur donne :
» enfin, artificieuse autant que criminelle, elle
» fait entrer dans l'héritage de son époux des
» étrangers, dont l'existence même lui rappelle
» sans cesse ses malheurs et sa honte..... Voilà la
» femme adultère : s'il est un juge au monde à
» qui sa conscience et la loi ne fassent pas un
» crime de prononcer contre moi la peine que
» cette femme mérite, je me soumettrai à mon

» malheur ; mais je ne croirai plus à la justice
» des hommes ».

» J'avois annoncé que je finirois cette troisième partie par le développement des irrégularités nombreuses de la procédure, instruite avec
une partialité peut-être sans exémple ; mais l'appel incidentel interjeté au parlement depuis le
commencement de l'impression de ce mémoire,
les délais qu'il apporte nécessairement au jugement définitif, des raisons particulières de prudence, de ménagemens et de déférence, me forcent à remetre cet examen à un autre temps.
D'ailleurs, la cour, qui a ordonné l'apport des
pièces, n'y jettera certainement pas les yeux sans
être frappée de ces irrégularités et de cette partialité. Elles aggravent les torts de mes parties
plus encore qu'elles n'ajouteroient à ma défense, puisque mes principaux moyens, indépendans des discussions de forme, supposent
les erremens de la procédure irréprochables ;
ce que l'indulgence la plus excessive ne sauroit
avouer.

» Je crois avoir établi d'une manière incontestable que M. de Monnier n'est pas recevable
à former contre moi l'accusation du rapt de séduction, puisque, selon toutes les lois du royaume, si le mariage n'est pas le principe d'une sé-

duction, IL N'Y A POINT DE RAPT DE SÉ-
DUCTION.

» Je crois avoir établi que je ne pouvois être
poursuivi pour le crime d'adultère , puisque
M. de Monnier n'a point proféré cette accusation, et que lui seul avoit qualité pour l'intenter.

» J'ai fait plus : j'ai démontré par des observations frappantes sur la procédure et la balance
des dépositions qui la composent , que quand
les deux fins de non-recevoir ne seroient pas
sans réplique, M. de Monnier n'a point admi-
nistré de preuves ni de l'un ni de l'autre des
délits dont j'ai été déclaré atteint et convaincu.

» Si je voulois consumer ma vie dans des procès, je ne mets pas un moment en doute qu'il
ne me fût possible de prendre à partie mes premiers juges , et de tirer vengeance d'un jugement atroce, rendu avec une précipitation scandaleuse; tandis que depuis deux mois révolus je
languis dans la prison la plus odieuse, la plus
indécente , la plus malsaine , pour parvenir à
une justification qui auroit pu être manifestée en
deux semaines.

» Certes, il est trop affreux et trop effrayant
pour les citoyens, que des juges puissent à volonté négliger les formes les plus nécessaires, ou
surcharger l'instruction de formalités inutiles,

pour qu'une telle conduite ne mérite pas toute l'animadversion des cours souveraines. Un despotisme si impatient autrefois, une lenteur, une partialité si criminelles aujourd'hui, encourroient sans doute une punition exemplaire, si je la poursuivois avec la juste indignation de mon sort, et la brûlante activité de mon âme.

» Mais que gagnerois-je à des haines éternelles ? Tous ces hommes ont été plutôt foibles que corrompus, le prévaricateur Sombarde excepté. A lui seul je voue la guerre, et comme homme, et comme citoyen : quant aux autres, je les absous autant qu'il est en moi. A Dieu ne plaise que je veuille ressembler à ceux qui, esclaves de toutes leurs passions, s'élèvent contre les vices des autres comme s'ils en étoient jaloux ! Ils ne punissent rien si sévèrement que ce qu'ils ne cessent point d'imiter. Eh ! quoi de plus honorable que l'indulgence, à ceux même qui pourroient dispenser tout le monde d'en avoir pour eux ! Je suis loin, hélas ! d'être de ce nombre. Ma fougueuse et coupable jeunesse m'a bien coûté ; elle a coûté beaucoup à d'autres ; et je ne puis me pardonner ce malheur comme mes infortunes personnelles. Désormais, inexorable pour moi, indulgent pour les autres, pour ceux-là même qui ne savent excuser qu'eux, je n'oublierai pas ce que disoit un ancien qui

passa pour l'image vivante de la vertu : CELUI
QUI HAIT LES VICES , HAIT LES HOMMES. Eh !
que gagneroit-on à les haïr ? Ne faut-il pas les
supporter , puisqu'il faut vivre avec eux ? Et leur
société ne rapporte-t-elle pas au fond plus de
bien que de mal ? Oui ; car ce qui fait le bien de
tous est la plus grande somme de bien possible.
N'exagérons donc point ; si nous peignons les
dangers qui nous environnent, ne taisons point
nos plaisirs si multipliés. On parle de nos malheurs, on oublie nos félicités. On voit, dit-on ,
plus de vices, de crimes et de souffrances que
de biens et de vertus: cela n'est pas vrai ; car le
monde dure et les sociétés subsistent : or , si
nous avions plus de mal que de bien , nous
serions bientôt anéantis.

» Les partialités , les dénis de justice, les délais
affectés sont un mal ; les erreurs des juges et
les défauts de leur jurisprudence sont un mal ,
un très-grand mal. Nos lois si multipliées, si
variées, si confuses , si contradictoires , si hors
de la portée de presque tous les citoyens ; ce
droit romain qui nous régit en partie, ce droit
quelquefois si beau , mais aussi quelquefois si
absurde , souvent si cruel , plus souvent si favorable à la tyrannie ; et surtout nos lois criminelles , ces lois si redoutables à la liberté, et
aussi au-dessus des lois civiles pour l'importance

que l'honneur et la vie des citoyens l'emportent
sur leurs fortunes ; ces lois, loin d'être parfaites,
n'approchent pas même de la perfection ; les
crimes n'y sont point exactement définis ; les
peines y sont disproportionnées, barbares, arbitraires, incertaines ; les informations, et souvent même les accusations restent secrètes,
au mépris des bonnes mœurs et au très-grand
péril de la vérité et de l'innocence dépourvue de
conseil, et le plus souvent même aussi de la faculté de produire des témoins en sa faveur : les
preuves qui servent à la conviction des coupables demeurent ensevelies dans l'obscurité
d'un greffe, où un scribe artificieux ou négli-
gent peut faire dire à celui qui dépose ce qu'il
n'a jamais pensé, où celui qui dépose peut avancer ce qu'il n'oseroit attester dans une instruction solennelle. Nos procédures, qui paroissent
plutôt combinées pour trouver des coupables
que pour découvrir la vérité, sont encore dés-
honorées par plus d'une méthode qui indigne
la raison et l'humanité. Mais que conclure de
tout cela?

» Les hommes sont imparfaits; ainsi leurs arrêts peuvent être injustes ; mais comme les humains ne traitent qu'avec les humains, ils sont
obligés de tolérer réciproquement leur fragilité ;
tout ce qu'ils peuvent pour y remédier, c'est de

prendre, contre les préjugés, les passions et la
partialité de ceux qu'ils ont constitués leurs juges,
les précautions les plus grandes, les mieux as-
sorties à la connoissance du cœur humain, les
plus soigneusement combinées d'après l'expérience. C'est pour cela que les formes légales
ont été inventées ; c'est pour donner à l'innocence la sauve-garde du temps qui dissipe les
préjugés, qui calme les passions, qui dévoile la
partialité, qui amène la vérité plus ou moins
parfaite. Ces formes fondent à juste titre notre
plus ou moins grande sécurité, parce que toutes les choses humaines sont nécessairement
soumises au calcul des probabilités, la certitude morale, et même la certitude physique
n'étant précisément qu'une probabilité (*).

» C'est donc follement que nous déclamerions
contre ces formes qui sont encore notre unique
sauve-garde. Une vigilance scrupuleuse à maintenir ou à rétablir chaque individu dans la jouissance de ses droits civils, sans empiéter sur ceux
d'un autre individu, exige des discussions rai-

(*) Aussi par une sagesse digne d'éloges, et que tous les
corps judiciaires devroient imiter, les juges romains n'affir-
moient pas que la mort d'un coupable fût légitime, mais
seulement qu'elle leur paroissoit telle. *Jure cæsum videri
pronuntiavit.* Telle étoit la formule consacrée. Cic. *Orat.
pro Milone,* c. 3.

sonnées et profondes, et nécessite d'autant plus
de longueurs que nos lois sont plus imparfaites
et plus compliquées. Quand nous voudrons é-
changer les avantages des procédures légales
pour l'arbitraire, la tyrannie, la pauvreté, la pa-
resse, la barbarie et des déserts incultes, nous
pourrons jouir de la même expédition dans les
procès que les nations esclaves.

» Soumettons-nous donc; gardons-nous des
prétextes, des illusions, des bouleversemens su-
bits, des expédiens illégaux; gardons-nous de
l'humeur, de l'envie, de l'esprit de corps, ce
fléau destructeur de toute sociabilité. La fonc-
tion de juger est une des plus respectables dont
un homme puisse être revêtu. Rien au monde
n'est plus intéressant et plus vénérable qu'une
science qui fait distinguer le vrai du faux, qui
enseigne à établir l'un, à prévenir, punir, ou
rectifier l'autre; dont la théorie emploie les facultés les plus nobles de l'âme, et dont la pratique met en action les premières vertus du cœur;
science aussi universelle dans son usage que dans
son extension, combinée, ajustée pour le bien
de chaque individu, et qui comprend enfin toute l'institution des corps politiques (*). Personne

_____

(*) Blakstone, *Comment. on the Laws of England*,
disc. pr.

ne mérite mieux l'estime que ceux qui professent dignement une telle science ; rien n'est plus important pour la chose publique que ces hommes chargés d'entretenir la concorde entre les citoyens, d'assurer leur état, de protéger et régler les fortunes privées qui composent la fortune sociale, de réprimer le vice, de maintenir la police, de punir les crimes ; et c'est à ces utiles et respectables magistrats que je résigne avec confiance et soumission ma cause, mon innocence, mon honneur et ma vie.

HONORÉ GABRIEL DE RIQUETTI,
Comte DE MIRABEAU, fils.

Dans les prisons de Pontarlier, 12 avril 1782.

DES BIRONS, avocat.

» *Nostine hos qui, omnium libidinum servi, sic aliorum vitiis irascuntur, quasi invideant; et gravissimè puniunt quos maximè imitantur? Quùm eos etiam qui non indigent clementiâ ullius, nihil magis quàm lenitas deceat; atque ego optimum et emendatissimum existimo qui cæteris ita ignoscit tanquàm ipse quotidie peccet; ita peccatis abstinet, tanquàm nemini ignoscat. Proindè hoc domi, hoc foris, hoc in omni vitæ genere teneamus, ut nobis implacabiles simus; exorabiles istis etiam qui*

dare veniam nisi sibi nesciunt; mandemus-
que memoriæ quod vir mitissimus, et ob hoc
quoque maximus, Thrasea crebrò dicere so-
lebat: QUI VITIA ODIT, HOMINES ODIT ».

(PLIN. Jun.)

LETTRE XLVIII.

Pontarlier, 15 avril 1782.

SOYEZ tranquille, mon ami : j'ai tout reçu,
le manuscrit (*) et vos lettres. Comment ne me
deviendriez-vous pas chaque jour et plus précieux et plus cher ! On multiplie les chicanes ;
mais je suffis à tout : ma santé souffre, mais
elle se soutient ; et à propos de ce que vous
me mandez de la rue de Seine, je vous répondrai sans détour que c'est un étrange malheur
pour ma position de donner un très-grand poids
à l'opinion actuelle de mon père et de mes
amis, comme c'en a été un excessif autrefois
de ne pas y en attacher assez ; et cependant ils
sont eux autres, au moins quant à ma grande affaire, d'un avis bien solitaire. Les gens de loi

---

(*) Les *Lettres de Cachet.*

répugnent ordinairement à adopter un système
de défense qu'ils n'ont pas tracé, et y trouvent
toujours à redire, soit pour se mettre à l'abri de
l'événement, soit pour augmenter leur mérite,
en cas de succès. Eh bien! tout le barreau de
Besançon est dans l'étonnement le plus complet
de mes défenses, et convient que nous l'instrui-
sons à fond sur cette matière. L'avocat Blanc
lui-même, le principal conseil de M. de Monnier,
a dit : « Il faut avoir trente-six fois raison, pour
» l'avoir avec cet homme ; vous êtes bien loin
» de là ! Ainsi, accommodez, si vous n'espérez
» pas le fatiguer ». A cela on répond que les
moyens pécuniaires nous manqueront; que mon
père ne m'avoue point du tout ; que je déguer-
pirai au premier jour, et ils se nourrissent de
ces illusions qui leur seront fatales. Je n'en ai
pas moins, mon ami, la tribulation de voir que
tout ce que j'ai de plus cher me condamne; de
sorte que retenu par la conviction la plus intime
que j'ai raison, comme deux et deux font quatre, et effrayé par la contradiction que je trouve
entre ce sentiment intérieur et leur opinion, je
me tiens à mon plan; mais j'éprouve tous les
déchiremens de cœur et les agitations d'esprit
imaginables...... Hélas ! il est trop vrai, mon
ami, que, si l'esprit suffisoit pour être sage, je
n'aurois pas fait tant de sottises. Elles sont faites;

il ne s'agit plus que de les expier et de les couvrir par une vie désormais honorable, et j'y travaillerai infatigablement; mais je vous assure que je ne les ai jamais plus sincèrement déplorées que depuis que je vois combien vite on les fait, et combien difficilement on les répare.

Adieu, mon très-cher et bon ami; je vous embrasse.

BILLET.

Du 16 avril 1782.

VA, mon cher ami, rue de Grammont et rue des Petits-Champs; tu y trouveras de mes nouvelles (*). Je t'aime et je t'embrasse de toutes les forces de mon âme.

GABRIEL.

P. S. L'incident sera plaidé le 20 à Besançon.

(*) Envoi d'un ballot de Mémoires.

LETTRE XLIX.

Pontarlier, le 23 avril 1782.

JE reçois votre lettre du 18 , mon ami bon , cher , actif et zélé, et je vous envoie les indications demandées.

Faites mon tendre et sincère compliment à Zénéïde sur son procès gagné. Je me porte mieux ; mais j'ai les yeux brisés et plus malades que jamais, et à ce mal d'yeux s'est jointe une toux qui me fatigue beaucoup, la nuit principalement. En masse, je sens qu'il est temps que ceci , c'est-à-dire au moins ma détention , finisse bientôt. Aussi, soit que je perde l'incident, soit qu'on le prolonge avec de nouvelles affectations, je suis tout décidé à demander à Versailles la ville pour prison. L'acharnement et l'animosité de la cabale parlementaire sont au comble. Des Birons n'a pas pu même pénétrer chez le procureur général , et des conseillers lui disent crûment qu'ils sont parens. Avec tout cela , on sollicite vivement pour moi. Si je pouvois vous envoyer la supplique préparée pour samedi prochain , vous y verriez que Michaud et Parguès, son beau-frère , ont été grièvement insultés à

13

la plaidoierie, et certainement ils ne dévore-
ront point cette injure. Que de scandales ! Que
de haîne ! Que d'acharnement ! Que de cupidité ! Et l'on veut que je ne couvre pas de boue
ces gens-là !... Malheur à eux s'ils insultent Michaud par écrit ! Sa vengeance est bien le moins
que je doive à l'amitié et à la reconnoissance.

Dites-moi ce que vous pensez de mon second mémoire. Vous n'en aurez reçu que six
exemplaires : deux pour mon père, deux autres
pour madame Du Saillant, un pour madame de P.,
et le dernier pour vous. Voilà tout ce que vous
saurez vis-à-vis de mon père, auquel j'écris en
conséquence. Adieu, mon cher et sensible Vitry ;
c'est bien de toute mon âme que je vous aime,
et votre ami sera jusqu'au bout digne de vous.

LETTRE L.

Pontarlier, 25 avril 1782.

La princesse de Listenois, mon cher ami, m'a
écrit la lettre du monde la plus honnête, à laquelle
elle a joint quatre lettres de recommandation
qui ne me laissent rien à désirer. Grand merci
à mon cher négociateur. Les ballots adressés à
MM. de H. et B. sont pour vous, et ces mes-

sieurs sont avertis par la poste que vous les irez prendre chez eux.

Je vous ferai passer cinquante autres exemplaires, sitôt que j'aurai nouvelles des premiers arrivés. En attendant, retranchez les personnes absentes, cela vous donnera de la marge. N'oublions pas madame l'abbesse des Dames Sainte-Claire de Gien ; adresse de dessous, pour madame la marquise de Mon...

Vous recevrez pour madame Du S. un paquet sous le pli de Goj... Moquez-vous du mémoire intercepté ; rien qui pût vous compromettre n'y étoit joint. Je suis bien flatté, mon bon ami, que vous soyez content. *Vale et me semper ama.*

LETTRE LI.

Pontarlier, 2 mai 1782.

MES pauvres yeux et ma pauvre tête, mon cher ami, sont encore plus malades que jamais. Aussi ne vous dirai-je que deux mots. Mon père m'écrit sur mes affaires les choses du monde les plus étranges que j'aie lues de ma vie, et il ajoute que mon frère et mon beau-frère *le soliccitent vivement de les envoyer, non pour me dé-*

fendre et faire cause commune avec moi (il s'explique net sur cela), mais pour traiter un accommodement, et rapprocher les parties ou les entraîner. Après avoir remercié mon beau-frère de ses offres généreuses ; après lui avoir dit pourtant qu'il ne me verra jamais refuser de faire cause commune avec lui, je le prie de croire qu'il se dérangeroit inutilement, et que la vue de l'échafaud vis-à-vis de ma fenêtre ne me feroit pas accepter des propositions en prison.

LETTRE LII.

Pontarlier, 6 mai 1782.

VOILA ce que j'imagine, mon cher Vitry, pour réparer l'étrange méprise, de quelque part qu'elle vienne. J'adresse directement, afin qu'elle soit timbrée et authentique, la lettre dont copie ci-jointe à madame Feuch. Allez avec elle à la diligence. Pardon, si je ne vous en dis pas davantage ; mais, tout malade que je suis, il m'a fallu faire dans la journée un troisième mémoire que vous trouverez, je crois, d'une belle éloquence. La chambre de la Tournelle m'a fait perdre, par une iniquité sans

exemple, l'incident. On veut me pousser à un
accommodement; mais, certes, c'est un mauvais moyen. En attendant, je me suis hâté de
pousser une botte secrète, que nous regardons
comme décisive, et c'est l'objet du troisième
mémoire, qui établit la parenté du cher Sombarde, au degré prohibé par l'ordonnance. Me
voilà pour un mois encore ici, à cause de la fé-
rie de la Trinité : mais rira bien qui rira le dernier.

LETTRE LIII.

Pontarlier, 9 mai 1702.

Tout doit être réparé maintenant, mon cher
Vitry. Vous me montrez fort bien que je suis
un sot. Qu'en voulez-vous dire ? Et me croyez-
vous condamné au malheur de ne pouvoir jamais être un sot impunément ?... On feroit un
drame de tous les incidens qui vous ont suspendu
entre l'espoir et la crainte, depuis que vous êtes
mon agent à Paris, avec un zèle et une activité
bien rares. Heureusement que votre esprit sul-
fureux et votre âme de feu suppléent à tout.
Parlez-moi tout de suite de vos affaires; il seroit un peu étrange que, tandis que vous vous

tuez pour les miennes, je n'eusse pas le temps de m'occuper des vôtres.

Voici, mon ami, une nouvelle commission qui m'importe. Le professeur qui traite mon affaire en droit, a besoin des ouvrages suivans, et ne peut pas les déterrer à Besançon :

Decianus Tract. Crimin., lib. 8, cap. 7 : — *Hypolitus in L. Unic. Cod. de Rapt. Virgin.* : — *Carorius Prax Crim.* : — Et surtout *Libanius* AD CONSTANTINUM ET CONSTANTEM. C'étoit un réthéur grec qui vivoit au cinquième siècle. Si vous pouviez nous faire passer ces articles, soit par le contre-seing, soit par la diligence, vous les adresseriez à M. Courvoisier, professeur en droit, chez M. le comte d'Hennesel, à Beaujeu, par Gray, en Comté. Adieu mon cher, et bien cher, et presque unique ami.

J'allois oublier de vous dire, 1.° que le parlement m'a reçu appelant de toute la procédure. 2.° Que j'envoie un petit paquet de cinquante de mes observations à votre adresse, que vous placerez, comme les précédentes consultations, en même nombre; *ad tuum libitum. Vale et me ama.*

LETTRE LIV.

Pontarlier, 12 mai 1782.

MA santé est meilleure, mais je n'ai pas encore les yeux en bon état, à beaucoup près ; aussi, travaillé-je moins depuis quelque temps, et l'ennui me ronge ainsi que le défaut d'exercice qui m'a fait même grossir, à me chagriner. Au reste, mes affaires sont dans une stagnation forcée, d'ici à la mi-juin ; quand je dis à la mi-juin, ce n'est pas que le parlement ne rentre le 3 ; mais, quoique M. de Grosbois ait promis deux audiences par semaine, je n'espère guère être jugé, sur la demande en cassation, avant le 15. Aussitôt mon élargissement provisoire, qu'il est comme impossible de me refuser, si la procédure est cassée, je compte aller faire un tour à Paris, pour préparer la cassation sur la lettre et même l'évocation du fond à un autre parlement. Mon cher Vitry sait si je resterois à Paris un seul jour, sans deviser avec lui et l'embrasser de toute mon âme.

Des connoisseurs appellent mon troisième mémoire la Philippique du Comte de Mirabeau ; je crois que vous en serez content ; il vient à propos de la parenté du cher Sombarde; et si ce n'est pas là de l'éloquence inconnue à nos siècles esclaves, je ne sais ce que c'est que ce don du ciel si séduisant et si rare.

Adieu, mon ami; toujours sais-je, graces à vous, qu'il existe encore de vrais amis.

———

Troisième Mémoire à consulter, pour M. le comte DE MIRABEAU, appelant, contre M. le marquis DE MONNIER, et contre le sieur SOMBARDE, substitut du procureur du roi, de Pontarlier, intimés.

Delicti fies idem reprensor et auctor,
Oblitus nostro crimen inesse tuum. (OVID.)

« *Nous lasserons le comte de Mirabeau,* a dit l'avocat de M. de Monnier à l'audience du 27 avril; et ces mots indiscrets, qui lui sont échappés, dévoilent mieux les vues de ma partie, que ne le pourroient faire des volumes entiers.

» Non, vous ne me lasserez point, et vous ne me verrez pas plus abattu par l'adversité qu'enflé par la fortune. Mais quels sont donc vos triomphes, que je doive être consterné ? quels sont vos moyens, que je doive trembler ? de quelles preuves nouvelles prétendez-vous m'accabler ?

» Je n'ai point obtenu mon élargissement provisoire ? eh bien ! mes juges étoient les maîtres d'accorder ou de refuser cette faveur, entièrement indifférente au fond du procès.

» Ils ont ordonné la vérification de la lettre ? que m'importe ? cette lettre n'est pas de moi et ne prouve absolument rien, puisqu'elle est contradictoire à l'évasion de madame de Monnier.

» La chambre de la Tournelle m'a renvoyé à d'autres juges ? avois-je donc beaucoup à me louer des premiers ?

» Vos moyens vous paroissent-ils invincibles ? Eh ! lesquels n'ai-je pas prévus, suggérés ou détruits ? Quelles objections avez-vous trouvées qui soient égales en force à celles que je me suis opposées à moi-même ?

» Quelles preuves possédez-vous enfin ? Je défie tous les mortels d'en trouver une seule de légale dans les écritures immenses qui composent aujourd'hui la procédure dont j'appelle. Que dis-je ? une preuve ! Il n'y existe pas un indice qui ne soit équivoque, pas une présomption qui ne soit incertaine, pas une conjecture qui ne soit douteuse. Toutes vos séductions, tous vos artifices n'ont produit que des médisances absurdes dans leur application, des calomnies atroces et

démontrées telles. Vous avez fait entendre une
nuée de témoins, et vous n'avez pas encore acquis le plus léger commencement de certitude.
L'arrêt préparatoire que vous avez obtenu suffit
pour le démontrer, puisqu'on n'auroit pas besoin
de vérifier cette lettre, dont la reconnoissance ne
peut jamais fournir qu'une conjecture sur un prétendu crime, qui de sa nature ne peut être démontré que par des témoins occulaires (*), s'il
existoit au procès une preuve solidement assise...

» Voilà donc vos trophées ! voilà les motifs de
la présomptueuse confiance qui vous fait déjà
prédire votre victoire complète , comme vous
avez annoncé l'arrêt de messieurs de la Tournelle
trois jours à l'avance ! Eh bien ! écoutez-moi.

» *Je porte ici la paix ou la guerre*, ai-je dit
en commençant ; et l'on m'en a fait un reproche :
cependant, si l'on m'eût répondu comme à Fa-
bius : *choisissez vous-même* : j'aurois choisi la
paix ; car des raisons sans nombre me faisoient
un devoir de la modération , que j'ai toujours regardée comme une vertu d'autant plus haute que
mon caractère me la rend moins naturelle.

» Mais après tant de calomnies et d'outrages,
après trois mois d'une détention si indécente et
si cruelle, je réclame avec confiance le droit qu'a

(*) Voyez Muyard de Vouglans, Serpillon, etc., etc.

tout opprimé, jusqu'au moment qui couronne
sa vengeance, de montrer à ses oppresseurs une
inflexible fierté, et je dis à M. de Monnier, à ses
partisans, à ses défenseurs : « Je me ris de votre
» verbiage, de vos infidélités, de vos sophismes,
» de vos intrigues, de vos succès : vous ne sor-
» tirez pas du cercle que je vous ai tracé; et c'est
» à vous désormais à recevoir la loi ».

» O vous lecteur ! qui, étourdi des clameurs
de mes ennemis, trouvez peut-être ce langage
trop audacieux, daignez me lire avant de me juger : vous allez apprendre des faits bien impré-
vus, des machinations bien étranges : vous con-
noîtrez enfin la source de tant de partialités et
d'injustices; et vous déciderez si j'ai pu me plaindre trop amèrement des manœuvres indignes
dont je suis si parfaitement incapable, et dont
ma réputation, mon existence et ma fortune ont
été les victimes.

» Mais avois-je donc besoin de la découverte
que je vais rendre publique, pour justifier l'énergie de mes plaintes et l'éclat de ma défense ? Je
ne le crois pas, et je supplie qu'on m'entende.

» Qu'on daigne relire ces mémoires, qui
m'ont valu beaucoup de partisans et d'ennemis,
beaucoup de reproches et d'éloges, beaucoup
d'obstacles et de ressources, et qu'un arrêt a supprimés, quoique, n'ayant point été signifiés, ils

fussent en quelque sorte étrangers au procès ; qu'on les relise, et, si l'on y trouve un seul mot offensant pour M. de Monnier, j'avoue mon tort.

» Mais non ! ses instigateurs, mes véritables ennemis ne seroient pas si furieux, si je n'avois pas dirigé contre eux seuls tous mes traits ; si je n'avois pas si clairement dévoilé qu'eux seuls ont intérêt à ce procès, qu'eux seuls le soutiennent, et que M. de Monnier est bien plutôt leur esclave et leur victime, que mon persécuteur et ma partie. Ah ! loin de moi la lâcheté coupable qui se permettroit d'insulter un époux déjà trop malheureux, et d'affliger sa caducité débile, après avoir été l'occasion et le prétexte des haines furieuses et des agitations pénibles dont on a tourmenté sa vieillesse ! un tel sentiment est bien étranger à mon cœur, à ce cœur ardent, qui, sans doute, a fait mes erreurs, comme mes félicités et mes peines, mais que j'arracherois de mes propres mains, si je n'étois pas également incapable de terrasser le foible, et de ramper devant des oppresseurs avides.

» Eh ! comment aurois-je attaqué M. de Monnier, moi que les outrages de sa fille et ses menées perfides n'ont pu décider à la couvrir de honte ! moi qui n'ai repoussé que par une ironie plus gaie que mordante les grossières invectives et l'acharnement furieux dont elle me poursuit chaque jour! Croit-on que j'ignore ce qui est connu de toute la France? croit-on même que je n'en sache pas mille fois davantage? Il faudroit bien mal connoître l'esprit des petites villes, et l'aversion qu'inspirent unanimement l'insultante vanité, le satirique patelinage et l'insatiable et sordide cupidité de madame de Valdahon, qui auroit autant d'ennemis qu'il y a d'habitans dans la ville où elle s'est constituée geôlière de son père, si l'affabilité et les manières prévenantes de son époux, de cet époux si tristement payé des nombreux sacrifices offerts à mademoiselle de Monnier, ne lui concilioient pas tous les cœurs qu'elle repousse.

» Je n'ai point attaqué M. de Monnier dans mes mémoires; je l'ai traité même avec toute sorte d'égards, et les seules personnes que je n'ai point ménagées, sont celles qui, étrangères au procès, n'ont pas hésité à se rendre coupables envers moi des plus odieux des crimes, la perfidie et le parjure. Voilà les seuls personnages, au nombre de cinq, sur lesquels je me sois permis d'exhaler mon indignation, si l'on excepte un homme qui, faisant partie du tribunal où je dois être jugé, et donnant des conclusions dans mon procès, se porte journellement, en parlant de moi et de mon affaire, à des violences, à des excès qu'on trouveroit extravagans dans la bouche de M. de Monnier, et même dans celle de madame de Valdahon.

» En effet, qui peut se plaindre de mes mémoires?

» L'avocat du roi, Pion.

» M. de Saint-Mauris.

» Mademoiselle Barbaud, aujourd'hui madame Mauvaiset.

» Son frère, l'avocat Barbaud.

» Et le sieur Petit (*).

» Je ne compte point le substitut Sombarde. Ce mémoire est principalement destiné à dévoiler toute sa perversité, à montrer que, loin d'unir la modération d'un juge au zèle et à la fermeté d'un accusateur, il a joué le rôle du plus ardent solliciteur, en taisant et cachant, avec soin, les raisons qu'il avoit de solliciter; qu'il n'a occupé dans mon procès, contre toute décence et toute règle, que pour y prodiguer à mes ennemis des services que la partie publique seule pouvoit leur rendre; et qu'enfin jusqu'au jour où je le récuse, et où j'appelle de toute la procédure, par

---

(*) Tous les griefs du comte de Mirabeau contre ces cinq personnes, sont relatés dans la confrontation qu'on a cru devoir supprimer, vu sa longueur et la nature des détails.

(*Note de l'Édit.*)

cela seul qu'il l'a instruite, il s'est conduit avec la plus coupable iniquité. Ceux qui pourroient le plaindre après une telle exposition de faits ne m'inspireront jamais le désir d'une apologie. Voyons ce que je devois aux autres.

» Si le sieur Pion n'étoit qu'indigne, par le scandale journalier de sa vie, d'être membre d'une compagnie de judicature, et d'opiner sur les plus précieuses propriétés des citoyens, j'aurois, sans doute, encore le droit de représenter tout ce qui pourroit diminuer le poids de son suffrage; mais combien davantage son animosité notoire n'a-t-elle pas légitimé mes plaintes! Je pourrois en appeler à la ville entière, dont les rues sont depuis trois mois le théâtre de ses déclamations; je pourrois attester les officiers municipaux de cette ville, que le 16 février, dans un repas de corps très-nombreux, il se déchaîna contre moi avec la plus incroyable indécence; et que sur la fausse nouvelle qu'un ministre, encore en place aujourd'hui, avoit donné sa démission, il s'écria : DIEU SOIT LOUÉ ! C'EST UNE PROTECTION DE MOINS POUR MIRABEAU. Mais voici une anecdote plus précise, que je puis au besoin prouver légalement, et qui montrera comment le sieur Pion observe les bienséances.

» Il revenoit de Saint-Gorgon avec un autre officier du baillage, qui, parent de M. de Monnier,

beau-frère de son avocat et de son procureur,
affidé de madame de Valdahon, et conseil infatigable de ses conseils, n'en a pas moins signé
ma sentence, et s'assied encore au nombre de
mes juges. Un carrosse passoit et rouloit lente-
ment embarrassé dans les neiges; le temps étoit
très-sauvage. Le sieur Pion fait arrêter le postil-
lon, et s'élance dans la voiture; il invite son
compagnon à prendre la même liberté : celui-ci,
moins dépourvu de pudeur, hésite. Les Anglois,
maîtres du carrosse et dont le flegme observa-
teur n'avoit point été dérangé par l'incartade du
sieur Pion, disent : *Puisque monsieur a pris
place ici, nous ne voyons pas d'inconvénient
que son compagnon fasse de même.* MM. du
baillage n'avoient pas été deux minutes dans la
voiture, qu'ils me mirent en jeu. Ils ne se dou-
toient point que l'un de ces Anglois venoit me
voir. Aussi se répandirent-ils en propos et en
assertions, dont l'indécence et l'absurdité cho-
quèrent infiniment la générosité britannique.
Qu'on se figure quel est l'acharnement de soi-
disant magistrats, qui font retentir et les grands
chemins et les rues de leurs injurieuses déclamations contre un homme dont ils instruisoient le
procès.

»Le texte précis des ordonnances porte : Qu'un
juge, qui, partout ailleurs qu'en travaillant à

l'examen du procès avec les autres juges, annonce ou fait connoître un avis, peut être récusé; mais puisque le sieur Pion n'a point la délicatesse de se récuser lui-même, n'étoit-il pas indispensable que je dénonçasse à la cour son insoutenable conduite, et que je la livrasse à l'indignation publique ? Au reste, QUE LUI AI-JE APPRIS A CE PUBLIC ? JE N'AI RIEN ÉCRIT QU'IL NE SUT. C'est l'observation du sieur Pion lui-même que je transcris, et j'avoue qu'en apprenant ce pro-pos, que la bassesse personnifiée auroit peine à tenir, je n'ai pas été sans regret de m'être cru forcé de salir cet écrit du nom et des excès d'un tel homme.

» Au moins n'est-il dépourvu que de sens et de pudeur. Mais à quel titre devois-je ménager M. de Saint-Mauris ? Ne m'a-t-il donc pas fait assez de mal ? N'a-t-il point assez commis d'infamies dans mon affaire ? Qu'on pense ce que l'on voudra de ses procédés au temps où j'étois sous ses ordres; mais osera-t-on soutenir qu'il peut être deux opinions sur l'action d'avoir remis une lettre déposée sous le secret, dans l'espoir d'opérer la conviction du crime imaginaire dont M. de Saint-Mauris est aisément parvenu à charger son ennemi avoué et connu, puisque je n'avois ni ne pouvois avoir la moindre connoissance des imputations dont on m'accabloit ? Non, M. de Saint-

14

Mauris lui - même ne dira pas qu'une telle action soit excusable; puisqu'il a l'impudence de nier maintenant qu'il ait reçu cette lettre sous le secret, quoique sa déposition, son récollement et la confrontation de la demoiselle Barbaud l'attestent également. Ajouter ce mensonge à tant d'autres; c'est bien avouer tacitement que la perfidie démontrée au procès est impossible à colorer.

» Eh bien ! j'avois dévoré ma juste indignation. Les prières d'un père, et d'un père bienfaiteur, sont des ordres; et le mien m'avoit demandé de dissimuler cette injure. J'avois fait toutes les avances auprès de M. de Saint-Mauris; tous les jours il envoyoit savoir de mes nouvelles, et tous les jours je lui rendois la même politesse; sa confrontation, loin d'être orageuse, avoit été remplie d'égards mutuels : il m'avoit embrassé en me quittant; et ce baiser, gage d'une trahison nouvelle, m'annonçoit l'infamie de fournir une de mes lettres pour vérifier celle jointe au procès... Ah ! je le demande à tout lecteur impartial, quelles mesures me restoit-il à garder avec cet homme ? Qu'ai-je dit qu'il ne méritât pas ? Que ne pouvois-je point ajouter ? Les malheureux auront-ils donc toujours tort ? Trois avocats, tous trois estimés et célèbres, m'aident de leurs lumières et de leurs conseils; qu'on lise ce qu'ils ont écrit sur l'interception de la lettre ; on verra qu'ils se sont expliqués avec bien plus d'énergie que moi-même. Que si l'on pouvoit croire que mon ressentiment eût égaré leur sagesse éprouvée et connue, ouvrez l'orateur de l'ancienne Rome. « Quel homme, dit-il, qui ne soit » pas dépourvu de toute honnêteté, de tout res- » pect pour les bienséances, quel homme se croira » dispensé, par une mésintelligence imprévue, » de tenir secrètes les lettres qu'il a reçues ? Un » procédé si sauvage interdit tout commerce aux » absens ; il bannit de la société ce que la vie a » de plus doux ; c'est le comble de l'inhuma- » nité ».

» Eh bien ! cet Antoine à qui Cicéron reprochoit avec tant d'amertume le lâche procédé d'avoir divulgué ses lettres ; cet Antoine qui, du moins, n'avoit pas feint de se réconcilier avec son ennemi, lorsque Cicéron écrivoit ses *Philippiques ;* Antoine étoit le propriétaire des lettres qu'il avoit livrées pour repousser la véhémence de son redoutable adversaire, et non pour colorer une accusation capitale contre lui : mais la demoiselle Barbaud, envers qui l'on m'accuse d'avoir été trop sévère, n'étoit que dépositaire de la lettre qu'elle a trahie. Combien la violation du secret en devient-elle plus grave et plus criminelle ! Et l'on veut qu'un honnête homme

parle avec indifférence d'un tel procédé ! Et l'on
veut qu'un accusé, qui a la preuve la plus complète que ce procédé est la source presque unique du procès qui l'a voué à cinq années de mi-
sères et de tortures, s'abstienne de s'en plaindre !
Une telle insensibilité ne seroit-elle donc pas
plutôt stupeur que prudence ou sagesse ? Oh !
que la modération est aisée à conseiller ! Oh !
que la philosophie spéculative est facile à d'insensibles égoïstes, que jamais les souffrances de
leurs frères n'ont émus ! Oh ! qu'il est commode,
pour des mœurs dures et personnelles, d'être
déchargé du devoir de protéger l'innocence op-
primée, et même de le tourner en ridicule !
Peut-être, hélas ! méritois-je des sentimens plus
affectueux, moi qui cent fois ai rencontré de ces
hommes qu'on appelle *sensés* parce qu'ils sont
insensibles, qui m'ont dit : *Quoi ! voulez-vous
vous compromettre pour des choses qui ne vous
regardent point !* moi, qui toujours leur ai répondu : *Oui : je le veux ; ce qui intéresse la justice regarde tout homme.*

» Quoi qu'il en soit de ce principe, qu'il m'est
impossible de me reprocher, je demande à mes
ennemis même si je pouvois voir d'un œil tranquille le frère de mademoiselle Barbaud s'asseoir au nombre de mes juges ? Je l'ai récusé :
je me le devois sans doute ; mais combien j'ai lé-

gèrement esquissé le procédé de cet avocat, qui, revêtu d'un ministère de confiance, et dont l'intégrité et la loyauté les plus sévères sont les plus indispensables vertus, offroit à M. de Valdahon, par écrit, ses services, au moment où je recevois de lui les mêmes avances ! *Le sieur Boissard, avocat de Pontarlier, beau-frère d'un de mes juges, parent de M. de Monnier, et qui travaille dans son affaire, a conté devant témoins cette anecdote, comme la tenant de M. de Valdahon, qui s'est réjoui publiquement de voir le sieur Barbaud récompensé de sa double perfidie par ma juste indignation.*

» Reste donc le sieur Petit, que j'ai bien durement apostrophé sans doute. Eh ! pourquoi la langue françoise, ou plutôt mon foible talent pour la manier, ne m'ont-ils pas prêté plus d'énergie ! J'aurois gravé en traits immortels sa lâcheté et sa honte !

» Je demande pardon au public d'être obligé de transcrire sa déposition infâme. Elle insulte aux bonnes mœurs, à toute pudeur, à toute vérité ; mais, puisqu'on m'accuse de m'être laissé emporter à des ressentimens injustes, d'avoir offensé gratuitement des témoins DIGNES DE CONSIDÉRATION ET DE FOI, il faut bien qu'en détournant les yeux de dégoût et d'horreur, je dévoile la turpitude que j'ai dénoncée.

» Le sieur Petit a déposé « qu'en automne
» M. de Mirabeau lui demanda à dîner, et lui
» demanda s'il parloit à madame de Monnier et
» s'il en étoit amoureux ; que comme camarade
» il lui devoit cette déférence : à quoi il lui ré-
» pondit que non. M. de Mirabeau lui dit qu'en
» ce cas il alloit lui parler ; que cela faisoit ses
» affaires, sachant qu'elle fournissoit à ses a-
» mans.

» Qu'il a vu dans les assemblées que madame
» de Monnier et M. de Mirabeau s'embrassoient
» et se mettoient mutuellement la langue dans
» la bouche ; qu'ils avoient des familiarités en-
» semble qui dénotoient un mauvais commer-
» ce ; et, notamment à une des assemblées, il
» vit madame de Monnier qui avoit passé sa pe-
» lisse sur la cuisse de M. de Mirabeau assis à
» côté d'elle, mettre sa main sous sa pelisse ; que
» lui déposant, craignant que cette manœuvre in-
» décente ne fût aperçue par les autres person-
» nes de l'assemblée, il dit à madame de Mon-
» nier et à M. de Mirabeau qu'ils avoient assez
» d'autres momens : à quoi ils répondirent qu'il
» avoit raison ; et ladite dame retira sa main et
» sa pelisse de dessus les cuisses de M. de Mira-
» beau ».

» Voilà les obscénités infâmes, voilà les ab-

surdités révoltantes qui sont sorties de la bouche
impure dont le défenseur de M. de Monnier n'a
pas rougi d'appeler le témoignage DIGNE DE FOI !
Et j'ai dû ménager l'imposteur qui, témoin unique, ose affirmer ces faits, et se refuse opiniâ-
trément à nommer l'assemblée où ils se sont passés ! je devois ménager un tel homme ! je devois
ménager un Saint-Mauris, un Petit, qui, aux
plus coupables parjures, ajoutent les menaces les
plus atroces, les plus furieuses injures ! qui caba-
lent et sollicitent contre moi ! qui invoquent contre ma tête le glaive du bourreau, et ses torches
contre mes écrits ! On a vu Petit insulter tout ce
qui m'approche ! on a vu Saint-Mauris courir
chez tous mes juges, pour leur inspirer sa haine
et ses fureurs ! leur dénoncer d'innocentes créa-
tures comme les complices de ce qu'il appeloit
mon inconduite et mes emportemens ! et ne rapporter, à la vérité, de Besançon que ce cri public :
C'EST UN INDIGNE !

» Mais pourquoi ces vils calomniateurs, puisqu'ils veulent se laver et se venger, ne repous-
sent-ils pas légalement mes accusations ? C'est
garder le silence en pareil cas, que de ne pas se
pourvoir : c'est s'avouer coupable que de garder
le silence. Ce Saint-Mauris, qui ose se vanter de
sa naissance, parce qu'il n'ignore pas que j'ai toujours dédaigné de discuter ces rêves de la vanité

humaine (*) ; ce Saint-Mauris s'enveloppera-
t-il de son titre et de sa place ? ne se défendra-t-il
qu'auprès des ministres ? il bravera l'arrêt du public , seul juge de l'honneur et des procédés ;
il ajoutera à ses torts , à son ignominie : s'il
obtient de la complaisance de quelqu'homme
en place une apologie dont il ne manquera pas
de charger les gazettes et les journaux, il prouvera mieux encore qu'il a besoin de l'égide de la
faveur. Quand on descend dans l'arène , c'est
pour y combattre à armes égales ; je l'attaque à
la face de la nation ; qu'il se défende devant elle :
nous respectons tous l'autorité, mais ce respect-
là même nous apprend que les ministres sont
trop souvent surpris , et que la vérité est la fille
du temps et non du crédit.

(*) J'en sais assez pourtant pour apprendre à M. Blanc
qu'il connoît mal les prérogatives de la noblesse, et qu'il
insulte à sa juste fierté, quand il établit une différence entr'elle *et les personnages notables* qu'il appelle *les grands
de l'état* (p. 6 du Résultat de M. de Monnier). Un *gentilhomme* françois ne reconnoît de supérieur en naissance ,
que le sang des maîtres. Eux-mêmes et les plus grands ont
daigné s'honorer de ce beau titre de *gentilhomme ;* et
quand on distingue l'homme de qualité du gentilhomme
(et nul ne me le disputera ce premier titre, je crois) on n'é-
tablit d'autre différence entr'eux que celle d'une fortune plus ou
moins considérable , qui leur accorde ou leur refuse de grandes propriétés, des propriétés titrées et leurs droits féodaux.

» Les voilà nettement exposés les motifs de
mes plaintes : est-il bien vrai qu'on se soit étonné de leur énergie, ou qu'on l'ait improuvée ?
Mais en ai-je proféré qui ne fussent pas fondées ?
m'accusera-t-on d'avoir frappé dans les ténèbres ?
non , j'ai nommé hautement mes délateurs. On
ose me reprocher jusqu'à cette franchise, jusqu'à
cette fermeté ; je le crois, ils voudroient me ravaler à leur niveau ; ils voudroient me voir employer des armes dont l'usage leur est si familier ;
ils ne craignent pas d'être vaincus dans leur science. Pour moi, je n'ai qu'un rempart à opposer à
tant de manœuvres et de dénonciations cachées,
qui plus d'une fois m'ont mis en danger. C'est
l'éclat de ma défense, c'est la fierté véhémente de
l'innocence outragée. Les procédures , les mémoires manuscrits , ensevelis dans les greffes ,
sont facilement mis à l'écart , et plus facilement
encore oubliés. C'est au grand jour que les crimes ou les calomnies doivent être exposés : c'est
au public qu'il faut dénoncer les acceptions de
personnes, les connivences obscures, les subornations secrètes , les vexations de détails. Alors
il ne suffit plus d'être prudent pour se dispenser
d'être juste : alors la voix des honnêtes gens peut
suppléer à l'imperfection des lois , et contenir
dans les bornes de l'équité ceux qui ont une portion quelconque de l'autorité, et qui sont, ainsi

que les autres hommes, accessibles aux passions...
Je respecte sincèrement mes juges ; mais c'est à
cause de ce respect même, que j'attribue à l'opinion publique une grande influence sur leurs jugemens ; il me falloit donc la provoquer ou la
changer, surtout puisque mes ennemis attestent
sans cesse la notoriété qu'ils ont faite. Tel est,
tel fut mon unique désir en écrivant mes mémoires. Quel autre motif auroit pu les dicter?

» Si je voulois me venger des procédés de
M. de Saint-Mauris et du sieur Petit, ce n'est
pas ainsi sans doute que je les poursuivrois ; mais
un désir si bas, qui égale l'offensé à l'offenseur,
ne germa jamais dans une âme vraiment noble.
Eh ! qui pourroit se croire outragé par des hommes qu'il méprise comme les êtres les plus ab-
jects ? je n'ai donc pas prétendu me venger.

» Imaginera-t-on que j'aie voulu braver les
juges dont je dépends, ou que je tire quelque
vanité d'un travail aussi simple, aussi défectueux
que ma défense ? Ah ! je le sens : son exécution
est trop au-dessous d'un sujet si important et de
si grands intérêts. Peut-être au temps de mon
bonheur, mon imagination fut-elle plus ardente
et plus féconde, mon style plus énergique et plus
facile ; il est cruel de se survivre à trente ans.
Mais, si l'infortune élève les âmes fortes, elle abat
le génie. Je suis persécuté depuis sept ans, froissé

par toute sorte de malheurs, dévoré d'inquiétudes et de chagrins; exempt de remords aujour-
d'hui, mais accablé de repentir, enseveli dans
un bagne infect et tumultueux. Que suis-je ? que
fais-je ? que puis-je ?.... Hélas ! lecteur ! jugez-
moi sur votre émotion ; jugez-moi d'après vous-
même, et non sur les hurlemens de mes ennemis ; peignez-vous mes douleurs ; et vous conviendrez que la nécessité seule, et non l'envie
d'écrire des satires, a imposé silence à mon
amour-propre, et m'a fait prendre la plume.

» On veut que je m'en repente : mais non ; il est
un consolateur sacré, qui crie plus haut que la
multitude et la renommée, et qui, sans compter
ni peser les suffrages, l'emporte seul sur tous les
avis. Ce consolateur, c'est ma conscience ; elle ne
ma point refusé, elle ne me refusera point ses secours... Sombarde... perfide Sombarde, venez
nous en dire autant : venez ; je vais dévoiler votre
crime, et donner à connoître si je vous ai calomnié, quand je vous appelai prévaricateur.

» La loi, en donnant aux juges la plus auguste
des fonctions, le plus redoutable des pouvoirs,
les plus immenses prérogatives, les a placés dans
la terrible nécessité d'être les plus criminels ou
les plus vertueux des hommes. L'ignorance peut
les rendre coupables, lors même que leurs sentimens ne sont pas pervers. La lenteur et la préci-

pitation peuvent également les égarer. L'adresse,
l'habileté, la sensibilité même peuvent tourner à
leur honte, aussi bien que l'impéritie, la mal-
adresse et l'insouciance; car, lorsqu'il s'agit du
sort d'un citoyen, l'équité et la loi doivent imposer silence à tout autre désir qu'à celui de trouver la vérité... Oh! qu'il est difficile d'espérer une
telle impartialité du cœur humain, surtout quand
toutes les nuances de la hiérarchie s'affoiblissent!
quand la distance devient infiniment petite entre
l'oppresseur et l'opprimé! quand la règle du juste
et de l'injuste n'est plus une simple question de
fait! et que la confusion des lois criminelles rend
le citoyen esclave des magistrats, en les nécessi-
tant à des décisions le plus souvent arbitraires!
heureux alors, si, comme on doit l'espérer des
cours supérieures, le choix des juges supplée à
l'imperfection des lois! heureux s'ils n'ont point
d'autre caractère que celui qu'ils portent dans le
tribunal de la justice souveraine! si nul mélange
de passion, de prévention, d'intérêt, d'amour-
propre ne ternit la pureté de leur ministère! Mais
combien la composition des tribunaux inférieurs
est moins rassurante et plus dangereuse! combien les lumières y sont plus rares! combien on
a droit de s'y méfier des opinions, lors même
qu'on ne suspecte pas les intentions.

» J'étois destiné à rencontrer à la fois tous

les écueils; ce n'étoit point assez pour moi de
partager avec tout accusé le péril de ces prisons
ténébreuses, où il faut subir des procédures in-
connues, de longs et secrets interrogatoires, et
n'opposer qu'une défense passive aux questions
nombreuses et variées d'un homme préparé de
longue main, et muni de toutes les connoissances qui manquent à celui dont il investit la pensée. Il falloit que mon procès fût jugé dans une
petite ville, dont M. de Monnier semble le souverain, par quatre hommes, dont deux, parens
de ma partie, étoient encore ses avoués, ses dé-
voués, ses conseils, et se trouvoient dans sa plus
étroite dépendance. Il falloit enfin que l'information qui devoit servir de base aux sentences,
aux arrêts, à la révision de mon procès, fût dirigée par un cruel et capital ennemi.

» Je vous ai désigné, Sombarde; il faut peindre en un trait votre conduite et votre âme.
VOUS ÊTES PARENT DE M. DE MONNIER; vous
l'êtes au degré prohibé par l'ordonnance; vous
l'êtes, et vous le saviez, car vous étiez parent de
votre épouse, et c'est par elle que vous avez contracté cette alliance; vous le saviez, car vous
êtes trop vain pour avoir ignoré les liaisons dont
vous pouviez vous décorer; et vous seriez le seul
de votre famille qui l'eussiez ignoré, puisque
M. de Monnier s'est abstenu dans les procès,

même civils, que votre beau-frère a eus depuis votre mariage à la chambre des comptes; vous le saviez, et vous ne pouvez entrer dans le lieu saint et vous placer dans le banc que vous y possédez sans qu'il vous le rappelle, sans que les mânes de vos ancêtres s'élèvent contre vous, sans qu'ils attestent votre crime aux yeux de l'Éternel. VOUS ÊTES PARENT DE M. DE MONNIER, et vous avez occupé dans mon procès, tandis que votre chef, parent précisément au même degré que vous, s'abstenoit! Vous avez manœuvré au temps de l'instruction principale.

» Quand les preuves ont manqué à votre cousin, vous avez requis une information par addition : vous avez extorqué des citations en pays étranger : vous avez menacé, séduit, suborné les témoins : vous avez assisté à leur déposition : vous les avez payés des deniers de votre parent : vous avez appelé la hache du bourreau sur ma tête, et (sans doute une abîme appelle un autre abîme) votre fille étale les dons de mon ennemie. Ce n'est pas tout.

» Vous avez joué le principal rôle dans la révision de mon procès, et réuni celui de solliciteur à celui de partie publique : vous avez aggravé l'excessive sévérité de la procédure, au mépris de toutes les formes, au lieu d'en tempérer les rigueurs pour un accusé volontairement re-

mis dans vos mains : vous vous êtes opposé à
mon élargissement provisoire : vous avez appelé
du jugement qui l'ordonnoit trois mois après
qu'il a été rendu, quatre jours après que je m'en
étois formellement désisté : vous n'avez, contre
toute raison et toute bienséance, relevé cet appel que pour enchaîner la bonté de la cour, que
pour m'enlacer dans la férie de l'Ascension, et
river encore pour un mois entier mes chaînes :
vous avez accumulé sur moi tous les maux, tous
les tourmens, tous les outrages : vous avez été
plus cruel, plus opiniâtre, plus insolent que les
agens de ma partie même.... ET VOUS ÊTES PA-
RENT DE M. DE MONNIER DU QUATRIÈME AU
CINQUIÈME DEGRÉ ; j'en consignerai ici les preuves authentiques.... Sombarde ! le jour de la
vengeance est arrivé.

» O mes juges ! ô mes lecteurs ! comparez les
procédés de mes amis, de ces amis qu'on déchire, parce qu'ils n'ont pas déserté ma cause, et
ceux de mes ennemis dont on exalte le droit et
les moyens, parce qu'on croit à leur crédit et à
leurs ressources. Au premier bruit du procès
M. Michaud s'est déclaré parent ; il s'est d'autant
plus hâté qu'il m'aimoit plus tendrement : on a
accepté avidement sa récusation sans en examiner les motifs. M. Parguès, son beau-frère, lieutenant particulier du siége, n'a pas même exigé

qu'on jugeât cette récusation volontaire, comme le prescrivoit l'ordonnance; il lui suffisoit de ses liaisons avec moi pour se retirer. Voilà leur conduite, voilà leur délicatesse; et l'on ose leur reprocher de me montrer de l'intérêt, de m'apporter des consolations!

» Sombarde est parent au même degré que M. Michaud. MM. Maillard et Millot sont parens de M. de Monnier, peut-être au degré prohibé par l'ordonnance; mais la source de leur alliance fût-elle plus éloignée, sans doute elle ne romproit pas les liens de l'affection et du sang, surtout chez des hommes d'un état inférieur, envers leur parent d'un rang plus distingué et d'une fortune infiniment plus considérable; ils se sont hâtés de me juger, de me frapper, de m'immoler; et le succès de leur collusion coupable ne m'a pas même épargné leurs insultes : ils n'ont pas gardé les plus simples dehors : leur confédération est connue, publique, avouée; leur intimité avec mes parties scandaleusement affichée...... Et l'on parle de mon audace, de mon emportement, de mes murmures; tandis que je n'ai avancé que des vérités notoires, et qu'ils m'ont chargé des plus abominables calomnies. On croiroit, à les entendre, qu'un obscur factieux a déchiré la tête la plus respectable de l'état! qu'un sacrilége impie a frappé quelque divinité redoutable !...... hommes haineux et pervers !.....

» Mais ce Sombarde ! où fuira-t-il pour
cacher sa honte? pour échapper à l'évidence
crayonnée par la main d'un opprimé? quelles
subtilités, quels sophismes, quels mensonges,
quelles prévarications nouvelles déguiseront
son infamie ? quelle plume vénale se chargera
de le défendre ?... Sans doute, celle qui n'a pas
rougi d'avancer vingt mensonges authentiques
et palpables en vingt pages ! de nommer avec les
apparences du respect des délateurs perfides ,
des dépositaires infidèles , des calomniateurs
atroces ! d'attester les bonnes mœurs en étalant
des maximes destructives de toute bonne foi !
de justifier la violation de tout ce qu'il y a de
saint parmi les hommes, LE SECRET ET LE
SERMENT ! de troubler ainsi le repos social
pour servir la passion de son client ! de réunir
enfin dans un monstrueux assemblage l'apologie
de la calomnie secrète, et le plus odieux amas
de calomnies publiquement vomies contre
moi !......

» Ah ! Sombarde ! je ne vous envie point un
tel défenseur, et je défie également ses subter-
fuges et ses sophismes. Il ne démentira pas les
registres publics qui m'ont fourni les preuves de
votre inconcevable impudence : il ne persuadera
point aux honnêtes gens que l'officier chargé de

15

la protection de l'accusé, comme de la vengeance publique, puisse exercer son ministère en faveur de son parent; qu'il ait alors un droit légitime de poursuivre un prétendu crime qui ne sauroit manquer d'inquisiteurs. Il n'apprendra point aux magistrats, aux hommes de loi, à mettre en doute, malgré la jurisprudence uniforme de toutes les cours, la doctrine unanime de tous les jurisconsultes et le bon sens, que l'homme du roi soit récusable, lorsqu'il n'est que partie jointe; que son silence ou sa récusation suffisent pour rendre nul tout ce qui s'est fait sous sa jonction; que les juges puissent recevoir la vérité même que des mains de la loi et dans les formes qu'elle a établies. Il ne détruira pas l'indignation que doit inspirer à tous les cœurs droits et sensibles votre réticence affectée, et bien manifestement expliquée par les manœuvres que vous vous êtes permises à chaque pas de l'instruction.... Ce n'est point gratuitement; ce n'est point sans motif que vous avez été si pervers; jamais je ne vous donnai sujet de plainte, ni de haine; un autre intérêt alluma dans votre cœur la soif de mon sang et de ma vie ;votre parenté seule explique donc votre passion; la preuve est suffisante, décisive, invincible : et quand vous avez prévariqué, vous connoissiez toute l'étendue de votre crime.

» C'en est assez : laissons cet homme, sur le
front duquel je ne me flatte pas d'exciter la
moindre rougeur; non, je le connois trop bien :
à supposer que la honte ait jamais fait quelque
blessure à sa conscience, elle est cicatrisée depuis long-temps....

» Mais, vous, lecteur, qui m'avez trop légèrement condamné, abstenez-vous désormais de
prononcer avec tant de précipitation sur les
plaintes qu'exhale un accusé dans les fers. Dans
les procédures criminelles et surtout dans les
accusations capitales, la loi présume toujours
l'innocence, jusqu'à ce que le corps du délit
soit assuré. Serez-vous donc plus sévère que la
loi ? croirez-vous que je sois venu sans raison
me livrer aveuglément à la justice ? que j'aie
fondé sur des déclamations l'espoir de mon sa-
lut ? que j'insulte pour insulter ? ah ! jugez moins
sévèrement, si ce n'est par équité, si ce n'est
par pitié, du moins par prudence. Eh ! qui ne
frémiroit pas en réfléchissant sur mon sort, sur
mes dangers ? Grands, petits, riches, pauvres,
tous sont menacés; car où est l'homme assez
heureux, ou plutôt assez infortuné, pour que la
cupidité et la haine, à l'abri des formes et sous
le masque d'un devoir sévère, ne puissent rien
lui ôter ? quel est le citoyen des pays qu'habite
un Sombarde, qui n'ait pas un glaive aigu sus-

pendu sur sa tête ? Glaive terrible, qui tient à un fil que le plus léger souffle des passions, des fantaisies, des caprices peut briser !

» Enfin, il est émoussé celui qui menaçoit mon honneur et ma vie; mais combien il s'en est peu fallu que je ne périsse ! Et sans l'industrieuse méfiance que tant d'injustices et de trames aiguisoient sans cesse, comment me serois-je douté de telles embuches ? Moi, condamné par contumace, tandis que, sous les liens d'un ordre du roi, je ne pouvois la purger; moi tout à fait étranger à cette province, à cette petite ville, où un méchant obscur avoit machiné et presque consommé ma perte......

» O providence! que tes décrets et ta clémence soient à jamais bénis ! Je m'étois précipité moi-même dans les piéges sanguinaires de mes ennemis, et sans toi je périssois; mais tu veillois sur moi, et tu n'as pas voulu me refuser quelques jours encore pour réparer les trop nombreuses erreurs de ma vie, que la longueur d'une prison pour laquelle ta bonté ne sembloit pas m'avoir destiné, expie peut-être aux yeux de ta sagesse infinie. Tu vois tout; tu sondes tous les cœurs; tu connois mes intentions; tu connois celles de mes ennemis. Tu sais si mon affliction n'est pas sincère de languir dans des récriminations, et des défenses qui ne peuvent apporter que honte et dommage de toutes parts..... O providence! ordonne; et que tes décrets et ta clémence soient à jamais bénis !

» Je demande à mes conseils si je ne suis pas fondé à poursuivre la cassation de la procédure instruite par le sieur Sombarde, substitut du procureur du roi, partie jointe au procès, et parent de M. de Monnier au degré prohibé par l'ordonnance ».

HONORÉ GABRIEL DE RIQUETTI,
Comte DE MIRABEAU, fils.

DES BIRONS, avocat.

LETTRE LV.

Pontarlier, 22 mai 1782.

JE n'ai point de nouvelles de vous ce courrier, mon cher ami; et dans la circonstance ce silence est très-inquiétant. Ne perdez pas une minute, je vous en prie, mon bon Vitry, pour remettre à M. de Néville la lettre que je vous ai adressée, car il m'importe que mes mémoires soient répandus. Je l'ai écrit à M. de Grosbois (premier président) : *Vous avez été à la recherche du soleil; vous avez allumé un flambeau pour faire*

*cette recherche , et vous m'avez emprisonné
quatre mois , dans la crainte que je ne soufflasse
sur le flambeau...* Mais c'est à toute la France
qu'il faut que je le dise. Depuis quatre mois , cet
étrange procès absorbe toutes les facultés de mon
âme. Je connois assurément bien mon affaire ;
je connois le terrain où je marche : eh bien ! l'arrêt sur l'incident, tous les matins à mon réveil ,
me semble être le reste des songes d'une nuit
trop agitée ; il me paroît inconcevable qu'une
cour souveraine ait décidé qu'une lettre, de quelque manière qu'elle ait été interceptée , peut faire
pièce légale. Je n'ai donc qu'à assassiner ou seulement dévaliser l'exprès que ma partie envoie à
son procureur , et puis je produirai ses lettres au
procès, et j'en arguerai contre elle ! Cela, dis-
je , est inconcevable.

Mais enfin, le substitut du procureur du roi ,
qui a dirigé la procédure , est parent de M. de
Monnier, il l'est au degré prohibé par l'ordonnance ; la procédure est nécessairement nulle. La
jurisprudence de toutes les cours y est uniforme.
Nous verrons si la Grand'Chambre , où j'ai évo-
qué de la Tournelle, voudra prononcer que midi
est minuit. On le peut en France , sans courir
aucun risque , puisque , sous le prétexte que les
juges ne sont pas responsables de leurs erreurs,
on peut être injuste tant qu'on veut, pourvu que

l'on soit prudent. Mais alors je suis tout décidé
à faire casser les deux arrêts au conseil, et à demander un autre parlement. Concevez donc, mon
ami , combien il m'importe que mes défenses
soient répandues. *Vale et me ama.*

LETTRE LVI.

Pontarlier, 23 mai 1782.

UNE fois pour toutes, tenez-vous pour dit, et
persuadez-vous bien , mon ami , que ce ne sont
jamais les grandes contrariétés qui me trouvent
impatient. *Il ne faut point se fâcher contre les
choses,* a dit Marc-Aurèle ; *car cela ne leur fait
rien du tout.* Aussi, les personnes m'indignent
quelquefois , mais les choses me trouvent toujours résolu. Au reste , la perte de cet incident,
qui vous revient trop au cœur, n'a de véritablement affligeant que la prolongation de ma détention , dont ma santé n'avoit pas besoin. Je défie tous les mortels de trouver une seule preuve
légale dans les écritures immenses qui composent
aujourd'hui la procédure ; et l'arrêt préparatoire
que mes parties ont obtenu , suffit pour le démontrer , puisqu'on n'auroit point besoin de vérifier cette lettre , dont la reconnoissance ne

peut jamais fournir qu'une conjecture sur un délit qui ne peut se prouver que par témoins oculaires, s'il existoit au procès une preuve solidement assise.

Il est vrai, mon ami, que le parlement de Besançon a supprimé, par son arrêt sur l'instance, les premier et second mémoires ; ce qui n'empêche pas que ce ne soit une violation de toutes les règles, et que ceux que vous réclamez de la chambre syndicale, ne soient destinés qu'à ma famille et à moi. J'écris en conséquence à M. le garde des sceaux ce que vous me prescrivez, et je n'ai sans doute pas besoin de vous dire combien je suis touché de tous vos soins. Je sais qu'on dirige en effet tous ses efforts vers l'objet de décrier mes défenses. Mon père, qui ne les a pas lues, sans doute, me mande à cet égard les choses du monde les plus déraisonnables ; et déjà ne disoit-il pas, à l'apparition du premier mémoire, que le second ne le suivroit que pour l'assassiner !

Mandez-moi, car je ne me rappelle pas distinctement que vous m'en ayez accusé la réception ; mandez-moi, dis-je, si les autres consultations vous sont parvenues ou si elles sont arrêtées avec les ballots.

Vous aurez, le courrier prochain, le troisième mémoire, sous le contre-seing convenu.

Adieu, mon ami, tout bon, tout actif, tout

infatigable ; continuez à ne point vous lasser, et aimez-moi toujours comme je vous aime. Je n'écris qu'à vous ; les yeux me sortent de la tête.

Le dernier courrier, je vous ai encore adressé un mémoire par le contrôle général ; vous devriez déjà en avoir eu cinq ou six par cette voie. Mais il est inutile que j'en hasarde davantage, si tout est bouché.

Copie de la lettre au Garde des Sceaux.

MONSEIGNEUR,

« Depuis un mois que j'ai fait passer à Paris des mémoires pour ma justification publique, ces mémoires ont été suspendus à la chambre syndicale : ils y resteroient long-temps encore, si vous n'aviez la bonté de me nommer un censeur. Ces retards, intolérables pour moi seul, n'ont fait jusqu'à présent, et ne feroient encore que seconder, par suite, les vues de mes parties adverses. Les émissaires et les agens du marquis de Monnier ne lui sont pas tellement affidés que leur indiscrétion n'ait pénétré jusque dans mon cachot, où j'ai appris, monseigneur, que le marquis de Monnier avoit conçu le projet insensé de solliciter auprès de vous la suppression de mes mémoires, et le chimérique espoir de l'obtenir.

J'ignore s'il a, contre toutes les règles du bon sens et du respect qu'il vous doit, osé former cette demande; je ne me doute même pas de quels prétextes il auroit pu la couvrir; mais je sais, et vous savez aussi très-bien, monseigneur, qu'elle eût été d'une injustice criante. M. de Monnier vous eût prouvé du moins qu'après m'avoir eu mis, malgré moi, dans la nécessité de combattre, nous avions fini par ne pas nous battre à armes égales, et qu'il feignoit d'ignorer ce dont il ne devoit pas douter par état; que des mémoires ne pouvoient jamais être supprimés qu'après le jugement du procès. Monseigneur, j'ai publiquement été déshonoré, contre le vœu de toutes les lois qui viennent en foule m'absoudre aujourd'hui; ma justification doit être publique. A qui puis-je le dire avec plus de confiance qu'à vous même, premier dispensateur de toute justice? Je prends la liberté de joindre à ma lettre un exemplaire des défenses que j'ai fait imprimer. M. de Monnier a ses moyens aussi, que rien ne l'empêche de produire. Je vous supplie, monseigneur, de me nommer ou faire nommer un censeur. Depuis quatre mois que je me suis remis volontairement dans les prisons de Pontarlier, je suis détenu dans des lieux infects et malsains, environné de gens auxquels on voudroit inutilement m'assimiler. La plus prompte publication de mes mémoires, que le droit et la justice m'accordent incontestablement, sera l'unique grâce que je me serai permis de solliciter de vos bontés.

Je suis avec respect, etc. »

LETTRE LVII.

Pontarlier, 28 mai 1782.

VOUS devez avoir reçu par le dernier courrier, mon cher Vitry, mon troisième mémoire, et monsieur le garde des sceaux, auquel j'ai adressé les deux premiers, le recevra par celui-ci.

Vous savez, ou vous devez savoir à présent, qu'il a refusé la suppression de mes mémoires au marquis de Monnier, qui a eu l'indécence de la lui demander; et que sa réponse a été *qu'il ne concevoit pas les raisons du parlement de Besançon; mais qu'il étoit de principe que nul n'avoit le droit d'empêcher la publicité des mémoires, s'il étoit nécessaire, qu'après le jugement du procès; qu'au reste, l'intérêt que M. de Monnier paroissoit prendre à cette suppression, sembloit me cautionner le gain du procès.* Pour moi, mon ami, je n'en doute pas plus que de la lumière que le soleil fera luire demain. Mais cela pourroit être fort long; au lieu

que j'indique à mon père une marche bien décisive et bien courte. J'ai à peu près la certitude
morale que la procédure sera cassée, parce qu'ils
ne peuvent pas faire autrement; mais il est très-
possible qu'ils ordonnent qu'elle soit reprise,
MOI GARDANT PRISON. Eh bien ! que mon père
daigne mettre en avant tout son crédit, et
qu'aussitôt la procédure cassée, le roi évoque
l'affaire et s'en réserve la connoissance; j'ai d'un
côté ville gagnée, et de l'autre les Valdahon seront infiniment souples à l'égard de madame de
Monnier; mais il faut que cette faveur de l'autorité ne vienne qu'immédiatement après l'arrêt
sur l'incident actuel ; car, s'ils jugent bien, un
arrêt du parlement de Besançon, vu la prévention, en vaut cinquante autres.

Vous moquez-vous de moi de me parler
d'obligations? Eh! qui diable! de nous deux doit
à l'autre, si ce n'est moi ? Je vous assure, mon
très-bon et cher ami, que je regarde les services
de votre amitié, et surtout son active et tendre
persévérance, comme des dettes inacquittables.
Adieu donc, mon digne ami; je vous recom-
mande mes affaires comme les vôtres, parce
qu'elles le sont en effet.

LETTRE LVIII.

Pontarlier, 9 juin 1782.

JE ne saurois, mon ami, vous mettre mieux au courant, dans la circonstance épineuse où je me trouve depuis que je ne vous ai donné de mes nouvelles, qu'en vous envoyant copie de quelques lettres que j'ai écrites à M. Du Saillant depuis son séjour à Besançon, où je n'avois appris son arrivée ni par lui, ni par qui que ce soit de ma famille. Je lui avois provisoirement déclaré, le 4, que, quelque respect que j'eusse pour ses intentions, toujours étoit-il que, par son intervention, il venoit de contrarier un incident qui ne faisoit pas question en droit, et qui, ne pouvant entraîner aucune espèce d'inconvénient, devoit finir d'emblée l'affaire, pourvu que le parlement de Besançon ne prononçât pas qu'à midi il est minuit. Je lui déclarai que cette démarche à contre-temps me désespéroit, et étoit parfaitement inutile, attendu que je n'accommoderois jamais qu'avec une absolution pure et simple, et que je ne connoissois personne qui eût le droit d'exiger de moi le sacrifice d'un tel procès, que je regardois, ainsi que tous les gens instruits, comme imperdable, si ce n'est à Besançon, partout ailleurs. Je le suppliois en outre, s'il avoit quelqu'attachement pour moi, de se borner à hâter, par ses sollicitations, le jugement de l'incident.

Copie de ma seconde lettre à Monsieur Du Saillant.

6 juin.

« Je commence, mon cher ami, par vous prier de ne pas croire que j'aie jamais eu le plus léger soupçon sur vos intentions; je serois insensé, je serois ingrat; et je ne suis ni l'un, ni l'autre. La lettre que j'écris à mon père vous montrera dans quel sens j'ai vu votre démarche; elle vous montrera aussi que mon parti est pris, et qu'il faut que je me croie bien fondé en principes, pour écrire ainsi à mon père. Vous croyez bien, au reste, que je sais à quoi m'en tenir sur mes défenses, et les épithètes qu'on peut leur donner. M. Courvoisier passe pour le premier avocat de la province; MM. Lombard et Rainguel jouissent d'une grande réputation. Ils ont dit cent fois que mon affaire avoit été défendue avec la plus haute supériorité; et il n'y a qu'à lire les confrontations et les interrogatoires, pour voir les avantages de toute sorte que j'ai eus sur mes ennemis. Mais il n'est plus question de cela entre nous. J'ai dit à mon père, et je répète à vous, que nul, devant Dieu, ni les hommes, n'a droit de se mêler de mon affaire malgré moi ; et, dans cette ferme conviction, je vous ajoùterai, pour vous épargner la peine de beaucoup débattre un accommodement que je ne signerai pas :

» 1.° Que je n'en veux point, que la procédure ne soit cassée.

» 2.° Que je n'en signerai point où mon absolution pure et simple, celle de madame de Monnier, la restitution de sa dot, une pension viagère pour elle, et le paiement des frais du procès pour moi, ne seront pas compris.

» 3.° Je me réserve mon action contre le sieur Sombarde ; la liberté d'imprimer et afficher l'arrêt sur transaction ; j'exige la garantie de toute poursuite ultérieure par les gens du roi, et que le nommé Mesnars sera chassé de la maison de M. de Monnier, et ne pourra être remis au service, ni de M. ni de madame de Valdahon, ni de

. . . .

A ces conditions j'accommoderai ; je n'en céderai pas une , parce que je ne veux pas qu'il reste de trace de cette infâme procédure qui, de l'aveu unanime des gens de loi (si l'on excepte les savans avocats qui ont assuré mon père qu'en aucun état de cause les gens du roi n'étoient récusables), doit être cassée. Or, il faut que vous perdiez tous la tête , si vous ne voyez pas que la procédure une fois cassée , elle ne peut plus recommencer pour l'adultère , puisqu'il y a plus que prescription. Il est bien vrai qu'on peut, à toute force , entendre des témoins en Suisse , par commission rogatoire, pour faits passés en France, mais jamais pour faits passés rière la souveraineté étrangère. Les savans de mon père n'ont pas pu encore saisir cette distinction, et madame de Pailly me disoit hier qu'on regardoit l'arrêt du conseil d'état de Neufchâtel *comme rien !* Cependant cet arrêt, QUI A ÉTÉ RENDU CONTRADICTOIREMENT, a changé absolument la face de mon procès. D'ailleurs , Des Birons vous dira que j'ai dans ma manche les cinq principales têtés du conseil d'état : MM. de Marval, père et fils, de Boywe (chancelier) Pury et Dupeyrou.

» Observez que j'ai d'ailleurs un dernier moyen de cassation inévitable , parce que le texte de l'ordonnance y est formel ; moyen que personne ne sait et ne saura que Michaud et vous (je vous y joindrai quand je vous verrai), parce que je le réserve pour un arrêt de fond.

» Ne perdez pas de vue que les Valdahon tremblent, et que leurs démarches et leur résolution de se laisser condamner le démontrent assez.

» J'aimerois autant qu'on essayât de me prouver que deux et deux font cinq, que de chercher à me convaincre que je puis ne pas gagner mon procès partout ailleurs qu'à Besançon; attendu que mes moyens de forme et de fond, fussent-ils mauvais, toujours est-il et sera-t-il qu'il n'y a point de preuves au procès.

» Ajoutez à tous ces motifs la certitude que j'ai, mon cher frère, d'obtenir, avec la transaction la plus avantageuse, une réparation éclatante des outrages sans nombre que j'ai reçus ici, et que j'aurais pu, *sans extravagance*, ne pas dévorer.

» Au reste, vous conviendrez avec moi qu'il auroit été plus convenable et sûrement plus court de commencer par nous concerter, d'autant que l'homme qui sait vraiment cette affaire est mon ami Michaud; et M. Des Birons peut vous dire si c'est un homme sage et s'il sait me contrarier au besoin. Je conviendrai moi, à mon tour, que j'ai trouvé un peu dur que l'on voulût arranger une affaire si capitale pour moi, sans même avoir mon avis, ni mon aveu; ce sentiment a pu me dicter quelques expressions vives. Certainement il ne m'en a point dicté d'offensantes, ni qui pussent démentir un seul instant ma tendre amitié pour vous; et je la sens si profondément que je ne saurois me résoudre à finir, comme vous, ma lettre par un *votre très-humble*. Je me dirai donc seulement votre tout dévoué frère.

» Je crois qu'il est important que vous veniez

16

ici plutôt que plus tard. Je crois aussi la conférence des avocats fort utile, ne fût-ce que pour
tâcher de les deviner. Courvoisier est très-retors;
il sait la question de droit à fond (quoiqu'il ne
sache pas plus que les autres un mot de la procédure); il est ami intime de Séguin; et je n'ai
que faire de vous dire quelle supériorité il a sur
ses confrères, puisque vous avez causé avec lui.
Quand même vous ne verriez pas un arrangement possible, ayez donc la bonté de faire exposer mes moyens, afin qu'on sonde leurs arriè-
re-pensées, en conférant avec eux ».

TROISIÈME lettre à M. DU SAILLANT.

9 juin 1782.

« Vous m'écrivez toujours, mon cher ami,
dans la persuasion que je ne veux point un accommodement; et j'en ai toujours voulu un où j'eusse tous les avantages extérieurs et publics; et,
quand j'ai vu que l'on me faisoit un si grand mys-
tère de votre voyage, de votre arrivée, de vos
succès, et que, loin de vous concerter avec moi,
vous vous en cachiez; quand j'ai combiné tout
cela avec les lettres où mon père paroissoit convaincu que mon affaire n'étoit pas même soute-
nable, j'ai été persuadé que, précisément par
tendresse pour moi; mais par tendresse vrai-

ment aveugle et cruelle, on alloit me sacrifier. Voilà l'histoire et le motif de mes craintes dont je suis loin d'être revenu, tout en croyant à votre dévouement et à votre honneur, comme à ceux de la vertu même.

» Cependant les propositions que me fit hier M. Des Birons me parurent raisonnables et décentes; bien entendu pourtant, 1.º que, comme j'ai eu contre moi une sentence, je veux un arrêt pour moi; 2.º que je ne veux pas consentir que l'accommodement soit nul, quant à moi, dans le cas de l'inexécution de quelques articles par madame de Monnier : je ne puis répondre que de ma parole, et je promettrai seulement ce que je tiendrai religieusement; qu'en pareil cas, je ne serai de nul secours à madame de Monnier; 3.º enfin, que je ne veux pas payer un sou des frais du procès : je regarderois cela comme une sorte de tache, et les fausses dépenses seront encore trop énormes. Avec ces conditions et observations, j'acquiescerois : mais ne croyez pas les amener là, que la procédure ne soit cassée; et de bonne foi, s'ils n'étoient pas convaincus qu'elle le sera, leur première condition seroit-elle qu'on se désistera de la nullité?

» Mon avis seroit donc, quant à présent, que nous poursuivissions purement et simplement la cassation de la procédure, et que nous les vis-

sions venir. Mon avis seroit surtout que vous
vinssiez vous concerter avec moi, entendre des
choses que je ne pourrois pas écrire dans un volume, et m'éclaircir des obscurités de la lettre
de ma sœur, qui me donnent beaucoup à deviner, et pour lesquelles elle me renvoie à vous ».

Adieu, mon ami.

Ces lettres à mon beau-frère vous donneront, à ce que j'imagine, mon cher Vitry,
d'assez amples détails. Patientez jusqu'aux
nouveaux, et croyez surtout fermement que, si
je transige enfin, je ne me départirai d'aucuns des
points que j'ai mis en avant. Du jour où l'on paroîtroit sincèrement vouloir terminer dans cet
esprit-là seul, je ne saurois manquer de vous ré-
crire, ni de me persuader à quel point j'épa-
nouirois le cœur de mon plus affectionné, de
mon plus tendre ami.

LETTRE LIX.

Pontarlier, 11 juin 1782.

Vous n'aurez pas, mon cher ami, soupiré
long-temps après l'attente. Je n'ai que le temps
de vous dire que les paroles respectives sont

données par écrit sur le projet de transaction.
J'y ai fait quelques changemens; et j'ai acquiescé
à d'autres légères nuances qui restent toutes à
mon avantage. Je ne crois pas qu'il soit possible
de sortir avec plus d'honneur d'une aussi triste
affaire. Nous leur avions demandé cinquante fois
moins qu'ils ne donnent aujourd'hui, et les propositions viennent purement d'eux, puisque
M. de Valdahon avoit sollicité, et a eu une conférence avec Des Birons, avant l'arrivée de Du
Saillant, qui s'est conduit avec sa sagesse, sa
bonté et son activité ordinaires. Certes, l'on ne
pouvoit pas plus attendre du plus tendre frère;
et vous dire que vous n'eussiez pas mieux fait,
est assez vous dire qu'il ne m'a laissé rien à désirer.

Je vous donne nûment avis du point capital,
sans y ajouter d'autres détails, tant je suis ex-
cédé de fatigue.

Adieu, mon ami : je vous embrasse.

LETTRE LX.

Pontarlier, 13 juin 1782.

JE vous ai mandé, le 11, mon cher ami, que
mon diabolique procès étoit enfin terminé par
l'accommodement le plus honorable; et, si j'a-

vois oublié de vous le dire, il est bon que vous
sachiez aujourd'hui que je fais absolument la
loi, toujours, et presque uniquement en faveur
de ma coaccusée. Mais il faut le temps de l'ho-
mologation; il faut celui de l'enregistrement; il
faut celui de la ratification de toutes les parties
intéressées; de sorte que ceci me menera aux
premiers jours de juillet. Mais aussi me voilà dé-
livré de toutes ces angoisses, restitué dans toute
mon existence, et disponible pour mes amis et
pour moi-même. Je n'ai pas Des Birons dans ce
moment; mais je vous manderai les mesures à
prendre vis-à-vis de L..... Le courrier dernier,
je vous ai adressé un troisième mémoire sous
contre-seing; j'en fais autant celui-ci. Sachez
donc à la chancellerie, s'il n'y auroit pas moyen
de vous faire rendre les autres par la chambre
syndicale, dussiez-vous déterminer la liste des
personnes pour lesquelles vous les demanderiez
en mon nom. Adieu, mon bon et cher ami. Je
vous embrasse.

LETTRE LXI.

Pontarlier, 7 juillet 1782.

JE n'ajoute rien à ma précédente, mon cher Vitry; elle vous a donné, en très-peu de mots, toutes les explications que votre fervente amitié pouvoit désirer. Je ne vous envoie aujourd'hui que la transaction, où vous verrez que, comme je vous l'annonçois, j'ai très-précisément fait la loi pour ma coaccusée, et que je ne paie pas même les frais auxquels le parlement m'a condamné. Je ne crois pas pouvoir appliquer un meilleur soufflet sur la joue de mes ennemis; et il ne me reste, pour compléter le vœu de mon cœur, que de faire pour vous ce que vous avez le droit d'attendre de la plus vive et de la plus sincère reconnoissance. Mes lettres deviennent très-abrégées; mais je n'en suis pas moins tout à vous.

LETTRE LXII.

Pontarlier, 10 août 1782.

Hélas ! mon ami, je suis toujours, grâces aux lenteurs de mes parties adverses qui n'a-voient plus que ce moyen de me tourmenter, je suis toujours claquemuré; mais je ne pense pas que d'ici à trois ou quatre jours la transaction ne soit enfin homologuée, d'où suivra mon élargis-sement.

La lettre à M. Du Saillant, dont je vous fais encore passer copie, vous démontrera que j'ai plus d'un sujet de mécontentement, et qu'à tout prix je suis fermement résolu de ne plus me consumer inutilement dans l'attente, à laquelle il n'est pas inutile d'ajouter la dépense. D'ailleurs je ne vois pas sous quel prétexte on auroit à dif-férer aujourd'hui , puisque les ordres relatifs à madame de Monnier, et sa soumission, me sont parvenus le 8.

Vous jugerez si cette lettre à mon beau-frère étoit ou non indispensable. Ce n'est pas assuré-ment que je me sois permis de douter de sa bonne volonté; mais il me semble que parfois il m'entend mal, et j'ai voulu qu'il m'entendît

bien; j'ai voulu surtout que, le 15, les adieux
fussent faits à mon cachot; et j'espère qu'ils le
seront :

A M. Du Saillant.

Ce jourd'hui, 10 août.

« Vous n'avez ni dû, ni pu croire, mon cher
frère, que ma parole, qu'au reste vous m'avez
rendue devant témoins, m'engageât à dévorer
toutes les insultes que madame de Valdahon ju-
geroit à propos de me faire; et qu'elle me force
à attendre des mois entiers sa commodité. Vous
avez aussi dû vous persuader difficilement qu'en
donnant ma parole, je comptasse me condamner
à cinq semaines de prison et à vingt-cinq louis
de dépense de plus, quand personne ne veut
m'aider d'un sou. Aussi long-temps que j'ai pu
imputer au ministre les incroyables délais qu'il
m'a fallu dévorer, je l'ai fait; et, bien que je susse
à peu près qu'en penser, je n'ai rien dit. Aujourd'hui que ces délais ne peuvent, ou ne doivent être attribués qu'aux Valdahon, je ne les
souffrirai pas.

» Il est vrai que quand j'ai écrit au sieur Boissard et à M. de Valdahon, j'ignorois que quelqu'un eût, de son autorité privée, gardé le paquet que M. Amelot adressoit à M. de Monnier,
sous le pli de madame de Ruffey. Je conviens

maintenant que M. et madame de Valdahon me paroissent avoir quelque raison d'être piqués de ce procédé; cependant la parole d'un homme comme vous devoit leur suffire, et leur conduite est intolérable.

»J'ai cru qu'il me convenoit, en tout sens, de leur faire sentir que je n'étois pas fait pour les attendre, et c'est ce à quoi j'ai avisé; il n'y a pas là de premier mouvement; il n'y a pas non plus le plus léger manque de parole, puisque je ne me refuse point à finir; mais bien à attendre leur commodité, lorsqu'une fois ils ont tout ce qu'il faut pour finir. Je me suis refusé à cela, et je m'y refuse encore; et je réitère à mon procureur les ordres de lever le défaut, si tout n'est pas conclu dans la journée de l'arrivée de mon exprès. Si M. le premier président arrête pour moi le cours de la justice, ce dont je le crois incapable, je vous déclare, mon cher frère, que je saurai rentrer alors dans mes droits naturels, et montrer à qui il appartiendra que l'on ne force point ma volonté dans une affaire où j'ai peut-être seul le droit d'en avoir une. Je suis d'autant plus décidé à ceci, que tous les jours cette transaction s'enveloppe d'un nouveau nuage; car, de bonne foi, comment finir, sans le procureur fondé de M. de Monnier? *Fiat lux!* Pour moi, mon cher frère, qui n'ai que mes yeux et ne puis voir que ce

qu'ils me montrent, je suis fermement arrêté à
la résolution que je vous expose, et je ne vois
pas ce qui pourroit en cela vous faire croire que
je ne crois plus à votre attachement, ou que je
sens réfroidir celui que je vous ai voué ».

LETTRE LXIII.

Neufchâtel, 4 septembre 1782.

J'ARRIVE d'une grande tournée en Suisse, mon
cher ami.... En Suisse ! m'allez-vous dire ? Oui ,
en Suisse ; parce que l'inconcevable dureté de
mon père ne m'a pas fait encore les fonds nécessaires pour partir ; qu'il n'a répondu de rien à
mes créanciers ; que je suis ici leur triste gage ;
que j'ai été obligé de donner du temps à mes libraires, pour ne pas tout perdre ; que le peu de
louis que j'ai tirés d'eux, je les ai dépensés au fur
et à mesure pour me soutenir.... Ma position est-
elle assez triste ? Voilà-t-il assez de raisons ? Mon
cher Vitry, j'en pourrois ajouter mille autres.
Mais marchons ; car le courrier me talonne.

J'ai trouvé, à mon retour, vos lettres qui,
comme toutes les autres, ont été jusqu'à mon
cœur. Je ne saurois vous dire qu'elles n'aient
fort rembruni sa teinte de tristesse ; car vous

savoir malheureux, et ne pouvoir rien encore pour changer votre sort, est un de mes maux les plus cuisans. Mais, mon ami, je serai plus fort que les circonstances et le destin, pourvu que vous ne vous découragiez pas. . . . .

. . . .

. . . .

Je ne désepère pas de toucher enfin aux réalités.

Adieu, mon cher Vitry; je vous aime avec toute la tendresse due à votre affection, à votre zèle, à votre loyauté, à votre sensibilité, à votre infatigable persévérance.

LETTRE LXIV.

Neufchâtel, 23 septembre 1782.

Hélas ! mon ami, la preuve que l'heureuse chance n'est point encore arrivée, c'est que je n'ai pas fait pour vous ce dont mon cœur et ma reconnoissance me font un devoir. J'attends tous les jours le tour de roue, et tous les jours je reçois une secousse nouvelle, et souvent désagréable. Il ne faut donc déplacer personne encore; et si vous gagnez trois semaines, à dater de la réception de cette lettre, tout est gagné. Jusque-là, il m'est physiquement impossible de rien faire, et encore faut-il que je trouve le moyen d'arranger un voyage. O mon ami ! des impossibles ! j'en connois peu, surtout en amitié; mais j'en connois d'irrésistibles, et vous en êtes bien la preuve.

Je vous enverrai probablement, le courrier prochain, un mémoire pour M. de Vergennes, que vous lui remettrez ou lui ferez remettre en mains propres, par un homme aussi sûr que vous-même. Prenez garde, mon ami, qu'il m'importe que vous ne soyez pas trompé sur le choix du porteur, et que j'aimerois mieux que vous attendissiez son jour d'audience à Paris pour le lui remettre vous-même, si vous n'avez pas quelqu'un d'infiniment sûr.

Adieu, mon plus cher ami, et si digne de l'être; je vous embrasse.

LETTRE LXV.

Neufchâtel, 24 septembre 1782.

JE vous envoie, mon ami, les détails relatifs à moi, que je n'ai fait passer qu'aux seules personnes de ma famille dans lesquelles je puisse placer ma confiance comme en vous-même :

« Oublie-t-on donc que je n'ai ni revenus,

» ni ressources ? Oublie-t-on que voilà déjà qua-
» tre mille huit cents livres que je débourse, sur
» le prix de mes manuscrits, dans une affaire où
» mon père ne pouvoit pas me supposer d'autres
» moyens pécuniaires que ceux qu'il me fourni-
» roit; puisqu'il est mon curateur et mon père ;
» puisque c'est lui qui m'a envoyé à Pontarlier ;
» puisque c'est de son aveu que je me suis jeté
» dans la lice de la chicane, où certainement on
» ne marche pas sans argent ? Il est surchargé !
» Hélas ! je le sais; mais n'ai-je pas quelque droit
» de me compter au nombre de ses engagemens,
» puisque les miens ont été contractés sous sa
» garantie ? Qu'on fasse donc , qu'on essaye
» de faire une réponse raisonnable à ces argu-
» mens !...... On n'en fait point d'autre qu'un re-
» fus absolu et cruel. Eh bien ! nul n'échappe à
» sa destinée. Mais qu'on ne vienne pas me dire
» que je me plais à Neufchâtel; que des idées ro-
» manesques m'éloignent de mes affaires et de
» mes intérêts naturels; que mon oncle m'attend;
» qu'il ne peut approuver mon retard...... car ce
» sont là autant de phrases vides de sens, dans l'im-
» possibilité où je suis de faire face à mes engage-
» mens, et de partir sans y avoir fait face. On feint
» toujours de me regarder comme un homme li-
» bre de disposer de lui, et c'est ce que je ne
» suis pas. Il faut, ou payer, ou répondre pour

» moi, ou me plaindre, et ne pas m'accuser de
» ne pas pouvoir l'impossible. Tous mes créan-
» ciers ont l'œil sur moi; un seul peut attendre
» un certain temps; un autre a répondu pour moi,
» et c'est l'égorger que de ne pas lui faire des
» fonds. Mon malheureux procureur de Pontar-
» lier, que Des Birons n'a pas eu le soin de voir
» en passant, ose me demander cinquante louis,
» tandis que tout le monde le trouveroit payé à
» quinze; mes avocats me regardent assurément
» comme un ingrat. Je parois sous le jour le
» plus désagréable, puisque je ne m'acquitte
» point envers ceux qui m'ont aidé dans une af-
» faire si capitale. N'est-ce pas là vraiment me
» donner un beau relief auprès de madame de
» Mirabeau, un beau moyen de la reconquérir?
» Eh! qu'irois-je faire en Provence? Y cher-
» cher une double réputation de banqueroutier?
» M'y rassasier d'humiliations et de chagrins?
» Non, quand je pourrois m'y rendre, je ne le
» ferois pas sans avoir arrangé mes affaires ici;
» j'y attendrai mes échéances, puisque l'on ne
» veut pas y répondre pour moi, ce qui n'étoit
» qu'une avance, puisqu'en même temps j'en
» faisois les fonds par des traites qui, en fin de
» compte, seront payées, puisque les débiteurs
» acquièrent tous les jours davantage le moyen
» de le faire. On ne veut rien que me pousser

» au désespoir. Je lutterai tant que je pourrai. Je
» tâcherai de ne pas laisser à mes amis un pro-
» cès pour tout prix de leurs services : et quand
» je serai acquitté envers eux, je ne serai à char-
» ge à personne ; car je gagnerai ma vie, ou je
» saurai mourir de faim.».

LETTRE LXVI.

Au château de Mirabeau, 28 octobre 1782.

JE reçois, mon cher Vitry, votre lettre du 11 de
ce mois, adressée poste restante à Neufchâtel.
Elle me tire d'une grande inquiétude sur vous et
votre santé ; car, comme vous n'aviez pas répondu à aucune de mes dernières lettres, et que
vous ne m'aviez conséquemment pas accusé la
réception du mémoire pour M. de Vergennes,
dont j'ai été obligé d'envoyer le duplicata par
une autre voie, je ne savois plus que penser de
vous et de votre silence, et je n'osois pas vous
donner des nouvelles de mon arrivée en Provence. Mes amis neufchâtelois ont retiré votre
lettre et me l'ont fait passer. Me voilà tranquille,
sinon sur notre correspondance (car il me paroît
clair qu'elle a été visitée et interceptée), du
moins sur votre existence et votre santé.

Mon oncle a fait ce qu'il pouvoit pour me recevoir tièdement, et n'y a pas réussi. Il avoit parsemé la route de fusilliers, de harangueurs, et les feux de joie brilloient de toutes parts; tout l'appareil qu'il a pu mettre à mon arrivée, il l'y a mis, pour m'en faire honneur dans la province. Il est vrai que le plaisir des gens du pays, en me revoyant, n'étoit pas feint du tout; en effet, je ne leur ai jamais fait aucun mal; et mes pères leur font du bien depuis trois cents ans. Enfin, mon cher ami, j'espère tout de la bonté et de la sagesse de mon oncle pour ma réunion avec madame de Mirabeau, à laquelle j'ai écrit purement et simplement mon arrivée. Les mots de *justice*, *devoir*, *honneur*, ont une harmonie si imposante pour cet excellent homme, que j'attends de lui, dans la position critique où je me trouve, tout ce qui sera équitable et possible; et si ses vœux se réalisent, votre ami, sous quelques mois, ne devra pas un écu dans l'Europe; il aura recouvré toute son existence naturelle; ses détracteurs baisseront un peu l'oreille; ses amis leveront la tête, et tous nos embarras seront finis, ou prêts à l'être. Voilà sur quoi, vous, le plus fidèle ami que j'aie trouvé en ma vie, pouvez compter. Donnez-moi des nouvelles de votre digne femme, de votre jolie enfant, et croyez, mon cher Vitry, que vous mois-

17

sonnerez tôt ou tard les fruits de votre constance.

P. S. Il faut, mon ami, joindre à la précaution de votre chiffre, dont je profiterai dans l'occasion, celle d'une adresse tierce pour vous, que
vous m'écrirez en chiffres.

Pour moi, vous adresserez désormais : première enveloppe, pour M. le comte de Mirabeau ; seconde enveloppe, à M. Boyer, directeur
des biens en régie, à Aix. Si vous aviez quelque
paquet à me faire passer, vous le pourriez, sans
inconvénient, sous le pli de mon oncle, recou-
vert de l'adresse de M. de La Tour, intendant et
premier président, à Aix.

Vite, vite ; écrivez-moi.

LETTRE LXVII.

A Mirabeau, 6 novembre 1782.

Nous avons eu, mon ami, depuis ma dernière
lettre, des informations intéressantes de Marignane, et des réponses très-sèches. A la nouvelle
de mon arrivée, madame de Mirabeau a voulu
partir pour Mirabeau. Vous croyez bien que
l'alarme a été au camp. Les intéressés ont remué

ciel et terre pour empêcher un évènement qu'ils
ne peuvent pourtant que reculer, à ce que j'espère. La scène a été violente, et si violente, que
M. de Marignane a été obligé de dire à sa fille,
devant ses gens même, qu'il la renonceroit si elle
partoit. Voilà un père qui se croit d'étranges
droits ! Toujours est-il que ce premier mouvement de madame de Mirabeau est noble et sage,
et que dans la lettre très-indiscrète, pour ne rien
dire de plus, qu'elle m'a écrite, elle est plus
digne de commisération que de reproches.

Après mures délibérations, j'envoie mon domestique à Marignane, porteur de lettres très-
polies, très-mesurées, mais très-fermes et très-
irréplicables; mon oncle a écrit, de son côté, une
lettre excellente ; nous verrons ce qu'on nous répondra ; mais toujours comblerons-nous la mesure des procédés, avant la réclamation en papier
marqué, ce qui pourroit bien être la seule voie
du succès. En attendant, on arrange l'affaire du
baron de Moans, qui a eu l'infamie de demander
ses frais, et nous recevrons les ordres de mon
père relativement aux dettes.

Ce qui m'importeroit le plus, mon cher ami,
ce seroit que nous eussions très-incessamment
un sauf-conduit, parce que, tout décidé que je
suis de rester à Mirabeau, où je parois porter le
deuil de ma femme, jusqu'au moment décisif, il

est cependant plus d'une circonstance qui peut forcer mon oncle à me mener à Aix. Or, il ne faut pas courir les risques que les D. B. puissent ameuter un créancier.

Mon oncle, dont il est impossible de deviner l'âme, à moins de vivre avec lui, me comble de plus en plus de toutes sortes de bontés. Je ne trouverai point un homme, en ma vie, qui, comme celui-là, ne respire précisément que pour faire du bien. Sur ce qu'on ui a déjà mandé que je le séduirois (et il ne m'a point déguisé qu'il en avoit été prévenu), je lui ai répondu : *Mon oncle, pourvu que je vous séduise jusqu'au dernier de vos jours, je ne me reprocherai pas cette séduction.*

Voilà, mon ami tout dévoué, tout bon, où nous en sommes. Attendez jusqu'à nouveaux détails ; et puissent-ils seconder mes vœux et les vôtres » !

(L'éditeur ajoute ici les lettres mentionnées dans les deux précédentes, et qu'il a extraites du premier volume des mémoires faits en Provence.)

A madame la comtesse DE MIRABEAU.

Au château de Mirabeau, le 23 octobre 1782.

« Je vous dois, madame, de vous annoncer mon arrivée dans cette province où, sous les auspices et la conduite d'un oncle, qui est en

tout sens mon second père, j'espère conquérir
l'estime du public, et réveiller l'amitié des personnes qui m'aimoient et que j'aime. Vous êtes
assurément, comme vous devez être, au premier rang de celles-ci ; et j'ai d'autant plus de
plaisir à me revoir en Provence, que je serai
enfin à portée de savoir plus souvent des nouvelles de votre santé et de tout ce qui vous intéresse. Je vous prie avec confiance de vouloir
bien présenter à M. votre père mon hommage
respectueux, c'est le moyen que je crois le plus
sûr pour le lui rendre agréable. Assurez-le bien,
s'il vous plaît, que si je ne lui écris pas directement, c'est par une suite de ce même respect
que je lui dois à tant de titres. Recevez, madame,
avec bienveillance, l'assurance de mon très-
tendre attachement, et mes vœux sincères pour
votre bonheur ».

(Quelques jours après, c'est-à-dire le 3 novembre, le
comte de Mirabeau n'ayant point de réponse à sa lettre,
n'en voyant point arriver à M. son oncle, et justement inquiet de ce silence, se décide à envoyer un exprès à Marignane. Cet exprès étoit porteur des lettres suivantes :)

A M. le marquis DE MARIGNAGNE.

3 novembre 1782

« MONSIEUR LE MARQUIS,

» En prévenant, le 22 du mois passé, madame
de Mirabeau de mon arrivée en Provence, dont
mon oncle l'avoit avertie déjà, je l'ai priée de
vous présenter l'hommage de mon respect, et
de vous dire que c'étoit par une suite de ce même respect que je ne vous écrivois pas directement. Quinze jours se sont écoulés sans que ni
mon oncle, ni moi nous ayons reçu d'elle un
mot, pas même l'assurance qu'elle se porte bien.
Vous pardonnerez, M. le marquis, à ma juste
inquiétude, si je prends la liberté de vous la
communiquer; il est si naturel qu'un mari qui
chérit d'autant plus son épouse qu'il la connoît
davantage, et qu'il a mieux éprouvé qu'il n'est
point de bonheur sans le bonheur domestique;
il est si naturel qu'il soit effrayé d'être quinze
jours à quelques lieues d'elle sans savoir si elle
respire, que j'ai cru que vous ne trouveriez pas
mauvais que j'adressasse chez vous, soit à Aix,
soit à Marignane, un exprès chargé de me rapporter de ses nouvelles. Je comptois apprendre
par elle des vôtres : puissent-elles être aussi

bonnes que je le désire ! et vous serez long-
temps sain et heureux.

» J'ai l'honneur d'être avec un tendre et profond respect, etc. »

A madame la comtesse DE MIRABEAU.

Au château de Mirabeau, 3 novembre 1782.

« JE vous ai écrit avec empressement le 22
du mois passé, madame, et mon oncle vous avoit
écrit dès le 19 : lui, pour vous prévenir de mon
arrivée ; moi, pour vous demander de vos nouvelles, vous exprimer mes sentimens, et vous
prier de porter mon hommage aux pieds de
M. votre père. Je ne sais par quelle fatalité nous
n'avons pas même la certitude que vous ayez
reçu nos lettres ; et il ne me faut pas moins que
ce doute pour me rassurer un peu sur votre
santé, qui m'inquiète cependant assez pour
m'enhardir à en demander, même par un exprès, des nouvelles à M. votre père. Mon projet étoit de ne lui écrire directement qu'autant
que vous m'en obtiendriez la permission de lui-
même. Mais on ne doit pas être surpris si, quand
j'aurai quelque doute sur un intérêt aussi cher
que vous et votre santé, je sors des mesures
que m'impose le désir de ne déplaire à qui que

ce soit, et de ne pas faire une démarche qui ne soit de l'aveu de vous et de M. votre père.

» Je sentirois bien peu ce que vous valez, madame, si j'oubliois que vous m'êtes unie par des liens indissolubles; et j'ignore quel sentiment secret me persuade que vous ne me savez pas mauvais gré de ne pas l'oublier. J'avoue donc, et même je m'en fais gloire, que vous êtes à mes yeux la propriété la plus précieuse, et la seule qui puisse désormais embellir ma vie, empoisonnée par trop d'erreurs et de revers. Qu'on ne s'étonne donc pas que je veille de près sur ce que j'ai de plus cher, sur l'unique source de consolation et de joie personnelles que le sort et mes fautes m'aient laissée.

» Ne me laissez plus en doute sur votre santé, je vous en supplie, madame. Mon père, mon oncle vous feroient volontiers la même demande. Quand j'entends d'un côté l'expression de leur sensibilité sur vous, sur ce qui vous intéresse, sur tout ce que vous méritez, et que je me rappelle de l'autre les qualités que je vous connois, votre amour pour vos devoirs, votre aimable désir de plaire, j'ai peine à m'expliquer que toutes leurs lettres restent sans réponse, et je rêve tristement.

» Vivez heureuse, madame, et croyez que votre bonheur est l'objet de mes vœux les plus chers, puisque je ne puis plus être heureux que par vous et de votre bonheur ».

(L'exprès rapporta les réponses qui suivent, et une lettre de madame de Mirabeau à M. le Bailli, son oncle. On est prié de ne pas perdre de vue que celle de madame la comtesse à M. le Bailli, en date du 29 octobre, étoit loin encore d'être reçue.)

De M. le marquis de MARIGNANE.

« JE suis d'autant plus étonné, monsieur, de l'inquiétude que vous me témoignez pour la santé de ma fille, que j'ai vu la réponse qu'elle a faite à la lettre que M. votre oncle lui a fait l'honneur de lui écrire pour la prévenir de votre arrivée en Provence. Je la laisse s'expliquer vis-à-vis de vous. Je connois, ainsi que toute la France, les raisons qui lui donnent juste lieu de se croire fondée à être soustraite par tous les tribunaux du royaume à ce droit de propriété que vous semblez réclamer aujourd'hui, et auquel vous avez paru si solennellement et si publiquement renoncer. Je ne puis ni n'entreprendrai de dissiper ses justes craintes pour une réunion dont l'épreuve passée ne lui promet pas un grand bonheur pour l'avenir. Sur tout le reste, je fais des vœux pour votre bonheur. C'est dans ces sentimens que j'ai l'honneur d'être, monsieur, votre, etc. ».

De madame la comtesse de MIRABEAU.

« J E reçois dans le moment votre lettre, monsieur. Je suis fort surprise que celle que j'ai eu l'honneur d'écrire à mon oncle, ne lui soit pas parvenue. Je n'en conçois pas la raison, et je suis persuadée qu'elle sera enfin rendue à sa destination.

» Recevez mes remercîmens, monsieur, sur l'intérêt que vous avez la bonté de prendre à ma santé; je fais aussi des vœux pour votre bonheur; personne ne l'a plus vivement désiré que moi. Mais, monsieur, il ne m'est plus possible d'y contribuer : trop de circonstances nous séparent. Vous devez sentir vous-même que les événemens qui ont eu lieu, seront toujours une barrière insurmontable entre vous et moi. Vous jouissez, monsieur, des mêmes avantages que moi ; vous êtes dans le sein de votre famille; puissiez-vous y trouver autant de bonheur que je le désire! Le mien consiste à vivre auprès de mon père. Je me flatte que vous ne chercherez pas à le troubler en me forçant à défendre ma liberté par le secours des lois. Soyez persuadé, monsieur, que sur tout autre sujet, je ne fais des vœux que pour ce qui peut contribuer à votre satisfaction ».

De madame la comtesse DE MIRABEAU *à*
M. le BAILLI DE MIRABEAU.

A Marignane, le 4 novembre 1782.

« J'ESPÈRE, mon cher oncle, que vous ne
me faites pas le tort de croire que je ne me sois
pas empressée à répondre à la lettre que vous
m'avez fait l'honneur de m'écrire : la mienne a
peut-être pris une fausse route; mais elle vous
parviendra certainement. C'est la raison qui fait
que je ne m'étends pas davantage sur ce qu'elle
contenoit, qui n'est qu'une suite de la promesse
que vous avez eu la bonté de nous faire, et dans
laquelle nous avons la plus intime confiance.

» J'espère que votre santé est parfaitement ré-
tablie ; ménagez-la, mon cher oncle, pour le
bonheur de tout ce qui vous appartient.

» Recevez avec bonté l'assurance de mon respect et de mon tendre attachement.

» J'ai l'honneur d'être, mon très-cher oncle, etc. ».

De madame la comtesse DE MIRABEAU *à*
M. le BAILLI DE MIRABEAU.

(*Lettre retardée*), du 29 octobre 1782.

« J'AI reçu, mon très-cher oncle, la lettre
que vous m'avez fait l'honneur de m'écrire.
J'ai fait part à mon père de l'arrivée de M. de

Mirabeau ; il vous prie, ainsi que moi, de vouloir bien vous rappeler de la promesse que vous
avez bien voulu nous faire cet été. Mon père
est très-déterminé à ne jamais vivre avec M. de
Mirabeau. Cette raison seroit suffisante pour
me tenir aussi éloignée de lui, étant dans la
ferme résolution de ne jamais me séparer de
mon père. Je suis sûre, mon très-cher oncle,
que vous m'approuverez au moins sur ce point.
D'ailleurs, les événemens qui ont eu lieu depuis que M. de Mirabeau et moi vivons éloignés l'un de l'autre, seront toujours un obstacle insurmontable à tout projet de réunion.
Vous savez, mon cher oncle, que j'ai toujours
désiré le bonheur de M. de Mirabeau. Je puis,
peut-être, me flatter d'avoir contribué à sa liberté. Il en jouit. *Il seroit bien extraordinaire
qu'il en fît usage pour attenter à la mienne.*
Dans ce cas, mon cher oncle, j'ose me flatter
que vous ne trouverez pas mauvais que mon
père et moi la défendions par les voies que
nous offre la justice de ma cause. M. de Mirabeau est heureux dans sa famille, comme moi
dans la mienne, puisqu'il est auprès de vous.
Mes vœux pour son bonheur sont remplis ;
je pense que mes devoirs envers lui le sont
aussi.

» Je suis bien fâchée, mon cher oncle, que la

suete ne vous ait pas épargné. Je ne saurois trop vous prier de ménager une santé aussi chère à tous ceux qui ont le bonheur de vous connoître, et surtout de vous appartenir.

» J'ose espérer, mon cher oncle, que les circonstances présentes ne me priveront pas de l'amitié que vous avez eu la bonté de m'accorder. Daignez être persuadé que jamais rien dans le monde ne pourra diminuer le respect et le tendre attachement que vos vertus et vos bontés pour moi m'ont inspirés, et avec lesquels j'ai l'honneur d'être ».

Du comte DE MIRABEAU *à M. le marquis*
DE MARIGNANE.

De Mirabeau, 6 novembre 1782.

« M. LE MARQUIS, je n'ai nulle envie de vous engager dans un polémique très-désagréable qui vous ennuieroit. Mon premier intérêt est de ne plus vous déplaire ; et en cela mon désir est parfaitement d'accord avec mon intérêt.

» Mais, M. le marquis, vous êtes homme sage autant que je le fus peu ; et moi je suis homme d'honneur autant que vous l'êtes : ainsi nous sentons également tous deux que la circonstance actuelle, c'est-à-dire, mon arrivée en Provence, et ce qui vous a *semblé une réclamation* de mes droits de mari, est souverainement importante pour la maison dont vous êtes le chef, pour celle dont je dois l'être un jour, pour le bonheur de madame votre fille, pour le mien, pour la réputation et la tranquillité de nous tous. Vous me pardonnerez donc de m'expliquer encore une fois avec vous, et de soumettre à votre excellente judiciaire et à votre équité, de courtes observations que vous peserez d'autant plus scrupuleusement, que c'est dans le procès dont on a engagé madame votre fille à me menacer, que je vous prends pour arbitre.

» Votre lettre, M. le marquis, contient deux objections. Vous motivez d'abord le refus de madame votre fille de se réunir à celui que Dieu et les hommes lui ont indissolublement uni, sur la *renonciation si solennelle et si publique* que j'en ai faite, et qui est connue de toute la France, ainsi que de vous.

» Ceci porte et ne peut porter que sur le procès criminel, vraiment insensé et ridicule, s'il n'eût été atroce, que l'on m'avoit fait à Pontarlier, sur un prétendu enlèvement de femme. Mais ignoreriez-vous, M. le marquis, que ce procès est fini, parfaitement fini ; que j'ai été complètement absous ? Que dis-je, absous ! mes parties ont imploré un accommodement ; j'ai dicté la loi ; et les

mêmes juges qui m'avoient condamné à perdre
la tête, ont homologué notre transaction à la re-
quisition de l'homme public, sous la dictée de
M. le procureur général et de M. le premier président du parlement de Besançon.

» Désirez-vous, M. le marquis, que je vous
fasse passer une expédition en règle de cette transaction, de ce jugement? C'est par considération
pour madame votre fille, et par respect pour
vous, que je ne vous l'ai pas envoyée. J'ai cru
qu'il ne convenoit pas de vous rappeler ces tristes souvenirs. Mais vous avez droit à connoître
ma justification : daignez la demander. Exigez-
vous davantage? Demain tous les papiers publics
de l'Europe seront remplis de ce jugement, et
attesteront que je suis loin d'avoir renoncé à la
femme, dont j'ai dit dans ce procès même, que
*le ciel m'avoit donné cette aimable épouse,
indulgente, et tendre autant que chérie, dans
un temps où j'en étois peu digne, sans doute
pour m'encourager à réparer les trop longues
erreurs de ma jeunesse, en me laissant toujours la perspective du bonheur.*

» Je crois, M. le marquis, votre première
objection bien incontestablement levée : passons
à la seconde.

» Elle porte sur les *justes craintes de madame de Mirabeau, pour une réunion dont l'é-*

preuve passée ne lui promet pas un grand
bonheur pour l'avenir.

» D'abord, M. le marquis, vous me permettrez de douter beaucoup des justes craintes de
madame de Mirabeau. Mon cœur y est trop intéressé, pour y croire légèrement; et je connois
trop ma femme, sa douceur qui la rend aimable
aux yeux de tous; sa sensibilité qui lui feroit
pardonner à un mari même très-coupable, s'il
étoit sincèrement repentant, quand il n'auroit
pas été très-puni; son attachement aux devoirs
du mariage, avec lesquels une honnête femme
ne compose jamais; je connois trop enfin son
cœur et sa raison, pour lui attribuer la lettre que
je reçois d'elle, et dans laquelle, outre l'annonce
la plus franche d'un divorce non motivé, on me
menace des lois, qui cependant n'ont jamais,
que je sache, refusé une femme à un mari qui
la redemande avec toute sorte d'instances et de
tendresse.

» Mais, en supposant même ces craintes, que
la présence de mon oncle, chez qui je suis, devroit apparemment atténuer, j'ose vous demander, 1.° quel en est l'objet. Il est très-vrai que
j'ai été fort dérangé, et que ce dérangement a
attiré beaucoup de désagrémens à moi, et quelques-uns à ma femme. Mais ce dérangement
n'est plus, et tout ce qui reste de l'ancien va dis-

paroître. D'ailleurs, quel jeune homme n'a pas
contracté de dettes ? Quelle femme s'est jamais
crue autorisée au divorce, parce que son mari a
des créanciers ? Vous observerez que le revenu
personnel de madame de Mirabeau n'a pas sup-
porté la plus légère atteinte; qu'il a même qua-
druplé depuis que les circonstances nous ont
éloignés l'un de l'autre.

» 2.º J'oserai vous demander encore, si la
théorie des devoirs du mariage se réduiroit donc
à ceci, qu'il est annulé de droit, sitôt qu'on n'y
trouve pas en perspective un *grand bonheur ?*
Eh ! M. le marquis, vous le savez mieux que moi;
en fait de bonheur, il n'y a de vrai que ce qu'on
croit. Madame de Mirabeau ne croit point ; on
lui fait croire. Il est aisé de me trouver des torts;
il est plus aisé encore de les exagérer : mais j'espère qu'il sera difficile de donner sérieusement
à madame votre fille une idée si légère du mariage et de ses devoirs, que la perspective d'un
bonheur plus ou moins grand en doive être à ses
yeux le sceau ou la dissolution. Je sais du moins
qu'il n'est pas possible de faire condamner aux
honnêtes gens ma résolution de réclamer ma
femme, avec respect pour vous et tendresse pour
elle ; mais avec une fermeté proportionnée à l'estime que j'en fais et à l'honneur que je mets à
votre alliance.

18

» Voilà, M. le marquis, ce que j'ai cru devoir représenter à l'homme dont j'ai l'honneur d'être le beau-fils, de son choix ; à qui j'ai connu un esprit très-juste, des principes très-nobles, beaucoup de générosité, et toute sorte de vertus privées.

» Vous ajouterai-je que le ton de la menace, si peu convenable d'une femme à son mari, ne peut que redoubler la fermeté de mes résolutions (que je suis bien loin de désavouer, puisqu'elles ne me portent qu'à refuser de renoncer au titre de votre fils), en intéressant mon honneur à la poursuite de mes droits ? Ah ! M. le marquis, des menaces que la décence réprouve et dont le bon sens sourit, ne doivent pas être les armes de madame votre fille ; elle en a de bien plus puissantes : ses qualités aimables, ses titres à l'estime publique et à la mienne, ses droits d'épouse et de mère. Qu'elle me rende avec sa personne son cœur et sa raison, votre bienveillance et vos bontés ; et je vous jure que je croirai moins avoir recouvré mes droits sur elle, qu'en avoir reçu un bienfait.

» J'ai l'honneur d'être, avec un tendre respect, etc. »

Du comte DE MIRABEAU *à madame la comtesse* DE MIRABEAU.

Au château de Mirabeau, le 6 novembre 1782.

« JE vous envoie, madame, la copie de la lettre que j'écris à M. votre père, où vous verrez que je me reprocherois de vous attribuer celle que vous m'avez adressée le 4 octobre.

» Non, madame, je ne croirai jamais qu'il ne vous *soit plus possible* de remplir vos devoirs; et vous n'êtes pas capable de vous dissimuler ceux que votre titre d'épouse vous impose.

» Je ne croirai pas que vous ayez eu l'idée d'attester pour *barrière insurmontable* entre votre mari et vous, *des événemens* chimériques dont j'ai démontré la fausseté, comme un jugement authentique l'a déclaré.

» Je ne croirai pas surtout que vous ayez pu, ni me soupçonner de pouvoir attenter à *votre liberté*, que ma famille entière, aussi bien que la vôtre, défendroit si j'étois capable de l'attaquer; ni que vous ayez menacé de vous-même votre mari d'invoquer contre lui le *secours des lois.*

» C'est sous leur garantie, madame, que je suis votre époux; et ce nom m'est bien cher. Je suis résolu d'en réclamer les droits et de les défendre, si, ce qu'il m'est encore impossible de croire, quelqu'un prétendoit me les disputer, parce que j'y vois votre bonheur ainsi que le mien. Huit années ont mûri ma jeunesse, depuis que nous vivons loin l'un de l'autre. Je croirai difficilement que ces huit années, dévouées au malheur, titre très-sacré sur les bons cœurs, m'aient chassé du vôtre. Interrogez-le, madame, consultez vos vrais amis, ceux de votre maison, ceux de votre personne, ceux qui n'ont point d'intérêt à nous désunir, à nous brouiller, à nous animer l'un contre l'autre : je doute qu'ils contrarient mes vœux.

» Mais, ce dont je ne doute pas, c'est qu'en descendant en vous-même, c'est qu'en écoutant le cri de votre conscience, de votre équité, de votre générosité naturelle, vous n'ayez horreur de plaider que l'homme que vous avez choisi, avec qui vous avez vécu deux années, à qui vous avez écrit quelques lettres très-dignes de vous, et qui ne vous a pas revu depuis que ces lettres, témoins de votre tendresse, ont été écrites; que cet homme, le père d'un fils que vous avez pleuré dix-huit mois avec des larmes dont votre époux peut seul tarir la source, en vous donnant d'autres gages de son amour; que cet homme n'est plus, ne doit plus être votre époux.

» Eh ! pourquoi, madame ? Parce qu'il a des

dettes, qu'il n'auroit plus si leur arrangement n'étoit pas astreint à de lentes formalités ? Parce qu'il a été très-malheureux, très-calomnié ; et qu'il plaît à je ne sais quels conseils, de regarder comme un outrage personnel à vous, une accusation qu'un jugement authentique a repoussée ? Ah ! madame, je vous connois bien ; votre cœur s'indigne de ces sophismes barbares, et désavoue votre plume. Vous n'ignorez pas que l'époux que vous avez choisi, n'est ni sans générosité, ni sans noblesse, ni sans entrailles. Vous-même avez dit mille fois que sa fougue naturelle, amortie par l'âge, feroit place à des qualités estimables qu'elle obscurcissoit. Vous en parliez avec plus d'éloges, madame, qu'il ne me convient d'en répéter ici.... Mais je ne dois pas les oublier ; ils me sont un gage précieux de votre affection, de votre estime ; et daignez vous souvenir, à votre tour, que si la menace même sérieuse et non dérisoire, comme est celle qu'on vous a conseillée, n'obtint jamais rien de moi, votre tendresse, votre raison, votre douceur en furent rarement refusées, et surtout ne le seront jamais ».

De M. le BAILLI DE MIRABEAU à madame la comtesse DE MIRABEAU.

Mirabeau, le 6 novembre 1782.

« QUOIQUE vous refusiez, madame ma chère nièce, de réaliser le titre d'oncle, puisque vous voulez bien me le donner encore, j'aurai l'honneur de vous dire mon avis en oncle qui vous chérit à l'égal des nièces de mon sang ».

» Vous me rappelez la parole que je vous donnai, ainsi qu'à M. votre père, que mon neveu ne se présenteroit à lui, chez lui, que de son aveu. Votre mari, car enfin vous ne pouvez lui refuser ce titre, acquittera ma parole. Mais vous êtes sa femme, et nulle autorité sous le ciel ne sauroit dissoudre le lien qui l'attache à vous et vous à lui. Le souverain lui-même ne le pourroit que par un acte de tyrannie inouï.

» Vous le menacez d'avoir recours aux lois contre lui. Je suis également témoin de sa douleur et de la justice qu'il rend à votre cœur, que le sien lui assure n'être pas d'accord avec votre plume.

» On vous trompe, madame ma chère nièce, si l'on vous persuade que les lois peuvent vous séparer de lui. Il faut pour cela des sévices bien caractérisés, réitérés, qui n'aient été suivis d'au-

cune marque de retour vers des sentimens d'a-
mitié.

» Vous ne l'avez pas vu depuis le mois de septembre 1774; et depuis ce temps vous lui avez
écrit plusieurs lettres bien dignes de vous, et
pleines de marques de votre tendresse. Qu'op-
posera-t-on aux droits sacrés du mariage? Sera-ce un adultère, peut-être nul dans le fait, devenu nul dans le droit, et reconnu pour tel par les
personnes intéressées à le soutenir; quoique, bien
loin d'amadouer ses adversaires, votre mari leur
ait dicté la loi? L'on a envenimé auprès de vous
les termes de deux mémoires. Le premier n'est
pas de lui; il en offre les preuves, mais seulement
par tendresse pour vous; car ces termes mêmes,
fussent-ils avoués de lui, ne signifieroient rien ».

» Quant à ceux du deuxième mémoire, l'inter-
prétation qu'on leur a donnée, est si forcée, qu'elle
en est ridicule. D'ailleurs, plusieurs phrases de
ce mémoire marquent, de sa part, une tendresse
qui dément l'idée qu'on a cherché à vous en donner; et celle même qu'on vous a empoisonnée,
la voici; jugez-en. *Le voilà ce procès qui m'a
ôté cinq années entières mon existence civile,
qui m'a séparé d'une épouse indulgente et tendre autant que chérie, qui m'a privé des derniers embrassemens de mon fils, dont je n'ai
pas pressé les lèvres agonisantes, et qui peut-*

être respireroit encore si je l'eusse gardé » !

» Réfléchissez-y bien, madame et chère nièce.
Il s'agit du bonheur de toute votre vie. Renon-
cez-vous au plaisir d'être mère, de relever deux
races qui ont toujours bien servi l'état ? Ce que
j'ai vu de votre douleur sur la perte de votre fils,
m'assure que non.

. » Je vous le répète ; nulle autorité sous le ciel
ne peut empêcher un mari de redemander sa
femme. M. votre père ne sauroit désapprouver le
sentiment le plus naturel. Votre mari aura pour
lui la loi, l'honneur et le suffrage de tout ce qui
sait penser.

» Il connoît votre cœur ; il ose, ainsi que moi,
se flatter que sa chère et très-chère Émilie, n'est
pas capable de faire retentir inutilement les tribunaux des erreurs de sa jeunesse ».

LETTRE LXVIII.

A Mirabeau, 12 novembre 1782.

MON ami, courez avec l'activité brûlante de
votre amitié et de votre âme. Il a paru en Suisse
deux livres : l'un intitulé l'*Espion dévalisé*, mauvaise et méchante rapsodie qu'on ose m'attribuer, et dont le garde des sceaux a lu un passage

offensant pour lui à mon beau-frère, comme en reproche de ma hardiesse et de mon ingratitude. Courez à votre ami de la chancellerie; dites-lui qu'à tout prix il détrompe son patron. Demandez-lui s'il est nécessaire que je lui en écrive, et sachez si cette infernale calomnie ne m'expose pas à quelques risques.

L'autre ouvrage a pour titre : *Des Lettres de Cachet et des Prisons d'Etat.* Celui-là est d'un tout autre genre et fait, dit-on, la plus énorme sensation. On ajoute que mon nom est dans toutes les bouches; je voudrois savoir s'il n'y a rien là d'exagéré, et quel risque aussi cela peut me faire courir. Au moins les charges, à cet égard, ne sont-elles pas sans bénéfice; car il est difficile qu'un tel ouvrage ne fasse pas quelque réputation, réputation dangereuse toutefois et chèrement achetée.

Le conseil d'état de Neufchâtel en a ordonné un examen, sur le réquisitoire du censeur, qui prétend que la religion y est attaquée, et qu'il contient des principes qui, en combattant le gouvernement absolu de France, peuvent l'irriter. Il faut que ce censeur ne soit pas fort de logique; car je connois cet ouvrage, et il me semble, 1.° que, si j'étois ministre de France, je serois plus piqué de cette observation du censeur que de l'ouvrage même; et 2.° qu'il est plaisant qu'un magistrat protestant trouve qu'on a attaqué la religion dans un livre, parce qu'on y a mordu le sacerdoce catholique.

Quoi qu'il en soit, informez-vous, mon ami. Je vous ai mandé, je crois, le 28 octobre, que je ne vous donnerois pas de nouvelles que vous ne m'eussiez fait passer une adresse tierce, et je ne vous ai récrit, le 6 novembre, que parce que mon cœur débordoit et qu'il avoit besoin de s'épancher dans le vôtre. Aujourd'hui l'objet qui me met la plume à la main est trop capital pour que j'attende l'arrivée de l'adresse, et je me voue à votre amitié. Adieu, mon cher Pilade.

LETTRE LXIX.

A Mirabeau, 14 novembre 1782.

Par suite de ce que je vous ai mandé le dernier courrier, mon cher Vitry, consultez votre ami, et demandez-lui s'il ne seroit pas bon que je lui écrivisse une lettre ostensible, par laquelle je lui dirois que j'ai trop éprouvé que mes ennemis ne veulent que me nuire par toutes voies; que me trouvant très-probablement engagé ici dans des queues de procès, il m'importe fort que leurs calomnies ne prennent pas faveur à la chan-

cellerie ; que d'ailleurs mon cœur m'impose le
devoir de les détruire , vu la reconnoissance que
je dois à M. le garde des sceaux et le prix que
j'attache à son estime ; que je le supplie donc ,
lui , votre ami , d'avoir l'œil et l'oreille au guet
sur les imputations dont on pourroit me charger ;
lesquelles assurément ne seroient que calomnieuses , en tant qu'elles contrarieroient le respect et l'attachement que j'ai voués au chef de
la magistrature , etc., etc. , etc.

En attendant que je reçoive l'adresse tierce ,
vous saurez , mon ami , que je remporte une victoire qui ne vous donnera pas moins de satisfaction qu'à moi-même : l'on a bien crié contre mes
mémoires et leur imprudence ; et l'on m'anathé-
matisoit à Paris. Eh bien ! mon oncle et ses avocats , et nos conseils , me pressent de les répandre ici , et tâchent de les faire venir de Paris et
de Neufchâtel. On tenoit secrète en Provence
l'issue de mon grand procès ; et, quand enfin on
a été obligé de convenir qu'il étoit irrévocable-
ment et plus qu'honorablement terminé, on a
dit , et l'on dit encore que tout le monde sait
ce que c'est qu'une transaction , et que l'on transige sur tout avec de l'argent. Il se trouve donc
que c'est moi qui ai eu la vue la plus longue, et
que j'entendois bien mes véritables intérêts ,
quand je disois à Pontarlier : « Plus je me dé-

» fendrai avec énergie et même avec audace, et
» plus je m'aplanirai les voies en Provence » ;
et en effet, qu'on dise maintenant ici, si on l'ose,
que je n'avois pas trois fois raison, moi qui ai
dicté la loi, après avoir criblé, et mes parties,
et les juges.

Il m'importe beaucoup, mon cher ami, que
vous me ramassiez tout le peu d'exemplaires que
vous pourrez avoir des premier, second et troisième mémoires. Adressez-les, sous le contre-
seing de votre ministre, à M. Boyer et à M. de
La Tour, et faites-en plusieurs paquets : le tout
pour être remis à mon oncle.

Adieu, mon cher ami. Donnez-moi donc
bien vite de vos nouvelles.

LETTRE LXX.

A Mirabeau, 18 novembre 1782.

EN résultat, mon ami, je vous dirai que les
deux dernières réponses reçues de Marignane
ont été encore plus négatives et plus déraisonnables que les deux premières. Nous n'en savons pas moins que madame de Mirabeau pleure,
gémit, se désole; et il me revient de partout
que, si elle étoit libre, elle ne balanceroit pas

un moment à venir ici. Ils ont envoyé chercher
M. Gassier, avocat et ami de mon oncle, et le
leur. Il les a trouvés dans une fermentation
inouie. Toutes les difficultés que nous rencon-
trons, viennent d'une douzaine de lettres de mon
père, dans lesquelles il est assurément fort éloigné de me peindre en beau; et en outre de deux
où il donne sa parole d'honneur *qu'il ne souffrira jamais que je réclame madame de Mirabeau;* de sorte que M. de Marignane vouloit
envoyer ces lettres aux maréchaux de France,
en les priant et sommant, autant que besoin seroit, de faire tenir sa parole à mon père. M. Gassier a appaisé tous ces mouvemens, et ils ont
fini par dire qu'ils m'attendroient et se tien-
droient sur la défensive, sans penser que leur
refus les met malgré eux sur l'offensive. Tous
les avocats sont d'avis qu'il n'y a pas le plus léger
prétexte à procès; mais comme on l'entameroit
pourtant, attendu que les collatéraux de madame de Mirabeau s'embarrassent assez peu qu'elle
gagne ou perde son procès, pourvu qu'on établisse
un bon mur de séparation entre nous, en la faisant
m'insulter, nos amis pensent avec raison qu'il faut
combler la mesure des procédés, et tenter toutes voies possibles de négociation, avant que d'en
venir au papier marqué, qui peut devenir un
éclat très-fâcheux. Vous voilà, mon bon ami,

au courant de cette affaire qui vous tient tant à cœur; je n'ai que le temps bien juste de vous y mettre, et de vous assurer que je vous y mettrai par suite le plus exactement qu'il me sera possible. *Vale et me semper ama.*

(L'éditeur continue d'insérer les lettres relatées ci-dessus, aussi extraites du premier volume des mémoires de Provence.)

Lettre de la comtesse DE MIRABEAU *au* BAILLI DE MIRABEAU.

De Marignane, 10 novembre 1782.

« LA lettre que vous m'avez fait l'honneur de m'écrire, mon très-cher oncle, est faite pour me causer de l'étonnement : aussi a-t-elle produit sur moi cet effet. J'avois lieu de me flatter, d'après l'estime et l'amitié que vous avez eu la bonté de me témoigner, que vous accorderiez plus de poids aux raisons qui me séparent de M. de Mirabeau.

» Permettez, mon cher oncle, que je conserve l'espérance qu'au fond de votre cœur vous me rendez plus de justice. Mon malheur seroit trop grand, si, en perdant mon repos pour défendre une cause si juste, je perdois encore les sentimens que j'avois été assez heureuse de vous inspirer. J'oserai même vous dire que votre façon

de penser jusqu'à présent me donnoit lieu de croire que vous ne désapprouveriez pas la mienne.
Les lettres de mon beau-père me donnoient la
même espérance à son égard.

» J'étois loin de penser, mon très-cher oncle,
quand j'ai travaillé à faire rendre à M. de Mirabeau sa liberté, qu'il n'en feroit usage que pour
tâcher de me priver de la mienne. Quoi qu'il en
soit, je suis très-déterminée à la défendre avec le
secours et l'approbation de mon père. Il m'est
impossible de penser que je me conduis mal,
quand j'agis d'après son aveu. La justice de ma
cause me rassure contre tous les événemens : il
n'en est aucun qui pût faire changer ma résolution.

· » Daignez recevoir l'assurance du respect et
de l'attachement avec lesquels j'ai l'honneur
d'être, etc. »

(La réponse de madame de Mirabeau à son mari, portoit, à la même date du 10 novembre 1782 :)

« J'ai peine à concevoir, monsieur, les raisons qui vous empêchent de croire que la lettre
que vous avez reçue de moi, contient mes véritables sentimens. Je crois ne vous les avoir pas
laissé ignorer les dernières fois que j'ai été dans le
cas de vous écrire; et ma résolution n'a pas paru
alors vous surprendre. Je ne prétends vous faire

aucune menace. Je me crois en droit de ne plus
vivre avec vous, monsieur, et je vous ai instruit
de l'intention dans laquelle je suis de m'appuyer
du secours des lois pour maintenir ma liberté.
J'ai l'aveu de mon père, monsieur ; il ne m'a-
bandonnera pas dans cette circonstance; et rien
dans le monde ne m'arrachera jamais d'auprès de
lui ».

(Et la réponse de M. le marquis de Marignane, à la même date du 6 novembre 1782, étoit conçue en ces termes :)

« I L n'y a point de menace, monsieur, dans
la déclaration que vous a faite ma fille de recourir
aux moyens de défense que votre conduite lui a
donnés, pour se soustraire à une réunion qui ne
peut qu'opérer votre malheur commun : le sien,
en redevenant votre victime; le vôtre, en vous
donnant occassion d'avoir de nouveaux torts, dont
la récidive dans un âge plus mûr achèveroit de
vous perdre. L'impétuosité de vos démarches, la
même fougue et le même ton tranchant et affir-
matif dans votre style épistolaire, suffiroient pour
me tenir en méfiance sur la réalité de votre chan-
gement, si tout ne me prescrivoit d'ailleurs la
plus grande circonspection sur cela. C'est donc
avec mon aveu que ma fille va soutenir le procès
dont vous la menacez. Je n'épargnerai ni ma per-

sonne, ni ma fortune pour le soutien d'une cause que je crois juste.

» J'ai l'honneur d'être, etc. »

LETTRE LXXI.

A Mirabeau, 25 novembre 1782.

JE vous ait dit, mon cher Vitry, dans ma précédente lettre, que M. Gassier avoit été mandé
par M. de Marignane; mais je ne vous avoit pas
dit qu'après de pompeuses descriptions de mes
scélératesses, M. de Marignane avoit chargé ce
M. Gassier de me bien assurer que *jamais* ma
réunion avec madame de Mirabeau ne se feroit.
Celui-ci est venu, en conséquence, pour obtenir de nous un petit délai de dix-huit mois, et
essayer de nous convaincre que nous avions tort.
Il est resté abasourdi à la vue des lettres de madame de Mirabeau (*), et surtout, en m'enten-

_____

(*) Ces lettres, que Mirabeau rappelera souvent dans sa
plaidoierie, du 20 mars, à la sénéchaussée d'Aix, ont été,
par cela même, supprimées de notre recueil. Mais comme,
avant de passer à cette plaidoierie, le lecteur pourroit désirer qu'on lui donnât du moins une idée de leur contenu,
nous transcrirons ici ce qu'en a dit Mirabeau lui-même,

19

dant faire, avec toute l'honnêteté requise, mais avec assez d'énergie, le bilan de mon épouse, qui a paru devoir être aux yeux du public beaucoup plus chargé que le mien, relativement à nos biens respectifs de mari et de femme. Au reste,

---

pages 1 et 2 du premier volume de ses mémoires, imprimé en mars 1783:

« Le 23 octobre 1774, madame la comtesse de Mira-
» beau partit pour Paris, à la prière de son mari, afin d'y
» prévenir son beau-père (le marquis de Mirabeau) et sa
» famille, sur les suites d'une affaire bizarre et malheureuse,
» tout à fait étrangère à madame de Mirabeau, dans la-
» quelle son mari se trouva engagé par un sentiment hon-
» nête et une démarche imprudente. Depuis cette époque
» madame de Mirabeau ne l'a jamais revu (le fait est in-
» contestable et de notoriété publique). Or, voici de nom-
» breux fragmens des lettres qu'elle lui écrivoit, et de sa
» route, et de la maison de son beau-père, où, pendant
» dix-huit mois, elle a reçu les marques d'amitié les plus
» soutenues, où toujours *elle témoigna pour son mari une*
» *vive tendresse* ».

L'on ne terminera pas la lecture de notre extrait du mémoire au grand conseil, sans être forcé de sentir qu'au moment où Mirabeau déguisoit au public, sous la forme d'un exposé si simple, jusqu'au moindre des torts de son épouse, il étoit depuis 1774, et comme depuis il n'a pas cessé de l'être jusqu'au jour où on l'a forcé de sortir de ses mesures de conciliation, le plus calomnié, le plus indigne-ment outragé, le plus généreux des époux, et le plus modé-ré des hommes.   (*Note de l'édit.*)

j'ai été si calme, que mon oncle lui a dit plusieurs fois : *Vous voyez que je suis plus mauvaise tête que mon neveu;* mais si ferme que Gassier s'en retourne à Marignane très-convaincu qu'ils n'ont rien à y gagner. En somme, nous avons promis de rester en repos jusqu'au 1.er de janvier, et le 2, l'huissier marchera. Nous persévérons à croire, mes conseils, mon oncle et moi, qu'il sera indispensable de le faire marcher, mais qu'on ne s'exposera point à la plaidoierie. Il est difficile assurément qu'une femme qui, depuis huit ans, ne vit que pour le stérile plaisir d'être, par sa belle voix, la virtuose d'une troupe de comédie; il est bien difficile qu'une telle femme me tienne vivement au cœur, surtout quand elle est assez foible pour suivre, contre moi, d'une manière même outrageante, la direction des collatéraux qu'elle abhorre; mais, d'un autre côté, les traditions qui me sont revenues de toutes parts, que son premier mouvement avoit été de voler vers moi, qu'elle ne cessoit de pleurer et de gémir, que son opinion et sa volonté étoient absolument captives; ces traditions jointes à l'indignation de l'obsession cupide où on la retient, des propos que ses parens ont débités sur mon compte, des calomnies qu'ils ont presque accréditées, et qui ont persuadé un instant qu'elle avoit de terribles armes contre

moi; à l'aspect du château habité pendant quatre
siècles par mes pères; de ces magnifiques terres
qui tombent en ruine, par le défaut de présence
du maître; de ce digne homme enfin (*) qui se
sacrifie depuis vingt ans pour sa famille, et qui
se trouveroit avoir dévoué sa fortune et sa tranquillité à une maison anéantie, dont je passerois
pour le destructeur; tout cela m'a inspiré un
vif désir de ramasser mon nom et l'héritage de
mes pères, dans une province où la constitu-
tion appelant à l'administration intérieure les gens
de ma sorte, je puis être à d'autres hommes de
quelqu'utilité.

Pensez-vous que ma réunion avec madame de
Mirabeau n'affermiroit pas l'exécution d'un tel
plan ? Patience donc.

Adieu, mon ami; vous voyez si je vous laisse
chômer de nouvelles. Mais aussi à qui pourrois-je en donner avec plus d'empressement ? A
qui pourrois-je mieux m'ouvrir, et qui aimerai-je
jamais autant que vous?

(*) Le Bailli de Mirabeau.

LETTRE LXXII.

A Mirabeau, 5 décembre 1782.

J'ATTENDS avec une grande impatience, mon cher ami, votre réponse cathégorique, et que peut-être il ne sera pas mal de chiffrer à mes lettres des 12 et 14 novembre, dans lesquelles je me reposois sur votre amitié des commissions délicates et importantes, dont vous vous serez acquitté avec votre zèle et votre intelligence ordinaires. On prétend que l'orage a grossi depuis. Pour moi, je n'en crois rien. Cet *on dit* de mes amis est fondé sur la punition des libraires neufchâtelois; mais cette punition ne porte que sur la désobéissance de ces barbouillons qui ont expédié sans aviser leur gouvernement, comme ils en avoient eu l'ordre, et point du tout sur la nature des ouvrages qu'on prétend m'attribuer, sans penser que l'auteur de l'un n'est assurément pas celui de l'autre; et que très-certainement encore nul être au monde ne peut avoir de preuve qu'aucun des deux soit de moi. Eh! quel est l'homme à qui on connoît quelque verve et quelque talent, qui ne se soit pas entendu attribuer des écrits auxquels il n'a jamais pensé! Quoi qu'il

en soit, si j'étois à Paris, ces charités auroient
pu m'attirer quelques désagrémens sans doute;
mais nos ministres n'y regardent pas de si loin,
et savent bien que je ne suis pas venu en Provence tout exprès pour écrire contre eux, et
que j'y ai quelque chose de plus utile et de
moins périlleux à faire.

On y sème, plus que jamais, et autant que
l'on peut, les chemins de chausse-trapes. On pousse par toutes voies madame de Mirabeau à plaider. Plus ce procès est absurde, et plus on s'a-
charne, parce qu'on espère que du moins on
pourra me dire, en son nom, assez d'injures
pour m'en dégoûter. Ces gens-là ne savent pas
que je ne me fâche que quand je veux, et que je
n'ai qu'un amour-propre, celui de réussir. Puissent bientôt mes succès épanouir l'âme, et amé-
liorer le sort de mon fidèle Achate!

Pour mes dettes, les fers sont au feu; et ma
liquidation absolue n'est plus que l'affaire de
quelques mois, nécessairement consumés par
les formes. Patience donc, au nom de l'amitié!
Patience, et elle sera couronnée. Ne perdez pas,
au bout de la carrière, le fruit de votre constance, qui vous attend, et ne vous échappera pas.
Au reste, ce n'est pas vous qu'il faut encourager; car vous êtes tout âme et tout feu; c'est
votre excellente petite femme qui, d'un sexe

plus doux et plus timide, doit être plus fatiguée des épines du moment. Qu'elle daigne prendre quelque confiance en moi; et ma vie sera bientôt moissonnée, ou son attente ne sera point trompée. Adieu, mon bon et cher ami.

LETTRE LXXIII.

A Mirabeau, 18 décembre 1782.

JE n'ai rien reçu de vous, mon ami, depuis votre lettre du 25 novembre, à laquelle j'ai répondu directement. Un tel silence de votre part me met en garde. Cependant je suivrai votre avis relatif au garde des sceaux, et, quoiqu'en doute sur la sûreté de notre correspondance, je vais vous écrire pour vous tirer de l'inquiétude où vous devez être depuis les premiers jours de décembre, et vous donner en deux mots un peu généraux, mais exacts, mon état de situation et la marche de mes affaires, qui dévient plus que jamais de la route qu'elles m'avoient paru prendre.

Vous sentez que je n'avois pas encore une fois repassé la Durance, au-delà de laquelle tant de tristes souvenirs et d'épines m'attendoient, sans être bien décidé à recouvrer de mon existence naturelle, du moins ce que j'en puis ressaisir.

Certainement le viol légal me fait presqu'autant
d'horreur que le viol illégal. Je dois sentir, puisque je l'ai tant et si fortement dit, que la liberté
humaine est inaliénable, et qu'il reste une propriété personnelle, même aux individus mariés;
mais le cas devenoit différent pour moi; j'étois
inculpé; je devois me justifier.

Je suis arrivé, et j'ai trouvé, comme je m'y
attendois et vous l'ai déjà écrit, les intéressés à
empêcher ma réunion avec madame de Mirabeau, décidés à porter cette affaire si simple jusqu'aux plus furieuses extrémités; j'ai trouvé madame de Mirabeau esclave de la plus infatigable
obsession. Vous avez dû remarquer qu'on avoit,
mais très-vainement, essayé de me tirer de mes
mesures de modération et de paix; qu'on n'avoit
répondu aux lettres les plus affectueuses, que
par les duretés les plus répulsives et presque par
des outrages. On m'a refusé madame de Mirabeau avant que je la demandasse; on a consulté
des avocats et ameuté les esprits, avant que, ni
moi, ni mon oncle, nous eussions franchi le seuil
de Mirabeau. Il ne tenoit qu'à nous de regarder
la guerre comme bien et dûment déclarée; mais
nous ne sommes pas si bêtes; et nous ne nous
fâchons et ne nous fâcherons que quand nous
voulons et voudrons. Nous avons donc laissé
bouillonner toute cette fermentation, et nous

avons eu le plaisir d'apprendre que les plus sages de leurs conseils, c'est-à-dire, une partie de
ceux qui jouissent à Aix d'une réputation mé-
ritée, leur avoient donné tort dans le fait, et
qu'ils n'avoient pu trouver un moyen de séparation. Alors on nous a proposé d'*arbitrer*. J'ai
répondu modestement que je n'arbitrois pas
mon chapeau; que d'ailleurs le refus judiciaire
de madame de Mirabeau deviendroit une incul-
pation si grave, qu'il faudroit bien que je m'en
lavasse publiquement et légalement, si j'étois
assez malheureux pour l'éprouver.

Je viens, depuis la proposition d'arbitrage,
d'être prévenu tout récemment que l'avocat Pa-
zery *est engagé à M. de Marignane* (ce sont ses
propres expressions), et qu'il doit se tenir chez
lui, un de ces jours, une assemblée de ses collè-
gues, dont le nombre ne sera pas moins de
vingt, dit-on. Au fond, cela m'est fort égal;
outre que, quand un bon joueur au trictrac,
désire que son adversaire soit conseillé par toute
la galerie, parce qu'il en joue plus mal, je ne vois
pas qu'il y ait fort à s'inquiéter d'être seul contre
vingt, quand on n'a autre chose à soutenir, sinon
qu'il fait jour à midi; et il est beaucoup plus
question ici d'honnêteté et de bon sens que de
jurisprudence. Mais, mon ami, cette affectation
de ceux qui veulent absolument être mes adver-

saires, en même temps qu'elle décèle leur animosité, ne décèle-t-elle pas aussi leurs craintes?

Voilà où nous en sommes; patience donc, mon
ami. Mais, pour Dieu, accusez-moi exactement la
réception de mes lettres.

Quant aux brochures redoutables, je reçois
une marque de protection de la part de notre
gouvernement qui, selon toutes les probabilités,
ne sauroit entraver l'issue de mes affaires.

LETTRE LXXIV.

Aix, premier janvier 1783.

Mon ami, je vous néglige depuis quelques
courriers; mais c'est que ma translation à Aix et
la saison m'ont fort occupé. Ce n'est pas aux
gens que j'aime beaucoup que je fais le plus de
complimens de bonne année. Il me semble qu'il
seroit presque ridicule de vous dire que je vous
souhaite toute sorte de bonheurs. Je n'ai pas d'autre manière d'exister que de vous aimer vous et
les vôtres; et toutes les saisons, toutes les années,
tous les jours se ressemblent à cet égard. Dites à
votre femme, et même à votre petite Julie, qui
bientôt entendra ce langage, car son intelligence
est bien prématurée, qu'il leur suffiroit de vous

appartenir pour avoir de grands droits sur moi, mais qu'il est fort aisé de les chérir pour elles-mêmes.

En abrégé, nous n'attendons plus que le cautionnement de mon père, en cas de prédécès de ma part, pour le dernier emprunt qui va me libérer. Quant à ma grande affaire, j'ai répondu à Pontarlier aux clameurs de Paris, en gagnant mon procès. J'avois présumé d'abord que je n'en aurois point à Aix; mais, si je ne puis éviter celui dont on m'y menace, croyez, mon ami, qu'il fera honneur à ma modération, à ma générosité, et que je répondrai aux prophètes sinistres, en le gagnant. Voilà, cher et bon ami, ce que vous pouvez tenir pour presqu'aussi certain que mon tendre et immortel dévouement, qui pourtant n'est pas au pouvoir des hommes.

(L'éditeur, qui termine ici la collection épistolaire qu'il offre au public, ayant surtout eu pour objet de faire revivre un grand nombre de morceaux d'éloquence sortis de la plume de Mirabeau, va passer au développement de son procès en Provence, et il rapportera les passages des mémoires successivement publiés par Mirabeau, qui lui auront paru dignes de survivre à cette affligeante procédure.

Mais, avant, il est nécessaire d'achever la correspondance des familles Marignane et Mirabeau, qui a précédé ces nouveaux mémoires).

(Le premier janvier 1783, le comte de Mirabeau écrit ce compliment simple et nu au marquis de Marignane et à la comtesse de Mirabeau.)

« MONSIEUR LE MARQUIS,

» J'OSE espérer que vous ne désapprouverez pas qu'au renouvellement de l'année, je vous apporte l'hommage de mes vœux et de mes souhaits pour vous. Il ne manqueroit rien à votre bonheur s'ils étoient exaucés ; il ne manqueroit rien au mien, si j'étois assez heureux pour pouvoir y contribuer, et vous donner les preuves les plus efficaces et les plus touchantes de mes sentimens et du tendre et profond respect avec lequel je suis, etc. »

A madame la comtesse DE MIRABEAU.

« IL ne peut pas vous arriver, madame, de vrai bonheur que je ne le partage. Vous n'aurez pas un chagrin que je ne le ressente. Toutes mes années se ressembleront à cet égard. Puissent les vôtres être longues et fortunées ! Puissé-je les embellir, et être long-temps heureux de vous et par vous » !

(Il n'en reçoit point de réponse.)

A Aix, le 27 janvier 1783.

« M. LE MARQUIS,

» LE silence que je garde depuis plus de deux
mois envers vous et ma femme, me paroissoit
une preuve non équivoque de ma déférence
pour vos désirs, et d'une ferme résolution d'essayer ce que pourroient sur vous des procédés
respectueux et une conduite irréprochable. Refusé avant d'avoir rien demandé, répoussé avant
de m'être montré, j'ai dévoré mon juste chagrin; et ménageant d'un côté votre répugnance
à correspondre avec moi; dégageant de l'autre
la parole de mon oncle qui, bien qu'à mon insçu, vous avoit promis que je ne me présenterois
pas chez vous sans votre aveu, j'ai cessé de vous
écrire (l'occasion de la nouvelle année exceptée),
et suspendu toute démarche, pour vous donner
le temps d'apprécier ma conduite, et d'éprouver celui pour qui des circonstances malheureuses vous ont inspiré des préventions et de la
méfiance.

» Je ne croyois pas qu'une telle conduite fût
susceptible de deux interprétations, et j'en
attendois avec une impatience bien vive, mais
renfermée au fond de mon cœur, l'effet et le
fruit. Mais j'apprends qu'on attribue à la crainte,
ce qu'on ne devroit imputer qu'au respect; à

un parti pris par nécessité de renoncer à votre
fille, ce qui n'appartient qu'au désir de vous
plaire, et de recevoir de vous une épouse que
je serois profondément affligé d'être forcé de
redemander malgré vous, mais à laquelle aussi nulle considération humaine ne sauroit me
faire renoncer, surtout depuis qu'un bruit s'est
répandu que je m'en étois rendu indigne par
ma conduite envers elle.

» Je ne saurois, M. le marquis, accréditer
plus long-temps la manière injuste dont on
explique mes procédés et ma déférence. Elle est
telle cette déférence, que rien, depuis les plus
petites attentions de société jusqu'aux plus grands
sacrifices, ne me coûteroit pour vous en convaincre; et que, loin de chercher à gêner madame
votre fille par une rencontre, qui l'embaras-
seroit aussi long-temps que vous persisterez dans
les sentimens d'éloignement que vous me témoignez, j'ai évité, j'évite et j'éviterai tout ce
qui pourroit vous inquiéter. Mais daignez me
faire savoir si vous n'imposerez pas un terme à
cette conduite d'un fils disgracié, timide et do-
cile. Vous êtes trop juste et trop sage pour ne
pas sentir, que si je désespérois que vous ne voulussiez en fixer un, des délais qui me feroient
consumer en pure perte le temps le plus précieux de ma vie, pourroient me paroître super-

flus. Je le répète, M. le marquis, rien ne me
coûtera pour vous fléchir; mais daignez m'apprendre si je puis en conserver l'espoir; car je
ne dois, ni ne veux renoncer à ma femme.

» J'ai l'honneur d'être, avec un tendre et profond respect, etc. »

(M. le marquis de Marignane ne fait au porteur de la
lettre, que cette réponse verbale : *Je n'ai point de réponse
à donner ; M. de Mirabeau fera ce qu'il voudra.*

Le comte de Mirabeau, résolu de combler la mesure des
procédés, écrit à madame de Mirabeau la lettre suivante :)

Aix, 29 janvier 1783.

« Vous verrez, madame, par la copie que
je vous adresse, et à laquelle je n'ai reçu d'autre
réponse, que cette phrase verbale : *M. de Mirabeau fera ce qu'il voudra ;* vous verrez, dis-je,
que je n'ai rien épargné pour fléchir M. votre
père, et que, s'il m'en eût laissé seulement l'espoir, je n'aurois pas balancé à n'attendre que du
temps notre réunion et le retour de ses bontés.
Mais il n'a pas voulu me permettre la moindre
consolation; et l'inflexible *jamais* dont il a accueilli tous les conciliateurs que j'ai chargés auprès de lui de mes intérêts, sans me faire renoncer à la douce ambition d'être toujours son
fils, semble ne me laisser d'autre moyen de le

convaincre que je n'en ai pas démérité le titre, qu'en le démontrant au public. Je vois donc, avec un bien vif regret, mais trop clairement, qu'il me faudra recourir aux voies de droit, après avoir vainement épuisé tous les moyens de conciliation.

» Mais avant d'en venir à cette triste extrémité, qu'à tout prix je voudrois éviter, je vous demande une conférence. Je ne ferai pas le tort à ma femme de croire qu'elle redoute le moins du monde cette entrevue. Mais comme je ne veux pas inquiéter M. votre père, et que d'un autre côté il me paroît juste que personne n'intervienne dans les explications entre époux ; je propose que cette conférence, où un tiers quelconque seroit plus qu'inutile, ait lieu dans un appartement attenant où seroient mon beau-père et mon oncle, ou de toute autre manière qu'il vous plaira fixer, pourvu que personne n'entende notre conversation.

» J'attends votre réponse avec l'impatience naturelle aux sentimens vifs et tendres qui m'attachent à vous pour la vie ».

(Madame de Mirabeau demande vingt-quatre heures pour se consulter. Le lendemain la conférence est refusée verbalement comme *impossible* et *inutile*.)

Nouvelle lettre à madame DE MIRABEAU.

Aix , 28 février 1783.

« Je me suis flatté long-temps, madame, que toutes voies de conciliation n'étoient pas fermées entre nous ; mais vous me devez la justice que je les ai toutes épuisées.

» Je vous ai déjà fait part du chagrin très-vif que j'ai ressenti d'entendre attribuer à la conviction de mes prétendus torts la circonspection de ma conduite. Comme je ne puis ignorer ni la continuation de ce bruit injurieux, ni les calomnies qu'on répand sur moi, et que mon silence sembleroit autoriser, si je tardois plus long-temps à manifester ma justification ; c'est profondément affligé, mais nécessité par l'honneur, que je vais employer les moyens judiciaires, auxquels mon caractère et ma tendresse pour vous répugnoient également. Au reste, il ne tiendroit qu'à vous d'empêcher encore tout éclat, en vous rendant à mes vœux ; mais je serai forcé de prendre votre silence pour un refus que je ne puis tolérer plus long-temps.

» Recevez, madame, l'assurance des vœux que je fais pour votre bonheur et pour pouvoir y contribuer ».

20

(Cette lettre fut renvoyée intacte et cachetée. A ce procédé inoui, le comte de Mirabeau a cru qu'il étoit temps
enfin de montrer que la modération n'étoit pas insensibilité, la patience stupeur, ni le titre et les droits de mari un
vain nom ; et il a présenté à M. le lieutenant, ce même
jour, 28 février, requête aux fins d'ordonner que son épouse
fût tenue de se rendre auprès de lui sous trois jours, et d'y
demeurer en son état d'épouse.)

PLAYDOYER *prononcé par le comte* DE MIRABEAU, *à l'audience de* M. *le lieutenant général.*

« MESSIEURS,

» Lorsqu'en 1772 je bénissois le ciel de m'a-
voir accordé l'épouse que mon cœur avoit choisie, et que son cœur m'avoit donnée ; lorsqu'en
1773, je baignois de larmes le fruit de sa tendresse, dont j'étois destiné à pleurer la mort prématurée, je ne m'attendois pas que dans peu
d'années celle que l'amour avoit conduite aux
pieds des autels, viendroit demander aux tribunaux de nous désunir : et si quelque prophète
sinistre m'eût annoncé de tels malheurs, j'aurois
repoussé la main cruelle qui m'eût ouvert ce
triste avenir.

» Le voile est levé : il est trop vrai qu'on a forcé madame de Mirabeau à refuser son époux, et

à rejeter le vœu de son propre cœur. En vain j'ai mis en usage les procédés les plus modérés, les motifs les plus sacrés, les supplications les plus tendres : on n'a pas même daigné me répondre ; on n'a pas daigné me voir ; on n'a pas daigné m'entendre. Séparé de fait par une volonté qui s'est irritée de tout ce que j'ai tenté pour la fléchir, on a négligé de demander un arrêt. Et lorsqu'enfin j'ai voulu que cette situation amphibie, également insultante pour les lois, pour les tribunaux et pour les mœurs, eût un terme, on m'a forcé d'exprimer mon vœu par un huissier, en refusant toute espèce d'explication et de conférence avec moi, en refusant, en renvoyant jusqu'à mes lettres.

» Il faut donc, messieurs, que vous décidiez entre nous. Hélas ! je ne m'en cache point, j'ai répugné long-temps à cette extrémité douloureuse (on verra bientôt si j'avois lieu de la redouter). Mais quelle âme honnête condamneroit cette répugnance, et n'y compatiroit pas ? Ah ! si j'eusse douté du cœur de madame de Mirabeau ; si ceux qui captivent ses désirs, et gênent jusqu'à sa pensée, n'eussent pas compromis mon honneur par d'insultantes calomnies, je n'aurois jamais soutenu ce triste procès. Il est loin de moi l'espoir et le désir de réchauffer un cœur par arrêt ; d'attendre d'un ordre des tribunaux qu'une femme redevienne tendre épouse, fidèle compagne, bonne mère, et que le doux commerce d'une amitié, d'une confiance réciproques, nourrisse de ses illusions des plaisirs empruntés de l'amour.

» Mais, quand j'aurois le malheur de croire aux sentimens qu'on prête à madame de Mirabeau, que ne diroit-on pas, si je me refusois à cet étrange procès ? Que n'a-t-on pas dit ? que n'a-t-on pas tenté ? On a voulu faire, de la réclamation la plus simple, un procès de parti, ameuter le public, me fermer toutes les portes, m'interdire jusqu'à la vue de mes plus anciens amis, de mes amis les plus chers : on a voulu m'ôter tout secours, tout conseil, tout organe. Les plus célèbres orateurs du barreau ont été précipitamment consultés contre moi; tandis que, rassuré par la simplicité de ma cause, et mon estime pour madame de Mirabeau, je ne cherchois qu'à toucher sa famille par l'excès de ma déférence ; on a cru que je succomberois faute de défenseur.

» Mais vous me restez, messieurs. Vous allez m'entendre. Vous ne songerez point à l'homme qui vous parle : vous n'examinerez pas s'il a bien ou mal dit : vous examinerez seulement si sa cause est bonne. Il est un orateur invisible qui plaide au fond des cœurs ; c'est lui que les juges et les spectateurs écouteront ; c'est lui qui parle inté-

rieurement à celui qui parle au-dehors; et c'est
lui que doivent entendre tous ceux qui prêtent
l'oreille aux discours qui intéressent la société et
les mœurs.

» Sans doute, il est de ce genre le procès qu'on
ose m'intenter au nom de madame de Mirabeau;
et, loin d'offrir aucune de ces discussions liti-
gieuses, où les subtilités et l'adresse des défenseurs peuvent induire en erreur l'équité même,
il est du nombre des causes que tous les hommes
honnêtes peuvent et doivent juger.

» C'est leur arrêt que j'invoque, messieurs, par
votre organe. En vain mes adversaires cherchent
à s'envelopper de préventions; en vain les nombreuses erreurs de ma jeunesse plaident en leur
faveur; elles sont toutes étrangères au procès qui
nous rassemble. Et si, ce qui pourroit être plutôt une illusion qu'une vérité, l'opinion publique seconde en effet ceux qui m'attaquent,
leurs procédés en doivent être plus scrupuleusement examinés.

» Tout m'annonce qu'ils ne me combattront,
et ne pourront en effet me combattre dans un
procès si désespéré, qu'avec des calomnies publiques et secrètes. Je vais être couvert de ce
bourbier infect; j'aurai à exprimer l'éponge qui
enlèvera cette souillure, pour recommencer souvent ce dégoûtant office: et si, lassé, affoibli par

de continuels soulèvemens de cœur, j'en laisse subsister la trace la plus légère, l'attention du public fixée sur nous, perdant de vue tout ce que j'aurai réfuté, tout ce que j'aurai dédaigné de renvoyer à mes accusateurs, ne mettra d'importance qu'à cette trace involontairement négligée.... Telle est la déplorable condition de ceux que la calomnie poursuit ! Telle est la déplorable condition de l'homme !

» Mais n'est-il donc aucun moyen d'honorer, d'ennoblir cette situation cruelle ?..... Je l'essaierai, messieurs. Loin de moi ce misérable ergotage, qui veut tirer parti de tout ; qui ne craint pas d'associer à une lumière éclatante et pure, la foible lueur qu'on obtient à force de frottemens ! Loin de moi surtout cet amour-propre irascible qui veut n'avoir jamais tort, et qui me conviendroit moins qu'à tout autre ! Sans doute, messieurs, la véritable sévérité envers soi-même est le premier et le plus noble des devoirs. Sans doute, l'homme moral se connoît mieux en censure que les plus forcenés calomniateurs. Je le dis donc hautement ; j'ai essuyé tous les malheurs que la fougue de l'âge et des passions peut attirer sur un jeune homme. Mais c'est parce que j'ai subi cette épreuve cruelle, que ma femme et sa famille me doivent plus d'indulgence. Mais de toutes ces passions, de toute cette fougue, il n'a pas résulté un sujet de plainte personnelle à madame de Mirabeau : et tout le monde peut-être eut droit de me condamner, elle seule exceptée.

» Pour moi, messieurs, qui viens vous démontrer cette vérité, je me présente aussi pour absoudre madame de Mirabeau, dans votre opinion et dans celle du public, de la conduite qu'on lui fait tenir aujourd'hui et depuis trop long-temps.

» Madame de Mirabeau est capable de tous les sentimens et de toutes les actions honnêtes. Livrée à elle-même, elle n'est capable que de ceux-là. C'est moi, qui la connois bien; c'est moi, qui semble avoir quelque droit de m'en plaindre; c'est moi qui vous l'assure; j'en jure elle-même et l'honneur : et j'ai tant d'estime pour ma femme, que je lui confie ma défense.

» En effet, messieurs, pour tout raisonnement, pour tout art, pour toute éloquence, j'ai fait imprimer les seules lettres qu'elle m'ait écrites, depuis que les orages de ma vie nous ont éloignés l'un de l'autre. Vous avez pu juger par ces témoignages au-dessus de tout commentaire et de tout soupçon, de l'union qui régnoit entre nous au temps de mon bonheur, temps où nous habitions ensemble.

» Il s'agit maintenant d'examiner s'il est possible de concilier tout ce qu'elle a dit à moi, tout ce qu'elle a dit de moi dans l'effusion la plus ardente d'un cœur sensible, noble, tendre et pénétré, avec la conduite et le langage auxquels on la contraint aujourd'hui; s'il est possible d'apprécier mieux l'obsession qui me ravit ma femme, que par les inconséquences auxquelles elle est poussée.

» J'entreprends cette discussion, messieurs, et j'oserai vous demander ensuite, j'oserai demander au public, à ce tribunal qui juge tous les juges de la terre, quel est le procès qui nous amène ici? S'il y a un procès dans cette cause? Si l'on y voit autre chose que le désir forcené de s'opposer à une réunion juste et nécessaire, mais qui n'est pas de l'intérêt de tous ceux qui obsèdent mon épouse? J'oserai vous demander, s'il est permis d'abuser ainsi de vos momens, et si vous ne devez pas, par respect pour vos fonctions augustes, vous hâter de rendre madame de Mirabeau à mes vœux, et, je le dis avec assurance, aux siens mêmes?

» O toi! qui m'aimas toujours et qui ne sortis jamais de mon cœur! toi qu'un regard m'eût ramenée! ah! n'accuse que nos ennemis communs du triste rôle que tu me forces à jouer ici! Je gémis de celui qu'ils t'imposent, et jamais tu ne me fus plus chère... Je vais parler de toi comme je t'ai vue, comme je te vois, comme je te verrai toujours, malgré les suggestions de ceux qui veulent nous désunir. Ou plutôt je vais te faire parler le langage qui t'est propre, le langage qui fut constamment le tien, lorsque tu n'écoutois que ta conscience et ton cœur... Ne redoutes point ma victoire; elle est nécessaire à ton bonheur, sans quoi je ne la voudrois pas. Elle sera ton ouvrage, les expressions de ta tendresse, le tribut de ta justice. Voilà mes armes, voilà ma magie, voilà mes sortiléges.

I.

» Mais par où commencer? Que dois-je prévenir? A quoi me faut-il répondre? Le procès que l'on me fait en ce jour, est de telle nature, que ma cause et mes droits sont exposés par la lecture de l'acte de célébration de mon mariage, et qu'il est impossible de deviner un seul des moyens dont on prétend appuyer le refus de madame de Mirabeau de me rejoindre.

» On nous annonce des griefs de la nature la plus grave; mais on n'en déduit aucun, et je n'en suis point étonné. Les défenseurs de madame de Mirabeau ont placé dans les lois et les chicanes de forme, tout l'espoir d'un procès qu'on voudroit nous faire abandonner. Mais moi, qui ne veux point de procès; moi, qui voudrois effacer jusqu'à la plus légère trace de nos dissensions; moi, pour qui le plus court débat domestique est un véritable malheur, je me hâterai, n'en doutez pas; je me hâterai dès le premier moment où je puis parler à mes juges, de démontrer à madame de Mirabeau, par l'écho du public, qu'on la trompe, qu'il ne sauroit être de procès entre nous. Cette discussion, au reste, est loin d'être étrangère à l'incident qui vous est soumis, messieurs; car la décision de cet incident tient à la nature du fond, dont l'espèce est absolument nouvelle.

» En effet, je laisserai la plus libre carrière aux déclamations, la plus grande latitude à la licence de philosopher, d'instituer, de détruire; et sans attester la sainteté d'un sacrement auguste, la sainteté non moins grande d'un contrat sous la foi duquel nous respirons tous; sans examiner encore toutes les belles choses que vous ne manquerez pas de répandre sur la nécessité du divorce, que les Anglois vont s'interdire au moment où vous l'invoquez; sans vous dire que, fût-il en effet nécessaire, les conventions secrètes faites entre les citoyens pour abroger une loi qui n'est pas encore effacée sur le code, n'en seroient que plus funestes: je vous demanderai à quel titre, dans les suppositions les plus favorables, dans tous les systèmes possibles, vous prétendez m'arracher ma femme?

» Alléguerez-vous, en son nom, ces antipathies inexplicables qui repoussent des êtres que leur malheur unit? Mais madame de Mirabeau ne se cache point de m'avoir épousé, parce qu'elle m'aimoit! Qu'une jeune personne qui ne connoît encore ni le monde et ses dangers, ni l'amour et ses tourmens, ni la séduction et ses piéges; qui n'a d'autre guide que son inexpérience, d'autre appui que sa foiblesse, d'autres conseils que des parens dont elle se cache ; qui sent son cœur gonflé par des désirs dont elle cherche avec inquiétude à démêler l'objet ; aux yeux de qui sa trompeuse imagination représente l'hymen conduit par l'amour, couronné de fleurs, la sérénité sur le front, la tendresse dans les yeux, les ris sur les lèvres, apportant la félicité d'une main, et la liberté de l'autre; qu'elle se laisse aller au désir d'échapper à tout prix à l'état de fille, et décevoir par un séducteur adroit : on le conçoit sans peine.

» Mais madame de Mirabeau, que tout appeloit à choisir, pouvoit nommer parmi plusieurs rivaux; elle avoit même choisi avant de me connoître. C'est pour moi qu'elle a rétracté son choix, et je m'en trouve honoré. Elle m'a vu habituellement pendant six mois avant de prendre mon nom. Ce n'est donc point à nos préjugés, à nos convenances, à nos institutions sociales qu'elle a été sacrifiée : c'est à son désir, à son choix, à ses vœux que ses parens ont déféré.

» Mais si ses parens ont été trop complaisans ? Si madame de Mirabeau fut trop crédule aux mouvemens de son cœur ? Si l'union qui lui promettoit tant de charmes, ne fut pour elle qu'un esclavage triste et cruel ?...

» Ah ! de grâce, ne vous épuisez point en conjectures ; articulez-nous des faits. Je vous l'ai dit ; c'est à madame de Mirabeau que j'ai confié ma défense. Cherchez dans ses lettres ce qu'elle pense de notre union. Sans doute vous ne la récuserez pas dans sa propre cause.... Quels regrets plus touchans ! quelles invocations plus tendres ! quels témoignages plus honorables ! quel amour ! quelle estime mieux prouvée ! Qui n'a pas été attendri, à la lecture des lettres de ma femme ! C'est Fannia, cette Fannia que l'amour conjugal a rendue célèbre, et qui disoit à son époux : *Ton sort sera le mien ; comme je n'ai de plaisir qu'en toi, je ne puis avoir de peine que de ne pas vivre et mourir avec toi* (*). Eh ! qui ne gémiroit pas qu'une union, si rare dans une certaine classe de citoyens, fût brisée ! Qui, même parmi ceux qui veulent croire que madame de Mirabeau gagnera son procès, ne la plaindroit pas d'être obligée de renverser l'autel de l'hyménée, elle qui l'avoit tant décoré !

―――――――――

(*) Plin. jun.

» Deux années entières, les deux seules années de bonheur domestique que le sort m'ait accordées, notre union a fait notre félicité commune, de quelques traverses que des circonstances malheureuses et mes fautes eussent déjà semé ma carrière. Nous éprouvions des contrariétés; nous avions des dettes; mais madame de Mirabeau savoit mieux qu'un autre que, si véritablement il m'eût été possible d'en avoir beaucoup moins, il m'avoit été absolument impossible de n'en point contracter. Nous avions des dettes; mais, quelque raisonnable que fût madame de Mirabeau sur sa dépense personnelle, elle ne pouvoit qu'être touchée de ce qu'une grande partie de ces dettes n'avoit d'autre motif que le désir actif et sans cesse renaissant d'orner l'idole de mon cœur. J'avois des dettes, et j'étois tourmenté pour ces dettes : mais jamais la tendresse conjugale, si ce n'est la tranquillité domestique, n'en fut troublée. On a vu mes preuves; elles sont publiques, on n'essaiera pas de les détruire.

» On est donc obligé de m'abandonner le temps de la cohabitation. Mais a-t-on bien apprécié cette victoire, que je dois aux lettres de madame de Mirabeau? Non, sans doute, messieurs, puisqu'on la laisse plaider.

» En effet, parlons aux tribunaux le seul lan

gage digne de la magistrature, et traçons, sous la dictée des lois, les vrais principes qui doivent juger cette cause.

» Les liens du mariage, indissolubles de droit et de fait, rendent les biens et les maux communs entre ceux qu'ils unissent, *consortium omnis vitæ* (*). Tel est le mariage, et tel est le principe qui, dans notre religion, notre législation et nos mœurs, a fait proscrire le divorce. La séparation de corps n'est pas un divorce ; elle n'en a l'effet, ni pour le temps ni pour les conséquences : elle n'est précisément qu'une *séparation d'habitation*. C'est ainsi que les jurisconsultes l'appellent : toujours ils la regardent comme momentanée; et tous, ils conviennent qu'elle laisse subsister, dans toute leur force, les liens du mariage.

» Ils sont également unanimes sur la nature des moyens qui peuvent autoriser une demande en séparation. Il faut, disent-ils, que l'habitation commune ait de tels dangers, qu'elle soit devenue odieuse et impossible par l'iniquité et la tyrannie du chef de la société conjugale.

» Les accidens sans nombre, dont notre foible vue et notre fol orgueil composent le domaine de l'aveugle fortune, peuvent assaillir un hom-

---

(*) L. 1 , *ff. de Ritu nuptiar.*

me; ses biens, sa santé, sa raison, son état même peuvent disparoître; mais toujours sa compagne lui reste.

» Une fois admis au bonheur attaché à l'union
des deux sexes, les époux sont également soumis aux conditions qu'ils s'imposent l'un à
l'autre, et à celles que la société leur impose.
Ces conditions sont que leurs plaisirs et leurs
peines, leurs accidens et leurs avantages, en un
mot, leur destinée deviennent communs.

» Les lois qui le voulurent ainsi sont prises
dans la nature, puisque la perpétuité des unions
est le pivot de la société. Aussi n'est-ce qu'en
invoquant des principes tirés du droit naturel
même, qu'une femme peut demander la séparation de corps. On n'écoute point ses convenances momentanées; on dédaigne ses caprices; on
se méfie des âmes foibles et incertaines qui changent d'un jour à l'autre de situation et de sentiment; aujourd'hui dans les désirs et les enchan-
temens de l'amour; demain dans les langueurs
de l'indifférence, et même dans les querelles
d'une rupture; on se garde de leur accorder un
divorce, sur lequel de tels êtres auroient bien
de la peine à prononcer eux-mêmes peu d'heures après l'avoir demandé. La société seroit bou-
leversée chaque jour, ou bientôt desséchée, si
le législateur n'avoit pas prévu une telle mobi-

lité ; si la femme pouvoit demander une séparation de corps, sans qu'il y eût à craindre pour
elle, c'est-à-dire pour sa propre vie, qu'elle n'a
pu donner. Il faut qu'elle paroisse réclamer et
défendre la conservation de son être. Cette première propriété, ce premier droit de tout individu est le seul qu'une femme n'ait pas mis en
communauté dans le pacte du mariage. Ainsi nul
motif légal pour séparer d'habitation, que la
preuve certaine que la cohabitation seroit contraire à la première loi de la nature, à celle de
la conservation des êtres.

» Eh ! quelle est la femme qui désavouera ce
vœu de la loi ? Quelle est celle qui niera que son
plus grand intérêt ne soit d'appartenir toute sa
vie à l'homme auquel elle s'est donnée une fois ?
Il est, dans l'amour que nous accordent les femmes, un sacrifice que l'orgueil, ou la délicatesse,
met au-dessus de tout. Elles ne peuvent le faire
qu'une fois à un seul homme. La rapidité même
de leur jeunesse, la fragilité de leurs attraits,
les obligeroient à la constance : plus elles ont
vécu avec un homme, plus elles ont intérêt de
vivre avec lui (*). Certainement elles seront plus
souvent malheureuses par leur légèreté que par
constance. Et si, comme elles le prétendent,

(*) Garat, sur le Div.

comme les hommes sensibles aiment à le croire,
elles l'emportent sur nous par le don d'aimer;
ce don, peut-être le plus grand de tous les charmes et qui devoit à ce titre leur appartenir, ne
leur a été donné que pour le faire servir au bonheur des deux sexes.

» Je viens de tracer les principes, la rigueur
des principes. Exigera-t-on que je les applique
à la cause? Osera-t-on supposer que la cohabitation que je désire, que madame de Mirabeau ab-
sente et gémissant de mon absence, a tant invo-
quée ; osera-t-on supposer qu'elle contrarieroit
le premier droit de mon épouse et menaceroit
sa vie?..... Ah! je sais ce que la calomnie peut
oser. Je sais ce qu'elle ose ; et mon cœur bondit
d'horreur à l'idée de ses excès... Mais nous sommes ici dans le temple de la justice. Peut-on m'y
inventer des crimes ? Peut-on y soutenir que
madame de Mirabeau a tout à craindre de moi ?
Peut-on supposer entre nous cet effroyable ordre de choses, sans dire, sans prouver que ma
femme n'a pas été en sûreté auprès de moi ?

» Comment jugera-t-on notre cohabitation ?
Sera-ce sur des clameurs confuses, répétées par
une foule de bouches téméraires et avouées d'aucunes? Sera-ce sur des imputations vagues et des
faits inarticulés? Tandis qu'ils sont là les témoignages chéris de la tendresse, de la confiance,

21

de l'estime, de la reconnoissance de madame de Mirabeau. *J'en appelle à ton tribunal; il a toujours été juste pour moi.... Sans toi, l'univers est un désert pour ton Emilie... Dieu veuille nous rejoindre bientôt, car nous ne sommes pas faits pour être séparés!*

» Et l'on oseroit dire que la cohabitation entre nous est dangereuse? Qu'elle ne doit pas être continuée? Qu'elle est impossible? Tandis que, pour qu'elle soit possible, il suffiroit qu'il ne parût pas que mon épouse eût couru, près de moi, des risques auxquels il seroit dangereux de l'exposer encore ; et tout seroit dit alors : car si la cohabitation n'est pas impossible, elle est nécessaire.

» Des risques, bon Dieu ! des risques ! Quelle injure je fais à madame de Mirabeau ! quelle injure je fais à moi-même ! Et quel monstre n'auroit pas désarmé sa douceur? Quel homme de courage éprouva jamais un autre sentiment auprès du sexe foible, que le désir de le défendre et de le rendre heureux de son bonheur? Ah ! laissons aux méchans le cruel plaisir de chercher, de trouver par tout des coupables ! Laissons-leur cet odieux raffinement de calomnie, d'empoisonner jusqu'aux expressions de ma tendresse , jusqu'au sentiment qui me fait m'honorer d'avoir été choisi par ma femme : renfermons-nous dans

son témoignage. Elle en appeloit à mon tribunal;
j'en appelle au sien ; elle a prononcé ; ses lettres
sont un arrêt que vous confirmerez, messieurs.
Et puisqu'aux ministres des lois il ne faut que le
langage des lois, je vous le dis avec assurance :
il suffiroit que madame de Mirabeau ne prouvât
point de sévices, pour qu'on me laissât dans mes
droits d'époux. Mais ses lettres excluent jusqu'à
la possibilité des sévices. Il faudroit autant d'absurdité que de mauvaise foi, pour oser en supposer désormais.

» C'est de l'habitation, messieurs, qu'il s'agit
dans ce procès, et de rien de plus (ne le perdons jamais de vue). On ne peut donc le juger
que sur la cohabitation. Tout ce qui est étranger
à la cohabitation, est donc étranger à la cause. Il
ne suffit pas qu'on dise, au nom de madame de
Mirabeau : *Elle ne veut pas habiter avec son
mari.* Nous débattrons ailleurs cette assertion;
contentons-nous d'observer ici que cette volonté, même prouvée, ne seroit d'aucun poids dans
la cause. Moi-même, messieurs, quand je voudrois consentir à la séparation ; quand je voudrois déchirer mon cœur et partager mon être,
mon vœu seroit impuissant. L'accord des volontés qui suffit pour unir, ne suffit pas pour séparer. Quand mon honneur ne seroit point engagé
dans le procès que je soutiens, ce seroit vainc-

ment que je partagerois les désirs prétendus de
mon épouse : la sanction du magistrat seroit refusée à cet accord insocial. Et puisqu'il n'existe
d'autre moyen de séparer d'habitation deux é-
poux que l'impossibilité de leur cohabitation, il
faut, pour donner à madame de Mirabeau une
autre habitation qué la mienne, il faut qu'on re-
connoisse l'indispensable nécessité de cette séparation ; c'est-à-dire, qu'il faut qu'on assure,
qu'il faut qu'on admette, non pas l'improbable,
non pas l'invraisemblable, mais l'impossible moral, mais l'absurde.

II.

» Cependant nous sommes en cause ; et l'on
annonce de toute part que mon procès est détestable, et que je porterai la peine de ma témérité.
Cherchons les raisons ou du moins les prétextes
d'une telle confiance ; et puisque l'examen de la
cause ne nous a pas découvert le plus léger
moyen de séparation, discutons ceux qu'indique
la requête de madame de Mirabeau.

» Le premier motif de séparation qu'on allègue en son nom, c'est une interdiction de biens
qui fut autrefois prononcée contre moi par le
Châtelet de Paris... Ne vous regardez point avec
étonnement, messieurs ; vous passerez dans ce
procès de surprise en surprise. Il est bien vrai

que j'étois interdit (autant que je pouvois l'être),
lorsque madame de Mirabeau nourrissoit auprès
de moi notre enfant; lorsqu'elle devenoit une
seconde fois mère; lorsque nous habitions ensemble à Manosque, dont j'attesterois volontiers
tous les citoyens garans de notre tendresse mutuelle. J'étois interdit lorsque madame de Mirabeau m'écrivoit de Paris des lettres si tendres, si
touchantes. N'importe ; je suis interdit : donc je
dois être séparé de corps d'avec ma femme. Telle
est bien la logique des passions ! ...

» Vous me permettrez cependant, messieurs,
de ne répondre à ce grave argument, qu'en niant
le fait sur lequel il repose. Le chef du tribunal
auquel j'ai l'honneur de parler, a légalisé lui-
même, il y a quelques semaines, les procura-
tions des parens, dont mon père a demandé l'a-
veu pour lever cette interdiction : et nous attendons tous les jours la sentence du Châtelet de
Paris, qui certainement n'a pas pu m'interdire,
mais qui peut bien détruire sa propre sentence.

» On allègue au nom de madame de Mirabeau, pour second motif de séparation, les procédures dans lesquelles j'ai été impliqué, et qui
ne sont pas purgées.

» J'ai dans ma vie essuyé deux procédures.
L'objet de la première est une affaire devenue
très-sérieuse par l'éclat que l'homme, dont on

devoit le moins le redouter, jugea à propos d'y
donner; et sur laquelle, si je pouvois jamais être
pressé de me justifier, je ne saurois rapporter d'a-
pologie plus honorable que les lettres de M. le
marquis de Marignane lui-même. Cette affaire si
connue dans la province que, même en l'exagé-
rant, on n'a pu la dénaturer, est jugée. Elle est
donc finie. Si ma partie n'a pas cru devoir me
faire signifier ma sentence, sans doute il vous
paroîtra dur, messieurs, qu'on excipe contre moi
de l'atrocité de la plainte.

» Mais, messieurs, ne vous semble-t-il pas
bien étrange que l'honneur de deux époux étant
solidaire, on réveille au nom de ma femme des
accusations criminelles contre moi, tandis que
l'*immoralité* d'une telle conduite n'a pas même
pour prétexte l'utilité de sa cause? Car je serois
véritablement décrété de prise de corps, que madame de Mirabeau n'en seroit pas moins indissolublement ma femme. Ma mort civile elle-même
ne pourroit donner atteinte à notre union. Madame de Mirabeau, assez généreuse, assez tendre pour m'aimer d'autant plus que je serois plus
malheureux, joignant à l'amour conjugal une
sorte d'amour de compassion, l'une des plus vives affections des âmes nobles et des cœurs éle-
vés, se croiroit d'autant plus obligée à remplir
ses devoirs envers moi, que je serois plus outra-

gé, plus opprimé, plus dénué; que son père, sa
famille, la famille même de mon accusateur et
la province entière auroient plus manifestement
reconnu que si l'imprudence étoit de mon côté
dans cette affaire, tous les torts des procédés
étoient à mon adversaire.

» Mais que parlé-je de procédés? Ici du moins
on n'en veut qu'à mon caractère ; car personne
n'aura l'audace de soutenir que la procédure dont
il est question, intéresse mon honneur. Mais on
en rappelle une autre, au nom de madame de Mirabeau, qui n'intéresse pas moins que ma vie.

» En effet, messieurs, la seconde procédure
que j'ai essuyée, que l'on indique vaguement
dans la requête de ma femme, mais dont on fait
retentir cette ville depuis plus d'une année, est
celle prise à Pontarlier, à la requête d'un mari,
sur un prétendu rapt de séduction qu'il m'accu-
soit d'avoir commis envers sa femme, et pour
lequel j'avois été condamné par contumace à perdre la tête.

» Avant qu'on engage madame de Mirabeau
dans cette étrange discussion, hâtons-nous de
dire qu'il seroit bien odieux qu'on relevât en son
nom, contre son mari, une accusation criminelle,
dont l'accusateur, dont le prétendu offensé a été
obligé de se désister. Que dis-je! il ne forma jamais l'accusation d'adultère : et l'on ose soutenir

pour madame deMirabeau,que *cette procédure dé-
génère en injure grave contre elle, et une abdica-
tion publique de la qualité d'époux (*)* : ce qui ne
peut s'entendre que d'un adultère authentique et
solennel, tel que celui dont on m'avoit déclaré atteint et convaincu par une sentence, que les juges qui l'avoient prononcée ont été obligés d'a-
néantir après m'avoir entendu. Et que peut-on
imaginer en effet de plus inique qu'une pronon-
ciation d'adultère dont le mari n'avoit pas proféré l'accusation !

» Un mari s'est plaint de ce que j'avois facilité
l'évasion de son épouse. Enflammé de l'animosité des ennemis de sa femme, il a, par un renversement de tout idiome, de tout principe, appelé
rapt de séduction le délit d'avoir facilité l'évasion
d'une femme mariée; délit à la preuve duquel il
a succombé. Après cinq années de recherches
infructueuses; après six mois de chicanes et de
subtilités, il s'est désisté de sa plainte. (J'ai rendu
ce désistement public.) Et l'on voudroit la faire
revivre aujourd'hui ! Et c'est ma compagne, mon
épouse, la moitié de moi-même qu'on tente de
flétrir par ce procédé aussi infâme que le moyen
est absurde !

» Il l'est, sans doute ; car quelle accusation

***

(*) Termes de la Requête.

prétendroit-on relever? Est-ce celle du rapt de
séduction ? Est-ce celle d'adultère ? Si c'est la
première, je demande à madame de Mirabeau,
à ses défenseurs, s'ils sont les gardiens de l'ordre public? Je demande comment ils pourroient
croire avoir droit de ne pas se tenir pour satis-
faits, quand la partie publique a conclu pour
mon absolution? Quand les juges ont déclaré
par le fait que ma conduite en cette affaire étoit
légalement irrépréhensible?

» Si c'est la seconde ; si c'est l'accusation d'a-
dultère que vous prétendez faire revivre, par une
jurisprudence toute nouvelle, et que les bonnes
mœurs repousseroient de la main des juges, si
les lois la leur présentoient; une femme sera
donc recevable désormais à intenter l'accusation
d'adultère contre son mari ! son mari bouillon-
nant d'ardeur et de jeunesse fût-il à cent lieues
de cette femme, et cette femme eût-elle refusé
de le rejoindre !.... Morale sublime ! merveil-
leuse décence ! raison profonde ! tout se trouve
dans ce beau système de défense.

» Mais, dites-moi : madame de Mirabeau va
donc changer la nature de son procès; ce n'est
plus en séparation que nous plaiderons, ou du
moins elle commencera par demander à être admise à la preuve qu'il a été commis un adultère
entre ma coaccusée et moi; et le mari, et son

épouse, et leurs familles respectives trouveront ce procédé aussi régulier que noble... En vérité, vous êtes heureux en expédiens !

» Mais vous avez transigé. Oui, sans doute, et il vous étoit réservé de me reprocher ce procédé noble et généreux. Eh quoi ! parce qu'un vieillard, déjà trop malheureux, et plutôt l'esclave et la victime de mes ennemis, que mon ennemi personnel, avoit été égaré par des conseils violens et téméraires, je me serois obstiné à affliger sa caducité débile, après avoir été l'occasion et le prétexte des haines furieuses, et des agitations pénibles dont on a tourmenté sa vieillesse ? Ah ! loin de moi cette lâcheté coupable ! J'ai transigé, quand mes ennemis m'ont demandé grâce. Et si vous en doutez, lisez les mémoires, alors trop célèbres, que je fus forcé de publier pour ma défense. Cherchez dans les registres des greffes ; compulsez les recueils les plus nombreux ; et trouvez un accusé qui se soit défendu avec cette énergie ! Lisez, et dites, si vous l'osez, que les supplications, la pitié ont arraché son désistement à mon accusateur. J'ai transigé ! et pourquoi ne l'aurois-je pas fait ? Qu'avois-je à demander à ma partie ? Rien que des dommages et intérêts. Et c'est pour cette cupidité sordide que j'aurois prolongé ses tourmens et les miens ! un procès si scandaleux, un éclat si déplorable ! Hélas! pour qui me hâtois-je? Qui fomentoit mon impatience? Qui me rendoit intolérables tous les délais? Madame de Mirabeau elle-même, cette épouse trop chérie, dont je ne prévoyois pas le cruel accueil. Mais enfin, j'ai transigé. Je le devois. J'ai transigé pour des dommages et intérêts; c'est-à-dire que je les ai remis sans hésiter, et avec d'autant plus de plaisir que j'en pouvois espérer de plus considérables, pour expier une erreur qui m'avoit été si funeste, qui m'avoit privé si long-temps de ma liberté, de mon existence civile. Mais cette transaction, homologuée par les juges saisis du procès, à la requête de l'accusateur même, et sur les conclusions de l'homme chargé de la vengeance publique; cette transaction porte mon absolution pure et simple. Et c'est mon épouse qu'on voudroit charger de me la disputer! O honte! ô délire!

» Mais cette transaction, que j'atteste comme le monument de mon innocence, porte qu'*en cas d'inexécution d'aucune des conventions stipulées, de quelque part que vienne cette inexécution, les parties rentreront dans leurs droits respectifs.* Tout n'est donc pas fini. Cette procédure n'est que suspendue; chaque jour elle peut revivre.

» Voilà l'objection, dont on fatigue le public depuis que la transaction et le jugement de Pontarlier sont connus, présentée dans toute sa force. Je demanderai d'abord, qui peut dire qu'il y aura inexécution de quelque côté ? Toutes les parties ne sont-elles donc pas assez liées à leur parole par leur propre intérêt ? Cependant dévorons cette absurdité ; j'y consens. Toujours restera-t-il que je n'ai contracté qu'avec le mari (est-il impossible de le nier en droit ?) et que son désistement contient un aveu qu'il ne peut rétracter. D'ailleurs, on lui feroit injure de supposer qu'il ait exigé que je me sois rendu, envers lui, caution de son épouse.

» Mais quand il auroit désiré ce cautionnement, quand je l'aurois souscrit, qui pourroit dire que j'ai eu tort de répondre de la soumission d'un tiers ? Qui pourroit dire que ce tiers trompera mon espérance ? Ma coaccusée ne sauroit la tromper, puisque, soumise à des ordres du roi qui ne seront révoqués que du consentement de sa famille et de son mari, l'autorité concourt avec son intérêt pour me garantir sa fidélité à des engagemens volontaires.

» Et quand elle parviendroit à briser à la fois les liens de l'autorité royale, ceux de l'autorité domestique, ceux d'une convention juridique qu'assure la sanction des tribunaux, ceux enfin de son intérêt et de sa parole, à quoi s'est-elle engagée ? à consentir à la perte de ses gains nuptiaux. C'est une pure spéculation d'argent, un simple intérêt pécuniaire pour lequel son père et sa mère sont garans avant moi; et qui, dût-on recourir à mon cautionnement, ne seroit, après tout, qu'un objet de peu d'importance.

C'est donc, en dernière analyse, un cautionnement pécuniaire que j'ai souscrit, et jamais une considération de cette nature ne sauroit influer sur un procès en séparation, qui, d'ailleurs, ne gagneroit rien à ce qu'on établît que l'accusation pourroit renaître. Car, enfin une accusation de rapt de séduction envers une femme mariée, ne sera jamais qu'une absurdité que j'ai tellement dévoilée, qu'il ne faut pas craindre de l'entendre articuler de nouveau par des hommes de loi.

» Et, dans tous les cas, osera-t-on avouer, au nom de madame de Mirabeau, qu'elle pourroit jamais se résoudre à renforcer, par ses refus, les soupçons d'une accusation capitale contre son mari? Enfin, messieurs, est-elle de votre compétence cette accusation qu'il vous faudroit juger? Madame de Mirabeau n'a pas le droit de la porter à votre tribunal. Sous aucun aspect vous n'avez celui d'en connoître; et l'on n'a pas, sans doute, espéré de vous faire oublier que dans une telle question, des tiers tout à fait étrangers à mon procès avec madame de Mirabeau, des tiers qui appartiennent à la haute magistrature, seroient es-

sentiellement compromis, et profondément intéressés.

» Vous avez beau vous débattre, s'écrient les
défenseurs de madame de Mirabeau; le ministère public est toujours le maître de relever une
accusation qu'une cour souveraine n'a pas jugée.
Vous pouvez donc, à tous les instants, vous re-
trouver sous le glaive de la loi; et l'on n'ordon-
nera pas que votre épouse rentre dans la couche
nuptiale avec la crainte continuelle de vous en
voir arracher par les ministres de la justice.

» Je puis sans doute, comme tout autre, être
accusé chaque jour de ma vie par le ministère public qui veille pour tous les citoyens (et l'on
n'exigera pas, pour me rendre ma femme, que je
donne caution pour le reste de ma vie); mais,
comme eux, je ne puis l'être que pour un délit
public. Or, celui sur lequel j'ai transigé, non seulement n'est pas de ce genre, mais plus qu'aucun
autre il est du nombre des délits qui ne peuvent
être déférés à la justice que par l'offensé. La procédure dont on rappelle le souvenir, n'a jamais
offert aux tribunaux qu'une accusation de rapt de
séduction envers une femme mariée (délit chimérique que nos lois ne connoissent pas); et quelques prétendus indices d'un adultère dépourvu
de toute preuve, dont on n'eut jamais droit de
connoître, parce que le mari ne le déféra jamais,

et dont le procureur général ne pourroit poursuivre la vengeance qu'en accusant ce mari de la
plus lâche des complicités. Qu'on cesse donc de
vouloir dénaturer des erreurs judiciaires, qui ne
portèrent en aucun temps que sur les délits privés. Celui qu'on prétend offensé ne se plaint pas.
Lorsque personne ne se plaint, le ministère public revêtu de l'autorité tutélaire, et non des fonctions d'inquisiteur, ne peut être excité. Lors
même qu'il intervient dans des débats entre particuliers, c'est plutôt pour tenir la balance entre
l'accusateur et l'accusé; c'est plutôt pour qu'on
n'abuse pas contre celui-ci de la rigueur des formes, que pour aiguiser et diriger contre lui le
glaive vengeur de la justice.

» Puisque la procédure dont il s'agit est muette
pour le ministère public, dites-nous, je vous prie,
dans la supposition que vous faites, quel seroit
son instigateur? De quel dénonciateur le crayon
censorial enregistrera-t-il le nom? Le livre de la
censure va-t-il donc devenir une table de pros-
criptions, un signal de guerre intestine, chargé
de réveiller la vengeance, l'animosité, la haine
entre les citoyens? Non sans doute. Malheur à
qui ne voit dans le magistrat des mœurs et de
l'ordre public, que le vengeur social! Il est aussi
le pacificateur des citoyens; et la branche d'oli-
vier doit plus souvent encore orner sa main,

que le sceptre de fer de Dracon la surcharger.

» Lorsqu'une querelle privée a divisé trois familles, lorsqu'elles se sont accordées pour l'étouffer, lorsqu'elles ont obtenu une sanction légale à cet accord; si quelque bouche incendiaire essaie de rallumer quelqu'étincelle des ressentimens amortis, le devoir de l'homme public est de dissiper ce souffle infect par un souffle de paix; son devoir est de repousser tous ceux qui se présenteroient pour réveiller des procès scandaleux sur lesquels les intéressés sont appaisés.

» Et voilà comme se renverse de mille manières cet argument odieux, qu'on présentoit comme un géant, et qui n'est qu'un pygmée. Voilà comme on voudroit rendre madame de Mirabeau complice d'une infamie gratuite pour l'avilir, s'il étoit possible, à mes yeux. Mais je la connois trop, pour lui attribuer rien de méprisable, rien de perfide : et je jure de ne lui imputer aucun des outrages qu'on accumulera sur ma tête, aussi longtemps que ses volontés, ses actions et jusqu'à ses opinions seront captives. C'est mon Émilie, ma tendre Émilie, si douce, si sensible, si pénétrée de l'amour de ses devoirs; c'est la compagne et la consolatrice de mes malheurs, que je vois toujours, que je ne cesserai jamais de reconnoître dans madame de Mirabeau.

» On assure cependant que je l'ai diffamée; et

c'est le dernier motif de séparation qu'on allègue au nom de madame de Mirabeau.

» Sans doute, pour qui connoît le cœur humain, le seul acte de réclamer ma femme, prouve assez que je n'attentai jamais à son honneur. Mais l'honneur en général, et surtout celui d'un sexe pour qui la délicatesse fut inventée, comme la compagne nécessaire de la beauté; son honneur est mieux servi par le silence que par les éloges même. Je me contenterai donc d'observer ici que j'ai désavoué dans mes lettres à mon beau-père, à ma femme, tous mémoires dont elle auroit à se plaindre, comme indignes de moi, comme injurieux pour moi. Ce désaveu est resté sans réponse; et j'en devois conclure que ma famille adoptive en étoit satisfaite. J'ajoute, quant aux lettres quelconques que j'ai pu écrire aux gens en place, et qu'on atteste, que je n'en dois aucun compte, soit parce que des lettres missives sont sous la garde de la foi publique; soit parce que des plaintes même, mais déposées dans le sein des ministres du roi, ne sauroient passer pour des diffamations.

» Des diffamations contre ma femme! moi dont le désespoir dans les excès de ma sévérité la plus chagrine, de ma jalousie la plus injuste, fut de penser que je ne pouvois plus la rendre heureuse! Des diffamations! eh! n'aurois-je pas

22

été la première victime de ma vengeance ? Quel mal aurois-je fait à ma femme que je n'eusse pas senti ? Ah ! si les hommes dont le sentiment est droit et la tête saine, sont bons par sagesse, ils sont aussi clémens par vengeance ; c'est la seule qui soit à leur usage. Mais aucun homme, à moins d'être un furieux, sans âme et sans esprit, n'a diffamé la mère de son fils. Les enfans forment un nœud vraiment indissoluble entre les deux sexes, entre ceux qui leur ont donné l'être. C'est là l'invincible raison qui s'oppose au divorce ; et mon fils vivoit au temps où l'on prétend que je diffamois sa mère ; sa mère que je ne redemanderois pas si j'avois cessé de l'estimer ; sa mère dont je n'aurois pas été jaloux si j'avois cessé de l'aimer !

» Arrêtons-nous ici, messieurs. Voilà donc la requête de madame de Mirabeau épuisée. Voilà ce qu'une multitude de conférences de célèbres avocats d'Aix, a produit en faveur du système de ceux qui veulent m'ôter ma femme ! J'ai déjà parcouru une longue carrière ; et il semble que je n'ai rien dit sur l'incident que vous allez juger.

» Mais, messieurs, vous laisserez cette erreur à ceux qui ont intérêt à l'accréditer, à ceux qui, ne voulant que m'enlacer dans d'éternelles longueurs, s'efforcent de gagner leurs fins provi-

soires, indépendamment de toute discussion de
la cause, parce qu'ils n'ignorent pas qu'il est légalement impossible qu'ils gagnent davantage, et
qu'il leur faut voiler jusqu'au dernier instant la
futilité de leurs moyens de fond. Ils se sont ren-
fermés dans des généralités indéfinies, dans des
énonciations vagues ; comme si leur demande
provisoire n'étoit pas même susceptible de con-
troverse. Je le crois, comme eux, messieurs,
qu'elle ne l'est pas. Je crois que dans la thèse générale, et surtout dans l'espèce particulière, il
est impossible de laisser madame de Mirabeau
chez M. son père ; et je vais établir en peu de
mots mon opinion, déjà très-éclaircie par les
lettres de M. de Marignane, par la discussion du
fond, par les lettres et les requêtes de madame
de Mirabeau, et surtout par la contradiction manifeste qui se trouve entre ses écrits et les démarches que l'on fait en son nom.

III.

» Les fins provisoires et la demande en séparation de madame de Mirabeau, doivent être jugées sur les mêmes principes, parce qu'elles
dépendent du même fait. Ses fins provisoires,
comme la demande en séparation, n'ont pour
base que la supposition de la volonté de madame de Mirabeau. Or, de quelques probabili-

tés qu'on veuille étayer cette supposition, toujours ne sera-t-elle qu'une supposition.

» Je vous le demande, messieurs, peut-on regarder comme de même nature les moyens que j'oppose à mes adversaires? Les doutes que j'élève sur la volonté de madame de Mirabeau, sont fondés, non pas sur des suppositions, mais sur des témoignages certains, irréprochables, décisifs de sa tendresse pour moi. Ses lettres, le vœu de me rejoindre qu'elle y exprime : voilà mon titre. J'ai donc dans cette lutte l'incommensurable avantage d'opposer la certitude à des suppositions; je dis à des suppositions, parce que tous les moyens de madame de Mirabeau reposent, ainsi que sa volonté prétendue, sur des suppositions. On suppose des griefs qu'on se réserve de prouver. On suppose que ces griefs, qu'on n'ose pas déduire et que j'approfondis moi; on suppose que ces griefs, dont aucun n'est personnel à madame de Mirabeau, que je n'ai pas revue depuis ses lettres écrites, ont fait naître sa volonté de se séparer de moi, cette volonté si contraire à son ancienne tendresse. Et moi, je ne suppose rien. Je dis : madame de Mirabeau m'aimoit avec ardeur, et ses lettres en sont la preuve. Madame de Mirabeau étoit heureuse auprès de moi; et ses lettres en sont la preuve. Madame de Mirabeau gémissoit de mon absence; elle invo-

quoit l'amour conjugal; elle soupiroit après notre réunion; et ses lettres en sont la preuve.
Réunissez-nous donc, rapprochez-nous du
moins.

» Dans cet état de choses, pouvez-vous balancer, messieurs, à m'accorder la vue de mon
épouse, à m'accorder le provisoire que j'ai l'honneur de vous demander?

» Il m'est dû, messieurs, parce que le magistrat
ne sauroit refuser de constater mon titre. Il m'est
dû, parce que le magistrat ne doit pas autoriser
le trouble qu'on apporte à l'exercice de mon
droit. Il m'est dû, parce que ma qualité n'étant
pas contestée, mon nom d'époux ne doit pas
être un vain nom.

» Les lois prononcent, et les jurisconsultes
conviennent que la séparation de corps, même
ordonnée, ne fait perdre au mari ni son autorité, ni ses droits: et, dans notre législation, il
est hors de doute que la femme même séparée
est toujours sous la puissance du mari: que la
séparation d'habitation n'anéantit ni les devoirs
de la femme, ni la puissance du mari.

» Quoi! dans un état de séparation jugée, j'aurois encore le droit de prescrire à mon épouse
tout ce qui seroit décent et convenable! J'aurois le droit d'inspecter et de diriger sa conduite! Et l'on supposera, et l'on soutiendra que

quelqu'un possède aujourd'hui celui de m'interdire sa vue ! Quoi ! j'aurois incontestablement
le droit de dire à madame de Mirabeau : ne recevez pas des visites de telle et telle personne ; je
pourrois lui dire : ne fréquentez pas telle et telle
société ; je ne serois responsable à qui que ce
soit de mes motifs : et il ne me sera pas permis
de la voir, de lui écrire ! de me faire entendre
d'elle !... Tel seroit cependant l'effet infaillible
de sa demande provisoire.

» Depuis long-temps toute avenue m'est fermée
auprès de ma femme; cela est avoué au procès,
puisque je m'en suis plaint, d'abord dans toutes
mes lettres; ensuite dans deux requêtes judiciaires, et que les requêtes de madame de Mirabeau
ne l'ont pas nié. Cela est avoué, puisqu'un des
griefs de ses requêtes, c'est que j'ai désiré de la
voir et d'être entendu d'elle.

» Or, pourroit-on établir un état provisoire
plus décisif dans la cause, plus attentatoire à
mon titre, que l'adjudication entière des demandes formées au nom de madame de Mirabeau?
Voudroit-on établir un état provisoire pendant
lequel on m'interdiroit tout moyen d'étouffer ce
malheureux procès, d'empêcher qu'il n'ait des
suites funestes pour les deux époux, pour la société, pour les mœurs, qu'il ne nécessite un divorce éternel ?

» On ne manquera pas de me dire que M. de
Marignane est le maître chez lui ; qu'il peut y
recevoir tous ceux qu'il lui plaît d'admettre ; que
je n'ai nul droit d'exiger qu'il renonce à sa société, ni qu'il souffre mes visites. Et je ne l'ai
jamais contesté. Mais, messieurs, c'est parce que
mon beau-père est le maître chez lui, et qu'il ne
peut y avoir qu'un maître dans sa maison, que
sa fille, jadis sous sa puissance, aujourd'hui sous
celle de son mari, à qui seul elle est comptable
de sa conduite, ne doit pas demeurer dans une
maison, où non-seulement la volonté de ce
mari ne peut être écoutée, mais où sa voix
même ne sauroit se faire entendre.

» Je ne sais, messieurs, combien de fois on
me réduira dans cette cause à prouver ce qui est
évident ; mais je sais que j'ai honte de déduire
de telles trivialités. Eh ! combien plus doivent-
elles vous paroître inutiles et fastidieuses, si vous
n'oubliez pas le point essentiel de cette cause ;
si vous n'oubliez pas que la prétendue volonté
de madame de Mirabeau d'obtenir sa séparation,
n'est fondée que sur un PEUT-ÊTRE ! tandis que
l'amour qu'elle eut pour moi, le bonheur de notre cohabitation, le désir de notre réunion, sont
établis sur des certitudes, sur des preuves inat-
taquables ! et qu'ainsi toutes les probabilités sont
en faveur de l'opinion que m'ont également sug-

gérée les apparences et ma tendresse! Je veux dire
que la conduite contradictoire de madame de Mirabeau et ses procédés négatifs appartiennent
tous à l'obsession qui l'agite, qui la captive. Eh !
lequel des partisans, des amis de ma femme, ne
doit pas chérir cette opinion ? Est-ce à madame
de Mirabeau, épouse dévouée, bonne mère, tendre amante, peintre éloquent des sentimens les
plus doux, les plus honnêtes, les plus sacrés du
cœur humain; est-ce à elle qu'on s'intéressera ?
ou lui préférera-t-on la femme qui, foulant aux
pieds des actions si chères, aux supplications les
plus tendres, aux souvenirs les plus attendrissans,
aux invitations les plus simples, ne répond que
par des refus injurieux ? qui... Non, je ne ferai
point un tel parallèle; mon amour l'affoibliroit et
mon équité même m'arrête : car je suis convaincu
que rien de ce qu'on me montre aujourd'hui de
ma femme ne lui appartient. Mais choisissez, vous
qui voulez faire renoncer au bonheur domestique celle que vous prétendez aimer, comme si
vous pouviez jamais lui rendre rien qui l'égale :
choisissez, et dites, qui honore le plus madame
de Mirabeau, de moi qui veux toujours la voir
investie de toutes ses qualités, de toutes ses vertus, de tous ses charmes ? ou de vous, qui, forcés
d'avouer combien elle étoit touchante lorsqu'elle
peignoit d'autres sentimens, d'autres opinions,

d'autres vœux, ne lui en attribuez pas moins des
sentimens, des opinions, des vœux contraires?

» Mais, messieurs, j'abandonne pour un instant tous les avantages que je viens de développer. Je suppose que la question de l'obsession est
tellement problématique, que la balance reste en
équilibre; et je demande si, dans ce cas (le plus
favorable de tous au système de mes adversaires;
car ils ne rangent apparemment pas la possibilité
de l'obsession dans la classe des absurdités : on
a beaucoup appelé le XVIII.ᵉ siècle, le siècle de
la philosophie; on ne s'est pas encore avisé de
l'appeler celui du désintéressement) je demande
s'il est de votre justice de laisser, pendant le procès, madame de Mirabeau exposée à l'obsession
dont je me plains, dans une maison où cette obsession, si elle existe, a la carrière la plus libre
et la moins disputée? où entourée de gens intéressés à notre dissension, ma femme n'entend
que des voix ennemies qui m'accusent, qui me
calomnient? où je ne puis ni par ma présence, ni
par mes discours, ni même par mes lettres, dissiper le prestige qui l'environne?

» Ce n'est pas tout. Les cruels effets de cette
obsession peuvent et doivent s'aggraver. L'amour-
propre et l'habitude secondent à l'envi la méchanceté, lorsqu'une fois elle est née dans le cœur
de l'homme. Le malheur que j'éprouve n'est donc

pas le seul que j'aie à redouter. Je dois en prévenir de plus grands. On peut, on veut même (et
j'en atteste sa requête), on veut pousser madame
de Mirabeau de fausses démarches en fausses démarches, jusqu'à jeter le fourreau du glaive que
sa main timide tremble encore à toucher. On
veut, en accumulant ses torts envers moi, faire
naître une vraie répugnance dans son âme pour
celui qui lui fut si cher : on veut lui inspirer des
craintes sur l'impuissance du cœur humain à pardonner de certaines injures ; elle en viendra jusqu'à redouter mes implacables souvenirs... Messieurs, prévenez un tel complot. Ils ne me pourront rien, tant qu'ils n'aliéneront pas le cœur de
mon épouse : mon âme, j'ose le dire, mon âme
plane à une trop grande hauteur au-dessus de leur
âme. Mais si leurs calomnies persuadoient enfin
ma femme ! si elle en venoit jusqu'à me craindre,
jusqu'à me haïr ! Ah ! messieurs, je sens que je
ne pardonnerois jamais à ceux qui m'auroient attiré sa haine !

» Certainement, messieurs, ce n'est pas se
leurrer d'un espoir trop improbable, que de
croire qu'une voix qui sut le chemin de son cœur ;
que des procédés qu'elle ne méconnoîtra pas
long-temps, lorsqu'ils ne seront point travestis ;
que la vue d'un mari qui lui fut cher, réveille-
roient en elle des sentimens sur lesquels on ne peut

élever le moindre doute, qui tout au plus ne sont qu'amortis, et que tous les gens honnêtes voudroient voir renaître. Madame de Mirabeau m'a aimé; elle m'a beaucoup aimé : et le premier homme qu'une femme a aimé, n'est jamais indifférent à son cœur. Une première impression aussi vive que celle de l'amour, a de longs effets dont on n'aperçoit pas la chaîne dans le progrès des années, mais qui ne cessent d'agir jusqu'à la mort. Madame de Mirabeau m'a aimé, elle m'aime encore : j'en ai mille preuves de détails. Ses vœux, ses prières, ses efforts se sont fait entendre jusqu'à moi. Je connois les obstacles, les persécutions, les considérations même respectables qui l'enchaînent; la tristesse, l'inquiétude qui la dévorent : je sais tout; et mille lettres comme celles qu'elle m'a écrites depuis que je suis de retour en Provence, ne me persuaderoient pas, parce qu'elles ont été évidemment combinées, si ce n'est dictées. Elle m'aime; cependant elle m'écrit des lettres dures, des lettres outrageantes : elle appelle le divorce !

» Chère Émilie, écoute un homme qui t'aime, dont les intérêts sont les tiens, et le seul dans l'univers dont les intérêts soient les tiens. Le divorce ! Eh ! quels moyens as-tu de l'obtenir ? Des lettres dures que je t'ai écrites ? tu ne les montreras point. Eh ! quel mari jaloux n'en écrivit pas de pareilles ! Des sévices ? Ceux qui t'obsèdent suborneroient une foule de témoins pour me charger, que toujours restera-t-il ceci : depuis 1774, je ne t'ai pas vue : depuis 1774, tu m'as écrit les lettres les plus tendres; et c'est toi qui craignois le divorce, loin de le désirer. Ces lettres effaceroient tout : toi-même as écrit ton arrêt. Qu'articuleras-tu donc ? L'enlèvement prétendu d'une femme ? Non : Émilie ne sera pas assez lâche pour m'accuser quand tous mes accusateurs m'ont absous. Elle ne sauroit être recevable à m'accuser. L'espoir du divorce est donc une absurdité dont te leurrent les intéressés à notre séparation. On n'y réussira jamais. Mais voici à quoi on tentera de réussir. On te compromettra par une défense forcenée ; on m'outragera ; on s'efforcera de me rendre impossible de vivre désormais avec toi....

» O toi ! que j'ai vue si honnête, si décente, si sensible à l'opinion publique ! quoi ! cet éclat et tout ce qui en peut résulter ne te fait pas frémir ! Quoi ! Victor, ce malheureux Victor, qui, s'il vivoit, me redemanderoit sa mère, ne crie pas au fond de ton âme : C'EST MON PÈRE, ET VOUS LE REPOUSSEZ !.. Non, tu ne plaideras pas, ou je t'ai mal connue.

» Messieurs, je puis me tromper ; mais, hélas ! il seroit affreux que je me trompasse : et je puis bien aussi ne pas me tromper. C'est dans cette

alternative que vous allez juger ; et vous ne prononcerez certainement pas que tous moyens de
ramener mon épouse à des sentimens plus doux,
à ses vrais sentimens, doivent m'être interdits :
vous ne prononcerez pas qu'un débat si triste,
qui peut n'être encore qu'un mal-entendu facile
à terminer, deviendra un procès à outrance ; il
rendroit à jamais ennemies deux familles que les
ministres des autels croyoient unir, lorsqu'ils in-
voquoient sur nous et les nôtres les bénédic-
tions célestes, lorsqu'ils serroient les nœuds indissolubles que Dieu même a voulu cimenter.

» Mais que demandé-je ? Humains et sensibles par inclination, les juges sont inflexibles et
rigides par devoir. Leur vertu même ne sert qu'à
les endurcir. Jamais ils ne combattront la justice sous le voile spécieux de l'équité. Religieux
adorateurs de la loi, sourds, inexorables comme
elle, la loi seule, ou la jurisprudence, si la loi se
tait, peuvent leur dicter leurs jugemens. Loin
d'eux les émotions, ils réduisent tout à la règle.

» Je souscris à ces maximes. J'invoque les lois,
j'invoque les formes, j'invoque la jurisprudence ;
et je vais chercher, avec vous, messieurs, si elles
ont défendu que ma femme me fût donnée pendant l'instance ; si elles permettent qu'elle reste
dans la maison paternelle.

» On assure qu'elle ne sauroit être ni plus dé-

cemment, ni plus naturellement séquestrée que
chez son père ; et que c'est faire injure à ce père
respectable que de le mettre en doute.

» Je me vois forcé d'examiner si l'assertion
est exacte en principes ; mais je protesterai du
moins que mon respect même, mon respect profond pour M. le marquis de Marignane, m'enjoint
de l'écarter entièrement de cette discussion : car
c'est la cause et non les personnes que nous plai-
dons. A Dieu ne plaise que, dans mon refus d'ac-
quiescer à la demande provisoire, j'aie eu l'intention d'offenser ou d'affliger mon beau-père !
Le ciel m'est témoin que mon vœu le plus cher
seroit d'embellir sa vie. S'il ne m'y avoit forcé,
j'aurois tout sacrifié au désir de lui plaire : je dis
tout ; hors ma femme. Mais si, après me l'avoir
donnée, il veut me la ravir, je dois à lui, je dois
à elle de la réclamer de lui-même.

» N'oublions jamais dans ce procès, messieurs,
que je me plains d'obsession ; que l'obsession
peut et doit même investir le père plus naturellement et plus assidûment encore que la fille.
N'oublions pas que ma femme (même dans le
système qu'on lui prête), n'est pas moins intéressée que moi à faire cesser les plaintes d'obsession : qu'il lui convient, à elle comme à moi,
de se montrer libre ; et qu'on ne sauroit la dire
libre dans une maison telle qu'elle soit, où les

obsesseurs, s'il en est, sont admis, tandis que la voix du mari ne peut s'y faire entendre.

» Après des considérations d'une telle nature, je n'aurois pas besoin, sans doute, de consulter, ni les lois positives, ni les formes, ni la jurisprudence. La première de toutes les lois est celle qui accorde à ma femme la liberté que je demande pour elle. La forme la plus sacrée est celle qui respecte le titre et le droit établis. La meilleure jurisprudence pour la société, pour les mœurs, pour l'intérêt de la paix domestique, est incontestablement celle qui ne laisse à la femme que le choix de la maison de son mari, ou tout au plus l'hospice consacré par les autels.

» Je pourrois donc me dispenser d'ouvrir des livres de droit, qui devroient toujours m'être bien étrangers, pour savoir ce que d'autres ont pensé ou jugé sur l'évidence même. Mais voyons, puisqu'il ne reste à mes adversaires que ce foible retranchement; voyons quelle est l'opinion des jurisconsultes, et quelle est la jurisprudence sur la séparation provisoire.

» Les auteurs de droit répètent comme un axiome : *Divortii causâ pendente, et uxorem et res apud virum esse debere* (*). Pendant l'ins-

---

(*) Brillon, v. Séparation. *Luc. lib.* 8. *tit.* 4, *c.* 1 *et* 2.

tance de divorce, la femme et tout ce qui lui appartient doivent être chez le mari.

» Brillon qui a recueilli la jurisprudence de tout le royaume, établit que « lorsque la femme de-
» mande à être séparée d'habitation , elle doit
» être mise dans un couvent, ou maison bour-
» geoise non suspecte, *où le mari pourra la*
» *voir* , et obtenir le moyen de procurer la réu-
» nion des esprits. Ainsi fut jugé à Paris, le 17
» août 1711, par arrêt de la cinquième chambre
» des enquêtes. C'est la jurisprudence établie et
» courante », ajoute cet auteur; et cette jurisprudence est ancienne. En effet, voici ce que nous trouvons dans Papon.

« Par arrêt du parlement de Paris, du 15 fé-
» vrier 1492 , fut dit contre une femme pour-
» suivant divorce et séparation contre son mari,
» que , sans préjudice de ses justes moyens au
» principal, et de lui faire droit, elle seroit te-
» nue, par provision, *s'en retourner à la com-*
» *pagnie de son mari* , *et lui obéir et entendre*
» *tout ainsi qu'auparavant* (*) ; et autant en fut
» jugé le 18 août 1536, par arrêt de ladite
» cour ».

» Voilà donc trois arrêts qui autorisent l'in-

(*) Arrêts de Papon, liv. 15, tit. 3, *de Divorce et Sé-paration,* n.° 1.

jonction que j'ai demandée : ils ne sont pas les
seuls, à beaucoup près; mais ils suffisent pour
prouver que, dans notre jurisprudence, les droits
du mari subsistent dans toute leur intégrité pendant l'instance en séparation, et qu'ainsi ils doivent être respectés.

   » On trouve, il est vrai (et je suis loin de le
déguiser), d'autres arrêts par lesquels la femme
a été séquestrée. Mais qu'on y prenne garde : jamais la séquestration provisoire n'a été ordonnée
sans un commencement de preuve de sévices. Je
défie mes adversaires de trouver un seul exemple, je dis un seul, qui contrarie cette assertion.
Il n'en est point, il ne sauroit y en avoir; la nature des choses s'y oppose. On ne peut, sans
prouver les orages de la cohabitation passée, et
sans être ainsi presque assuré que la cohabitation
demandée seroit dangereuse, dépouiller de fait
le mari de son droit. On ne peut commencer par
éloigner l'un de l'autre deux époux, dont la réunion est le vœu de la société, des mœurs et des
lois; dont on doit en tout temps faciliter la réconciliation.

   » Aussi, lorsque nous trouvons des arrêts qui
ont ordonné la séquestration provisoire, nous
trouvons en même temps qu'elle n'a été ordonnée que sur des preuves. Tel est l'arrêt rendu
le 10 février 1663, dans une cause plaidée par

Le Maistre (*). Cet arrêt est rapporté à la suite du plaidoyer. «La cour, sur les conclusions de » feu M. Omer Talon, avocat général, qui dé- » clara que *les faits allégués dans le plaidoyer,* » *étoient vérifiés par les informations qu'il* » *avoit vues,* ordonna par son arrêt que la dame » de Mailly seroit séquestrée en la maison et près » la personne de madame la duchesse de Lon- » gueville; que le sieur de Mailly lui donneroit » six cents liv. de pension, et *qu'il n'auroit au-* » *tre liberté que celle de la visiter* ».

» La dame de Mailly avoit prouvé par les informations les sévices dont elle se plaignoit; elle fut séquestrée. Elle avoit père et mère; son mari ne soupçonnoit pas qu'elle fût obsédée : et cependant elle fut séquestrée en maison tierce; elle fut mise auprès d'une princesse de la maison royale, *et reconnue de toute la France,* dit Le Maistre, *pour être par sa vertu l'ornement de son sexe.*

» Cependant le mari, dont les sévices étoient prouvés, eut la liberté de la visiter dans cette maison : et l'on voudroit que ma femme fût laissée dans un tel état qu'il ne me fût pas possible de la voir! Le mari qui avoit abusé de ses droits, eut celui de se faire entendre de sa femme; on

----

(*) Plaidoyer XIV.

lui laissa le pouvoir et les moyens de rappeler, de réveiller sa tendresse : et l'on me refuseroit à moi ce droit, ce moyen, ce pouvoir ! à moi, contre qui on ne prouve rien, contre qui on n'allègue rien !

» Car qu'est-ce que cette locution si légère, si cruelle, si coupable, si calomnieuse, dont on a chargé la requête de ma femme ? *Sans parler de sévices et de mauvais traitemens dont madame de Mirabeau peut se plaindre.* Quoi ! vous intentez un procès en séparation, sans parler de sévices et de mauvais traitemens ! Quoi ! vous les indiquez, et vous n'en parlez pas ! Quoi ! vous lancez sur un homme le soupçon d'une lâcheté telle que des sévices et de mauvais traitemens envers sa compagne, envers la mère de son fils, et vous ne daignez pas l'approfondir ! Vous me supposez apparemment si coupable, que ce délit n'ajoute rien à mes attentats !

» Mais sur qui retombe cette injurieuse réticence, quand deux jours après celui où vous vous l'êtes permise, trente - cinq lettres paroissent, dont chaque ligne vous nomme calomniateur ?... Dieu juste ! auquel on m'accuse de ne pas croire, comme si tout autre qu'un aveugle pouvoit nier la raison sublime qui préside à la nature ! Dieu juste ! à quoi tient la réputation d'un homme ? Il y a huit mois que je ne possédois pas une de ces lettres. Ensevelies dans des papiers mille fois abandonnés dans mes courses infortunées, la vigilance fidèle d'un ami me les a conservées. C'est après huit années de malheur et d'oubli que je les retrouve. Et si je ne les eusse pas rapportées, il me falloit ployer la tête sous le poids d'une invincible calomnie. Une ville, une province entière l'eût répétée, l'eût accréditée ! Les intéressés à persuader les bruits injurieux, ardens à les répandre, en sont presque toujours les auteurs; n'importe : ils triomphoient, et moi je fuyois ma patrie, mes amis, ma famille, je fuyois les regards des vivans.... Mais calmons-nous, car ils empoisonnent jusqu'à ma sensibilité la plus juste. Il est difficile d'exposer froidement des sentimens qui déchirent l'âme; cependant la chaleur nuit, dit-on, à la vérité; disons donc la vérité toute nue.

» Si nous parcourons encore le recueil des dissensions domestiques et civiles, nous voyons dans ces mêmes plaidoyers de Le Maistre (*), une autre femme, qui, se plaignant de sévices, et soutenue par son père, chez qui elle s'étoit réfugiée, fut condamnée à retourner sans délai auprès de son mari qui la réclamoit. Et peut-être il ne sera pas inutile de répéter ici un passage de

_____

(*) Plaidoyer VIII.

l'écriture, vraiment remarquable, que Le Maistre, suivant l'esprit du temps, mais plus encore
par l'excellence de l'à-propos, cite à cette occasion. Je vais le rapporter, et je m'abstiendrai
de le traduire. *Fuit quidam vir Levites qui ac-
cepit uxorem de Bethleem Juda : quæ reliquit
eum et reversa est in domum patris sui in Bethleem, mansitque apud eum quatuor mensi-
bus. Secutusque est eam vir suus, volens recon-
ciliari ei, atque blandiri et secum reducere ;
quæ suscepit eum et introduxit in domum patris sui. Quod cùm audisset socer ejus, eumque
vidisset, occurrit lætus, et amplexatus est homi-
nem* (*). A quoi le père de l'église qui com-
mente ce passage, ajoute : *Occurrit pro foribus
socer, generum introduxit, filium reconciliavit ;
et ut lætiores dimitteret, triduo tenuit, quasi
repararet nuptias* (**). Les temps, les mœurs
et jusqu'à la morale sont bien changés !

» Des Docteurs étrangers se sont proposé des
difficultés sur la question que nous agitons. Sur
une demande en séparation, la séquestration
provisoire doit-elle être ordonnée? Ils distinguent
d'abord, d'après la nature des moyens ; ils distinguent ensuite, d'après l'âge des femmes maltrai-

---

(*) *Judic.* XIX, 1, 2, 3.
(**) *Amb.* l. VI, c. 44.

tées par leurs maris; et disent : *Cùm agitur de muliere juveni in quá urgeat periculum honestatis vivendo extrà domum viri.* — *Loco honestæ matronæ, legi solet aliquod monasterium : Et cùm agatur de muliere provectæ ætatis, prudenter de mandato sequestro in genere illius locus remissus est arbitrio judicis (*)*. De sorte que ces sophistes subtils ne laissent eux-mêmes à une jeune femme non maltraitée, et qui cependant demande à être séparée, d'autre habitation que celle de son mari ou celle du couvent.

» Les jurisconsultes y sont unanimes. Il n'y a lieu à la séquestration que lorsque les dangers de la cohabitation sont évidens; c'est l'opinion universelle : et cela fut attesté par MM. les gens du roi lors de l'arrêt rapporté par Boniface ». C'est » aussi, disoient-ils, ce qui a donné lieu à tant » d'arrêts qui ont établi cette jurisprudence tri-» viale au palais, que la première plainte de la » femme n'est jamais écoutée, et qu'elle est tou-» jours condamnée à retourner avec son mari, » avec injonction à lui de la traiter maritalement; » et, à moins de récidive, la séparation n'est ja-» mais ordonnée (**) ».

(*) *De Luca de matrimonio, sponsalibus et divortio, disc.* XI, *n* 4.

(**) Tome 4, liv. 5, tit. 13, ch. 1.

» Celle qu'on demande provisoirement pour madame de Mirabeau ne sauroit l'être, parce qu'il n'y a point de preuve de sévices, parce qu'il n'en est pas question, parce qu'il ne peut en être question, parce que l'invraisemblance même de la supposition en feroit rejeter la preuve, si elle étoit demandée. Ainsi fut jugé dans le procès de la dame Rapaly, plaidé par Cochin. Ainsi fut jugé, le 1.er février 1745, par arrêt rapporté dans Denisart. Ainsi fut jugé, le 4 mai 1750, contre la dame de Melun, qui articuloit des faits de sévices. Ainsi fut jugé, le 7 avril 1756, en la grand'chambre du parlement de Paris, contre la comtesse de Mont-Boissier-Canillac. On le jugea de même enfin, le 4 septembre 1768, contre la dame de Falé.

» Ma cause est sans doute infiniment plus favorable que celles des procès en séparation provisoire, dont j'ai rapporté les décisions. Non seulement il n'y a point de preuve de sévices; non seulement on ne PARLE PAS d'un tel moyen, quoiqu'on ait l'indicible méchanceté de déclarer qu'on en pourroit parler; non seulement on n'en parle pas, mais la supposition même est inadmissible.

» Ce n'est pas, gardez-vous de le croire, messieurs, que je prétende exciper d'une fin de non-recevoir résultant d'une réconciliation. Ce moyen, tout-puissant sur l'esprit des juges inviolablement attachés à la règle, est au-dessous de mon caractère moral : je n'en ai pas besoin. Ce n'est pas sous cet aspect que je vous ai présenté, messieurs, les lettres touchantes de madame de Mirabeau. J'ai voulu vous démontrer, j'ai voulu démontrer au public (et véritablement la preuve étoit facile), qu'il étoit impossible de supposer que notre habitation eût été orageuse. J'ai voulu démontrer qu'une lettre, qu'une lettre jalouse, et par conséquent dictée presque nécessairement par l'amour, fut la première, l'unique cause de nos dissensions; qu'il n'y en eut jamais d'autre, et qu'un regard nous eût rendus à notre tendresse, à notre confiance mutuelle.

» Au reste, la nécessité de la cohabitation pendant l'instance, soit pour étouffer dès le principe un procès dont vous ne pouvez que gémir, soit pour constater par cette épreuve la volonté et la disposition réelles des deux époux; la nécessité de la cohabitation est tellement de principe, que l'exception pour le seul cas des sévices, n'est venue que du relâchement de nos mœurs. On ne la trouve dans aucun des jurisconsultes anciens. Cujas examine en plus d'un endroit la question provisoire (*). « S'il s'agit, dit-il, de la validité

(*) *Cujas ad cap. litteras de restit. spoliat. et ad cap. 2, in lite pendente nihil innovet.*

» du mariage, ou que l'un des deux époux en de-
» mande la dissolution, ils doivent être séparés.
» S'il ne s'agit que de suspendre la cohabitation,
» attendu les sévices, les deux époux doivent ha-
» biter ensemble pendant le procès ».

» Le barreau de cette ville n'en doutoit pas du
temps de feu M.ᵉ Julien, dans les notes manuscri-
tes duquel nous trouvons précisément la même
décision. Il demande : *An, lite pendente super
dissolutionem matrimonii, debeant conjuges si-
mul cohabitare? Non debent*, dit-il, *ut, lite pendente, nihil innovetur. SED SI AGATUR TANTUM
DE SÆVITIA, DEBENT COHABITARE* (*).

» De sorte que dans la rigueur des principes,
envisagés dans leur relation avec les mœurs, adop-
tés par l'universalité des jurisconsultes anciens,
et par ceux même de ce pays, une demande en
séparation pour sévices n'empêcheroit pas la cohabitation pendant le procès. On voit à quel luxe
de richesses et d'autorités je renonce.

» Je ne croirai pas aisément que des ménagemens puissent porter les magistrats à permettre,
contre toute règle, la séparation provisoire.

« Le premier objet du législateur, dépositaire
» de son esprit, compagne inséparable de la loi,
» l'équité, ne peut jamais être contraire à la loi

(*) V. *Matrimonium* 42, *l. B.*

» même. Tout ce qui blesse cette équité, vérita-
» ble source de toutes les lois, ne résiste pas
» moins à la justice (*). Le législateur l'auroit
» condamné, s'il l'avoit pu prévoir ; et si le ma-
» gistrat, qui est la loi vivante, peut suppléer
» alors au silence de la loi morte, ce n'est pas
» pour combattre la règle, c'est au contraire pour
» l'accomplir plus parfaitement ».

» Ces paroles augustes, proférées par le premier magistrat de ce siècle, vivent sans doute au
cœur de tous les juges.

» Mais enfin, quel que soit l'oracle que la justice va rendre ici, j'en respecterai les motifs ; et
j'élaguerai une foule d'exemples qui ne seroient
maintenant que des répétitions superflues. J'en
ai dit assez, j'en ai trop dit, peut-être : qu'il me
soit permis seulement de chercher, en finissant,
comment, si la séparation provisoire pouvoit
être ordonnée, elle devroit l'être.

» Dans cette supposition même, elle devroit
l'être en respectant mes droits. Elle devroit l'être
de manière que ma femme ne fût pas soustraite
à la puissance de son mari. Elle devroit l'être de
manière à me donner les moyens de rappeler mon
épouse à ses premiers devoirs, à ses inclinations
premières. Cette séparation provisoire devroit

(*) D'Aguesseau.

surtout être ordonnée, en garantissant madame
de Mirabeau des obsessions qui captivent sa volonté. Elle devroit être ordonnée, en me donnant
tous les moyens de m'assurer par moi-même de
cette volonté. C'est aux pieds des autels que je
reçus sa foi : c'est aux pieds des autels que les illusions qui la troublent, peuvent se dissiper. Là,
délivrée du tourbillon qui l'entraîne, et dont on
s'efforce d'augmenter l'agitation ; là, rendue à
elle-même, son cœur volera vers l'époux que son
cœur à choisi. Là, mes soins, mes attentions,
mes gémissemens sur le sentiment cruel qui lui
feroit préférer un tel asile à la couche nuptiale,
auront bientôt séduit son âme sensible et tendre.
Eh ! que redoute-t-on de moi, lorsqu'on veut
à tout prix m'éloigner d'elle ! C'est la vérité de
mon accent, de mon langage ; c'est l'énergie que
je saurois donner à ma modération même ; c'est
l'émotion que j'inspirerois facilement à ma femme, en lui parlant d'elle, comme j'aimai toujours
à en parler : ce sont tous ces sentimens que je
rallumerois dans le cœur d'une épouse qui, mieux
qu'une autre, connoît mon cœur, quoiqu'il ne
lui soit pas même permis de l'avouer. Et c'est là,
messieurs, ce qui m'adjuge mes fins provisoires
en cette cause, que nous voudrions tous voir
étouffer dans de mutuels embrassemens. Malheur
à qui ne désire pas que madame de Mirabeau ait

tort, évidemment tort au procès, ou du moins
qu'on ait tort pour elle ! car je ne cesserai jamais
de l'en écarter. Malheur à qui pénétré de cet es-
·poir, qu'un si triste débat n'a commencé que par-
·ce qu'on n'a pas permis aux deux époux de se voir
et de s'entendre, ne désire pas que je sois aussi
savant dans la magie de plaire, que mon aimable
Émilie l'écrivoit autrefois, et qu'elle succombe
aux doux efforts de cette magie !

» Mais pourquoi préféré-je un couvent à la
maison de son père ?

» Moi ! je ne préfère rien, je ne demande rien
que la règle. Je demande que ma femme me soit
rendue. Mais si les juges ne croient pas devoir l'ordonner, s'ils trouvent quelqu'obstacle à la cohabitation : je dis, ou plutôt un célèbre avocat général
dit avec moi, que *la maison d'où la paix domestique s'éloigne, doit être une maison de deuil.* Je
n'ai pas le droit d'exiger que celle de mon père
adoptif en soit attristée. Je ne saurois lui demander qu'il renonce pour moi à ses amis, à leur
société, à leurs plaisirs que trop long-temps
peut-être j'ai suspendus. Mais j'observe avec
regret, avec syndérèse, qu'il est de mon intérêt,
qu'il est surtout de celui de ma femme, qu'elle
ne soit point distraite dans une circonstance qui
va décider du bonheur de notre vie. Il est de
notre plus grand intérêt, il est de la décence que

dans cet instant elle soit seule avec elle-même.
Il faut qu'elle puisse descendre au fond de son
propre cœur, de ce cœur que j'ai pris pour juge.
N'admettez plus, messieurs, entre elle et moi
que le ciel qui reçut ses sermens et les miens.

» Ma voix s'épuise, je l'avoue, et je vous ai
trop fatigués, messieurs. L'honneur et la cause
appeloient des détails... Les ingrats !... combien
ne leur en ai-je point épargné ! Mais jamais, non
jamais je ne porterai à des ennemis si chers des
coups que ma vive tendresse n'affoiblisse pas. Si
je vous racontois, messieurs, si je vous racontois,
même avec la plus grande simplicité, si je des-
sinois, sans la moindre enluminure, le tableau
des procédés également inouis et injurieux dont
je suis poursuivi depuis six mois; vous croiriez
que j'ai dispensé par des délits atroces madame
de Mirabeau de toute déférence, de tout égard,
de toute politesse (si jamais une femme peut
être dispensée envers son mari); ou que ses conseils sont frappés d'aveuglement. Les lettres que
j'ai rendues publiques, et dont chaque ligne
atteste ma conduite à son égard, ont assez manifesté ce que tout homme qui a quelque candeur dans l'âme et quelque logique dans l'esprit,
peut et doit penser de notre union. Elles ont
assez manifesté que la hauteur qu'on a toujours
affectée avec moi, et qu'on a couronnée par

l'injure de me renvoyer mes lettres, sans les laisser parvenir à mon épouse, étoit destinée à couvrir le vide de moyens et de raisons, et surtout à donner à entendre au public qu'on lui cachoit des secrets effroyables, que la seule générosité de mes adversaires m'épargnoit.

» Ils circuloient cependant ces secrets; et me voici, messieurs, pour demander enfin qu'on les dévoile. C'est d'une voix de Stentor, c'est avec une âme indignée et brûlante, qui peut-être élèvera mon génie, que j'appelle dans la lice les calomniateurs...

» Mais, non. Tandis qu'on répétoit jusqu'à l'outrage les refus les plus inflexibles, on cabaloit pour reculer la demande judiciaire, pour m'interdire ma défense naturelle (et vous ne m'entendriez pas aujourd'hui, messieurs, si j'eusse trouvé des juges vulgaires), pour engager ma famille à s'opposer au procès, pour mettre le désordre dans mes affaires pécuniaires, pour me décourager, pour me dégoûter, pour m'ôter des défenseurs... Et c'est ainsi que mes adversaires décéloient leurs craintes !

» En effet, vainement on avoit forcé madame de Mirabeau à consulter contre moi avant même que je l'eusse réclamée; vainement on me prodiguoit les hostilités les moins déguisées : *Madame de Mirabeau consulte*, répondois-je aux offi-

cieux donneurs d'avis? *elle a donc un procès ?*
elle est bien à plaindre. Pour moi, qui n'en ai
point, je ne consulte pas. Je m'étois renfermé
dans cette réponse muette, si l'on peut parler
ainsi.

» Le jour, où ni moi, ni mes gens, ni mon
écriture ne peuvent plus pénétrer chez M. le marquis de Marignane, arrive enfin ; et je suis forcé
de recourir aux voies judiciaires. Je cherche des
avocats alors, et je m'applaudissois, je m'ap-
plaudis encore de n'en avoir cherché qu'alors.
Je vais demander des conseils au bien petit
nombre de ceux sur qui je me croyois permis
de jeter les yeux, puisque la famille de madame
de Mirabeau ne les avoit pas consultés. Plusieurs
d'entr'eux me refusent, sans autres raisons, sans
autres motifs que *la crainte de s'engager dans*
une affaire de parti.

» Une affaire de parti, bon Dieu ! Est-il donc
un autre parti pour des avocats que celui de la
loi ? Reconnoissent-ils un autre empire ? Une
affaire de parti ! Et qu'a donc cette noble profession de plus sacré, que de combattre ce monstre aux cent voix, qui, nourri d'illusions, de
mensonges et de calomnies, ne vomit qu'illusions, calomnies et mensonges ?

» Une affaire de parti ! oui, sans doute, mon
procès en est une, ou du moins il devroit en

être une; car tous les honnêtes gens, tous ceux qui croient l'ordre public intéressé aux bonnes mœurs, et tous les citoyens intéressés à l'ordre public, doivent trembler pour les engagemens que l'on contracte au siècle, où la seule convenance de l'égoïsme, où la seule répugnance vraie ou fausse, et attestée par autant de témoins suspects, où les seules armes d'un absurde persiflage, ou d'un bon ton prétendu, qui croit dominer dans les cercles, parce qu'on est assez pusillanime pour en redouter les ridicules vengeances, peuvent donner créance à des bruits injurieux, à des diffamations atroces, à des calomnies absurdes, peuvent élever, soutenir, maintenir, prolonger, éterniser le plus scandaleux, le plus désespéré des procès, en trompant les foibles, en secondant les méchans, et glaçant la voix dans les bouches honnêtes, mais pusillanimes, et toujours enchaînées par les clameurs qui étourdissent les hommes frivoles et paisibles, et mettent en méfiance jusqu'aux sages.

» Sans doute un tel ordre de choses devroit effrayer tous nos concitoyens ; et je pourrois les supplier au nom des lois, au nom de la justice, au nom de leurs intérêts, et d'eux-mêmes, d'ouvrir les yeux, de voir dans mes procédés un ami de la paix, et dans ma cause celle de toutes les familles.

» Oui, messieurs, c'est une chose déplorable
et vraiment honteuse pour le siècle, pour la nation, pour les mandataires de l'autorité, pour les
magistrats, que ces sortes d'arrangemens qui insultent aux lois, aux mœurs, à la religion, à la
morale; et au moyen desquels une femme vit
dans le monde, libre, indépendante, ne tenant
plus à son mari que par son nom, et trop souvent par le ridicule ou la honte dont elle le
couvre.

» Mais, malheur à l'époux qui, dégoûté de cette
philosophie si commode, mais si funeste, et par
conséquent si coupable, par tendresse pour sa
femme, ou par une foule de sentimens et de
principes honnêtes; malheur à lui s'il se refuse
à ces compositions aimables ! Rien ne peut le
mettre à couvert d'une demande en séparation;
et cette demande trouvera de la faveur, n'en
doutons pas.

» Une femme intéressante par elle-même,
plus intéressante encore par l'apparence de l'infortune qu'on sait lui donner, va remplir le royaume de ses plaintes. Elle séduira d'abord le cercle
qui l'environne; ses parens, ses amis, ses connoissances seront entraînés, et deviendront les
échos de ses plaintes. Un monde entier qui n'ap-
profondit rien, dont la malignité ne veut le plus
souvent trouver que des torts, n'écouter que des

anecdotes, ne répéter que des épigrammes, fera, d'un procès en séparation, une affaire de parti; et les plus sages, les plus équitables des magistrats verront la balance trébucher dans leurs mains.

» L'intérêt de la morale et des mœurs, celui même de ce sexe si séduisant, mais que nous avons rendu si foible; son intérêt, dis-je, car toute société a besoin d'un chef; le respect dû au plus auguste des contrats, à l'engagement sur lequel repose la société entière; les suites terribles de la profanation de ce lien sacré; l'ordre public, en un mot, ce motif sublime devant qui tous les autres se taisent, invoquent à grands cris la rigueur des maximes en matière de séparation. Et s'il est trop vrai, comme une foule de divorces sans divorce l'atteste, que les tribunaux s'en sont souvent relâchés, je me trouve heureux de pouvoir, sans imprudence, le dire devant vous, et vous inviter, par cela même, à plus de sévérité. On attend de vous de grands exemples, messieurs.

» Mais, que dis-je? Il ne sauroit être question ici de sévérité. Il ne s'agit que de bienfaisance. Madame de Mirabeau n'a pas cessé un instant d'être l'épouse de mon cœur; elle n'a pas cessé un instant de désirer d'en réaliser le titre. Pour être heureuse, elle n'a qu'à vouloir l'être, ou plutôt elle n'a qu'à se ressembler et prévenir votre jugement, ou lui obéir ».

HONORÉ GABRIEL DE RIQUETTI,
Comte DE MIRABEAU, fils.

JAUBERT, avocat.

SICARD, procureur.

EXTRAIT de la Requête présentée par M. DE MIRABEAU, en réplique à la Requête qui fut faite par madame DE MIRABEAU au Plaidoyer du 20 mars.

« C'EST devant un tribunal ; c'est devant des juges souverains ; c'est à la cour même où réside la majesté du roi et de la nation ; c'est aux conservateurs des lois, aux gardiens des mœurs, aux protecteurs de tous les droits, qu'on ose dire au nom d'une épouse, que son mari, citoyen notable et qualifié, a été *détenu* des années entières *dans des maisons de force*, desquelles on ne peut sortir sans flétrissure, et que les coups de l'autorité la plus arbitraire ne firent jamais connoître à un homme de sa classe ; à moins que le donjon de Vincennes, la Bastille, etc., où furent détenus, par ordre du roi, les Condé, les Conti, les Luxembourg, et plus récemment encore des fils de rois, ne soient **DES MAISONS DE FORCE** : c'est devant des magistrats qu'on ose dire, *que l'honneur et la délicatesse de la dame comtesse de Mirabeau pourroit être compromis à rejoindre un époux dont elle déclare ne vouloir et ne pouvoir approcher sans s'avilir et se compromettre aux yeux des lois et de la société entière!*

» C'est à des magistrats qui connoissent toutes les circonstances du procès, qui savent ce qu'on suppose au nom de la demanderesse, ce qu'on dit, ce qu'on tait, ce qu'on accrédite même en feignant de le taire : c'est à des magistrats qui connoissent leurs concitoyens et leurs liaisons de société, leurs intérêts cachés et leurs passions secrètes, qu'on ose soutenir, pour la dame comtesse de Mirabeau, que l'obligation de souffrir au moins les visites de son mari, *lieroit avec lui un commerce que la décence, que l'honneur et les considérations les plus fortes doivent écarter;* que ce seroit *un excès de tyrannie* que d'ordonner ces visites, puisqu'on démontrera *qu'il ne peut plus y avoir aucune sorte de société entre elle et son mari!*

» C'est pour une femme qui ne se plaint d'aucuns sévices (et qui ne sauroit s'en plaindre,

puisqu'indépendamment de ce qu'elle n'en es-
suya jamais, les lettres d'elle qu'a fait imprimer
son mari, démontrent invinciblement que leur
union fut intime, et leur cohabitation sans orages); c'est pour la dame de Mirabeau, qui, dans
un temps depuis lequel elle n'a pas revu le suppliant, lui a écrit du style d'une amante passion-
née; c'est en son nom qu'on tient ce langage !

» Et c'est d'un ton si décent, si noble, si imposant, qu'on représente le suppliant comme
foulant aux pieds ses propres engagemens,
parce qu'il redemande sa femme aux tribunaux,
après l'avoir tant et si vainement réclamée d'elle-
même et de son père !

» Ce n'est point ici le lieu de montrer que celles
des lettres du suppliant qu'on atteste, ne prouvent
évidemment rien, sinon qu'il demandoit alors, et
dans la situation la plus cruelle qui fut jamais,
un élargissement conditionnel et partiel, qui ne
lui fut point accordé. Or, du moment où il ne
l'obtint pas, n'est-ce point une cruauté dérisoire que de rappeler comme des *engagemens,*
les conditions qu'il proposoit de s'imposer pour
un prix qu'il n'a pas reçu?

» Il ne s'agit pas non plus de débattre ici les
lettres de son père, qui, comme toutes autres lettres missives de tiers, doivent rester sous
la foi du secret. On prouveroit aisément qu'une

parole qui ne fut JAMAIS ni demandée ni reçue, ne sauroit être réclamée, et n'existe pas ; on prouve-roit que cette parole eût-elle existé, elle ne pouvoit être donnée que pour un temps, et pour un temps d'épreuve ; que le JAMAIS ne sauroit se suppo-ser ; puisqu'il seroit également absurde et bar-bare qu'un père eût condamné son fils à n'avoir JAMAIS fini d'expier ses erreurs, à ne pouvoir les réparer JAMAIS ; et qu'il se fût condamné lui-même à ne JAMAIS voir perpétuer sa famille. On prouveroit enfin que ces lettres n'établissent rien que les exagérations et la crédulité d'un père irrité ; puisque la plus grande partie de leurs détails et de leurs assertions est démentie par les événemens postérieurs, et la propre condui-te du sieur marquis de Mirabeau. Toutes ces dis-cussions trouveront ailleurs leur place ; car si le suppliant se doit de ne point demander compte à son père de ce qu'il a pu écrire contre lui, il se doit encore plus de demander compte du pro-cédé d'employer contre lui les lettres de son père.

» Mais il suffit au suppliant d'observer en ce mo-ment, que tous ces faits sont étrangers au procès ; qu'il n'eut jamais d'autres engagemens avec son épouse que ceux qui furent consacrés aux pieds des autels ; qu'il ne sauroit en avoir pris de con-traires ; que, s'il en eût contracté de tels, les tri-

bunaux s'empresseroient de dissoudre une convention insociale et scandaleuse ; que les engagemens des deux époux sont réciproques, et
qu'on ne peut, sans insulter à toute morale , sans
fouler aux pieds tous les principes, supposer que
la décence, la délicatesse, l'honneur, défendent à une femme de recevoir les visites de son
mari. L'HONNEUR d'une épouse est de respecter et de faire respecter celui de son mari, dont
elle ne pourroit que partager la honte aussi
long-temps qu'elle porte son nom. SA DÉLICA-
TESSE est de ne pas se permettre la moindre
démarche qui puisse causer à son mari une juste
inquiétude. Enfin LA DÉCENCE repousse avec
indignation l'idée d'une épouse sans cesse entourée de la jeunesse d'une ville entière, et
inaccessible à son mari seul.

» C'est le refus obstiné d'une conférence entre les deux époux, aussi long-temps qu'on a
craint que la dame de Mirabeau ne fût point assez subjuguée par l'obsession ; c'est le procédé
inoui d'avoir renvoyé au suppliant, sans les dé-
cacheter, les lettres qu'il écrivoit à sa femme ;
c'est la violation du dépôt des lettres d'un tiers ;
c'est la diffamation publique d'un mari par sa
femme, qui est contraire à toute *décence,* à toute
délicatesse, à tout *honneur.*

» Les conseils de la dame de Mirabeau, et ses

obsesseurs, reconnoissent apparemment une partie de ces vérités; puisqu'ils offrent maintenant de montrer leur captive, sans doute assez bien instruite, à son époux. Mais comment l'offrent-ils? Ils ne veulent la lui montrer qu'une seule fois, un seul instant, entourée, investie. Ils ne le veulent qu'avec des précautions injurieuses au titre d'époux, et surtout au suppliant dont on attaque si cruellement le caractère, et qui réclame principalement, pour sa femme, la liberté dont elle est privée ! Peut-on mieux avouer qu'elle n'est pas libre que par cette ridicule antithèse, fidèlement transcrite de la requête de la dame de Mirabeau? *On feint de craindre pour la suppliante une obsession qui n'existe pas, et on voudroit LA LIVRER A UNE OBSESSION QUE TOUT DOIT LUI FAIRE CRAINDRE ET REDOUTER.* Étrange terreur que dévoilent si naïvement les obsesseurs ! Étrange terreur que celle de voir UNE JEUNE FEMME OBSÉDÉE PAR SON MARI qu'elle adoroit autrefois, et contre lequel on n'espère pas lui avoir encore inspiré assez de haine ! Étrange terreur que celle de la voir rendue à ses sentimens premiers, à ses plus grands intérêts, à ses devoirs les plus sacrés ! Cette indiscrétion, sans nom et sans pudeur, démontre invinciblement qu'il est des obsesseurs qui ne veulent point de rivaux ; et le langage odieux qu'on fait tenir à la dame de Mirabeau, suffiroit pour le prouver. Sans doute, si elle étoit libre, elle ne diffameroit pas son mari : sans doute, elle ne divulgueroit pas les lettres de son beau-père : sans doute, elle ne supposeroit pas, contre toute vérité, qu'il existoit un vœu domestique contraire à la réclamation du suppliant, et qu'un jugement de famille autorisoit la dame de Mirabeau à demeurer séparée de son époux. Sans doute, elle n'auroit pas dissimulé les deux dernières lettres qu'elle a reçues de son beau-père, et que le suppliant joint ici; elle auroit senti que, dès qu'elle feignoit de prendre pour règle de sa conduite le vœu domestique, elle devoit le chercher dans les lettres du mois dernier, et non dans celles à trois ans de date. Elle n'auroit pas dissimulé les instances touchantes, les remontrances énergiques de l'oncle de son mari, du bailli de Mirabeau, dont on connoît l'étroite union avec son frère depuis soixante années, et dont le suppliant joint ici la dernière lettre à sa nièce, écrite il y a trois jours, ainsi que l'étrange réponse évidemment dictée par des conseils complaisans, incendiaires et pusillanimes.

» Mais le vœu de la famille existât-il en effet, il est absolument étranger à une instance liée devant un tribunal légal ; devant une cour souveraine, et non devant un tribunal domestique. La dame de Mirabeau l'a si bien reconnu; elle a si bien reconnu qu'elle n'habitoit chez M. son père, que par le consentement tacite du suppliant, ou par une suite de sa condescendance, qu'elle a demandé provisoirement au lieutenant d'être autorisée à demeurer chez le sieur marquis de Marignane, son père. C'est sur cette demande indispensable et forcée qu'on a plaidé au siége; et c'est ce qui a été insidieusement dissimulé dans la requête de la dame de Mirabeau, où, par une déclamation aussi répréhensible que vide de sens, on ose appeler *possession sacrée et inviolable UNE USURPATION* qui insulteroit également à la religion, aux mœurs, aux lois, et aux tribunaux, si elle pouvoit continuer ».

***

LETTRES écrites au commencement du Procès, par M. le marquis et M. le BAILLI DE MIRABEAU, en faveur de M. le comte DE MIRABEAU.

Lettre de M. le marquis de Mirabeau à madame la comtesse de Mirabeau, sa belle-fille.

« JE reçois, madame ma très-chère fille, votre lettre de bonne année, dans laquelle je ne suis

plus que *cher père*, au lieu de *cher papa* que j'étois ci-devant. Or, il y a de l'anachronisme dans ce choix; car je vous assure que si l'on me prioit d'être père, je ferois bien un autre bruit que vous, quand on vous prie d'être mère, et je défierois pour le coup tous les arrêts du monde; au lieu que bon papa passe, et c'est ce dont est question. . . . .
. . . .
. . . .

» Venons maintenant au grand article, qui consiste en ce que ma fille fait aujourd'hui le contraire du rôle de Marion de la chanson : *Marion pleure, Marion crie, Marion veut qu'on la marie.* Elle veut que je lui serve de second dans ce personnage. Mais, ma belle et bonne fille, je viens de vous faire ma confession sur l'article de la *paternité*... Mais, dites-vous, j'ai donné ma parole à vous et à M. votre père, et je les ai maintenant devant les yeux, ces deux fameuses lettres du 10 décembre 1780, par lesquelles on me vouloit, dit-on, citer devant les maréchaux de France. J'ai répondu que c'étoit plutôt devant les maréchaux ferrans, puisqu'il s'y agissoit de brider un mulet. Les voilà donc ! Je promets à M. votre père, que mon fils n'approchera pas de lui, ni de sa maison, sans sa permission. Je n'entendois pas sans doute que mon fils n'approcheroit pas de la mienne ; et jusqu'à présent, il n'en est que là. Je pourrois objecter que M. votre père ne m'a pas répondu, et que parole non acceptée, est parole non donnée. *Ce silence ne provenoit pas du peu d'importance de la chose ; mais M. votre père a sagement voulu me laisser l'endosse de la chose, ET S'EN EST RAPPORTÉ A MOI.*

» Qu'ai-je fait ? je l'ai tenu treize mois, dont huit sous même toit, et à la campagne, et je lui dois la justice de dire qu'il n'a mangé personne. De là, il a été chanter un *bécarre* au rez-de-chaussée, tandis que vous chantiez en *bémol* un peu plus haut. Il ne m'appartient pas de dire mon avis sur la musique. De tous les tons, celui qui me conviendroit le plus, c'est le concordant. Mais je m'abstiens d'opiner. Reste que de là, je l'ai envoyé à son oncle, et je vous demande, ma fille, si vous choisiriez, à tout prendre, un arbitre plus équitable, et un témoin plus sûr.

» Dans sa première station, il a redemandé sa tête. Dans la seconde, il redemande sa femme. Ces deux choses ont par fois plus d'adhérence qu'il ne faut. Que puis-je à cela, ma fille ? Pensez-vous que le pouvoir que me donne aujourd'hui l'ordre du roi, aille jusqu'à lui prohiber ce droit ? Vous ne le croyez pas : mais il ne faut pas le mettre à portée. Oh dame !... Reste que

je vous ai conseillé dans ma fameuse lettre de
ne le reprendre que quand M. votre père et moi
serions d'accord sur ce point; et prenez garde
que c'est là le chef-d'œuvre de ma profonde sagesse et prévoyance.

» En effet, sans cela, vous seriez aujourd'hui,
ma fille, entre l'enclume et le marteau. D'une part,
M. votre père, si aimable, si bon père, et qui ne veut
pas; de l'autre, la loi qui veut et vous force d'offenser l'un, et de subir l'autre. Car on a beau dire,
toutes les fois que la volonté consulte, elle trouvera toujours des avocats. Mais dans le vrai, ni
ici, ni ailleurs, aucun ne peut vous dire que la
loi puisse être éludée en ceci. Or, je vous ai fait
une loi domestique par ma dernière lettre, qui
vous justifie. M. votre père dit non; et moi, qui
ne veux pas de discordance, et moins avec lui
qu'avec tout autre, je dirai non aussi. Ainsi il en
résultera que vous serez mauvaise jurisconsulte,
mais bonne fille; ce qui vaut bien mieux.

» Malheureusement, ma chère fille, nos deux
non paternels ne valent pas le *cum spiritu tuo*
de cette femme qui servoit la messe. Nous pou-
vions vous donner un mari, mais nous ne pouvons pas vous l'ôter. La loi veut des citoyens,
veut des enfans qui reconnoissent un père, et
qu'un mari une fois pris, le soit pour toujours.
Il n'y a peut-être pas un des juges qui ne trouve

la chose fort incommode ; et c'est pour cela même
qu'il a fallu des lois ; mais celle-là est, je vous
le répète, et je vous jure que je n'y prends, ni
n'y mets. Mais, direz-vous : *Mon papa sait qu'on
se sépare* : oui, ma fille, quand le mari au fond
n'en veut pas. Mais laissons cela.

» Vous me parlez ensuite de toutes mes lettres.
Oh ! oui, elles manifestent que mon fils, en tel
temps, fut un *bricone*. Belle nouvelle ! Chacun
sait cela. Mais, outre que ce n'est pas à sa femme à le dire, cela ne prouve rien pour le temps
présent ; et il vous dira que, dans le temps de ses
folies, vous le trouviez encore *prou* bon. Mieux
vaut se souvenir de cet axiome grec, qui dit qu'il
faut être ennemi, comme pouvant être ami ; à
plus forte raison entre gens qui ne peuvent être
autre chose. Il est permis à un père de médire
de son fils ; mais non pas à une femme de son
mari. VOUS NE FEREZ AUCUNE DE CES CHOSES ;
MAIS ON LES FERA EN VOTRE NOM ; et peu à
peu l'on vous conduira à venir prendre votre
case dans les *Causes célèbres*.

» Mais peu à peu il paroîtroit que je plaide,
et il s'en faut bien. Je vous dis seulement, quant
aux lettres, que c'est un dépôt de confiance qui ne
doit jamais sortir du bureau d'une personne honnête. On a disséqué bien de mes lettres ; j'en avois
dont je pouvois me servir utilement ; je ne l'ai

pas voulu ; encore les passeroit-on, quand elles
sont décisives pour une cause. Mais les lettres d'un
père ne font rien à la séparation de son fils. Au
reste, j'ai écrit selon les temps et les choses, et
toujours ainsi je ferai.

» Mais, ma belle et bonne fille, ceci deviendroit d'un sérieux à mourir. Daignez, ma chère
fille, être mon truchement auprès de M. votre père, lui dire d'attendre, pour être étonné,
de voir mon fils à Marignane ; mais que de le voir
auprès de mon frère et en tout lieu où celui-ci le
mènera, je l'en laisserai le juge. Eh ! s'il avoit un
fils, pourroit-il le placer mieux ? Que quand il a
bien voulu choisir mon fils, et m'engager par une
adoption aussi honorable à mettre et à doubler
même sur sa tête les substitutions de ma maison,
ce n'a pas été sans doute pour un essai seulement.
Que quand il ne m'a pas fait l'honneur de répondre à la lettre par laquelle je lui rendois compte
des circonstances qui décidoient l'épreuve que
vous m'aviez demandée, j'ai compris qu'il m'en
laissoit le soin ; qu'au bout de deux ans, en conséquence, je serois autorisé, et comme père et
comme tuteur, et comme chef de famille, de redemander pour mon fils, mon pupille et mon suc-
cesseur, la femme qu'il lui avoit donnée, surtout
en offrant un modérateur respectable en la personne de mon frère : que je n'en fais rien cepen-

dant; mais que je ne puis empêcher qu'il ne demande à rentrer dans ses droits ; les miens d'aucun genre n'allant pas jusque-là. Qu'ainsi donc je me retire de la bataille, et qu'on le connoît mal, ou qu'elle lui convient et à son caractère mieux qu'à moi. Qu'après avoir bien résumé, consulté, dépensé, sollicité, et amusé les oisifs d'Aix, il en adviendra que, qui a consulté, paiera ; que qui a...; et que lui, M. de Marignane, dira au bout du compte : *C'est leur affaire, qu'ils ne m'en rompent plus les oreilles et me laissent en repos;* et que, comme disoit feu Cyneas, mieux vaudroit peut-être commencer par-là.

» Vous me direz peut-être de prendre ces conseils pour moi ; aussi ferai-je, ma belle et bonne fille. A vous le dé. Je vous souhaite bonheur et santé. Au reste, soit que vous mettiez entre deux la grille, ce qui est plus péremptoire que toutes les prohibitions paternelles ; soit qu'il advienne finalement qu'on vous gâte la taille, etc., je m'en lave les mains. Je ne puis en ceci que recommander aux miens d'épuiser toutes les voies convenables, honnêtes et honorables avant d'en venir à celles de droit. Mais après cela, je n'ai ni le droit, ni par conséquent la volonté d'agir contre mon fils, parce qu'il aura refusé de vous laisser, comme une praline embaumée, briller à la chandelle pendant quelques heures, et le reste du temps semblable au figuier stérile de l'Évangile, dont on guette la place pour y placer du fruit étranger.

» Puissiez-vous voir en ceci, ma fille, que je ne suis pas incorrigible, et que, quand on me menace de publier mes lettres, j'en écris de très-prudentes ; comme aussi la vérité et efficacité des sentimens d'attachement que je vous ai voués, et avec lesquels je vous embrasse très-tendrement ».

(Madame de Mirabeau a fait imprimer cette lettre sans parler de la suivante.)

Lettre de M. le marquis DE MIRABEAU *à madame la comtesse* DE MIRABEAU, *sa belle-fille.*

De Paris, le 25 février 1783.

«MADAME et chère fille, je répondis en badinage à votre dernière lettre, qui me parut avoir été *dictée* pour mettre entre nous un genre de sérieux que mon cœur n'adoptera jamais. Je tâchai cependant, à travers des plaisanteries, de vous présenter des vérités qu'il me paroît qu'on vous déguise sur votre situation actuelle, d'après les récits qu'on me fait de ce qui se passe à Aix. Je crois devoir vous parler avec la franchise et la tendresse dont j'ai toujours usé avec vous, ma chère enfant : car vous le fûtes et voulûtes l'être. Je ne vous connoissois pas, je ne vous cherchois

25

pas ; je ne cherchois pas à marier mon fils : et ce ne fut que d'après votre choix et celui de M. votre père, que je me dépouillai et que je mis toutes mes espérances sur votre tête. Vous savez si je vous ai été bon père depuis ce temps-là ; mais ce n'est pas de moi dont il est question. Vous pouvez ne pas me faire entrer dans vos considérations, et vous êtes en droit de ne vous occuper que de votre propre satisfaction : du moins n'est-ce que de vous que je veux vous entretenir.

» Il est aisé, ma très-chère fille, de commencer une affaire ; mais il faudroit en bien connoître la nature ; il en faudroit prévoir la fin. Étiez-vous née pour devenir par votre volonté l'héroïne d'un scandale ? Étoit-ce là votre attrait ? J'entends la réponse : il faut donc supposer de grands motifs. Vos avocats vous en trouveront ; mais ils vous font illusion, croyez-moi. L'on a tout consulté ici, pays où l'on sépare fort aisément. On a tout énoncé, établi, exagéré, supposé comme démontré ; et toutes ces choses ont été rejetées comme étrangères à la question. *Il n'a point commis de délit légal envers sa femme depuis qu'elle a été la compagne de sa déroute, de son exil, de ses privations, depuis qu'elle a couru en poste jour et nuit pour venir l'excuser.* Ma chère fille, je ne réponds de personne que de moi ; mais je puis vous répondre que votre mari est beaucoup mieux

à tous égards que quand vous le prîtes. Le passé,
relevé par des adversaires, fera bruit sans doute.
Mais quel bruit ?.... Vous, sur qui je comptois
pour rendre à mon nom le lustre en ce genre,
que plusieurs très-respectables dames consécu-
tives lui avoient procuré, que craignez-vous en
cédant aux instances de votre mari et de sa famille? Vous êtes séparée de biens. Mon frère
vous offre une maison convenable où vous serez
la maîtresse. Lui et moi nous travaillons sans relâche à réparer les ravages de la désunion.

» Il ne reste donc que l'éloignement de M. votre père. C'est beaucoup sans doute. Mais ne
voyez-vous pas que ce sentiment porte sur son
rebut pour le tracas et pour le trouble, et que
vous lui apportez ce mal en voulant le fuir? S'il
pouvoit vous faire laisser, en disant : *Je soutien-
drai ma fille,* passe. Mais il est trop évident que
votre mari est trop avancé ; qu'il faut qu'il prenne condamnation à tout ce que l'opposition peut
semer et exagérer de bruits contre lui, en renon-
çant à son état, ou qu'il vous obtienne. Eh ! sont-
ils de bonne foi ceux qui vous disent que tout ce
qu'ils entassent de reproches étrangers à la question sur sa tête, opérera la séparation ? S'il est
quelque raison cachée, je l'ignore : car tout ce
que je sais (et peu sont plus instruits que moi,
je pense) n'a nul poids en ceci ; ou s'ils agissent

comme mercenaires ou passionnés, vous avez assez d'esprit, ma fille, pour démêler les vues étrangères à vous. Ayez donc assez de courage pour ne pas souffrir d'être compromise pour de fausses apparences.

» Les mœurs, les exemples, les propos répétés feront en vain des illusions passagères. Tant que la société sera société, le nœud que vous avez contracté sera le premier des devoirs dans l'opinion générale rassise, parce qu'il est le premier des liens. Le devoir filial ne perd rien sans doute, puisqu'il est le germe du devoir paternel. Mais, ma fille, les Sabines se jetèrent entre leur pères et leurs maris prêts à s'égorger, à jamais renommées pour cet acte d'héroïsme : le terme fut qu'Albe se réunit et se confondit dans Rome. Je vous renvoie loin, diront les moqueurs; mais c'est à la racine de nos lois. Les magistrats en sont les gardiens obligés. Et songez, ma fille, contre qui vous allez les réclamer : contre le père de votre enfant, contre un homme dont vous avez enchaîné l'état et la parole, tandis que vous allez demander l'indépendance et la liberté : un homme qui s'est bien fait du mal sans doute, mais qui ne vous en a point fait à vous; qui, s'il étoit souffrant et malheureux, auroit droit à réclamer votre assistance; et qu'aujourd'hui l'appareil de vos répugnances entoure d'hostilités !

» Mais il me semble que ce soit pour lui que j'ai pris la plume. En vérité, ma fille, en honneur, ce fut pour vous. Je crois devoir vous dire néanmoins, pour n'avoir pas à me reprocher d'avoir rien négligé pour empêcher l'éclat, que, depuis plus de deux ans que votre mari est en liberté, j'ai désiré votre réunion, mais je l'ai désirée par les douces voies de la persuasion. Vous êtes témoin que je ne vous ai jamais trompée sur son compte. Ma sensibilité sur ses torts s'est même quelquefois peut-être exprimée d'une manière exagérée *dans le secret de ma correspondance de famille.* Qu'importe? Le passé est passé pour tout le monde, devant Dieu et les hommes. Il a vécu neuf mois dans ma maison. Je l'ai envoyé en Provence où est son domicile naturel, chez son oncle qui est un second père pour mes enfans. J'ai espéré que sa bonne conduite feroit renaître les bontés que M. votre père eut autrefois pour lui. Je connois votre cœur, ma fille, votre amour pour vos devoirs, votre respect pour vous-même; et je m'étois flatté que vous rappelleriez aisément les sentimens premiers que vous m'aviez témoigné avoir pour lui. J'ai exigé qu'il ne cherchât aucun moyen de vous rapprocher de lui, qui pût ne pas vous être agréable et à M. votre père.

» On m'assure qu'il m'a tenu parole; et tout

me dit en même temps que je n'ai pas le droit d'exiger qu'il me sacrifie plus long-temps ses sentimens dans l'affaire la plus intéressante de sa vie. Il est question de son bonheur. On dit que son honneur y est compromis aussi par les calomnies dont on cherche à l'accabler. Je ne suis point à portée d'en juger, et je ne veux pas lui faire injustice. Il a trente-quatre ans. Je suis content de son obéissance en ceci jusqu'à présent; et je ne puis lui refuser la liberté d'employer les moyens qu'on jugera les plus efficaces pour sortir de la situation pénible où il est. Ma très-chère fille, je ne suis pas heureux. Il ne tiendroit qu'à vous de me donner un bon jour en ma vie. Vous me l'aviez fait espérer; car pourquoi me demandiez-vous en juin 1780 (*), de mettre votre mari à portée d'être éprouvé, si vous ne vous étiez pas conservé des droits sur lui, des devoirs envers lui? Cette lettre, dont il fut averti, fit en lui une révolution qui me parut subite et de bon genre. Ce cœur, fier et qui paroissoit endurci, et par conséquent égaré, parut se fondre tout à coup. Il se montra attendri, repentant, humilié; et comme il n'est point flexible à ces sortes de démonstrations, ce fut la pre-

---

(*) Pendant la détention de M. de Mirabeau au donjon de Vincennes.

mière chose qui me donna quelqu'espérance.
O ma fille ! je vous le répète, il n'y a pas de
danger pour vous : et, fût-il dans les suppositions
les plus ennemies, nous y sommes, mon frère
et moi, et vous, dans tous vos droits, et avec
ceux sans pair que vous donneroit un nouvel
acte de confiance. Ce jour donc ne sauroit être
malheureux pour vous, mais au contraire bien
honorable pour le reste de vos jours.

» Je prends, ma fille, une voie détournée pour
vous faire tenir cette lettre, parce qu'elle n'importe qu'à vous. Fiez-vous à moi. Si la voix d'un
vieillard qui vous chérit, vous ébranle, dites un
mot ; et si vous n'osez prendre seule votre parti,
assuré de vous, j'arrêterai, par l'amitié de mon
frère et l'obéissance de mon fils, tout acte judiciaire... S'il le falloit, si cela vous étoit nécessaire, j'irois vous tendre une main qui ne fit jamais de mal à personne, ni ne le voulut. J'irois
faire, au nom de mon fils, toutes les satisfactions
dues à M. votre père, et j'en porte loin l'idée en
fait de devoir filial, vous donner le baiser de
paix, ma fille, qui ne s'éloignera jamais de vous.
Mais en supposant votre volonté, vous pouvez
m'éviter cette peine et cette dépense. Sinon je
détournerai désormais mes regards de la carrière
où vous voulez entrer ; et je m'en vais l'opérer,
dans le triste et consolant souvenir du désir que

j'eus toute ma vie d'être juste et bon envers ceux même qui ont tissu les amertumes de ma vie. Je vous ai dû, comme à mon enfant, les conseils de mon expérience et les témoignages de tout l'intérêt que vous m'inspirez. Ces sentimens ne peuvent vous offenser, ainsi que le témoignage de mon ancienne tendresse. Adieu, ma très-chère fille ».

Lettre de M. le BAILLI DE MIRABEAU *à madame la comtesse* DE MIRABEAU.

Du 29 mars 1783.

« J'APPRENDS, madame, que l'on veut faire paroître en votre nom un mémoire ; que ce qu'il contient, s'il est tel que l'on me l'a dit, me force à m'abstenir de le qualifier vis-à-vis de vous.

» Avez-vous bien réfléchi, madame, sur cette démarche, et sur les suites ? Si les faits qu'on y expose étoient vrais, ils feroient tort à votre mari ; mais je vous demande si vous ne partageriez pas la honte. Ils sont faux, et il sera aisé de le démontrer ; vous fournissez vous-même la preuve de leur fausseté.

» L'on m'assure, mais je ne le crois pas, que vous les appuyez sur des lettres de mon frère. D'abord je ne saurois me persuader qu'un quelqu'un qui a quelques sentimens d'honneur, abuse

de la confiance d'un père irrité, que cette manière d'être, rend très-susceptible de croire aveuglément tout ce que l'on lui dit sur un fils qu'il
aimoit, et qui verse dans le sein de sa belle-fille
ou même de son beau-père ses plaintes sur ses
chagrins domestiques, au secret desquels il a dû
les croire aussi intéressés que lui. Observez,
madame, que mon frère a été d'autant plus fondé à vous confier ses peines, à M. le marquis de
Marignane, que M. votre père n'ayant que vous,
et ne pouvant, selon les apparences, se voir revivre que par vous, la liaison des deux familles
devenoit encore plus réelle. Si l'on pousse les
choses à un tel excès, que l'honneur défende à
jamais toute réconciliation, avez-vous bien examiné jusqu'où cela peut aller? Je vous le répé-
pète, madame, réfléchissez-y bien, et vous verrez que tous les faits étrangers à vous que vous
pourrez citer, ne sauroient servir à votre cause,
et ne feroient que montrer que la passion vous
a fait franchir toutes les bornes de l'honnêteté :
car il faut prouver, et vous ne les prouverez pas.

» Ces faits ont été exagérés, et plusieurs même
des plus graves sont absolument faux. Vous at-
testerez les lettres de mon frère. Je n'ose croire
que vous vous permettiez cet abus de confiance ;
et je vous répète que, dans le moment de la colère, un père peut croire tout, écrire tout dans sa

famille, et que cela ne prouvera rien, sur tout contre des preuves contraires. Il n'en restera que l'abus de confiance, et l'horreur d'avoir cherché à diffamer l'homme dont vous portez le nom.

» Enfin, madame, songez à votre état de fille, et que vous compromettez très-essentiellement M. votre père. Je vous demande si vous croyez que qui que ce soit puisse approuver une manœuvre qui vise à déshonorer votre mari et à compromettre votre père ?

» Vous n'ignorez pas tout ce que votre mari a fait pour vous voir, et savoir par vous-même vos sujets de plainte ; vous n'ignorez pas non plus la hauteur avec laquelle tous moyens de conciliation ont été rejetés en votre nom. Vous savez avec quelle honnêteté il a parlé de vous dans sa défense. Jugez vous-même de quel côté sont les torts.

» C'est probablement, madame, la dernière fois que je pourrai vous donner mon avis ; il est celui d'un homme qui s'intéresse encore à vous ; je desire, pour vous-même, que vous veuilliez bien en profiter. Je suis, etc. »

LE BAILLI DE MIRABEAU.

Extraits *du troisième volume des Mémoires et Observations du comte* DE MIRABEAU.

Observations sur un libelle diffamatoire, intitulé : Mémoire à consulter et Consultation pour madame la comtesse DE MIRABEAU (*).

« *AT etiam litteras quas me sibi misisse diceret, recitavit homo et humanitatis expers et vitæ communis ignarus. Quis enim unquàm qui paulùm modò bonorum consuetudinem noscet, litteras ad se ab amico missas, offensione aliquá interpositá, in medium protulit palamque recitavit? Quid hoc est aliud, quàm tollere è vitá vitæ societatem? tollere amicorum colloquia absentium? Quàm multa joca solent esse in epistolis quæ prolata si sint,*

(*) « Quinze lettres déposées par *la confiance et en » toute sécurité, quinze lettres qui renfermoient les con- » fessions d'un père alarmé et irrité contre son fils*, sont » arrachées au secret domestique, communiquées par le » père à la fille, et dévoilées au public par madame de Mi- » rabeau ». (*Note de l'éditeur, prise du Mémoire de Mirabeau au grand conseil.*)

inepta esse videantur ! Quàm multa seria, et tamen nullo modo divulganda ! Sic hoc inhumanitatis tuæ ; stultitiam incredibilem videte. (CIC. *Philip.* II, 4.° 9.)

« Quel homme qui, n'étant pas dépourvu de
» toute honnêteté, de toute humanité, de tout
» respect pour les bienséances, quel homme se
» croira dispensé, par une mésintelligence im-
» prévue, de tenir secrètes les lettres qu'il a re-
» çues ? Un procédé si sauvage bannit de la vie
» toute union, toute douceur, interdit tout com-
» merce aux absens, toute confiance aux amis ;
» c'est le comble de l'inhumanité ; c'est une in-
» croyable extravagance ».

» Voilà ce qu'adressoit l'orateur philosophe
de l'ancienne Rome, au triumvir implacable
qui avoit divulgué ses lettres, et qui depuis le fit
assassiner. Mais Antoine les avoit divulguées
pour sa défense personnelle, pour repousser les
attaques de son redoutable adversaire, de son
ennemi déclaré ; pour répondre aux *Philipiques,*
à ces harangues enflammées dont le nom seul
est devenu le signal de la plus terrible véhémence.

» Il ne s'agissoit pas d'appuyer sur ces lettres
des accusations capitales ; il ne s'agissoit pas de
réveiller des procès criminels, d'outrager un ami,
de déshonorer un parent. Ce n'étoit pas un beau-
père, ce n'étoit pas une épouse qui s'armât du

glaive de la diffamation contre son mari, contre
son gendre, contre le mari de sa fille unique.
Antoine ne produisoit pas les lettres d'un tiers;
il ne s'efforçoit pas de faire servir les lettres d'un
père à la perte de son fils. La loi romaine appelle *frères* le père et le beau-père. La loi romaine n'a point assez dit. Les enfans des frères
ne leur sont que neveux. Les enfans issus du mariage sont des enfans communs au père et au
beau-père; ils le sont bien plus, s'il est possible,
quand le beau-père ne peut placer que sur une
tête l'amour et l'orgueil paternel; quand sa fille
unique, quand le seul être par lequel il puisse
revivre, a fait de sa famille adoptive sa véritable, son unique famille. Il est peut-être inouï
qu'un beau-père ait, sans provocation personnelle, cherché à déshonorer son beau-fils. Dans
notre climat brûlant, où toutes les affections de
l'âme tiennent de l'emportement, où les passions s'exaltent jusqu'à l'atrocité, on a vu le
beau-père et le gendre se poignarder; et la nature a frémi. Mais je ne sais si l'on a jamais vu le
beau-père se rendre le délateur de son beau-fils
par l'organe de sa fille, et sur les prétendues preuves acquises par les lettres missives du père de son
beau-fils...Que le lâche, qui ne préféreroit pas l'atteinte d'un poignard à celle de la calomnie lancée
du sein de sa propre famille; que celui qui ne se

sent pas plutôt capable de pardonner à l'assassin qui attenteroit à sa vie, qu'au libelliste qui attaque son honneur, trouve ce parallèle exagéré ! je le lui pardonne... Pour moi, la plume me tombe des mains, et me refuse de l'achever.

» Un mémoire a paru. Ce mémoire, signé *Marignane de Mirabeau*, et visiblement destiné à flétrir ce dernier nom; ce mémoire, souillé des imputations les plus atroces, et cependant dépourvu de faits; ce mémoire, où l'on n'a pas même daigné annoncer une preuve; ce mémoire est un vrai libelle. Composé de cent deux pages, il en offre soixante-une consumées en copies de lettres, au nombre desquelles on en compte quinze de mon père, imprimées non seulement sans son aveu, mais malgré son désaveu formel. Ces quinze lettres, évidemment dictées par la colère d'un père justement irrité de l'inconduite de son fils; mais qui, comme tous les pères, s'exagéroit et cette inconduite et sa propre indignation; ces lettres renferment les dénonciations les plus cruelles, les épithètes les plus outrageantes, les faits les plus contraires à la vérité; parce que mon père étoit loin, en les écrivant, de la liberté d'esprit nécessaire pour la discerner; parce qu'il débitoit tous les *on dit* dont on affligeoit son cœur paternel; les *on dit* dont tant de bouches téméraires ont, dans cette province, été les échos;

les *on dit*, qui tous, peut-être, y étoient nés, et de quelques-uns desquels j'y trouverai certainement la source : de sorte que mes diffamateurs, en attestant les lettres de mon père , n'attestent le plus souvent que leur propre témoignage.

» Mais enfin, ces lettres seroient véritablement la profession de foi sérieuse et réfléchie de mon père; elles ne seroient pas démenties par son désaveu, par ses démarches, par les faits postérieurs; elles contiendroient autant de vérités qu'elles contiennent de faussetés démontrables jusqu'à l'évidence, que ce seroit encore le plus lâche des outrages, que de les faire publier par la femme qui porte mon nom; et malgré mon père, qui auroit eu horreur de soupçonner d'un si criminel abus de confiance un homme d'honneur, un homme qui n'étoit pas moins que lui le père de son petit-fils; ces lettres seroient tout ce qu'elles ne sont pas; elles seroient appuyées de preuves utiles, ou même nécessaires à la cause, de nature à être légitimement employées, que ce seroit encore un procédé fort odieux , que de répondre par une telle diffamation aux défenses plus qu'honnêtes, plus que mesurées, que j'ai fait paroître.

» Eh ! qu'ai-je fait, qu'ai-je dit, depuis qu'il est question de ce fatal procès, dont on ne doive pas

me savoir gré? J'ai prié, j'ai supplié, j'ai patienté;
j'ai reçu les injures avec calme ; je les ai redres-
sées avec modération ; j'ai loué mon beau-père;
j'ai vanté ma femme.... Je l'ai redemandée, à la
vérité ! Mais ne le devois-je pas devant Dieu et
les hommes ? L'ai-je fait avec brusquerie, avec
hauteur, avec précipitation ? Où vouloit-on que
je vinsse montrer ma régénération, si ce n'étoit
dans ma patrie ? A quels témoins devois-je mes
premières satisfactions, si ce n'étoit à mes com-
patriotes ? Quelle contrée a plus de droits à
l'hommage de mon repentir, au redressement
de mes erreurs et de mes torts, que celle qui
fut le berceau de mes pères, où tant d'affaires
m'appeloient d'ailleurs, où j'étois le gage nécessaire de mes créanciers trop nombreux ? Comment étoit-il possible que j'y vinsse, que j'y de-
meurasse si voisin de ma femme, sans lui offrir
le tribut de mes premiers sentimens ? Ai-je fait
autre chose? Loin d'attenter à sa liberté, je n'ai
demandé que celle de la voir. On me l'a refusée;
on me l'a refusée avec outrage; on a repoussé
tous mes vœux ; on m'a déclaré sans détour, que
j'étois *pour jamais* proscrit du sein de ma famille adoptive; que ma femme m'étoit *pour jamais* ravie.... Et ce sont eux qui se targuent *de
leur modération!* Ce sont eux qui se plaignent
d'être *forcés* de rompre le silence !.... Ils sont

forcés !... Eh! qui les a forcés de refuser toute conférence, toute conciliation; d'accumuler outrages sur outrages; de publier, pour première production, un tissu d'horreurs et de calomnies; de me poignarder de la main d'un père irrité?... Ils *sont forcés !...* L'honneur peut-il se croire forcé à des moyens odieux!... Ils sont *forcés!...* Ah! que ne se croient-ils aussi forcés de me donner la mort! de m'arracher cette misérable vie qu'ils me font haïr! Ils seroient au comble de leurs vœux, sans doute; et moi, je ne souffrirois plus.

» Mais, hélas! je vis, et mon honneur est attaqué. Que dis-je? Celui de mon père l'est peut-être davantage : car on le montre tout à la fois comme le délateur de son fils, comme infidèle à sa parole, comme parjure à ses sermens, aveuglément entraîné qu'il est par la soif de l'or. C'est la fortune de sa belle-fille qu'il convoite; c'est *son honneur,* c'est *sa foi de gentilhomme* qu'il a violés pour assouvir sa cupidité. O vous qui n'avez pas craint d'affliger la vieillesse et le génie! vous qui rouvrez dans le cœur d'un père des blessures si profondes!.... voyez-vous ce chêne antique et superbe : il ne tient à la terre que par de foibles racines; son poids seul l'y attache encore; il n'étend plus dans les airs que des branches dépouillées; mais, quoiqu'il vous

26

paroisse prêt à tomber sous le premier effort des
vents, quoiqu'il s'élève autour de lui des forêts
d'arbres verdoyans et robustes, c'est encore lui
qu'on révère..... (*) Ah! croyez-moi : le génie
dédaigne long-temps de se venger ; mais, s'il se
résout à lancer un trait, il tombe de toute sa
hauteur et retentit sur la terre. . . . .

. . . .

. . . .

» Je vais démontrer que l'emploi des lettres
de mon père est un crime, que rien ne peut atténuer ; et que l'atrocité de leur révélation doit
les faire rejeter du procès.

» Demandez à tous les hommes ce qu'ils pensent du procédé de la divulgation des lettres :
tous frémiront à l'idée d'un pareil abus de confiance, parce que tous y verront leur sûreté compromise ; et ceux même qui ne compteroient pour
rien la probité, la morale, la foi publique et privée, calculeront du moins leur intérêt.

---

(1) *Qualis frugifero quercus sublimis in agro,*
Exuvias veteres populi, sacrataque gestans
Dona ducum ; nec jam validis radicibus hærens,
Pondere fixa suo est ; nudosque per aëra ramos
Effundens, trunco, non frondibus efficit umbram.
At quamvis primo nutet casura sub euro,
Tot circum silvæ firmo se robore tollant ;
Sola tamen colitur.   (LUCAN.)

» Quel est donc le principe de cette opinion indélibérée, de cette opinion universelle que le seul instinct de l'homme éveille ? Cherchons-le , pour nous assurer si l'indignation générale qu'excite un procédé de ce genre, ne seroit pas l'effet de l'erreur ou d'un vain préjugé.

» Toute chose confiée, dans l'intention qu'elle ne soit pas révélée, est un *secret*. Cette intention doit toujours être respectée , parce que recevoir une confidence, c'est contracter les engagemens qu'elle suppose (*).

» Si cette définition ne reste pas intacte, si sa conséquence n'est pas un axiome inattaquable, tous les engagemens qui lient les hommes sont dissous. Car , si je dis à mon voisin : *J'apporte la paix* , et qu'il entende ou feigne d'entendre : *Je te déclare la guerre*; si je lui dis : *Je me livre à ta foi*, et qu'il veuille traduire : *Je te permets de me manquer de foi* , nous ne parlons plus le même langage. C'est la confusion de la tour de Babel; c'est le signal de la dispersion des hommes.

(*) « Quand le serment (du secret) seroit retranché, » j'ose avancer que nous n'aurions pas la liberté de violer » le secret. Nous ferions un parjure de moins; mais nous » commettrions toujours une infidélité : c'est ce qu'un véritable homme d'honneur ne se permet point , même » pour sauver sa vie». (*Traité de l'Amitié,* liv. 2, p. 157.)

» Les Romains firent une divinité du secret(*), et nous en faisons du moins un devoir sacré; non seulement parce que le secret est le premier ressort en affaires, parce qu'il est le fondement de toute bonne conduite, de tout succès, de toute confiance; mais parce qu'il est indispensable à tout honnête homme, parce qu'il est la base de la probité la plus commune; puisque dire imprudemment son secret, c'est *sottise*; mais révéler celui d'autrui, c'est *perfidie*, c'est *crime*.

» Qu'est-ce qu'une lettre missive ? C'est le dépôt des sentimens, des pensées, des secrets de celui qui l'écrit. C'est *un secret, et le plus sacré des secrets* (**); car celui que ma bouche seule a confié, n'a laissé dans la mémoire qu'une trace invisible et fugitive. Si la perfidie vient à le déceler, je puis désavouer le perfide. Mais lorsque l'écriture a donné la vie à mon secret, lorsque le

---

(*) Tacita.

(**) « On ne peut douter que le secret ne soit un dépôt;
» car le dépôt n'est autre chose que ce qui est confié à la
» foi d'autrui. Si le secret est un dépôt, je dois le garder,
» sans pouvoir en faire aucun usage. Je viole le dépôt si j'en
» use. Nulle occasion, nul prétexte ne peut m'en donner
» le droit; jusque-là que ceux qui ont fait toute leur étude
» du fond de la justice naturelle, source de toutes les lois,
» ne feignent point de traiter de voleur celui qui use du
» dépôt : il fait, disent-ils, un vol de l'usage ». (*Ibid.*)

papier qui le contient est sorti de mes mains,
ma confidence est sans retour; ma confiance est
donnée toute entière; je me suis livré sans précaution et sans défense à la perfidie; je me suis
interdit à moi-même jusqu'au désaveu du perfide.

» Une lettre, à moins qu'elle n'énonce la permission d'être divulguée, est donc un dépôt sacré; c'est un dépôt dont la suscription indique
le dépositaire. Ma signature et le nom de la personne à qui j'écris, forment, entre nous deux,
un traité qu'en général il ne sauroit nous être
permis d'enfreindre (*).

(*) « Le dépositaire doit posséder à la manière du cof-
» fre : tout son office est de renfermer; il ne doit s'ouvrir
» que pour celui qui a la clef; il faut que tout autre qui
» veut y fouiller, le brise. En un mot, il n'y a qu'une
» bonne manière de posséder le dépôt : c'est d'oublier qu'on
» l'ait, pour ne s'en souvenir que lorsqu'il s'agit de le
» rendre.

» Le secret est un dépôt dont vous êtes chargé : nul ne
» peut vous libérer que celui qui vous l'a remis. La per-
» sonne de qui vous tenez le secret, est seule en droit de
» vous délier la langue.

» Une rupture même survenue entre deux amis, n'est
» point un titre qui éloigne l'obligation du secret. On n'est
» pas quitte de ses dettes, en se brouillant avec son créan-
» cier.

» On doit, pour ainsi dire, loger le secret d'autrui dans

» Une lettre est un dépôt des pensées de celui qui l'a écrite. Et comme personne n'est comptable de ses pensées, on ne peut, en violant ce dépôt par leur publication, mettre un homme dans le cas d'avoir à justifier ce qu'il a pu penser dans tel ou tel moment. La divulgation, sous cet aspect, est donc un délit aussi inutile qu'odieux.

» Une lettre est un dépôt qui n'appartient aucunement à celui à qui il est confié; il peut même n'y avoir aucun droit. Cette lettre n'est commune entre son auteur et la personne à qui elle est adressée, que lorsqu'elle est destinée à renfermer la preuve d'un engagement réciproque. Elle n'appartient à celui à qui elle est écrite que lorsqu'elle ne contient rien que celui qui l'a écrite ait eu intention ou intérêt de cacher; ou lorsqu'elle ne renferme que des choses indifférentes à celui qui écrit, à celui auquel il écrit, et parfaitement étrangères à tout autre.

» Si le viol d'un tel dépôt pouvoit être excusé,

» un recoin de la mémoire où l'on ne fouille jamais......
» Il faut, s'il est possible, se le cacher à soi-même, dans la
» crainte d'être tenté d'en tirer quelqu'avantage. S'en pré-
. » valoir au préjudice de celui de qui on le tient, ou pour sa
» propre utilité, ce seroit user d'un bien dont on n'est pas
» propriétaire, *usurpation que le désir de la vengeance,*
» *déjà criminel par lui-même, n'est pas capable d'ex-*
» *cuser* ». (Des Mœurs, pag. 177 et suiv.)

la foiblesse ne résisteroit plus à la tentation si ordinaire de l'amour-propre, qui aspire à montrer tout ce qu'il sait et que les autres ignorent, tout ce qu'il possède exclusivement, ou tout ce qu'il possède aussi bien que ses rivaux de vanité. La perfidie trouveroit sous sa main l'arme la plus facile, la plus irrésistible, la plus sûre contre les cœurs sensibles, naïfs, confians; celle qui lui garantiroit à la fois le succès et l'impunité.

» Un secret confié par écrit doit donc être d'autant plus sacré qu'il seroit plus facile de le violer. Le délit de divulguer un secret écrit doit paroître d'autant plus odieux, d'autant plus vil, que la lâcheté suffit pour le commettre. Mais plusieurs circonstances peuvent le rendre plus infâme, plus atroce, plus monstrueux.

» Il n'est, en général, qu'une manière de juger sainement de nos devoirs et de nos actions : c'est de les considérer sous les rapports de la destination de notre être, et dans leur relation à l'utilité générale et particulière. En tout genre, en toute chose, l'*usage* contraire à la *destination* est *abus*. Plus l'usage est éloigné de la destination d'une chose, plus grand est l'abus. Un délit est grave, est répréhensible, est punissable en raison de ce qu'il est plus ou moins contraire à l'ordre, à l'utilité, à la destination des êtres.

» Mais ce qui rend *atroce* un délit, c'est la qua-

lité dés personnes, c'est-à-dire, le rapport qui
existe entre celui qui abuse, et celui contre qui
il abuse.

» Que l'on divulgue sans scrupule des lettres
qui ne contiennent que de petits faits, que de petites nouvelles, que des complimens frivoles;
cette liberté seroit au moins appelée manque
d'usage du monde, ignorance grossière des bienséances, qui, après les lois, régissent la société.

» Détourner des lettres plus sérieuses de leur
usage, les employer, contre leur destination, à
diffamer un tiers ou celui qui les écrit; c'est toute
autre chose sans doute; c'est un délit très-
grave.

» Mais que des lettres qui roulent sur de grands
intérêts, sur de véritables sentimens profonds,
sur des épanchemens de confiance; que des lettres d'amis ou de parens, qui ne se déguisent rien,
qui se disent tout, et tout avec surabondance;
que des lettres qui sont de nature à diffamer les
tiers les plus proches, à compromettre leur réputation, leur sûreté, leur honneur, puissent être
divulguées, imprimées, répandues malgré celui
qui les a écrites; que les lettres du père soient
employées à outrager le fils de la manière la plus
cruelle, à le diffamer par d'affreuses calomnies, à
réveiller contre lui des accusations capitales!...
L'imagination glacée d'horreur croit errer dans le

champ de la fable, à la lueur du flambeau des furies.

» On publie, malgré mon père, des lettres écrites par lui à mon beau-père, qu'il regardoit comme son frère, auquel il tenoit même par des liens encore plus étroits. On publie, malgré mon père, des lettres écrites par lui à sa fille, à ma femme.

» Mon père devoit-il, pouvoit-il se méfier d'elle, en lui parlant de l'homme qu'il croyoit le plus cher à son cœur ? Pouvoit-il se méfier de mon beau-père, qui, selon toutes les probabilités humaines, ne sauroit revivre que par moi jusqu'au moment où, *retranché dans la tombe et gardé par la mort*, je n'aurai plus rien à craindre des diffamateurs et de leurs calomnies ? Mon père pouvoit-il, en écrivant à sa famille, se méfier de lui-même ? Il a dit qu'il épanchoit son âme dans celle d'un ami, d'un frère, d'un enfant ; qu'il parloit de moi suivant les craintes qu'on lui avoit inspirées, et qui lui faisoient ajouter foi aux moindres bruits qu'on répandoit, que tant d'intéressés répandoient sur mon compte... Il a dit cela. Mais qui ne comprendra pas, sans qu'il le dise, que son cœur profondément blessé, saignant, ulcéré, étoit bien plus séduit encore que son imagination, quelqu'exaltée qu'elle pût et dût être par toute sorte de malheurs, et par des circonstances qu'une invincible destinée sembloit avoir ourdies pour m'entraîner à ma perte ? Ne sait-on pas que la fièvre la plus violente produit moins de délire que la colère d'un père irrité? Plus il aime, et plus il est furieux de voir ses espérances trompées, reculées, perdues. Plus il aime, et plus sa crédulité est avide. Plus il aime, et plus il est inaccessible à toute observation, à toute réflexion, à toute modération. Dans une situation si violente, tous les objets se défigurent à ses yeux. Les vraisemblances s'altèrent, les absurdités disparoissent, les nuances se confondent, les couleurs s'exagèrent... Non, mon père n'est pas l'auteur des écrits qu'on lui attribue. La colère seule les a dictés; et l'on ne peut, sans une mauvaise foi insigne et cruelle, choisir et citer ces emportemens de la passion, ces délires trop excusables du couroux paternel, pour les monumens où seroient consignés les opinions durables, les vrais sentimens d'un père connu par ses lumières, connu par son génie, connu par sa fermeté; et dont la conduite postérieure et des lettres supérieurement pensées, des lettres également nobles et touchantes, ont démenti dans tous les points les rêves de sa colère.

» Si ces fatales lettres contenoient véritablement les opinions de mon père, les divulguer seroit trahison, perfidie, attentat envers lui. Mais si ces lettres ne font que répéter des calomnies qu'on lui a écrites ou débitées; si l'on sait, si l'on prouve que tous les faits que renferment ces lettres sont faux ou exagérés, comme mon père l'a reconnu lui-même, implicitement par les faits, explicitement dans des lettres qu'on se garde bien d'attester, parce que ce sont des calomnies, et non des vérités que l'on cherche; je le demande aux hommes qui ont quelque candeur dans l'âme : exagéré-je un tel procédé, quand je l'appelle une *atrocité inouie ?*

» Quelles subtilités, quelles distinctions, quels sophismes déguiseront cette infamie ? Quelle plume vénale se chargera de la colorer ?

» Sans doute celui qui n'a pas eu honte de n'oser signer le mémoire qu'il osoit écrire, va se présenter dans la lice, ou du moins il y jettera ses productions avortées, et ses froides antithèses, ses distinctions vides de sens, et ses déclamations glacées.

» Ah ! n'envions point à nos adversaires un tel écrivain, et montrons-leur une fois dans toute sa dignité le défenseur que la nature et l'honneur me donnent.

» Voulez-vous connoître le véritable vœu de mon père ? Voulez-vous entendre par son organe la voix de tous les honnêtes gens sur la divulgation des lettres ? Lisez la dernière lettre qu'il a écrite à M. de Marignane, lorsqu'il a pu croire qu'on se proposoit d'abuser de sa confiance.

De Paris, le 12 avril 1783.

« J'AI voulu douter jusqu'à présent, monsieur, de la vérité des avis qu'on me donnoit, que je devois être compromis dans les moyens qu'on emploîroit pour appuyer la cause de madame votre fille, et son refus de se réunir avec son mari. Je trouve aujourd'hui, dans une réponse qu'elle a faite à mon frère, de quoi confirmer cet avis; et j'ai peine encore à croire ce que j'ai lu.

» Quoi! c'est vous, monsieur, qui croyez pouvoir révéler au pulic les confessions d'un père alarmé et irrité, pour vous en faire un titre contre son fils coupable, ou non, des délits dont il pouvoit être alors accusé ? Qu'est-ce que cela peut faire à la question de savoir si la loi le sépare de sa femme? et n'est-ce pas en pure perte de loyauté et de prudence, que vous commettriez vis-à-vis de moi une action si peu digne de vous? J'ai toujours dissimulé et évité tous sujets de me plaindre : j'ai voulu combler la mesure des procédés d'honnêteté et même de cordialité. Je ne vous ai vu que comme le père de nos enfans communs. J'ai bien voulu oublier mes droits pour ne vous parler que des vôtres, et ne m'occuper que de vous faire respecter. Est-ce aujourd'hui répondre à tant de déférence et d'égards ?

» Vous le savez, monsieur : depuis le jour fatal où vous préférâtes mon fils pour votre gendre, en rompant un engagement pris avec un autre (et ce ne fut pas à ma sollicitation), que n'ai-je pas fait pour écarter de vous tout sujet de trouble? Quels avantages personnels ai-je cherchés dans votre alliance? Qu'ai-je exigé de vous? Aucuns des droits que me donnoient nos lois et les usages de Provence. Je vous ai laissé disposer des fonds et des revenus de madame votre fille à votre gré. Quand elle est venue à moi, ma maison lui a été ouverte sans réserve, sans payer de pension. Qu'elle dise si elle y fut traitée en fille chérie. Quand elle a voulu aller vivre avec vous, l'en ai-je empêchée? Quand elle a desiré de garder son fils auprès d'elle, malgré les mesures que j'avois prises pour son éducation, ne lui ai-je pas laissé ce fils, le seul espoir de ma race? il a péri dans ses mains, dans une maison étrangère, au milieu des fêtes; et loin que ma profonde affliction ait laissé échapper la moindre plainte, je n'ai songé qu'à consoler la mère dans sa juste douleur. Elle voulut alors (et les premiers mouvemens sont équitables) se venir jeter dans mes bras : ils lui furent ouverts toujours et dans tous les temps, et en toute occasion. J'ai veillé à ce que rien ne troublât sa vie; et tout le monde est témoin que, tandis que j'étois accablé sous le poids des malheurs domestiques, elle vivoit en paix et en allégresse.

» J'ai puni mon fils quand j'ai cru que je le devois. Je l'ai pardonné quand j'ai cru qu'il sentoit ses torts, à la prière ardente de sa sœur et de son beau-frère qu'il avoit offensés (*) ; qui pouvoit croire le remettre sur son chemin, en supposant de viles idées, qui presque toujours entrent dans toutes les désunions ; qui enfin ne lui étoit pas aussi prochain que sa femme, et qui me demandoit à l'instant même de vivre avec lui, et de l'emmener chez lui. J'ai voulu le remettre à portée de réparer ses torts : il n'en avoit pas de directs envers vous, ni envers sa femme. Je l'ai enfin envoyé à son oncle, dans ma maison, à portée, il est vrai, d'employer les moyens de regagner l'affection de sa femme, et de mériter le retour de vos bontés paternelles par une conduite sans reproche, sous vos yeux.

» Pendant le temps malheureux de ses écarts, je vous avois confié en toute sécurité tous les rapports qui m'en venoient. On sait qu'il en est qui se sont trouvés faux, d'autres exagérés. Mais en votre qualité de père de notre enfant qui existoit alors, vous deviez tout savoir pour tout parer, pour tout couvrir. D'ailleurs, monsieur, moi qui

---

(*) Monsieur et madame Du Saillant.

étois grièvement et personnellement offensé, je
vous donnois l'exemple de cacher, autant qu'il
étoit en mon pouvoir, nos plaies domestiques à
tout le reste du monde. Je vous ai rendu un
compte exact de ce qui s'est passé. Je vous ai dit
comment j'ai cédé aux sollicitations de ma fille
et de mon gendre, et aux témoignages du repentir de mon fils, accompagné de bonnes résolutions pour l'avenir. Je vous promis alors que,
*de mon aveu, il n'approchera jamais de ma-
dame votre fille, que vous ne l'ayez ordonné ou
permis.* Vous ne répondîtes rien à cette lettre.
Je dus croire que son contenu vous étoit indifférent. Cependant je lis dans la lettre de madame
votre fille, à mon frère, *qu'on a manqué de parole,* etc. Et qui sommes-nous donc vous et moi,
monsieur, pour qu'un tel langage puisse se trouver entre nous? Des paroles données? et qu'est-
ce que je vous devois? Quelles conventions à cet
égard avions-nous faites ensemble? Si, par un
excès d'égards pour vous, et par une suite des
sentimens qui doivent toujours être entre des
personnes qui ont des rapports indestructibles
entre elles, j'ai exigé de mon fils qu'il n'em-
ployât que la soumission et le respect vis-à-vis de
vous, les soins, l'empressement et la tendresse
auprès de sa femme, êtes-vous en droit de vous
faire un titre de mon honnêteté, qui sous-enten-

doit de votre part des dispositions paternelles ?
Vous avez évité prudemment de vous en expliquer, en ne répondant pas à mes lettres ; et il
vous a plu de me regarder comme lié sans aucune réciprocité d'engagement de votre part.

» Mon fils n'en a pas moins tenu sa promesse.
Vous avez dit à mon frère, que, si madame votre
fille vouloit rejoindre son mari, vous ne vous y
opposiez point, quoique prêt à la défendre si
elle refusoit. Voilà donc votre permission donnée, et lui libre de témoigner son empressement.
Je n'ai été témoin de rien ; mais tous les rapports
s'accordent à dire qu'il n'a reçu de votre part que
des rebuts et des insultes. Tout se tolère d'un
père à un fils ; mais il n'en est pas de même entre des hommes de niveau dans la société : et votre désouci de toute affaire épineuse, ne sauroit
vous justifier de manquer gratuitement à un
homme qui ne fut inférieur à personne, quant
aux procédés. Si je parlois à un autre que vous,
je lui dirois que c'est être trop peuple aussi que
de s'exposer à marcher sur les traces des insen-
sés, qui ont osé imprimer des libelles contre
moi. Si je crus alors indigne de moi de descendre dans la boue pour les y repousser, et si je
les abandonnai à leur propre délire, qui les a
conduits à l'opprobre ; qui vous dit que je dois
observer la même conduite avec un homme, qui

s'est manqué pour la première fois à lui-même,
et qui me choisit, moi, pour servir d'exemple du
danger de se fier à sa foi ?

» Mon fils a trente-quatre ans. Il m'a représenté
que je ne pouvois plus long-temps captiver sa volonté et ses sentimens vis-à-vis de sa femme, quand
rien de votre part n'équivaloit à la gêne que je
lui imposois ; quand ses égards ne lui attiroient
que des mépris publics ; quand on se refusoit à
toute conciliation, à toute offre, à toute épreuve ;
je lui ai rendu sa liberté entière. Je ne suis point
à portée d'en diriger l'usage, ni d'en répondre.
Mais je répète, avec toutes les personnes impar-
tiales, que tout ce que j'ai pu dire, écrire et penser de mon fils, tout ce que j'en penserois même
encore, supposé que je fusse dans le cas, quoique pouvant influer sur l'opinion de sa femme et
même du public (si devenus des délations ces témoignages ne contractoient dès lors une sorte
d'impuissance), étoit absolument étranger à la
cause présente, de laquelle la loi stricte et rigou-
reuse écarte tout objet étranger.

» Si vous persistez donc, monsieur, à révéler
les confessions domestiques d'un père livré alors
aux plus vives alarmes, à réclamer des paroles
que je ne vous devois point, que vous n'aviez
pas acceptées, qui ne pouvoient s'entendre que
comme l'expression d'un esprit conciliateur, qui

27

vous rassuroit sur les entreprises d'un jeune
homme qui avoit montré de la fougue, qui vous
promettoit enfin ce qui vous a été tenu pendant
deux ans et demi écoulés depuis cette époque,
dont six mois se sont passés dans les mêmes
lieux que vous habitiez (cette sage conduite du-
reroit encore, si on n'avoit pas cherché à le
mettre au pied du mur par des procédés); si
vous persistez, dis-je, monsieur, à vouloir livrer à l'impression les tristes dépôts de ma confiance, sachez que les lois m'autorisent à en demander justice : et, si je ne le fais, vous n'en aurez pas moins paru pour la première fois, mais
bien décisive, en public, pour apprendre à tous
les hommes à se tenir en garde contre leurs propres vertus, et contre la confiance aveugle en
celles qui ne furent point éprouvées.

» Eh ! monsieur, où donc allons-nous par
cette funeste voie ? Quel avenir est-ce donc que
nous préparons à nos enfans ? Est-ce à nous à
fomenter leurs passions et leurs aversions, en
faisant, de nos préventions, le même bruit que
l'âge fougueux feroit de ses illusions les plus ar-
dentes ? Où allons-nous, encore un coup ! Tous
les ménages que nous avons sous les yeux sont-
ils sans altercations ? Furent-ils toujours sans
orages ? Supposons madame votre fille séparée
(ce qui n'est pas l'opinion de ceux qui y voient

sans passion), si mon fils continue à se bien conduire, chaque jour rétablira l'un, et gauchira
l'autre ; ce qui n'est pas égal. Si mon fils retombe
dans des écarts, elle auroit et la gloire, et la liberté, et le concours. Quelle différence ! Est-ce
à nous à voir cet avenir avec indifférence, et à
nous laisser égarer par les échos du jour ? Vous
ne voulez pas mes conseils ; mais je suis d'âge et
d'acquit à vous en donner sur le point qui me
concerne, et fort au-dessus du tort que vous
pouvez me faire, en vous en faisant un irrémé-
diable à vous-même.

» J'ai l'honneur d'être, monsieur, votre très-
humble, etc. *Signé*, pour copie, MIRABEAU ».

» A Dieu ne plaise que je dépare une telle lettre
par mes foibles commentaires ! Et quel plus noble plaidoyer pourrois-je tracer ! Quel langage
sera mieux entendu des honnêtes gens ?

» Mais si le droit naturel, la morale, la convenance des procédés qui constitue l'honneur,
nombrent jusqu'aux nuances les plus légères qui
distinguent le juste de l'injuste, la séparation
marquée par les lois ne l'est, et ne doit l'être
qu'à grands traits. Elles auroient été inintelligi-
bles pour le vulgaire, si elles n'eussent parlé que
le langage des âmes timorées et délicates. Ainsi,
les législateurs ont dû poser des bornes que tous

les yeux pussent apercevoir de loin et de bien loin, afin que chacun fût averti.

» L'homme qui se contente de rester en deçà de ces bornes, de peur de se briser contre elles, échappe aux peines prononcées par le législateur ; mais il peut être encore à mille lieues de l'honneur : et ce n'est pas la seule délicatesse des gens de bien qui l'a décidé ainsi. Les lois même en ont fait un axiome. *Non omne quod prohibitum, licitum est.* TOUT CE QUI N'EST PAS DÉFENDU, N'EST PAS POUR CELA PERMIS. . . . .

. . . .

. . . .

(L'éditeur a laissé entre cet extrait et la péroraison qui termine le troisième volume des Mémoires et Observations, une lacune de deux cent quatre-vingt-dix pages, dans le cours desquelles Mirabeau, qui ne cesse pas de s'y montrer à nu, ne suit pied à pied les articles à consulter du mémoire de son épouse, que pour les détruire d'une manière victorieuse. La discussion très-serrée de ces articles, qui se lient les uns aux autres, n'a pas permis d'en donner le moindre extrait, et force l'éditeur de passer à la péroraison.)

» Je viens de dévoiler ma vie presqu'entière. J'ai livré tous ceux de mes secrets, qui n'intéressent que moi; et je jure à la face de l'Être des Êtres, que tout ce que j'ai passé sous silence me

justifieroit plutôt qu'il ne m'accuseroit. ... Oh !
qui ne me plaindroit pas d'avoir été contraint de
m'abaisser à de telles apologies ?

» Sans doute, je fus très-coupable ; mais l'ai-je
été des crimes qu'on m'impute ? Sans doute, je
fus très-coupable ; mais méritois-je d'être diffamé, d'être dépouillé dans le moment où je venois rendre mes concitoyens témoins de ma conduite, arbitres de ma régénération ? Heureux !
trois fois heureux celui dont la sève ne fit pas
trop d'effort dans l'effervescence de sa première
jeunesse ! Ce bonheur ne m'étoit pas réservé.
Mais ils sont trop justes, mes dignes compatrio-
tes, pour vouloir faire revivre des fautes que ma
famille a pardonnées, et me juger aussi cruellement que je le suis par ceux qui, après elle,
avoient peut-être le plus d'intérêt à y regarder
deux fois.

» Je pardonne.... Oui, je me sens capable de
pardonner à ceux qui m'ont réduit à cette extrémité vraiment affreuse ; à ceux qui ont armé de
libelles, de calomnies et de diffamations, les
mains de tout ce que j'avois de plus cher ; à ceux
qui ont séparé ce que le ciel et les hommes
avoient joint ; qui ont persuadé à une femme
foible et timide, que quelque chose au monde
pouvoit lui donner le droit d'être la délatrice de
son époux ; que quelque devoir pouvoit entrer

en parallèle avec celui de respecter son honneur
et son nom. Ils ont achevé de détruire mon bonheur ; ils ont achevé ma ruine ; ils m'ont arraché
l'espoir de réparer la perte d'un fils que je n'ai
pas cessé de pleurer. Encore une fois, je leur
pardonne. Mais, s'ils croient à un Dieu vengeur
et rémunérateur, ils doivent trembler. Je leur
pardonne.

» Mais que nos concitoyens, instruits par ma triste
destinée, mettent à profit mes malheurs ; qu'ils
rendent un culte à la paix domestique ; qu'aucun
sacrifice ne leur coûte pour l'obtenir ; que les dissensions qui pourroient s'élever dans leurs maisons, y soient toujours terminées ; qu'ils n'interpo-
sent jamais entre ceux que la nature ou le sort leur a
liés, des tiers indifférens, des conseils étrangers.

» Autrefois, chez les Romains, s'il survenoit
quelque différend entre deux époux, leurs parens
les conduisoient aussitôt aux autels de Junon.
Cette divinité pacificatrice (*) avoit sous sa garde
l'union et la foi conjugale. Arrivés dans son temple, les époux aigris se communiquoient leurs
sujets de plaintes ; ils ne se quittoient point ; ils
ne sortoient point de l'enceinte sacrée, que le
mari ne fût appaisé, que la femme ne fût atten-
drie, que la confiance, que la paix, que l'amour

_____

(*) *Viri-Placa.*

ne fussent rentrés dans leur sein. Et certes, dit l'historien qui nous a transmis cette pieuse coutume, il n'est point de culte, ni de sacrifices dont cette divinité secourable ne mérite d'être honorée, puisqu'elle maintient avec tant de sollicitude la tranquillité domestique, puisque par une charité toute équitable, toute généreuse, elle rend la majesté au mari et l'honneur à la femme (*).

» Oh! que les temps sont changés! Les mœurs simples, les mœurs pures, les mœurs religieuses ont fui, et le bonheur domestique avec elles. Ce n'est plus dans un temple, ce n'est plus aux pieds des autels, ce n'est point au sein d'une religion d'union, de paix et d'amour que les époux malheureux vont chercher des remèdes à leurs maux : ils appellent le divorce; ils se vouent à la guerre; ils la font d'autant plus atroce, que l'indépendance

---

(*) *Quoties verò inter virum et uxorem aliquid jurgii intercesserat, in sacellum Deæ* Viri-Placæ.... *veniebant; et ibi invicem locuti quæ voluerant, contentione animorum depositâ, concordes revertebantur. Dea nomen hoc à placandis viris fertur assecuta : veneranda quidem; et nescio an præcipuis sed exquisitis sacrificiis colenda; utpotè quotidianæ ac domesticæ pacis custos, in pari jugo charitatis; ipsâ sui appellatione, virorum majestati debitum ac feminis reddens honorem.* (VAL. MAX. l. II, c. I, 7.)

est, au fond, l'unique objet de leurs vœux; ils empruntent toutes ses armes à la chicane; ils en invoquent, ils en rassemblent, ils en ameutent les suppôts. Leur cabinet devient l'antre d'où la discorde souffle la haine, et ses fureurs et ses vengeances.

» Au temps où la corruption publique n'avoit pas bouleversé les institutions augustes des anciens, on ne souffroit pas que les cliens empruntassent la voix des patrons; on exigeoit que les parties se présentassent toujours elles-mêmes, et vinssent déceler, par la sorte d'ingénuité de l'inexpérience, leur droit ou leur tort, la sincérité ou l'hypocrisie, la vérité ou la fausseté de leurs allégations et de leurs plaintes (*). Le grand objet de ces législations augustes étoit la concorde domestique, seul garant de l'esprit public, de la

---

(*) Je regrette cette coutume, surtout dans les procès qui intéressent les mœurs. Beau problème à résoudre que de savoir si les hommes, instruits dans les ruses et les ressources du palais, parviendront à jeter quelqu'obscurité sur une cause que les seuls délais de forme rendent fastidieuse et douteuse! Sans doute il auroit été bien plus simple, que l'épouse, dont quelques parens ont de bonnes raisons pour exagérer et fomenter les répugnances et les craintes, d'ailleurs trop naturelles après les fausses démarches auxquelles on l'a poussée; sans doute il auroit été bien plus simple que cette épouse vînt alléguer elle-même ses griefs. On auroit

paix intérieure, de l'amour de la patrie. Chez ces peuples, il n'étoit point de profession dont l'intérêt particulier se trouvât jamais contraire à l'intérêt social (*).

» C'est lorsque l'aréopage se crut forcé, par la multiplicité des causes et la confusion des lois, d'user de quelque condescendance envers les parties, et de leur permettre des défenseurs étrangers ; c'est alors qu'on jeta des voiles imposteurs sur les choses même les plus évidentes, pour en dérober la nature aux yeux inattentifs ; c'est alors que l'austérité de la morale fut sacrifiée aux grâces du discours (**), et la vérité à l'amour-propre irascible des rhéteurs.

» Mais du moins un orateur, en commençant sa cause, proféroit le serment de dire la vérité.

---

démêlé aisément si elle suivoit ou combattoit le vœu de son cœur, avant qu'on l'eût imbibé du poison de la calomnie et de la haine. Le procès étoit terminé, si madame de Mirabeau m'eût entendu le 20 mars..... Tel fut le cri de tous les auditeurs.

(*) Les Athéniens bannirent un ouvrier qui vendoit des cercueils, parce que, faisant un profit de la mort des citoyens, il étoit trop suspect de la désirer.

(**) *Salibus certè et commiseratione, qui duo plurimùm affectus valent, vincimus, et fortasse epilogos illi mos civitatis abstulerit.* (QUINT. l. 4, c. 1.)

Mais, pour rendre ce serment plus redoutable, on faisoit asseoir celui qui en prononçoit la formule sur les restes sanglans des victimes égorgées et offertes par ceux à qui il appartenoit de les immoler. Mais l'accusateur ne bornoit pas à lui seul les imprécations affreuses dont il chargeoit sa tête coupable ; il conjuroit les Euménides d'étendre leur courroux sur sa famille, sur sa ville, sur sa patrie ; de venger sur le repos public l'horreur de son parjure. Ah ! détournons les yeux de ces temps majestueux, si nous ne voulons pas trop nous exagérer notre petitesse ! Mais craignons, en essayant de nous approprier les usages de ces nations colossales, de n'en avoir conservé que les désavantages. Soupirons, et rapprochons-nous de nous-mêmes.

» Puisqu'il ne nous appartient pas de changer l'ordre judiciaire, puisqu'il nous est impossible d'échapper aux inévitables inconvéniens qu'il entraîne ; puisqu'il nous faut confier nos intérêts à des hommes que nous ne pouvons pas toujours pénétrer de nos sentimens, lier de nos devoirs, investir de nos rapports ; au nom de notre intérêt, au nom de ce dieu du siècle, terminons dans le sein de nos familles les divisions qui n'intéressent que nos familles.

» Le glaive de la diffamation et de la douleur a déchiré la mienne en deux parties ; elles saignent et palpitent. Qui pourroit cicatriser une telle blessure ? Je l'ai dit : je n'en conserve, je n'en cherche pas même l'espoir. J'ai dû me défendre ; j'ai dû débattre les horribles calomnies dont on m'a souillé ; j'ai dû m'en laver. Si j'ai rempli cette tâche cruelle, et que la divulgation des lettres de mon père rendoit si délicate pour son fils, si je l'ai remplie, c'en est assez, et je garderai désormais le silence. Je ne ferai pas à madame de Mirabeau le plus léger reproche. Je m'en rapporte, si ce n'est à son cœur, du moins à sa conscience. Si son cœur est content, si sa conscience n'est pas bourrelée, je l'absous autant qu'il est en moi ; car où me conduiroient ces affreuses controverses ? Le temps qui court sur ma tête d'un pied plus léger que sur celle des autres mortels, m'a éveillé de mes rêves ; et je n'ai point encore vu que la colère, l'orgueil et la haine produisissent autre chose que des maux.

» Les lois ne peuvent me refuser ma femme ; mais leur puissant secours ne peut rien sur les cœurs ; et c'est le sien que je voulois reconquérir. Je désirois la soustraire à ceux qui ont tant d'intérêt à nous séparer ; je voulois la soustraire, et non la déchirer. Eh bien ! qu'ils triomphent ! Je ne prétends pas forcer la volonté de ma femme. Je me devois cette déclaration, aussi bien que l'exposition de mes défenses. Je veux, parce que mon honneur l'ordonne, je veux que mon procès soit jugé. Les juges rempliront leur ministère. Je m'abandonne à leur sagesse, et laisse un champ libre à mon adversaire.

» Qu'elle parle donc encore; qu'elle m'achève, si elle en a le courage. Pour moi, je me sens la force de me taire; je me sens la force de former, de proférer des vœux pour elle, pour elle qui m'a voulu déshonorer. Oui, que le Ciel qui m'est témoin qu'elle ne reçut de moi que des bienfaits, que le Ciel m'envoie tout le mal que je lui désire » !

HONORÉ-GABRIEL DE RIQUETTI,
Comte DE MIRABEAU, fils.

JAUBERT, avocat.

EXTRAITS du quatrième volume des Mémoires et Observations du comte DE MIRABEAU.

« JE ne veux pas consulter ma sensibilité; je ne consulterai pas celle de mes parens, de mes amis; je ne consulterai pas même celle des hommes qui ne tiennent à moi que par les relations communes de l'humanité; mais qui par état sont plus sensibles sur le point d'honneur, et ne s'accoutument point à l'âpreté du palais ; mais je demanderai à tous ceux qui connoissent ce fatal procès ; je demanderai aux esprits les plus froids, aux cœurs les plus insensibles : *N'ai-je pas été outragé sans mesure ?* O mes concitoyens ! ô vous ! à l'indulgence desquels je me suis voué, mais dont j'excitai plus d'une fois l'attendrissement, dont plus d'une fois j'ai vu couler les larmes, vous qui, sortant de l'audience du siége, vous écriâtes unanimement : *Où est-elle ? où est-elle ? que ne l'a-t-elle entendu ? elle voleroit dans ses bras ;* chers et dignes concitoyens, *n'ai-je pas été outragé sans mesure ?* Qui de vous me répondra : *Non, vous n'avez pas été outragé ?* Lequel de mes ennemis même, lequel de mes plus forcenés détracteurs osera dire : L'imputation d'escroquerie et de vol à vous faite, parlant à vous ; cette imputation absurde autant qu'atroce, à laquelle il est démontré faux que madame de Mirabeau ait cru un instant, l'accusation d'une vile et sordide cupidité, d'une duplicité lâche et frauduleuse, lancée sur vous et sur les vôtres, ne sont point des outrages ? Ce sont les jeux des combats judiciaires.

» Ah ! si l'on ne peut plus recourir à la justice sans se déshonorer, sans craindre d'être traîné dans la fange, ces temples augustes, où la majesté souveraine, où la majesté même du Dieu vivant est toujours présente, sont devenus plus affreux, plus redoutables, plus souillés que l'arène des gladiateurs ! Au milieu de ces spectacles horribles jamais, du moins, on ne vit des parens s'entre-déchirer; jamais on ne vit une épouse arracher la vie à son époux !

» Et dans nos mœurs, dans nos mœurs, dont nous vantons l'urbanité, la douceur, la philosophie, nous nous permettrions ces horreurs au palais de la justice ! Ah ! messieurs, n'est-ce pas vous calomnier jusqu'au blasphême, que d'oser croire, que d'oser espérer que ce qui nous paroîtroit effroyable, ce qui nous feroit tous reculer d'horreur dans la société, est permis, est légitime devant vous ?

Mais *la nécessité de la défense l'exige !* La *nécessité !* C'est le mot de ralliement des brigands. La *nécessité !* Eh ! messieurs, vous envoyez tous les jours à l'échafaud les complices de la *nécessité !* Peut-il donc y avoir jamais nécessité à *calomnier ?*

» Ai-je été calomnié par les mémoires de madame de Mirabeau ? Le conte absurde du cantinier fait avec mauvaise foi, imprimé avec méchanceté, et que l'indignation publique a seule forcé d'abandonner; le conte du cantinier répond à cette question cruelle : et cette atroce

calomnie, qui, plus évidente, plus connue dans
ce pays, parce qu'il en avoit été le théâtre, a plus
frappé que toute autre, combien il s'en faut
qu'elle soit la seule!

· J'ai été calomnié! j'ai été outragé! par qui?
devant qui? Par une épouse que j'avois louée,
vantée, traitée comme une divinité. J'ai été calomnié! devant qui? Devant vous, messieurs,
aux yeux de toute l'Europe, où le nom que je
porte n'avoit reçu jusqu'ici que des titres d'honneur. L'Allemagne, l'Italie, l'Angleterre, re-
tentissent de cet horrible procès, et des calomnieuses diatribes imprudemment signées, avouées
de celle qui s'appelle *Mirabeau;* et plût au ciel
que je pusse encore les attribuer à d'autres qu'à
elle!

» Eh bien! messieurs, on vous en supplie; on
prostitue l'éloquence à vous en supplier; récom-
pensez cette conduite, en dispensant madame
de Mirabeau de tous ses devoirs d'épouse. Pu-
nissez-moi, parce que j'ai voulu me justifier.
Déshonorez-moi pour la maintenir en libre possession de son indépendance. Oui, déshonorez-
moi, de peur qu'on ne croie qu'elle m'a calomnié; mais ce motif même, je ne dis pas dans l'opinion du juge, mais dans celle de tout homme
sensible, seroit-il une raison pour avilir son
mari? Si l'on doit tant de choses à l'honneur de

madame de Mirabeau, ne doit-on rien à celui
de l'*Ami des hommes* et de son fils ? Voudroit-
on, par un arrêt, consacrer, graver en traits
ineffaçables sur la tête de mon père, le caractère
de délateur de son fils ? et sur la mienne, les horribles calomnies sur lesquelles on a fondé la demande en séparation ? Voudroit - on donner à
cet illustre et malheureux vieillard l'horrible
douleur d'avoir immolé son fils, par un excès de
confiance dans sa belle-fille ? Sa famille seroit-
elle donc frappée de stérilité ? condamné moi-
même à l'ennui, aux dangers, aux sacrifices d'un
célibat involontaire ? Les doux noms d'époux et
de père ne seroient-ils plus faits pour moi ? Et
je le fus cependant ! et ils ne pourroient plus
être prononcés devant moi, sans déchirer mon
cœur !... N'est-ce point assez ? Faudra-t-il encore que je fuie la société des vivans, pour ne
pas lire dans tous leurs regards : le voilà le mauvais fils, le mauvais père, le mauvais citoyen, le
sujet dangereux ; le voilà l'homme féroce, qui,
par des forfaits de tout genre, s'est rendu indigne du nom d'époux, et auquel il n'est plus permis d'être père... Ah ! lorsque persécuté par des
ennemis acharnés, qui menaçoient ma vie, je
soutenois mon courage par le souvenir d'une
épouse, à la tendresse, aux procédés de laquelle
j'avois conservé des droits; lorsque je me re-

paissois du doux espoir qu'elle me feroit oublier mes maux, mes fautes, mes traverses; que la paix domestique répareroit mes pertes, et fermeroit toutes les plaies de mon cœur, j'étois loin de redouter que la séduction de cette épouse dût m'être encore mille fois plus funeste.

» J'étois loin de penser qu'elle me traîneroit devant les tribunaux, et qu'elle permettroit que la calomnie souillât sa défense ! Eh bien ! je me suis borné à me laver de ses imputations horribles. Et si l'une de ces justifications lui rappelle quelques torts oubliés, pardonnés, ce n'est pas une vengeance que j'ai voulu exercer; c'est un moyen de défense auquel elle m'a contraint, dont je l'avois avertie, dont je l'avois fait avertir, et qu'elle a rendu indispensable.

» Tout mari n'est-il pas le premier juge dans l'intérieur de sa famille ? La femme n'est-elle pas suffisamment justifiée, quand il l'absout? Si elle l'est à ses yeux, ne l'est-elle pas à tous les yeux? La condamnation du mari n'est jamais sans appel; mais son absolution suffit toujours. Et qui auroit le droit de ne pas croire innocente celle que son mari ne trouve point indigne de lui ? qui auroit le droit de lui faire rendre compte de ce jugement? La femme la plus respectée n'est-elle pas celle à qui, dans tous les temps, l'amour et l'estime de son mari servirent d'égide? Je l'offre encore à madame de Mirabeau. Elle a dû sentir combien le moment où ses défenseurs même vouloient la juger sans moi, pouvoit être cruel pour elle. Elle a vu un instant où l'on étoit prêt à confondre des erreurs avec des délits; elle a goûté le fruit amer de la précipitation d'un pareil jugement; et désormais je l'éloigne d'elle par ma présence. Mon cœur saignoit à la voir ainsi se déchirer elle-même. Je lui offre l'honneur et la paix; j'oublie ses torts; je lui pardonne même ses calomnies. Elle peut rétablir la confiance, faire renaître en moi les sentimens qu'elle sut m'inspirer. Je peux la voir encore telle qu'elle fut; et chacun la verra par mes yeux, embellie par mes crayons, et bien plus par le retour de ma tendresse. Je ne l'ai donc point outragée; je n'ai point fait à son âme des blessures que la cohabitation dût agrandir : au contraire, la réunion seule peut réparer tous les maux passés; la réunion seule peut réparer les atteintes faites à son honneur; la réunion seule peut faire oublier son imprudence. Ainsi les principes des lois, ceux de la morale, et l'intérêt même de madame de Mirabeau, sollicitent également, et plus pour elle que pour moi, mes premières fins.

» Parlera-t-on de ressentiment, d'aigreur, d'incompatibilité?

» Non; tout ce qui, dans cet affreux procès,

porte le caractère de la haine, est étranger au
cœur de madame de Mirabeau. L'indécision, la
foiblesse, la précipitation, la timidité, enfin je
ne sais quelle fatalité, l'ont jetée dans l'étourdis-
sement, dans le délire. Je le crois, je veux le croire
ainsi; et déjà, si rien ne s'aggrave, déjà tout est
oublié; tout le sera, messieurs; agréez-en l'au-
gure. Un moment de calme, et madame de Mirabeau ne mentira plus à son cœur; un moment
de calme, et son cœur imposera silence à son imagination; elle bannira des craintes indignes d'elle,
indignes de moi; elle ne croira plus que le mari
de son choix, le mari dont elle a connu la tendresse, dont elle éprouva les procédés, dont elle
a pleuré les malheurs et présagé la restauration
et les succès; elle ne croira plus que celui dont
elle a tant vanté la générosité, la sensibilité, au
temps où elle ne voyoit que par ses yeux, où
elle le jugeoit elle-même, et non sur d'infidèles
et perfides rapports; au temps, où sans doute il
étoit loin du degré de maturité que l'âge et le
malheur lui ont donné, mais où il ne fut pas plus
méchant qu'il n'est et qu'il ne sera, elle ne croira
point que ce mari la redemande pour être son
tyran; elle ne fera pas cet outrage à son cœur;
elle ne fera pas cette injure à son esprit; elle ne
craindra pas qu'il abuse de sa victoire: il est si doux
il est si facile d'être clément et généreux, quand

on est vainqueur ! Ah ! si le déni de justice peut indigner jusqu'à l'atrocité une âme énergique, un moment de succès attendrit, pénètre, échauffe un cœur mâle et généreux. Non, je ne la redemande pas pour être son tyran ; je ne suis point atroce, je ne suis pas stupide. Eh! qui donc pourroit être heureux, en tourmentant la compagne de sa vie ! Et quelle vengeance plus noble et plus complète me reste-t-il à prendre de tant de calomnies, de tant d'outrages, qu'une conduite qui démontre que je ne les méritois pas ! Puis-je mieux répondre à l'imputation de férocité, que par la douceur et la modération ! à l'accusation de machiavélisme, que par la loyauté et l'oubli des injures ! Qu'opposer à l'horrible tableau qu'on a tracé de ma vie entière, si ce n'est une vie désormais irréprochable ? Ils n'ont pas rougi de publier que je fus mauvais mari, mauvais père; et moi j'ose dire : si le ciel me réserve d'être encore père, je serai ce que je fus, le plus tendre des pères, et d'autant plus tendre, que je fus plus malheureux. Je serai bon mari, parce que je le fus, et parce qu'on a pu croire un instant que j'aurois été plus excusable qu'un autre de ne pas l'être ; je serai bon mari, parce que, battu depuis si long-temps par les orages du sort, je sais mieux qu'un autre qu'il n'est de bonheur que le bonheur domestique : tout le reste est situation. Cela seul est un état; et ce n'est point à trente-quatre ans, avec trop d'expérience et quelques lumières, qu'on sacrifie l'état à la situation : je serai bon mari ; oui, messieurs ; daignez me mettre à même de l'être ; rouvrez moi la carrière des vertus domestiques ; que je voie en vous mes régénérateurs, et je jure entre vos mains, à la face du public, qui fait des vœux pour moi, et qui ne les feroit pas, s'il me croyoit capable de tromper son attente ; je jure de regarder la justice que vous allez me rendre comme un bienfait, et de ne donner jamais lieu à l'homme sensible de pleurer sur ce qu'il aura fait comme magistrat inflexible ».

(Tels sont les extraits que l'on a cru devoir présenter au public des éloquentes défenses de Mirabeau, pendant le cours de son procès en Provence.

Elles eussent sans doute mérité le couronnement d'un plein succès.

Mais un arrêt du parlement, du 5 juillet 1783, qui ne répondit point à l'attente générale, prononça la séparation de corps et d'habitation.

Alors Mirabeau évoqua l'affaire au grand conseil, et y demanda la cassation de l'arrêt.

Nous allons donner quelques extraits de cette dernière procédure.)

Mémoire du comte DE MIRABEAU, *supprimé, au moment même de sa publication, par ordre particulier de M. le garde des sceaux ;*

ET réimprimé par respect pour le roi et la justice, avec une conversation de M. le garde des sceaux et du comte de Mirabeau à ce sujet.

> *Les mœurs du prince contribuent autant à la liberté que les lois..... S'il aime les âmes libres, il aura des sujets.*
> (ESPRIT DES LOIS, l. XII, chap. 27.)

A MES CONCITOYENS.

« LA nécessité où je me trouve de publier de nouveaux malheurs, de nouvelles injustices, ne peut qu'être affligeante pour moi, indépendamment même des ennemis puissans qu'elle va me susciter. L'homme de bien ne peut désirer d'être sur la scène que lorsqu'il s'agit de servir ses semblables. C'est quand on travaille pour le public qu'il est doux d'être sous ses yeux, animé par sa justice, éclairé par sa censure.

» Mais quand on ne doit s'occuper que de

soi, quand on ne peut s'en occuper qu'en gémissant, on voudroit se dérober à la nature entière;
on voudroit épargner aux hommes le spectacle
affligeant de la modération inutile, et la connoissance de cette triste vérité, qu'on peut être à la
fois infiniment honnête, et infiniment calomnié;
infiniment courageux, et infiniment opprimé. La
justice même qu'on éprouve ne console pas de
la pitié qu'on essuie.

» N'importe : outre ce qu'on doit à soi-même
et au soin de son propre honneur; lorsque les
injustices que l'on défère au tribunal du public,
à ce tribunal qui juge tous les juges, tous les
grands de la terre, intéressent la liberté indivi-
duelle, la propriété la plus chère de tout citoyen,
en un mot, les droits les plus éminens de la nature humaine, la répugnance qu'un homme doué
de quelque pudeur ressent à occuper les autres
de ses affaires particulières, doit céder au devoir
de dire, de soutenir, de publier toute vérité
utile, à la défense de laquelle sa situation l'appelle. Chacun peut et doit alors se considérer
comme défenseur de la société : chacun doit
voir dans sa cause celle de tous ses concitoyens.
C'est aux miens à juger si je suis en droit d'appeler leurs regards sur les obstacles presqu'invincibles que j'ai rencontrés en réclamant, sous un
prince infiniment juste, la justice de son conseil.

» Le mémoire que je réimprime venoit de
paroître, et je n'en avois encore distribué qu'à
une très-petite partie de mes juges, lorsqu'un
ordre de M. de Laurens de Villedeuil en a arrêté la publication. Le lundi, 19 avril, on a demandé au sieur Cuchet, mon libraire, quel nombre
d'exemplaires il m'avoit fourni, quel nombre il
en avoit en magasin; et il a reçu l'injonction
la plus sévère de n'en pas délivrer un seul à moi-
même.

» M. de Laurens de Villedeuil est directeur
de la librairie; mais il étoit mon rapporteur.
C'est à lui que je me serois adressé pour défendre mes droits, s'ils eussent été blessés par tout
autre que lui : à qui déférer l'injustice que je
recevois de mon propre patron?

» Je l'ai cru digne d'appeler à lui de lui. Accompagné d'un témoin respectable, j'ai couru
lui représenter l'irrégularité, le défaut même
de délicatesse de sa conduite, et tous les soupçons qu'elle devoit m'inspirer sur sa partialité.
Je suis le bras de M. le garde des sceaux,
m'a-t-il dit; et c'est le seul mot que j'aie à lui
reprocher dans cette conversation, dont le résultat a été qu'il s'est déporté du rapport de mon
affaire, et que j'ai pu le croire foible, mais non
pas malhonnête.

» Ce jour-là même, mercredi 21, je me suis

fait écrire chez M. le garde des sceaux ; il étoit à Paris dès la veille, mais il avoit fait insérer dans la feuille de Paris qu'il tiendroit les sceaux et ne donneroit point audience.

» Le lendemain je n'ai pas été plus heureux.

» Le jeudi 23, M. le garde des sceaux a retourné à Versailles. Je l'y ai suivi : sa porte m'a été fermée, et tellement fermée, que j'ai senti que, dans la nécessité de pénétrer chez lui, l'incivilité de son suisse pourroit m'embarrasser.

» J'ai été prévenir de la démarche à laquelle je me voyois forcé et des suites que je craignois d'être obligé de lui donner, M. le baron de Breteuil, que je regarde comme le protecteur de la liberté des citoyens, dans une place où l'on y a trop souvent attenté.

» Le jour d'après j'ai écrit à M. le garde des sceaux pour obtenir une audience particulière, et l'on n'a pas manqué d'indiquer à mon domestique l'heure de l'audience publique.

» A une heure moins un quart, j'étois chez M. le garde des sceaux. Son suisse m'a interdit l'entrée de l'escalier sous prétexte qu'il n'étoit pas une heure : heureusement il m'a laissé celle de la cour.

» Plus heureusement encore (car la bise étoit

forte et je crachois le sang) du monde est arrivé, et j'ai suivi.

» A deux heures et quart, M. le garde des sceaux a paru. Je désirerois avoir l'honneur de vous parler en particulier, lui ai-je dit; et il m'a prié d'attendre. Trois personnes, arrivées long-temps après moi, sont entrées avant dans le cabinet: après quoi, le sallon se trouvant vide, j'ai été admis; et voici mot à mot ma conversation avec M. le garde des sceaux.

» *Moi.* M. de Laurens de Villedeuil doit vous avoir écrit, monsieur, qu'il se déportoit du rapport de mon affaire.

» *M. le Garde des Sceaux.* Il ne me l'a point encore écrit; il me l'écrira sans doute.

» *Moi.* Vous devinez, monsieur, quels sont ses motifs?

» *M. le Garde des Sceaux.* Non, monsieur.

» *Moi.* Il a cru devoir se récuser d'après la sensibilité que je lui ai témoignée sur la suppression arbitraire de mon mémoire, que vous avez ordonnée, monsieur, et que sur votre ordre il a exécutée.

» *M. le Garde des Sceaux.* Commencez, monsieur, par rayer de votre dictionnaire le mot *arbitraire.*

» *Moi.* Monsieur, je vous connois pour le

chef de la magistrature, et non pour le censeur de mon dictionnaire.

» *M. le Garde des Sceaux.* Mais, monsieur, c'est que ce mot *arbitraire* est fort étrange.

» *Moi.* C'est cependant, permettez-moi de vous le dire, un des plus usuels du pays. D'ailleurs il m'est facile, en cette occasion, de le justifier dans toute son étendue.

» Assailli de libelles horribles, j'imprime, pour ma légitime défense dans une instance au conseil, un mémoire signé de huit avocats estimés et célèbres; ce mémoire, remarquable par sa modération, est arrêté chez mon imprimeur au moment même de sa publication, au moment où je commence à le distribuer à mes juges; il est arrêté par votre ordre, à vous, monsieur, qui n'en pouvez donner qu'au nom de la loi et comme son organe. Or vous êtes chef des tribunaux, monsieur; mais vous n'êtes pas un tribunal. Donc une suppression dont vous êtes le seul auteur est une suppression arbitraire; et cet arbitraire devient atroce quand l'instrument en est mon rapporteur; c'est-à-dire celui que vous avez nommé, au nom du roi, pour discuter et défendre mes droits. *Je suis le bras de monsieur le garde des sceaux,* m'a-t-il dit; et il n'a pas rougi! Je ne connois rien de plus vil qu'un tel mot; je ne connois rien de plus effrayant que de voir réunis sur la même tête le caractère de magistrat, et celui de satellite du despotisme. Je ne connois rien de plus horrible que d'être assassiné par la maréchaussée. Je ne m'en dédis donc pas, monsieur; la suppression de mon mémoire est également arbitraire et atroce.

» *M. le Garde des Sceaux.* La suppression de votre mémoire n'est point arbitraire, monsieur. Il est une loi du conseil qui défend d'imprimer les requêtes en cassation, jusqu'à ce qu'elles soient devenues contradictoires.

» *Moi.* Je n'ai point imprimé ma requête en cassation, monsieur; et l'eussé-je imprimée, la prétendue loi que vous attestez, créée par la haine la plus active, et des craintes très-pusillanimes pour le seul Linguet, n'a jamais été exécutée que pour lui. L'esprit de la véritable loi constitutive du conseil est, vous n'en doutez pas, diamétralement contraire au réglement que vous voulez faire revivre. Car c'est au conseil, et non pas au bureau des cassations, que l'ordonnance de 1737 donne la faculté de prononcer définitivement sur les demandes en cassation. Le bureau des cassations n'est chargé, comme les commissaires dans les cours souveraines, que *d'examiner* préliminairement, avec le maître des requêtes à qui le rapport est confié, les raisons du demandeur. *Examiner,* c'est le mot de

la loi. L'objet de cet établissement est de donner à la partie intéressée plus de juges instruits,
parce qu'un comité particulier doit être plus
exact et plus tranquille que l'assemblée entière
du conseil. Mais ce qui est imaginé en faveur du
plaideur, ne doit pas lui nuire. De ce qu'on a voulu
lui assurer l'avantage que son affaire fût mieux
instruite, il ne s'ensuit pas qu'elle doive être plus
mal instruite. De ce que les commissaires du bureau doivent un examen plus réfléchi, il ne s'ensuit pas qu'ils aient le droit d'examiner seuls, et
d'empêcher le plaideur d'instruire ses autres juges. En un mot, l'ordonnance donne à tout plaideur au conseil, plus de quatre-vingts juges ;
quelle légion de copistes faudra-t-il donc qu'il
soudoie, s'il ne peut pas faire imprimer ses défenses ? Et sa consolation la plus sûre, après tant
de dépenses et de perte de temps, ne sera-t-elle
pas la certitude de n'être pas lu ?

» *M. le Garde des Sceaux.* Monsieur, ces
détails sont inutiles, et tout votre raisonnement
n'est que spécieux : car enfin il est d'usage que
le bureau des cassations admette ou rejette souverainement les requêtes en cassation ; et l'on ne
changera pas pour vous l'usage.

» *Moi.* Monsieur, il ne peut pas y avoir au
pied du trône d'usage contraire aux lois. D'ailleurs, celui dont vous parlez, est évidemment

nuisible aux parties, qu'il livre à la discrétion de cinq ou six juges, tandis que le législateur leur en a assuré au moins quarante. Cet usage est injurieux à la portion du tribunal qu'il exclut, et de plus il est d'un très-dangereux exemple. Les arrêtés du bureau de cassation sont érigés en arrêts du conseil et en acquièrent la forme. Ce sont donc autant de faux qui se commettent aux pieds du roi, et en son nom, au nom de la juridiction suprême qui a un rapport plus direct avec lui, qui a l'exercice plus immédiat de son autorité. Au reste, je n'ai point encore d'intérêt à attaquer l'usage dont vous parlez, et je puis me dispenser de discuter le droit, quand je n'ai qu'un simple fait à vous rappeler. Tout le monde imprime des mémoires sur les demandes en cassation, vous le savez; vous l'approuvez; vous le conseillez même à ceux que vous protégez. Pour moi seul, vous vous rappelez aujourd'hui qu'il est une loi qui peut me priver de tout moyen de repousser la calomnie, et d'être entendu dans mes défenses; vous ressuscitez cette loi, très-commode, j'en conviens, puisqu'elle rend M. le garde des sceaux maître unique des cassations par le choix du rapporteur; et cette loi vient m'écraser moi seul, parce que vous ne me croyez pas les moyens de réclamer assez fortement contr'elle. Certes, monsieur, la méthode n'est pas nouvelle; mais la manière est cruellement ingénieuse.

» *M. le Garde des Sceaux*. Monsieur, vous n'êtes pas juge des manières.

» *Moi*. Non, monsieur; mais en ce genre le roi l'est.

» *M. le Garde des Sceaux*. Eh bien! monsieur, allez vous plaindre à lui de ses lois.

» *Moi*. De ses lois! de ses lois! ah! monsieur! nous n'en sommes plus à ne pas savoir comment se font les arrêts du conseil. Lequel de vos commis de confiance n'en a pas fait cinquante en sa vie?

» *M. le Garde des Sceaux*. Monsieur, j'ai supprimé votre mémoire en vertu de la loi; je crois que par ce seul mot notre conversation est finie.

» *Moi*. Non, monsieur, elle ne l'est pas, et vous m'entendrez, parce que vous êtes fait et préposé pour m'entendre. Vous savez, ou devez savoir mieux que moi, que nous vivons accablés d'un monceau de lois qui ne nous laisseroient pas respirer, si la plupart n'étoient pas oubliées. Je ne nierai donc pas que telle ou telle loi existe en France; car je ne voudrois pas parier qu'il n'en existe pas quelqu'une pour décider qu'il est jour à minuit; mais je dis qu'il est infiniment tyrannique de faire revivre des lois oubliées comme impraticables, inutiles, injustes, folles ou absurdes, pour opprimer, dans tel moment donné, un citoyen, qui, s'il n'est pas homme à crédit, ne peut pas lever le bras sans risquer de heurter une de vos lois. Eh ! quel plus détestable abus d'autorité que de les rendre ainsi complices de l'oppression ; de les changer, de les réformer, de les dénaturer au gré de la faveur !

» *M. le Garde des Sceaux.* Monsieur, nous ne sommes point ici pour faire des discussions philosophiques.

» *Moi.* Monsieur, je n'ignore pas que ce cabinet est peu accessible à la philosophie ; mais il ne doit pas être inaccessible au bon sens.

» *M. le Garde des Sceaux.* Ah ! le bon sens ! Eh bien ! monsieur, que dit le bon sens ? Je serai enchanté de l'entendre parler par votre bouche. C'est une très-bonne chose que le bon sens.

» *Moi.* Oui, monsieur, le bon sens est bon à tout, même aux Variétés Amusantes... Mais je parlerois long-temps si j'entreprenois de vous répéter tout ce que dit le bon sens de vous, monsieur, et des arrêts du conseil faits dans vos bureaux ; je m'en tiendrai donc au cas particulier, et je tâcherai de vous faire entendre, par un exemple connu de vous, ce que je voulois vous dire au nom du bon sens.

» Dans une compilation indigeste autant qu'indécente et de mauvais goût, intitulée *l'Espion dévalisé,* dont vous avez beaucoup à vous plaindre, on a inséré quelques vers et l'extrait d'une lettre connue pour être de moi. Dès lors il vous a plu de me soupçonner d'être l'auteur de toute la brochure; ce qui prouve, permettez-moi de vous le dire, que vous vous connoissez mieux en arrêts du conseil qu'en style. L'*Espion dévalisé* est un libelle très-violent; or il existe une loi en France qui condamne les libellistes à la corde : oserois-je vous demander, monsieur, si, avant que M. Le Noir vous eût appris quel étoit le véritable auteur de l'*Espion dévalisé* (ce qui n'a pas détruit les impressions défavorables que le premier soupçon a versées dans votre âme contre moi) ; oserois-je vous demander si vous m'auriez fait pendre en vertu de cette loi?

» *M. le Garde des Sceaux.* Monsieur, la question est inutile; et l'on sait assez que je pardonne tous les jours des injures personnelles.

» *Moi.* Monsieur, c'est que vous n'êtes pas sanguinaire. Mais la question n'est pas inutile ; car cet exemple particulier prouve à merveille qu'il est des lois abrogées par le fait en France, où l'on ne sait pas même les abroger autrement ; et voilà, pour le dire en passant, pourquoi elles y sont si respectées. Or s'il est une loi abrogée par le fait, c'est assurément ce réglement du conseil sous lequel vous voulez m'écraser, et auquel je vous ci terai depuis le commencement

29

de cette année plus de deux cents infractions.

» *M. le Garde des Sceaux.* C'est qu'apparemment je les ai ignorées.

» *Moi.* En ce cas, monsieur, vous êtes bien mal instruit ; et je suis très-malheureux que votre mémoire et votre vigilance ne se réveillent que pour moi, et d'une manière si fatale.

» *M. le Garde des Sceaux.* Monsieur, je vous ai dit la loi ; vous savez le fait ; je n'ai rien de plus à vous dire. Je ne vous dois nul compte de ma conduite ; je n'en dois compte qu'au roi. Vous auriez dû l'apprendre avant que d'entrer ici.

» *Moi.* Monsieur, veuillez faire quelqu'attention à ma réponse. Quand j'ai apporté dans ce cabinet mes représentations, j'ai cru parler au chef de la magistrature, protecteur de tous les droits, et, pour ainsi dire, médiateur entre le souverain et les lois ; et non à un visir qui n'a de règle que sa volonté et son bon plaisir. Je respecte la magistrature et son chef ; je méprise trop le visirat et les visirs pour les redouter. J'ai pesé ma démarche, j'en ai calculé les suites ; je connois le caractère moral du roi, et les principes de la plupart de ses ministres. J'irai droit au souverain. Je lui déférerai le déni de justice que vous me faites éprouver en cet instant : et ne croyez pas que rien puisse m'intimider dans cette poursuite. Elle est plus sérieuse pour vous que

pour moi; car vous avez quatre cent mille livres
de rente et une grande place à perdre; et moi
qui ne risque rien, je m'assure tout au moins le
plaisir de ne pas diminuer le nombre de vos ennemis. Réfléchissez-y donc; je ne veux, ni ne
puis désirer un éclat; il ne m'est bon à rien. Rendez-moi, par tolérance même si vous voulez,
mes mémoires, et tout est fini; mais je ne céderai
pas; je vous jure sur mon honneur que je ne
céderai pas; et, si vous parvenez à étouffer mes
réclamations, ce qui est possible, en frappant
du pied à terre, j'en ferai sortir dix mille exemplaires d'un mémoire dont on saura l'histoire et
l'occasion.

» *M. le Garde des Sceaux.* Monsieur, si cela
arrive, par considération pour vous, je voudrai
l'ignorer.

» *Moi.* Eh bien! monsieur, je tâcherai que vous
seul dans le royaume, et même en Europe, l'i-
gnoriez.

» Au sortir du cabinet de M. le garde des
sceaux, j'ai porté à M. le prince de Poix la lettre
suivante pour le roi.

SIRE,

» Je défère à votre majesté un déni de justice
qui ne me laisse d'espérance que dans son équité
et sa bonté personnelles.

» Au milieu d'un procès soumis à son conseil, qui compromet mon existence civile et mon honneur, j'ai fait imprimer un mémoire remarquable par sa modération, et signé de huit des plus célèbres avocats du barreau de Paris.

» Je commençois à le présenter à mes juges, lorsque votre garde des sceaux en a fait arrêter la publication, quoiqu'il ait laissé circuler dans le royaume des milliers de mémoires calomnieux, qui n'ont d'autre objet que de me diffamer. C'est par le rapporteur qui m'avoit été donné au nom de votre majesté, que le chef de la justice a fait exécuter cet acte de violence, de sorte que je suis opprimé par celui-là même qui devoit me protéger. Je dis, *cet acte de violence*, Sire, car si mon mémoire doit être suprimé, c'est légalement qu'il doit l'être, c'est légalement que je dois être puni, et non par un ordre arbitraire émané de celui qui fait serment de n'en jamais souffrir dans l'administration de la justice.

» Qui osera soutenir à votre majesté que je n'ai pas le droit d'être entendu dans mes défenses, tandis que mes adversaires ont eu la liberté d'attenter à mon honneur par les plus violens libelles? On vous dira, Sire, qu'un réglement du conseil interdit l'impression des requêtes en cassation : mais je n'ai point imprimé de requête en cassation; et d'ailleurs ce réglement, fait pour

le seul Linguet, est absolument tombé en dé-
suétude. Chaque jour offre des exemples nombreux de défenses imprimées relativement aux
demandes en cassation; la marche que j'ai suivie
est la marche ordinaire et commune; on cache-
ra d'ailleurs à votre majesté que les commissaires nommés pour l'examen des demandes en
cassation, ne sont qu'*examinateurs*; que par le
réglement de votre conseil, tout citoyen qui s'y
pourvoit, a pour juges tous les membres de ce
conseil : ils sont près de cent; comment instrui-
rai-je leur religion, si l'on me ravit mes défenses?

» Sire, six siècles ont vu de génération en génération, mes pères verser leur sang pour le service de leurs rois. Eh bien! je ne demande
à votre majesté nulle faveur. Mais, également
opprimé par ceux à qui elle confie le soin de
rendre justice à ses peuples, et par celui qu'elle
a nommé le chef de la magistrature, je demande
qu'un signe de votre majesté en impose à ceux
qui violent en moi les droits les plus sacrés de
vos sujets; je demande la liberté de me défendre; je demande de ne pas être jugé sans être
entendu; je demande JUSTICE. Son plus beau
temple est dans votre cœur, ne souffrez pas
qu'aux pieds de votre trône on en ternisse la
pureté.

» Je suis avec le plus profond respect, etc. »

» Ma lettre au roi a, dit-on, été remise, selon l'usage, à M. le garde des sceaux. Aujourd'hui que j'écris, mes mémoires sont encore supprimés; et j'ignore absolument ce que me prépare le sort.

» Ce n'est pas un médiocre inconvénient des grandes monarchies, que le souverain y soit obligé de s'adresser à l'homme en place même sur lequel il reçoit une plainte, pour s'instruire de la vérité ou de la fausseté de cette plainte, ce qui rend toujours, à un certain point, l'homme puissant juge et partie. On ne sauroit se dissimuler que le recours personnel au souverain sera très-illusoire aussi long-temps qu'on n'obtiendra pas de lui des audiences. Le plus imposant de nos rois, celui qui eut le sentiment le plus continuel, le plus fier, et peut-être le plus exagéré de sa dignité personnelle, Louis XIV n'en a jamais refusé. Qui plus que Louis XVI est digne d'imiter cet exemple de justice et de magnanimité! Puisse la voix d'un particulier lui porter l'opinion et le vœu unanimes de ses sujets! Puissions-nous parvenir à nous faire entendre du prince, dont tous ceux qui ont le bonheur de l'approcher disent: *Il est le plus honnête homme de son royaume;* éloge rare! et avant lui bien plus rarement mérité! Je me résignerois sans peine à devenir encore une fois victime d'un

parti trop puissant, et surtout trop pécunieux
pour que je me promette de le combattre avec
succès, si cet écrit, destiné à gagner ma cause
du moins au tribunal du public, donnoit à quelques-uns des honnêtes gens que nous désigne
l'amitié du roi, le courage ou l'occasion de lui
parler du devoir de faciliter aux citoyens les
moyens de l'aborder et d'en appeler à lui des injustices commises en son nom !

» De toutes ces injustices, il n'en est pas une
plus évidente, ni plus odieuse, que la proscription arbitraire de la justification d'un citoyen
avant qu'on ait prononcé sur sa cause, avant
même qu'on ait examiné ses défenses. Et comment donc expliquer ce renversement inconcevable de toutes les idées, de tous les droits, de
toutes les formes ? Quoi ! c'est l'accusé (car je
le suis enfin ; je le suis dans toutes les parties de
mon existence morale), c'est l'accusé qui cherche la lumière ! ce sont les délateurs qui invoquent les ténèbres ! c'est lui qui provoque l'examen ! ce sont eux qui étouffent toute discussion!
Quel est donc cet étrange combat de l'innocence,
qui se présente sans cesse et qu'on écrase, contre la calomnie qui fuit et qu'on couronne ! Pourquoi me frapper en silence, et m'empêcher de
le rompre ? Pourquoi cette affectation à tout cacher, si l'on a de quoi me confondre ? Pourquoi

ne pas me laisser, hélas ! la foible, mais conso-
lante ressource de donner aux citoyens honnêtes
qui ne jugent pas sans examen, de quoi répondre à ceux qui, ne craignant pas d'être à la fois
et sans cesse accusateurs et juges, décident, égor-
gent, déchirent dans les cercles avec une légèreté si cruelle ?

» Eh ! à quoi donc aboutiront tant de coupables manœuvres ? Je puis être accablé dans les
tribunaux, car mes adversaires ont tous les avantages que procurent l'opulence, le crédit et la
bassesse ; mais mon courage et ma volonté me
restent : c'est assez pour instruire le public, et
couvrir d'opprobre ceux qui cherchent à le séduire, comme si le public pouvoit être trompé
long-temps. Je vois tout, je sais tout ; mon âme
élèvera mon génie, je burinerai ma vengeance :
oui, je l'annonce, et ma prédiction ne mentira
pas : un jour viendra où la nation entière saura
l'histoire de mon procès, et ma voix, dès long-
temps essayée aux vérités hardies, dévoilera tous
les détails des trames les plus odieuses qui aient
jamais déshonoré l'ordre judiciaire et le temple
de la justice (*).

(*) Après cette vigoureuse sortie, Mirabeau passa à
Bruxelles, et, fidèle à sa promesse au garde des sceaux, il
y fit réimprimer le mémoire au grand conseil, le seul de

MORCEAUX extraits du Mémoire au grand conseil. '

(Mirabeau qui, depuis le commencement de ce triste
procès, n'avoit pas cessé de présenter au public et à ses
juges madame de Mirabeau sous le jour le plus avantageux,
se vit enfin forcé de sortir de ses mesures : il produisit à
l'audience une lettre de son épouse, qui le lavoit pleine-
ment de toutes les imputations atroces dont on le chargeoit
et qui produisit sur la décision de l'affaire, un jugement
bien contraire à l'opinion de la plupart des juges, et à ce
qu'en attendoient à Aix les personnes sensées et réfléchies.
On n'avoit pas rougi, sur la communication de la lettre,
d'arguer d'un passage du chancelier d'Aguesseau, par lequel
on vouloit donner à entendre que *le mari qui accuse sa
femme, n'a pas le droit de demander la réunion.*
Voici comment Mirabeau répondit à ce passage :)

« S'il est vrai que la lettre puisse vous fournir
» un moyen de séparation, à cause de la révéla-
» tion d'un tort qu'elle paroît renfermer, je fais

ses mémoires qui ait eu toute la publicité qu'il pouvoit désirer; et pour qu'il ne lui restât pas, lors de son retour à
Paris, une douzaine des quinze cents exemplaires qu'il y
apportoit, il usa du plus sûr, comme du plus innocent des
stratagêmes.
Les quinze cents exemplaires furent déposés hors la bar-

» alors ce dilemme : ou vous séparerez, comme
» le tort étant faux, ou comme étant vrai.

» Comme faux, cela ne se peut puisque la let-
» tre est convenue.

» Comme vrai, dans le sens que vous l'enten-
» dez et que je n'adopte pas ; c'est donc l'arrêt
» même que vous sollicitez qui diffameroit mon

---

rière, chez une personne encore aujourd'hui très-connue qui
se rappellera l'anecdote, si, comme on n'en doute pas, notre collection lui parvient. Une autre personne, dans la
voiture de laquelle on n'avoit point le droit de fouiller,
apportoit chaque matin, chez elle, à Paris, un ballot de
cent à cent vingt mémoires. De mon côté, je les faisois
prendre aussi chaque matin. Mirabeau, que depuis dix à
onze mois je logeois chez moi, expédioit la liste des envois
avec une joie maligne ; et, comme il mettoit et savoit faire
mettre à tout une activité rare, les cent à cent vingt exemplaires se trouvoient distribués dans les vingt-quatre heures.
Tout marchoit dans un ordre admirable.

Son premier soin fut d'en adresser à toute la cour et à
chacun des ministres, le garde des sceaux seul excepté.

Mais il eut son tour ; et, lorsqu'il reçut le sien, il y avoit
sept ou huit cents exemplaires répandus.

Les quinze cents, à la douzaine près, le furent en moins
de dix à douze jours ; d'où l'on peut conclure qu'il n'y eut
point de temps perdu.

Et le procès fut-il gagné ? Non sans doute. Dès avant la
réimpression du mémoire, Mirabeau savoit qu'il ne le seroit
pas ; mais il fut homme de parole ; et tel n'est pas toujours
celui qui gagne son procès.   (*Note de l'édit.*)

» épouse? Et de quel droit réaliseriez-vous l'ef-
» frayante supposition dont parle le chancelier
» d'Aguesseau? A quel titre prétendez-vous ca-
» ractériser la nature d'une correspondance que
» je n'ai présentée moi-même que comme une
» légèreté qui pouvoit conduire à un plus grand
» tort?

» Oui, sans doute, c'est une faute grave de la
» part d'une femme, qu'une pareille correspon-
» dance avec un tiers sans l'aveu de son mari.
» Mais je parle d'une faute suivie tout à la fois du
» repentir et du pardon, et d'Aguesseau cite ce
» reproche de la sagesse : *Qui tenet uxorem adul-*
» *teram stultus est.* Et vous sollicitez un arrêt sur
» ce motif! Cruels logiciens !... Laissez madame
» de Mirabeau telle que je l'ai présentée. Elle a
» commis une faute, sans doute. Mais si c'est
» l'injurier que de parler de son repentir, quel
» nom donneriez-vous aux conséquences que
» votre objection fait naître?

» *J'ajoutois:* « Non, je ne vous en crois point,
» vous qui soutenez qu'une lettre que madame
» de Mirabeau reconnoît vraie, seroit pour elle
» une atroce diffamation. Ne sentez-vous pas
» que vous la perceriez de ses propres traits? Ne
» sentez-vous pas que, pour exagérer le délit que
» vous m'imputez, vous exagérez celui que ren-
» ferme la lettre? C'est donc à moi que vous ré-

» serviez le soin de la défendre ! Eh bien ! ce
» rôle, je le remplirai. Ou plutôt un seul mot me
» suffit : vous n'avez nul droit de présumer que
» j'eusse pardonné ce dont votre imagination
» s'est souillée.

» Mais je découvre vos véritables motifs ; en
» voulant faire regarder la lecture de la lettre
» comme une cruelle diffamation, il entroit dans
» vos vues de paroître embarrassés d'y répondre ;
» vous étiez bien aises vous-mêmes qu'on en tirât
» les conséquences les plus fàcheuses, pour mieux
» préparer les esprits à votre nouveau système.
» Eh bien ! je vais vous apprendre moi-même à
» expliquer cette lettre.

» La correspondance d'une femme avec un
» tiers est toujours une grande imprudence, lors
» même qu'elle est innocente, si cette correspon-
» dance se passe à l'insçu de son mari. Voilà ce
» que vous deviez avouer ; mais pourquoi n'avez-
» vous pas ajouté que, puisque j'avois pardonné
» ce tort, j'avois eu des motifs de n'en pas croire
» les apparences ?

» Le retour d'un portrait n'est pas non plus si
» difficile à expliquer, je ne dis pas dans le ro-
» man, mais dans l'histoire même d'une femme,
» et surtout d'une très-jeune femme qui ne se-
» roit qu'imprudente. Combien de fois cette
» image de la beauté n'est que l'ombre du bon-

» heur ! Combien de fois cette foiblesse même,
» qui apprend à une jeune personne à se défier
» de son cœur, ne sert qu'à lui montrer le péril
» qui la fortifie ! Voilà ce que vous pouviez dire
» sur cette lettre. Mais alors, vous n'auriez pu
» m'accuser de cette atroce diffamation, dont
» vous avez besoin, non pour ma femme, mais
» pour sa cause, de me faire un crime.

   » Mais, répondrez-vous, ne dit-elle pas dans
» la lettre qu'elle revient de ses égaremens ?
» N'annonce-t-elle pas qu'elle retourne à la
» vertu ? Vous ne connoissez donc pas le véri-
» table idiome de l'honneur et de la sensibilité ?
» Vous ignorez donc que la femme qui reste ver-
» tueuse au fond de son cœur, ne sait rien se
» pardonner; qu'elle donne à l'erreur le nom
» d'égarement, et que jugeant de ses fautes par
» le péril, elle appelle retour à la vertu, le re-
» tour sur elle-même? Voilà comment vous pou-
» viez expliquer la lettre. Voilà ce que la modé-
» ration, à laquelle cette lettre rend hommage,
» vous autorisoit à penser; et vous aurois-je dé-
» menti? Ma défense ne reste-t-elle pas toujours
» la même, quelle que soit la lettre ? N'exclut-
» elle pas toujours les mauvais traitemens, puis-
» qu'elle fait l'éloge de ma modération? N'an-
» nonce-t-elle pas que la cohabitation, qui ne
» fut point alors orageuse, ne peut jamais l'être ?

» Ne fait-elle pas sentir que l'homme qui excu-
» soit des erreurs, n'auroit point insulté à des
» vertus, et que le mari qui jugeoit sa femme
» moins sévèrement qu'elle-même, n'étoit point
» un ennemi ni de son bonheur, ni de son re-
» pos?

　» J'ai lu dans votre ame, et ne croyez pas
» m'échapper. Vous réserviez cette explication
» naturelle de la lettre après l'arrêt de la cour.
» Vous prouveriez facilement alors qu'une fem-
» me, dont il existe une pareille lettre, n'est pas
» pour cela coupable; d'où vous concluriez que
» cette lettre ne la diffame pas. Et cependant,
» que l'on juge par-là de votre bonne foi, vous
» vous fondez aujourd'hui sur la diffamation que
» cette lettre renferme.

　» Ainsi ce prétendu moyen de séparation dont
» on parle tant, lorsqu'on en a besoin, cesseroit
» d'en être un lorsqu'on en auroit fait usage. Ce
» fantôme s'évanouiroit de lui-même lorsqu'il
» auroit produit l'effet qu'on en attend. On dit
» aujourd'hui, pour la cause de madame de Mira-
» beau, qu'elle est diffamée, comme on diroit
» alors, comme on prouveroit alors, pour son
» honneur, qu'elle ne l'est pas. Voilà le piége
» que l'on tend à la justice de la cour ».

OPINION DE MIRABEAU sur l'indissolubilité du mariage;

Conséquences qu'il tire de la différence qui existe entre le divorce et les séparations.

« NOTRE législation n'a point parlé des causes de séparation. Pourquoi ce silence ? A-t-elle pensé qu'il ne devoit point y avoir de séparation où il n'existe plus de divorce ? Frappée de la sainteté du mariage et de l'indissolubilité de ses nœuds, suppose-t-elle que l'homme seul ne peut délier ce que l'homme n'a pu former ? Ou plutôt, imitant le silence des anciens législateurs sur les grands crimes, n'a-t-elle pas préféré de ne point parler des séparations, pour en exclure jusqu'à la possibilité ? A-t-elle regardé les funestes effets des séparations comme capables d'effrayer sur les engagemens du mariage ? Ou plutôt encore, faisant dépendre les séparations du danger de la vie, et par conséquent des premiers principes du droit naturel, n'a-t-elle pas cru inutile de faire des lois pour le péril d'une épouse au secours de laquelle viendroit la nature entière ?

» Tels ont été, sans doute, les motifs du législateur, et c'est ainsi que le silence de nos lois sur

les séparations en fait connoître les véritables
principes. On a dit : *La loi se tait; donc les séparations sont arbitraires.* Il faut dire, au contraire : LA LOI SE TAIT; DONC IL NE DEVROIT
POINT Y AVOIR DE SÉPARATION. *La loi se tait;
donc il faut remonter au premier pacte social,
à la sûreté personnelle promise à chaque individu. La loi se tait; donc la séparation ne doit
avoir lieu que pour ce danger qui, menaçant
notre conservation même, fait taire toutes les
lois.*

» Il faut s'attendre aux clameurs qu'exciteront
de tels principes. Mais aucun respect humain ne
me fera dissimuler une vérité utile, quand j'aurai mission pour la dire. Sans doute, il est aisé de
flatter celle qu'il est si doux d'aimer. Sans doute,
il est commode de déclamer contre la morale,
quand on est intéressé à secouer toute morale.
Mais il ne sera pas aussi facile de montrer à ceux
qui ne mentent point à leur conscience, la vérité d'un adage qu'on a plaidé pour madame de
Mirabeau, qui semble avoir dispensé les juges de
chercher la preuve d'aucuns des faits articulés au
procès, et qui depuis le peuple (*) jusqu'aux classes

(*) Les gens du peuple connoissent déjà les séparations
amiables, et disent froidement: *Nous savons qu'on sépare
de biens pour cent écus et de corps pour mille; mais cela*

les plus élevées, infecte la société du plus odieux des scandales, la multitude des séparations.

» LA LOI, dit-on, PRÉSUME LA FEMME FONDÉE DANS SA DEMANDE EN SÉPARATION , PARCE QU'ELLE EST DU SEXE LE PLUS FOIBLE.

» La femme est foible! Oui, et c'est pour cela que la nature et la loi l'ont vouée à une protection; et puisque la nature a doué l'homme de force pour protéger le sexe foible qu'elle a doué de tout ce qui peut séduire, de tout ce qui peut toucher, la loi ne pourroit présumer pour la femme qui se plaint sans calomnier la nature.

» *S'il est une vérité sensible dans la morale, c'est qu'une femme, par le don de son cœur et des charmes de sa jeunesse, a mérité le bonheur de sa vie entière* (*); mais cette vérité n'est si

---

est trop cher. Je ne sais pas si nos faiseurs de madrigaux ont bien calculé jusqu'où pouvoit conduire un tel ordre de choses, et combien une nation devoit durer avec des principes de législation et de morale de telle nature, que l'infraction et la profanation du contrat le plus sacré, du premier contrat qui lie les hommes et forme la société, n'est plus dans le peuple qu'une spéculation pécuniaire, et dans le grand monde qu'un sujet de ridicule.

(*) M. Garat, dans sa *Dissertation sur le Divorce,* qui a obtenu de si justes éloges. Certainement l'auteur de cet écrit plein d'esprit et de grâces, n'est pas suspect de partialité contre les femmes. Eh bien! je le prends volontiers

évidente que parce qu'elle est indiquée par un sentiment universel ; et ce seroit une absurdité que de craindre une conspiration générale contre un sentiment universel.

» La loi doit toujours présumer pour la plainte du foible ! Voyez donc comment ce mot, prétendu philosophique, renverseroit toute autorité naturelle et civile. La présomption de la loi devroit donc être en faveur du fils contre le père, de l'inférieur contre le supérieur, du justiciable contre le juge, du sujet contre le souverain ! La loi qui a établi la puissance et la soumission seroit contradictoire à elle-même, si la présomption n'étoit pas en faveur de celui à qui elle a confié la puissance ; et si elle présume ainsi pour toute puissance qui n'est que d'institution politique ou civile, combien cette présomption doit-elle être plutôt en faveur d'une autorité indiquée par la nature elle-même, comme le pouvoir paternel et la puissance maritale !

» Et n'est-ce pas pour cela même que la femme est la plus foible (*), qu'elle est plus portée à la

---

pour juge des principes exposés dans ce mémoire, tant j'ai d'opinion de ses lumières et de la candeur de son âme; et je l'invite à s'expliquer, non pas sur ma cause, mais sur ma théorie.

(*) Sans doute un crocheteur est plus fort que sa fem_

plainte, et que sa plainte doit être crue moins facilement ? Je l'ai dit ailleurs : certainement les
femmes seront plus souvent malheureuses par
leur légèreté que par leur constance. C'est donc
pour leur intérêt même qu'il faut maintenir la rigueur des principes; et ce n'est pas sur une multitude d'impressions fugitives qu'il faut prononcer de la destinée de la vie , du sort des enfans,
de la durée du contrat sur lequel la société repose.

» L'expérience ne dément pas moins que le
raisonnement ce principe, que la loi doit présumer en faveur de la femme qui demande la séparation. Plus le sexe foible a besoin de protection,
plus il aspire à l'indépendance. C'est un rapport
de toutes les nations, de tous les pays, de tous
les temps. On a vu des siècles où, suivant l'ex-

---

me; la femme est la moitié foible, parce que, dans un tel
ménage, les peines domestiques de la femme sont des coups.
Mais dans un certain ordre de citoyens, où les procédés
seuls portent le trouble, la haine et le désespoir, est-ce la
femme qu'on peut appeler la plus foible ? Ses torts ne re-
jaillissent-ils pas sur son époux, bien plus que ceux qu'il a
ne portent sur elle? Armée de plus de moyens de douleur,
n'est-elle pas la plus forte? Et, s'il est vrai que, dans l'ordre naturel, la femme soit physiquement plus foible, n'est-
il pas évident que, dans un certain rang de la société, elle
est infiniment plus forte?

pression de Tertulien, le divorce étoit comme
le premier objet, et le plus doux fruit du mariage, *repudium jam et votum est et quasi matrimonii fructus.* Les mœurs de notre âge sont-elles
plus pures que celles dont Tertulien parloit ainsi?..
Non; la présomption de la loi ne sauroit être en
faveur de la femme qui invoque le divorce; ou,
l'expérience étant toujours inutile pour la loi, la
législation seroit dans une éternelle enfance.

» Une erreur non moins commune et non moins
absurde, c'est d'aller chercher dans les lois romaines sur le divorce, les principes relatifs aux
séparations. Et cependant quelle iniquité révol-
tante que d'appliquer ces lois plus politiques que
civiles, et plus civiles que religieuses, au mariage
des nations modernes, si différent de ce qu'il
étoit chez les Romains; si ce n'est pour en tirer
cette conséquence invincible : TOUS LES MOYENS
QUI SUFFISOIENT POUR OBTENIR LE DIVORCE NE
DEVROIENT PAS SUFFIRE POUR OBTENIR LA SÉ-
PARATION ; MAIS A PLUS FORTE RAISON SEROIT-
IL FORT ODIEUX DE LA PRONONCER POUR DES
CAS MOINS GRAVES QUE CEUX DU DIVORCE! Or,
j'ai démontré jusqu'à l'évidence que, selon les
lois romaines, madame de Mirabeau n'auroit pas
eu le plus léger prétexte pour demander le divorce.

» Eh! qui pourroit rapprocher ces deux objets,

sans voir combien les lois des séparations devroient être plus rigoureuses ? Seroit-il nécessaire de prouver que le lien le plus fort doit
être le moins facilement relâché ? que là où les
effets sont plus funestes, les causes doivent être
plus sévères, et qu'on ne peut sans absurdité com-
parer les séparations au divorce, puisque les séparations, mille fois plus funestes, *choquent mé-*
me le principe fondamental du divorce, qui ne
souffre la dissolution D'UN MARIAGE QUE DANS
L'ESPÉRANCE D'UN AUTRE.

» Voyez le mariage chez les Romains; voyez
ce contrat qui fait partie de l'essence même des
époux, puisqu'il donne l'état à leurs enfans, et
qu'il l'assure ; lien purement civil, la loi civile
le relâchoit à son gré; mais parmi nous, c'est la
divinité même qui reçoit nos sermens : la société
les garantit ; mais la religion les consacre, et la
nature semble avoir concouru pour former les
nœuds des époux.

Quel rapport pourroient avoir à l'un de ces
objets des lois portées sur des objets si dis-
semblables ? Voyez encore la diversité de leurs
effets.

» Jamais on n'eut à Rome l'idée d'un mariage
sans mariage, c'est-à-dire, d'une union avec dissolution, ou d'un lien indissoluble, qui cependant ne lie plus les parties l'une à l'autre.

» Là, le divorce n'étoit point un arrêt de mort, ni la plus terrible des peines. Là, chacun des époux alloit porter dans une autre famille sa liberté, son existence, les titres de citoyen, d'époux et de père. De la dissolution d'un mariage scandaleux naissoient souvent deux unions que la paix et la vertu faisoient fleurir. La religion se taisoit ; la politique étoit satisfaite.

» Mais que sont parmi nous des époux séparés ? enfans désobéissans aux yeux de la religion, citoyens inutiles aux yeux de la politique. En leur permettant de manquer à toutes les deux par l'aveu d'une haine qu'elles proscrivent, on leur défend de servir l'une et l'autre avec des objets capables de leur inspirer des sentimens plus doux. Séparés entr'eux, ils le sont encore plus du reste de l'univers ; en agitant leur chaîne, ils ne font qu'en augmenter le poids ; à la moindre tentative qu'ils hasardent pour la soulever, un ressentiment importun les avertit de leur esclavage.

» Eh ! combien ce malheur redouble encore, s'il existe des enfans !... Ah ! ce malheur est cent fois plus cruel, si ces enfans ne sont plus !

» S'ils vivent, victimes d'une infortune qu'ils n'ont point causée, errans sans cesse des bras d'un père à ceux d'une mère qu'ils ne peuvent réunir, ils sont privés de tous les appuis que la nature même amenoit à leur foiblesse. Quel spectacle pour les époux ! Quel exemple pour la société !

» Si les enfans ont péri, si l'époux avoit été
père, et l'épouse mère; si l'un ou l'autre avoient
été dignes de l'être; quel abandon ! quelle solitude ne leur offre pas désormais la nature entière ! La société, sourde à leurs gémissemens,
insulte à leur douleur. A chaque instant, elle
semble leur dire : TU NE CONNOÎTRAS PLUS LE
BONHEUR DOMESTIQUE ; TU NE SERAS PLUS
PÈRE; JE PROTÉGE, NON PAS TA LIBERTÉ, MAIS
TES CHAÎNES ; ENDURE EN SILENCE, ÉPUISE
JUSQU'A LA LIE LE CALICE DE L'INFORTUNE ;
CACHE TON DÉSESPOIR ; TA RÉCLAMATION SE-
ROIT VAINE, AGGRAVEROIT TES MAUX, ET TE
COUVRIROIT D'OPPROBRE... Et la séparation qui
produit tant de maux, ne seroit point un crime !
et la séparation parmi nous pourroit suivre les
mêmes lois que le divorce ! Ah ! le cœur se serre
à cette idée !

» Écartons toute émotion ; ne consultons
qu'une raison froide et mesurée; il sera facile
encore de comprendre pourquoi la jurisprudence
françoise, si relâchée cependant en cette matière
depuis un demi-siècle, est, et doit être plus sévère que la loi romaine (*), qui n'avoit aucun

---

(*) On cache soigneusement aux femmes combien leur
étoient défavorables ces lois, qu'on ose invoquer pour elles.

intérêt à ménager la réunion des époux. Quand
nos magistrats seroient indépendans de toute
jurisprudence ; au défaut des lois en matière de
séparation, ils ne pourroient jamais l'être de la
raison, ni des principes qui naissent de l'essence
même des choses; et, dans cette supposition même,
les séparations ne seroient point arbitraires ; car
il est très-facile d'indiquer et de fixer les moyens
de séparation avec autant de précision que tous
les premiers principes du droit naturel et de la
morale ».

Ces lois leur accordoient, il est vrai, la faculté de répudier
leurs maris. Mais quels devoirs, quelles soumissions, quelles
obligations, que de gêne ne leur imposoient-elles pas ! De
combien d'entraves et de liens les femmes n'étoient-elles pas
surchargées par ces lois, qui, les supposant dans une éternelle enfance, les mettoient perpétuellement en tutelle!
Aussi les mêmes textes qui leur permettent le divorce, sans
doute comme un remède à la dureté de l'esclavage auquel
elles étoient soumises, donnent le droit aux maris de les
renvoyer, pour des causes qui paroîtroient bien futiles dans
notre siècle. Ainsi, par exemple, qu'une femme eût assisté
aux spectacles, à des jeux publics, à l'insçu ou malgré son
mari, c'étoit une cause suffisante de répudiation. Que les
défenseurs de madame de Mirabeau nous disent si les femmes de notre temps voudroient être jugées sur de telles lois?
Eh bien! qu'elles ne poursuivent donc pas leurs maris en
séparation sur les principes de ces lois.

SECOND extrait sur la communica-
tion de la lettre dont il a déjà été
parlé au premier extrait de ce Mé-
moire, pages 457 et suiv. du recueil.

« IL n'est rien que n'osent la haine et la cupidité; et c'est surtout au sujet de la lettre écrite
par madame de Mirabeau, le 28 mai, que les
calomniateurs ont prodigué la perfidie, l'impos-
ture et le délire. Mes amis m'assurent, et ils ne
dédaignent pas de s'en affliger, mes amis m'assurent que les partisans de madame de Mirabeau
élèvent des doutes affreux sur cette lettre même;
non pour contester que madame de Mirabeau
en soit l'auteur; ils n'en sont pas encore venus
jusqu'à m'accuser d'un faux; mais cette lettre est,
selon eux, l'ouvrage de la violence; c'est la force
menaçante qui l'a dictée, c'est la foiblesse infortunée qui l'a écrite; et de quelques moyens
que je me sois servi pour surprendre cette lettre
fatale, mon silence à cet égard dévoile assez la
perversité de mon âme.

» Telle est l'explication de la lettre du 28 mai,
qu'on fait hardiment circuler dans les cercles,
et qu'on n'a pas même osé donner à entendre
en justice.

» Je répondrai d'abord à ceux qui ouvrent une oreille avide à tout bruit injurieux, parce qu'il suppose de part ou d'autre une méchanceté bien atroce, et qu'une méchanceté bien atroce les réjouit. Mais comme je n'ambitionne pas plus leur estime que la jouissance, digne des enfers, qui naît de la curiosité d'apprendre et du plaisir de répandre des crimes nouveaux, un mot, un seul mot me suffira pour eux. J'en dirai davantage à vous, lecteurs honnêtes, qui, dans ces longues et pénibles discussions, ne cherchez que l'innocence et la vérité; vous daignerez m'écouter et m'entendre; et, pour me juger, vous commencerez par juger ma situation.

» Attaché à madame de Mirabeau par des liens que la loi seule peut briser, tant que je croirai mon honneur intéressé à réclamer aux pieds des tribunaux le titre et les droits d'époux, je me souviendrai des devoirs qu'il m'impose. Le plus pénible de tous, sans doute, est le silence dans une circonstance où trente lignes, révélant à la fois tous mes secrets, anéantiroient mes ennemis. Mais ces liens, formés par la loi, peuvent être sinon détruits, au moins tellement relâchés, que madame de Mirabeau et moi, devenus étrangers l'un à l'autre, il ne me reste plus que mon honneur individuel à défendre. Alors, et j'en contracte l'engagement à la face de mes concitoyens;

alors, je ne dis pas : je me justifierai; je dis : je serai justifié; et les plus souples, les plus industrieux, les plus lâches d'entre mes ennemis, frappés eux-mêmes des rayons de la plus terrible évidence, chercheront vainement les ténèbres. Alors je paroîtrai à tous les regards l'époux le plus indignement calomnié qui fut jamais, parce que je fus de tous les maris le plus indulgent et le plus généreux; alors, et seulement alors, ceux qui ne savent pas assez quel consolateur est la conscience de l'honnête homme, apprécieront quels efforts douloureux me coûte le silence que m'imposent, au milieu de tant d'outrages, la décence et la loi.

» J'ajoute un mot, et je le crois sans réplique.

» Madame de Mirabeau peut et peut seule me forcer à m'expliquer avant la fin et la perte de mon procès. Qu'elle profère en justice, ou seulement dans un mémoire avoué d'elle, les accusations dont ses partisans me chargent en secret relativement à sa lettre; à cet instant et quelque bien servie qu'elle puisse être par les inquisiteurs des presses du royaume; à cet instant même, abdiquant le titre d'époux, libre aux yeux des lois, dégagé des liens dont elles m'écrasent; je rendrai publics et les faits et les preuves écrites et testimoniales qui peuvent expliquer la lettre du 28 mai. Je serai clair, laconique et précis; je

révélerai tout..... Eh bien ! le gage du combat
est jeté ! l'osez-vous ramasser, vous qui ne me
provoquez qu'alors que la loi m'enchaîne, et
qu'un seul mot indiscret peut anéantir tous mes
droits ? Ce défi si solennellement offert, sera-t-il
solennellement accepté ? Songez-y, votre silence
ne peut plus être que l'aveu de votre infamie ; car
je serois un scélérat si vous n'étiez pas d'horribles
calomniateurs. Il ne vous reste donc que deux
partis à prendre : accepter le défi, ou garder le silence qui sera votre arrêt. Implacables et téméraires ennemis ! ah ! mieux que personne vous savez
si je désire que vous me forciez à m'expliquer !

Résumé du Mémoire.

Conséquences tirées de l'arrêt du 5 juillet 1783.

« Ce jugement est célèbre en France, il est
connu dans toute l'Europe. Le souverain dont
l'avénement au trône a paru le signal de la restauration des mœurs, voudroit-il que les natio-
naux et les étrangers cherchassent dans un tel
arrêt quelle est dans ses états la nature du mariage ? l'autorité du mari ? celle des mœurs ? les principes que nos lois ou leurs ministres approu-
vent ? ceux qu'ils condamnent ? les égards que les

parens se doivent les uns aux autres, les nuances
de la hiérarchie domestique? Voudroit-il qu'ils
se disent : .

» En France, les lois ne connoissent point le
divorce, et tout est permis à la femme qui désire
le divorce ?

» En France, lorsqu'il s'agit d'obtenir une séparation, un ami peut impunément divulguer les
confidences de son ami; un frère celles de son
frère; une belle-fille celles de son beau-père : on
est privé de tout droit de propriété sur les lettres que l'amitié reçoit et que la confiance dépose; ce dernier asile de la liberté peut-être impunément violé; les plus secrets épanchemens de
l'âme, les émotions d'une colère souvent mal fondée, peuvent être transformés un jour en dépositions contre des tiers : le citoyen, l'ami, le fils,
le père, deviennent ainsi juges les uns des autres
sans le savoir; il pourront périr un jour l'un par
l'autre; car la justice ne dédaigne pas de faire
servir de base à ses jugemens d'horribles com-
munications qu'elle ne reçoit que par un crime.

» En France, les devoirs d'épouse, les droits
d'époux ne lient la femme qu'autant qu'elle veut
les respecter : pour être séparée, il ne lui faut que
calomnier : la défense que le mari seroit contraint
d'opposer à la plus insolente attaque, deviendroit pour la femme un moyen de séparation.

L'excès de la duplicité, des outrages est le garant de ses succès : le titre d'épouse, un brevet d'impunité ; et celui de mari, l'ordre d'une résignation nécessaire aux offenses les plus atroces de la part de celle que la nature et la loi ont mise sous sa protection. En France, il n'est plus d'amis, de parens, de mariages, de familles.

» En France, une inconcevable jurisprudence arme la main des époux d'un libelle de divorce à l'usage de tous les désirs. Les maris se plaignent-il? il y a sévices. Osent-ils se justifier eux, ou leurs plaintes? c'est diffamation. S'ils prouvent les désordres de leurs femmes, l'honneur même vient les séparer, et rien n'empêche désormais qu'elles mènent une vie licencieuse : tout les y encourage : l'éclat même ne leur est plus nécessaire, il leur suffit de faire craindre à leurs maris, à la famille de leurs maris, des outrages pour lesquels l'impunité leur est assurée : elles ne sont plus sous l'empire du mariage; c'est à leurs époux à craindre; c'est à eux à trembler de leur colère.

» En France, on prononce, on laisse subsister des arrêts qui disent à toutes les femmes : CELLE QUI OUTRAGERA SON MARI, OU LE NOM QU'ELLE PORTE; CELLE QUI, AU MÉPRIS DES LOIS, EN FACE MÊME DE LA JUSTICE, INSULTERA, CALOMNIERA, DIFFAMERA CELUI QUE

LA NATURE DONNA POUR APPUI A SA FOI-
BLESSE; CELLE-LA SERA SÉPARÉE : elle acquer-
ra le droit de vivre dans l'indépendance la plus
entière : mille fois plus libre qu'une épouse malheureuse, timide et décente qui dévoreroit des
chagrins non mérités; plus libre qu'une veuve
que l'espoir d'un nouvel hymen peut rendre cir-
conspecte; on laissera dans ses mains, sans précautions, sans garans, sans conditions, l'honneur du mari qu'elle vient d'outrager, et même
la liberté de lui donner des héritiers.

» Les bonnes mœurs, l'honnêteté publique,
l'honneur des tribunaux, celui de la nation, ré-
prouvent sans doute avec horreur un tel système. Je demande à mes conseils si je ne dois pas
espérer la cassation d'un arrêt qui le consacre ».

HONORÉ GABRIEL DE RIQUETTI,
Comte DE MIRABEAU, fils.

DUPORT DUTERTRE, avocat.

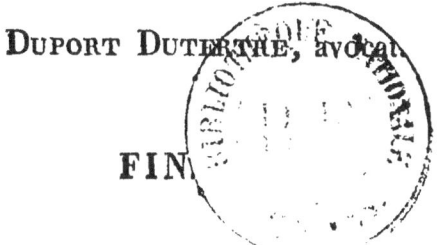

FIN

TABLE

Des morceaux extraits des cinq volumes des Mémoires et Observations.

PONTARLIER.

PROVENCE.

EXTRAITS DU PREMIER VOLUME.

(Correspondance entre Mirabeau, le marquis de Marignane, son beau-père, et la dame de Mirabeau.)

EXTRAITS DU SECOND VOLUME.

FIN DE LA TABLE.

~~~~~~

ERRATA.

Pag. 113.	Lig. 5.	Ils délibérèrent, *lisez*, ils délibèrent.
118.	6 (note).	Nouvelle inquisition, *lisez*, réquisition.
122.	6 et 7.	Importans, *lisez*, importuns.
262.	4.	Le 22 du mois passé, *lisez*, le 23.
263.	7.	Le 22 du mois passé, *lisez*, le 23.
557.	16.	*Filium*, lisez, *filiam*.